CORRENTE
SANGUÍNEA

OUTRAS OBRAS DA AUTORA PUBLICADAS PELA EDITORA RECORD

O cirurgião
O clube Mefisto
Corrente sanguínea
Desaparecidas
O dominador
Dublê de corpo
Gravidade
Jardim de ossos
O pecador
Relíquias
Vida assistida
A última vítima

TESS GERRITSEN

CORRENTE SANGUÍNEA

Tradução de
ALEXANDRE RAPOSO

4ª edição

EDITORA RECORD
RIO DE JANEIRO • SÃO PAULO
2024

CIP-BRASIL. CATALOGAÇÃO-NA-FONTE
SINDICATO NACIONAL DOS EDITORES DE LIVROS, RJ

Gerritsen, Tess, 1953-
G326c   Corrente sanguínea / Tess Gerritsen; tradução de Alexandre Raposo. – 4ª ed.
Rio de Janeiro: Record, 2024.

Tradução de: Bloodstream
ISBN 978-85-01-08345-6

1. Romance americano. I. Raposo, Alexandre. II. Título.

CDD: 813
10-4290   CDU: 821.111(73)-3

Título Original em Inglês:
Bloodstream

Copyright © Tess Gerritsen, 1998

Texto revisado segundo o novo Acordo Ortográfico da Língua Portuguesa.

Todos os direitos reservados. Proibida a reprodução, no todo ou em parte, através de quaisquer meios. Os direitos morais do autor foram assegurados.

Direitos exclusivos de publicação em língua portuguesa somente para o Brasil adquiridos pela
EDITORA RECORD LTDA.
Rua Argentina, 171 – Rio de Janeiro, RJ – 20921-380 – Tel.: 2585-2000, que se reserva a propriedade literária desta tradução.

Impresso no Brasil

ISBN 978-85-01-08345-6

Seja um leitor preferencial Record.
Cadastre-se e receba informações sobre nossos lançamentos e nossas promoções.

EDITORA AFILIADA

Atendimento e venda direta ao leitor:
sac@record.com.br

Para Tim e Elyse

AGRADECIMENTOS

Devo muitos agradecimentos:

A meu marido Jacob, que continua sendo meu melhor amigo após todos esses anos.

A Meg Ruley, meu anjo da guarda e milagreira. Você consegue andar sobre as águas.

A Jane Berkey e Don Cleary, pelas brilhantes orientações.

A minha magnífica editora Emily Bestler.

Às garotas do clube do café da manhã, pela minha dose semanal de sanidade.

À memória do chefe de polícia de Rockport, Perley Sprague. Sua gentileza representou uma grande inspiração para mim.

Finalmente, a Camden, no Maine, o melhor lugar do mundo para um escritor morar. Por favor, podem ter certeza de que este livro não é sobre vocês.

PRÓLOGO

TRANQUILITY, MAINE, 1946

Se ela ficasse bem parada, bem quieta, ele não a encontraria. Talvez pensasse que conhecia todos os seus esconderijos, mas ele jamais descobrira seu nicho secreto, aquele pequeno espaço na parede do porão, oculto pelas prateleiras dos potes de conserva de sua mãe. Quando criança, ela facilmente se esgueirava naquele espaço, e a cada brincadeira de esconde-esconde agachava-se em sua toca, rindo baixinho da frustração que ele sentia enquanto revistava os cômodos da casa à sua procura. Às vezes a brincadeira demorava tanto que ela adormecia e acabava despertando horas depois, ouvindo a voz preocupada da mãe chamando por ela.

Agora, lá estava ela outra vez, em seu esconderijo no porão, mas não era mais uma criança. Tinha 14 anos e mal conseguia se espremer para entrar naquele local. E desta vez não era uma alegre brincadeira de esconde-esconde.

Podia ouvi-lo vasculhando a casa, procurando por ela. Movia-se ruidosamente de cômodo em cômodo, praguejando, arrastando os móveis.

Por favor, por favor, por favor. Alguém nos ajude. Alguém faça com que ele vá embora.

Ela ouviu-o berrar seu nome, "IRIS!", enquanto atravessava a cozinha, aproximando-se da porta do porão. A jovem cerrava as mãos e seu coração batia como um tambor.

Não estou aqui. Estou longe, fugindo, pairando no céu noturno...

A porta do porão se abriu violentamente, chocando-se contra a parede. Uma luz dourada iluminou o ambiente, emoldurando-o na entrada, no topo da escada.

Ele puxou a corrente para acender a lâmpada sem cúpula, iluminando parcamente o porão cavernoso. Agachando-se atrás dos potes de conservas caseiras de tomates e pepinos, Iris ouviu-o descer a escada íngreme, cada rangido levando-o para mais perto de onde ela estava. Iris se encolheu ainda mais, pressionando as costas contra as pedras e o reboco exposto. Fechou os olhos, desejando ser invisível. Acima do ruído das batidas de seu próprio coração, ouviu-o chegar ao pé da escada.

Não me veja. Não me veja.

Ele passou pelas prateleiras de conservas e se dirigiu ao outro extremo do porão. Ela o ouviu chutar uma caixa. Potes vazios se espatifaram no chão de pedra. Ele estava voltando agora, e ela podia ouvir a respiração difícil dele, pontuada por grunhidos animalescos. A respiração dela era curta e rápida, as mãos apertadas com tanta força que achou que os ossos iriam se partir. Os passos se aproximaram das prateleiras de conservas e pararam.

Iris abriu os olhos rapidamente e, através de uma fresta entre dois potes, ela o viu de pé, bem à sua frente. Abaixou-se até seus olhos estarem à altura da cintura dele. Então, abaixou-se ainda mais, agachando-se o máximo que podia para sair de sua linha de visão. Ele pegou um pote de uma prateleira e o arremessou ao chão. O cheiro de picles, forte e avinagrado, ergueu-se do chão de pedra. Ele pegou um segundo pote mas logo devolveu-o ao lugar, como se tivesse tido uma ideia melhor. Voltou-se e subiu os degraus da escada do porão, apagando a luz ao sair.

Outra vez, ela se viu imersa em escuridão.

Deu-se conta de que chorara. Seu rosto estava molhado, o suor misturado às lágrimas, mas não ousou emitir nem um soluço.

Lá em cima, os passos se dirigiram à frente da casa, e então fez-se silêncio.

Teria ido embora? Teria finalmente ido embora?

Ela permaneceu imóvel, sem ousar se mexer. Os minutos passavam. Ela os contava devagar, mentalmente. Dez. Vinte. Seus músculos estavam cheios de cãibras, espasmos tão dolorosos que ela teve de morder o lábio para não gritar.

Uma hora.

Duas horas.

Ainda não havia qualquer som vindo lá de cima.

Lentamente, Iris emergiu de seu esconderijo. Ficou de pé no escuro, esperando o sangue irrigar novamente seus músculos e voltar a sentir as pernas. Atenta, o tempo todo atenta.

Mas nada escutou.

O porão não tinha janelas e ela não sabia se ainda estava escuro lá fora. Passou pelo vidro quebrado no chão e foi até a escada. Subiu um degrau por vez, fazendo uma pausa a cada passo para ouvir mais. Quando chegou ao topo, as palmas das mãos estavam tão escorregadias que teve de enxugá-las na blusa antes de conseguir abrir a porta.

As luzes estavam acesas na cozinha e tudo parecia tão estranhamente normal que ela quase conseguia crer que os horrores da noite anterior haviam sido apenas um pesadelo. Ouviu o tique-taque de um relógio na parede. Eram 5 horas e ainda estava escuro lá fora.

Foi na ponta dos pés até a porta da cozinha e espiou o corredor. Um olhar, para a mobília quebrada, para as manchas de sangue no papel de parede, confirmou que aquilo não tinha sido um sonho. Suas mãos voltaram a ficar úmidas.

O corredor estava vazio; a porta da frente, escancarada.

Ela precisava sair da casa. Correr até os vizinhos, até a polícia.

Começou a atravessar o corredor, cada passo levando-a para mais perto da saída. O pavor que sentia tornava seus cinco sentidos tão aguçados que ela registrou cada fragmento de madeira no tapete floral, cada tique do relógio na cozinha às suas costas. Estava quase chegando à porta de casa.

Onde terminava o corrimão, viu a escada de onde sua mãe caíra de cabeça. Não conseguiu evitar olhar para o corpo, para o longo cabelo da mãe cobrindo os degraus, como água negra escorrendo.

Sentindo a náusea subir-lhe à garganta, cambaleou até a porta da frente.

E lá estava ele. Nas mãos, um machado.

Ela ofegou, deu meia-volta e correu escada acima, quase escorregando no sangue da mãe. Ouviu-o subindo a escada atrás dela. Ela sempre fora mais rápida, e o pavor a fez disparar escada acima como um gato em pânico.

No patamar do segundo piso, viu de relance o pai, metade do corpo caído para fora do quarto. Não havia tempo para pensar naquilo, não havia tempo para absorver o horror de tudo o que estava acontecendo. Ela subiu outro lance de escada e entrou no sótão.

Bateu a porta, trancando-a bem a tempo.

Ele rugiu, furioso, e começou a esmurrar a porta trancada.

Ela correu até uma janela e a escancarou. Olhando para o chão lá embaixo, sabia que não sobreviveria à queda. Mas não havia outro meio de sair dali.

Arrancou uma cortina do trilho. *Uma corda. Preciso fazer uma corda!* Amarrou uma extremidade a um tubo do aquecedor, arrancou outra cortina e atou as duas peças de tecido.

Um baque ensurdecedor arremessou um estilhaço de madeira em sua direção. Ela olhou para trás e, para seu horror, viu a ponta do machado atravessando a porta. A seguir, viu o machado se soltar da madeira para desferir o golpe seguinte.

Ele estava arrebentando a porta!

Ela arrancou uma terceira cortina e, com mãos trêmulas, amarrou-a às outras duas.

O machado golpeou outra vez. A madeira se abriu um pouco mais, outros estilhaços se soltaram.

Arrancou uma quarta cortina, mas, mesmo enquanto dava este último nó, sabia que a corda não seria comprida o bastante e que já era tarde demais.

Ela se voltou para a porta no exato momento em que o machado a atravessou.

1

TEMPO PRESENTE

— Alguém vai acabar se machucando lá fora — disse a Dra. Claire Elliot, olhando pela janela da cozinha. A névoa da manhã, grossa como fumaça, pairava sobre o lago, e as árvores diante de sua janela entravam e saíam de foco. Ouviu-se outro disparo, mais perto dessa vez. Desde o amanhecer ouvia disparos, e provavelmente os ouviria até o pôr do sol, porque era o primeiro dia de novembro. O início da temporada de caça. Em algum lugar na floresta, um homem com um rifle caminhava meio às cegas através da neblina enquanto imaginava sombras de veados de cauda branca dançando ao seu redor. — Acho que você não deve ficar lá fora esperando o ônibus — disse Claire. — Vou levá-lo à escola.

Noah, curvado sobre a mesa do café, não respondeu. Levou à boca outra colherada de cereal e engoliu. Aos 14 anos, seu filho ainda comia como uma criança de 2, leite derramando-se sobre a mesa, farelos de torradas espalhando-se pelo chão ao redor da cadeira. Comia sem olhar para ela, como se encará-la fosse o mesmo que olhar para a Medusa. E que diferença faria caso ele olhasse para mim?, pensou com ironia. Meu filho querido já se transformou em uma pedra.

Ela disse outra vez:

— Vou levá-lo de carro para a escola, Noah.

— Não se preocupe. Vou de ônibus mesmo. — Ele se levantou, pegou a mochila e o skate.

— Aqueles caçadores com certeza não estão vendo no que estão atirando. Ao menos use o chapéu laranja. Assim não pensarão que você é um cervo.

— Mas eu pareço um idiota com aquilo.

— Pode tirá-lo quando entrar no ônibus. Use-o agora, pelo menos. — Ela pegou o chapéu na prateleira e entregou-o a ele.

Noah olhou para aquilo e, finalmente, olhou para ela. Crescera vários centímetros no último ano e ambos tinham agora a mesma altura, os olhos ao mesmo nível dos dela, nenhum dos dois capaz de contar vantagem. Perguntou-se se, assim como ela, Noah se dava conta de sua atual igualdade física. Antes, ela abraçava uma criança. Agora, a criança crescera, sua maciez transformada em músculos, seu rosto estreitado em ângulos abruptos.

— Por favor — insistiu, ainda segurando o boné.

Afinal, Noah suspirou e colocou o boné sobre o cabelo escuro. Claire teve de suprimir um sorriso. De fato, ele parecia um idiota.

Ele já estava no corredor quando a mãe o chamou:

— Que tal um beijinho de despedida?

Com uma expressão irritada, ele se voltou para lhe dar um beijo no rosto de leve e, logo em seguida, saiu porta afora.

Nada mais de abraços, pensou Claire com tristeza, enquanto, da janela, o observava caminhar pela rua. Restaram apenas resmungos, indiferença e silêncios constrangidos.

Ele parou sob a árvore no final da garagem, tirou o boné e ficou parado com as mãos nos bolsos, os ombros encolhidos por causa do frio. Não usava casaco, apenas um fino suéter cinza para enfrentar uma manhã em que fazia 3 graus. Era legal sentir frio. Ela teve de resistir à vontade de correr até lá fora e envolvê-lo com um casaco.

Claire esperou o ônibus escolar chegar. Viu o filho subir no veículo sem olhar para trás, pôde ver sua silhueta atravessar o corredor entre as fileiras de bancos e sentar-se ao lado de outro estudante — uma menina. Quem é aquela menina?, pensou. Não sei mais o nome dos amigos do meu filho. Ocupo apenas um cantinho de seu universo. Ela sabia que isso aconteceria: o afastamento, a luta do filho por independência, mas não estava preparada. A transformação ocorreu subitamente, como se um bom menino tivesse saído de casa certo dia e um estranho tivesse voltado no seu lugar. *Você é tudo o que me restou de Peter. Não estou pronta para perdê-lo também.*

O ônibus se foi.

Claire voltou para a cozinha e sentou-se diante da xícara de café morno. A casa estava vazia e silenciosa, um lar ainda enlutado. Ela suspirou e abriu a semanal *Gazeta de Tranquility.* REBANHO DE VEADOS SAUDÁVEIS PROMETE TEMPO-RADA GENEROSA, anunciava a manchete da primeira página. Começara a caçada. Trinta dias para abater seu cervo.

Lá fora, outro tiro ecoou na floresta.

Virou a página e abriu a seção de ocorrências policiais. Não havia referência aos tumultos do Halloween, uma noite antes, ou sobre os sete adolescentes violentos que foram presos por levarem longe demais a ameaça anual de doces ou travessuras. Mas ali, em meio a anúncios de cachorros perdidos e lenha roubada, constava seu nome, sob o título TRANSGRESSÕES: "Claire Elliot, 40 anos, operando veículo com selo de vistoria vencido." Ela ainda não levara o Subaru para a vistoria e hoje teria de usar a picape para evitar ser multada outra vez. Irritada, virou a página e olhava a previsão do tempo — frio e vento, máxima de 2, mínima de 6 graus negativos — quando o telefone tocou.

Ela se levantou para atendê-lo.

— Alô?

— Dra. Elliot? Aqui é Rachel Sorkin, da Toddy Point Road. Tenho uma emergência aqui. Elwyn acabou de balear a si mesmo.

— O quê?

— Você sabe, aquele idiota do Elwyn Clyde. Ele entrou na minha propriedade, caçando um pobre animal. Ele o matou, uma bela fêmea, no meu jardim. Esses homens imbecis com suas armas idiotas.

— E quanto a Elwyn?

— Ah, ele tropeçou e deu um tiro no próprio pé. Bem feito.

— Ele deve ir direto para o hospital.

— Bem, esse é o problema. Ele não quer ir para o hospital e não me deixa chamar a ambulância. Quer que eu o leve, e ao animal, de carro para casa. Bem, não vou fazer isso. O que devo fazer, então?

— Ele está sangrando muito?

Ouviu Rachel gritar:

— Ei, Elwyn? *Elwyn!* Você está sangrando?

Pouco depois, Rachel voltou à linha:

— Ele disse que está bem. Só quer uma carona para casa. Mas não vou levá-lo. E com certeza não vou levar o animal.

Claire suspirou.

— Acho que posso ir até aí dar uma olhada. Vocês estão na Toddy Point?

— A menos de 2 quilômetros dos Penedos. Meu nome está na caixa de correio.

A neblina estava começando a se dissipar quando Claire alcançou a estrada em sua picape. Através das fileiras de pinheiros brancos, viu um relance do lago Locust, a neblina se erguendo como vapor. O sol já começava a brilhar, espalhando raios dourados sobre as ondulações. Do outro lado do lago, visível apenas através de vãos de neblina, ficava a costa norte com seus chalés de verão, a maioria deles com as portas e janelas lacradas para o inverno: seus ricos proprietários estariam agora em suas casas em Boston ou Nova York. Na costa sul, onde Claire se encontrava, ficavam as casas mais modestas, algumas delas barracões de dois cômodos escondidos entre as árvores.

Ela passou pelos Penedos, um afloramento de pedras de granito onde os adolescentes do lugar se reuniam para nadar no verão, e achou a caixa de correio com o nome *Sorkin*.

Uma estrada de terra batida esburacada levou-a até a casa. Era uma estrutura estranha e extravagante, cômodos acrescentados ao acaso, cantos despontando em lugares inesperados. Acima de tudo aquilo, como se fosse a ponta de um cristal rompendo o telhado, havia um campanário de vidro. Uma mulher excêntrica devia ter uma casa excêntrica, e Rachel Sorkin era uma das pessoas esquisitas de Tranquility, uma mulher impressionante de cabelos escuros que ia à cidade uma vez por semana vestindo uma capa roxa com gorro. Aquela parecia mesmo a casa onde moraria uma mulher que usava uma capa como aquela.

Junto à escada da varanda, perto de um gramado muito bem cuidado, jazia a corça morta.

Claire saiu da picape. Imediatamente, dois cães emergiram da mata e lhe barraram o caminho, latindo e rosnando. Estão guardando a presa, deu-se conta.

Rachel saiu de casa e gritou para os cães:

— Saiam daqui, seus animais desgraçados! Vão para casa!

Ela pegou uma vassoura na varanda e desceu correndo os degraus, o longo cabelo negro ao vento, a vassoura esticada para a frente, como uma lança.

Os cães se afastaram.

— Rá! Covardes! — exultou Rachel, avançando contra os bichos. Eles recuaram para a floresta.

— Ei, deixe meus cachorros em paz! — gritou Elwyn Clyde, que viera mancando até a varanda. Elwyn era um clássico exemplo de fim de linha evolutivo: uma massa disforme de 50 anos, embrulhada em flanela e condenada ao celibato eterno. — Eles não estão machucando ninguém. Só estão tomando conta da minha corça.

— Elwyn, tenho notícias para você. Você matou esta pobre criatura em minha propriedade. Portanto, ela é minha.

— E o que vai fazer com uma corça, sua maldita vegetariana?

Claire interveio:

— Como está o pé, Elwyn?

Ele olhou para Claire, surpreso ao vê-la.

— Tropecei — respondeu. — Nada sério.

— Um ferimento a bala sempre é sério. Posso dar uma olhada?

— Não posso pagar por isso... — Ele fez uma pausa, erguendo uma sobrancelha despenteada ao lhe ocorrer um pensamento matreiro. — A não ser que queira um pouco de carne de corça.

— Só quero me certificar de que você não está tendo uma hemorragia fatal. Podemos acertar outra hora. Posso ver o seu pé?

— Já que insiste — disse ele, mancando de volta para a casa.

— Isso vai ser ótimo — disse Rachel para Claire.

Estava quente na cozinha. Rachel atirou uma acha no fogão a lenha, que exalou uma fumaça adocicada enquanto ela voltava a fechar a tampa de ferro.

— Vamos examinar o seu pé — disse Claire.

Elwyn mancou até uma cadeira, deixando rastros de sangue pelo chão. Ainda estava com a meia, e havia um buraco esgarçado perto do dedão, como se um rato tivesse roído a lã.

— Não está doendo — comentou. — Se quer saber, acho que estão fazendo tempestade em copo d'água.

Claire ajoelhou-se e tirou a meia do homem. Saiu lentamente, a lã grudada à pele não por causa do sangue, e sim pelo suor e pele morta.

— Ai, meu Deus — disse Rachel, levando a mão ao nariz. — Você nunca troca de meia, Elwyn?

A bala atravessara a junção entre o primeiro e o segundo dedo. Claire encontrou o local de saída na sola do pé. Sangrava apenas um pouco. Tentando não engasgar com o fedor, ela testou os movimentos de todos os dedos, para ver se nenhum nervo fora atingido.

— Você vai ter que limpar a ferida e trocar as bandagens todos os dias — disse ela. — E vai precisar de uma antitetânica, Elwyn.

— Ah, já tomei uma.

— Quando?

— No ano passado. Foi aplicada pelo velho Dr. Pomeroy. Depois que levei o tiro.

— Isso é um evento anual?

— Aquele atravessou o outro pé. Não foi lá grande coisa.

O Dr. Pomeroy morrera em janeiro e Claire ficara com todos os seus registros médicos ao comprar o consultório dele, oito meses antes. Ela poderia verificar o prontuário de Elwyn e confirmar a data de sua última antitetânica.

— Acho que cabe a mim limpar este pé — disse Rachel.

Claire pegou na maleta um frasquinho de Betadina e o entregou a ela.

— Acrescente isso a uma bacia de água quente. Faça-o ficar com o pé imerso na solução durante algum tempo.

— Ah, eu posso fazer isso sozinho — disse Elwyn, se levantando.

— Então, é melhor amputar isso agora mesmo! — rebateu Rachel. — *Sente-se*, Elwyn.

— Mas que porcaria... — disse ele, e voltou a se sentar.

Claire deixou alguns pacotes de bandagens e rolos de gaze sobre a mesa.

— Elwyn, venha ao meu consultório na semana que vem para que eu possa examinar o ferimento.

— Mas tenho muita coisa para fazer...

— Se não vier, vou ter que caçá-lo como um cão.

Elwyn encarou-a, surpreso.

— Sim, senhora — respondeu humildemente.

Suprimindo um sorriso, Claire pegou a maleta e saiu da casa.

Os dois cães estavam de volta ao jardim, disputando um osso imundo. Quando Claire desceu os degraus, ambos se voltaram na direção dela.

O cão preto avançou e rosnou.

— Xô! — exclamou Claire, mas o cão se recusou a se afastar. Deu mais alguns passos à frente, com os dentes arreganhados.

Aproveitando a oportunidade, o cachorro marrom abocanhou o osso e começou a arrastá-lo para longe. Levou-o até a metade do jardim antes que o outro subitamente notasse o roubo e voltasse à disputa. Ganindo e rosnando, rolaram pelo jardim em um emaranhado preto e marrom. O osso ficou esquecido ao lado da picape de Claire.

Ela abriu a porta e estava se ajeitando atrás do volante quando se deu conta do que acabara de ver. Voltou os olhos para o chão, para o osso.

Tinha menos de 30 centímetros e estava encardido com um marrom ferruginoso por causa da terra. Uma das extremidades havia se partido, deixando ásperas rebarbas. A outra estava intacta, suas características ósseas reconhecíveis.

Era um fêmur. E era humano.

A 170 quilômetros da cidade, o chefe de polícia de Tranquility, Lincoln Kelly, finalmente alcançou a esposa.

Ela andava a cerca de 80 quilômetros por hora em um Chevy roubado, rabeando para a esquerda e para a direita, o cano de descarga solto levantando fagulhas toda vez que o carro passava por uma depressão da estrada.

— Ai, meu Deus — disse Floyd Spear, sentado ao lado de Lincoln dentro do carro patrulha. — Hoje Doreen exagerou na bebida.

— Passei a manhã inteira na estrada — disse Lincoln. — Não tive como falar com ela. — Ele ligou a sirene, esperando que isso fizesse Doreen reduzir a velocidade. Ela acelerou.

— E agora? — perguntou Floyd. — Quer que eu peça reforços?

"Reforços" significava Hank Dorr, o único outro policial de plantão naquela manhã.

— Não — disse Lincoln. — Vamos ver se conseguimos convencê-la a parar no acostamento.

— A 100 por hora?

— Ligue o megafone.

Floyd pegou o megafone e sua voz ecoou:

— Ei, Doreen, pare no acostamento! Por favor, querida, você vai acabar machucando alguém!

O Chevy continuou a chacoalhar e a balançar.

— Podemos esperar até ela ficar sem gasolina — sugeriu Floyd.

— Continue falando com ela.

Floyd voltou a tentar o microfone.

— Doreen, Lincoln está aqui! Vamos lá, pare o carro! Ele quer pedir desculpas!

— Eu quero *o quê*?

— Estacione, Doreen, e ele lhe dirá isso pessoalmente!

— De que diabos está falando? — exclamou Lincoln.

— As mulheres sempre esperam que os homens se desculpem.

— Mas eu não fiz nada!

Mais à frente, as luzes de freio do Chevy subitamente se acenderam.

— Viu? — disse Floyd enquanto o Chevy parava no acostamento.

Lincoln estacionou atrás do Chevy e saiu do carro patrulha. Doreen estava curvada atrás do volante, o cabelo ruivo despenteado e emaranhado, as mãos trêmulas. Lincoln abriu a porta, inclinou-se sobre o colo da esposa e recolheu as chaves do carro.

— Doreen — disse ele, com a voz cansada —, você precisa vir comigo à delegacia.

— Quando vai voltar para casa, Lincoln? — perguntou ela.

— Falaremos sobre isso depois. Vamos, querida, vamos entrar no carro. — Lincoln tentou segurá-la pelo cotovelo, mas Doreen o evitou e deu um tapa na mão do marido.

— Só quero saber quando você vai voltar para casa — repetiu.

— Já falamos sobre isso tantas vezes!

— Você ainda está casado comigo. Ainda é meu marido.

— Não faz sentido continuar a discutir isso.

Outra vez ele segurou o cotovelo da mulher. Ele já a havia tirado do Chevy quando ela se esquivou e deu-lhe um soco no queixo. Ele cambaleou alguns passos para trás, a cabeça zunindo.

— Ei! — disse Floyd, segurando o braço de Doreen. — Ei, você não quer fazer isso de novo!

— Me deixe em paz! — gritou Doreen. Ela se livrou de Floyd e tentou dar outro soco no marido.

Desta vez, Lincoln se esquivou, o que só fez a mulher ficar ainda mais irritada. Ela conseguiu dar outro golpe antes que Lincoln e Floyd imobilizassem seus braços.

— Detesto ter que fazer isso — disse Lincoln. — Mas você não está sendo sensata hoje. — Ele pegou as algemas que trazia à cintura. Ela cuspiu no rosto dele. Lincoln se limpou com a manga da camisa e então, pacientemente, levou-a até o banco de trás do carro patrulha.

— Ai, cara — disse Floyd. — Você sabe que vamos ter que fazer o registro.

— Eu sei — suspirou Lincoln, antes de sentar-se ao volante.

— Você não pode se divorciar de mim, Lincoln Kelly! — exclamou Doreen. — Você prometeu me amar e me honrar!

— Eu não sabia que você bebia — disse Lincoln, e fez o retorno com o carro.

Dirigiram lentamente até a cidade, com Doreen reclamando o tempo todo. Era a bebida que fazia aquilo. O álcool parecia libertar todos os seus demônios.

Dois anos antes, Lincoln saíra de casa. Achava que fizera tudo o que podia por um casamento que roubara dez anos de sua vida. Não era de desistir facilmente das coisas, mas o desespero por fim levou a melhor. A angústia e a sensação de que, aos 45 anos, a vida estava passando sem que ele tivesse alegrias ou realizações. Ele tentou se acertar com Doreen, desejou recobrar um pouco daquele antigo afeto que sentira por ela no início do casamento, quando ela era uma mulher inteligente e sóbria em vez de alguém tomada pela fúria como agora. Às vezes, sondava o próprio coração em busca de vestígios de amor que tivessem permanecido, alguma pequena fagulha entre as cinzas, mas não restava mais nada. O amor havia acabado. E ele estava cansado.

Lincoln tentou ajudá-la, mas Doreen não estava lúcida o bastante para ajudar a si mesma. Volta e meia, quando ficava furiosa, passava o dia todo bebendo. Então, pegava "emprestado" o carro de alguém e saía em um de seus famosos passeios em alta velocidade. As pessoas na cidade sabiam que era melhor não pegar a estrada quando Doreen Kelly estava ao volante.

Chegando à delegacia de Tranquility, Lincoln deixou Floyd registrar a ocorrência e efetuar a prisão. Através das duas portas fechadas que levavam às celas, ele podia ouvir Doreen gritando por um advogado. Achava que realmente deveria chamar um advogado para ela, embora ninguém mais em Tranquility quisesse defendê-la. Mesmo em Bangor, bem ao sul da cidade, ela já era reconhecida. Lincoln sentou-se à sua mesa para consultar a agenda em busca de um advogado a quem não tivessem recorrido durante algum tempo. Alguém que não se importasse em ser xingado pelo cliente.

Aquilo era aborrecimento demais para ser enfrentado tão cedo pela manhã. Ele afastou a agenda e passou as mãos pelos cabelos. Doreen ainda gritava lá dentro. Ele sabia que tudo seria relatado na sensacionalista *Gazeta* e, depois, reproduzido pelos jornais de Bangor e Portland, porque o maldito estado do Maine achava aquilo muito engraçado e muito incomum. *Chefe de polícia de Tranquility prende a própria esposa. De novo.*

Pegou o telefone e começou a discar o número do advogado de Tom Wiley quando ouviu alguém bater à porta. Ao erguer a cabeça, viu Claire Elliot entrar em seu escritório e baixou o telefone.

— Como vai, Claire? — cumprimentou. — Já providenciou o seu selo de vistoria?

— Ainda estou cuidando disso. Mas não vim aqui por causa do meu carro. Quero lhe mostrar algo. — E pousou um osso sujo sobre a escrivaninha.

— O que é isso?

— É um fêmur, Lincoln.

— O quê?

— Um osso da coxa. Acho que é humano.

Ele olhou para o osso encrostado de terra. Uma extremidade estava esfacelada, e a haste mostrava marcas de dentes de animais.

— Onde o encontrou?

— Na casa de Rachel Sorkin.

— Como Rachel conseguiu isso?

— Os cães de Elwyn Clyde carregaram o osso para o jardim dela. Ela não sabe de onde veio. Eu passei por lá essa manhã, depois que Elwyn deu um tiro no próprio pé.

— Outra vez? — Ele revirou os olhos e ambos riram. Se cada cidadezinha tinha um idiota, então o de Tranquility era Elwyn.

— Ele está bem — tranquilizou-o. — Mas acho que um ferimento a bala deveria ser registrado.

— Considere feito. Já tenho uma pasta separada para Elwyn e seus ferimentos a bala. — Ele indicou uma cadeira. — Agora, me fale sobre este osso. Tem certeza de que é humano?

Ela se sentou. Embora estivessem cara a cara, Lincoln sentia uma barreira quase física entre os dois. Havia sentido isso desde a primeira vez que se viram, logo depois de Claire se mudar para a cidade, quando atendera um prisioneiro com dores abdominais em uma das três celas da cadeia de Tranquility. Lincoln tinha curiosidade sobre a vida dela desde o início. Onde estava seu marido? Por que educava o filho sozinha? Mas ele não se sentia à vontade para lhe fazer perguntas pessoais e ela parecia não permitir intromissões. Agradável mas profundamente reservada, Claire parecia não estimular qualquer aproximação, o que era uma pena. Era uma mulher bonita, baixa mas forte, com olhos escuros luminosos e uma vasta cabeleira castanha e encaracolada na qual começavam a aparecer os primeiros fios prateados.

Ela se inclinou para a frente, as mãos apoiadas sobre a mesa.

— Não sou especialista — disse —, mas não conheço nenhum outro animal que tenha ossos assim. A julgar pelo tamanho, parece o fêmur de uma criança.

— Viu algum outro osso em volta?

— Rachel e eu procuramos pelo jardim, mas não encontramos nada. Os cães podem tê-lo achado em qualquer lugar na floresta. Você vai ter que revistar toda a área.

— Pode ser de um antigo cemitério indígena.

— É possível. Mas ainda assim não precisa ser analisado pelo legista? — Subitamente ela se voltou, inclinando a cabeça. — Que confusão toda é essa?

Lincoln corou. Doreen voltara a gritar em sua cela, deixando verter uma nova torrente de xingamentos:

— Lincoln, seu desgraçado! Seu babaca! Mentiroso! Vai pro inferno!

— Parece que alguém não gosta muito de você — comentou Claire.

Ele suspirou e apoiou a cabeça nas mãos.

— Minha mulher.

Claire olhou-o com pena. Evidentemente, sabia de seu problema. Todo mundo na cidade sabia.

— Sinto muito — disse ela.

— Ei, seu idiota! — gritou Doreen. — Você não tem o direito de me tratar assim!

Ele se esforçou para voltar a atenção ao fêmur.

— Qual você acha que seria a idade da vítima?

Ela pegou o fêmur e girou-o nas mãos, analisando-o. Por um instante, segurou-o com reverência silenciosa, pensando que aquele osso quebrado certa vez pertencera a uma criança alegre e ativa.

— Jovem — murmurou. — Acho que menos de 10 anos. — Ela baixou o osso sobre a mesa e o observou em silêncio.

— Não tivemos nenhuma queixa de crianças desaparecidas ultimamente — respondeu o chefe. — Esta área é ocupada há centenas de anos, e ossos antigos estão sempre aparecendo. Há um século, não era tão incomum as pessoas morrerem jovens.

Ela franziu as sobrancelhas.

— Não creio que esta criança tenha morrido de causas naturais — murmurou.

— Por que diz isso?

Claire acendeu a lâmpada da escrivaninha e aproximou o osso da luz.

— Aqui — apontou. — Está tão sujo que mal dá para ver.

Do bolso ele tirou os óculos, outro lembrete da passagem do tempo, de sua juventude indo embora. Aproximando-se, esforçou-se para ver o que a mulher tentava lhe mostrar. Apenas quando Claire removeu uma crosta de terra com a unha ele percebeu uma fenda cuneiforme.

Era uma marca de machadinha.

2

Quando Warren Emerson finalmente recuperou a consciência, descobriu que estava deitado perto da pilha de lenha e que o sol ardia sobre seus olhos. Sua última lembrança era de estar à sombra, a grama úmida de orvalho e bolsões de solo protuberantes, erguidos pelo frio. Estivera cortando lenha, desfrutando do retinir agudo que o machado fazia ecoar no ar enregelado. O sol ainda não ultrapassara a altura do pinheiro do jardim de sua casa.

Agora, o sol estava bem acima da árvore, o que significava que havia caído ali havia algum tempo, talvez uma hora, a julgar pela altura do sol no céu.

Lentamente, Warren sentou-se, a cabeça dolorida como sempre ficava depois. Suas mãos e seu rosto estavam dormentes de frio: suas duas luvas haviam caído. Viu o machado tombado ao seu lado, a lâmina enterrada profundamente em uma acha de lenha. Um quantidade suficiente para um dia estava espalhada à sua volta. Demorou um tempo dolorosamente longo até ele registrar tais observações e considerar o significado de cada uma delas. Os pensamentos vinham-lhe com dificuldade, como se se arrastassem, vindos de muito longe, fragmentados e em desordem. Ele era paciente consigo mesmo. No fim, tudo faria sentido.

Saíra pouco depois do nascer do sol a fim de cortar lenha para o dia. O resultado de seu trabalho jazia ao seu redor agora. Havia quase completado a tarefa matinal, acabara de cravar o machado naquele último cepo, quando as trevas caíram sobre ele. Tombara sobre a pilha de lenha; isso explicaria por que algumas das toras haviam rolado do topo da pilha. Sua cueca estava molhada. Devia ter urinado nas calças, como sempre fazia durante esses ataques. Ao olhar para as roupas, viu que seu jeans estava encharcado.

Havia sangue em sua camisa.

Ele se levantou com dificuldade e voltou lentamente para a antiga casa de fazenda.

A cozinha estava quente e abafada por causa do fogão a lenha. Aquilo o fez se sentir ligeiramente tonto, e sua visão começara a ficar desfocada nas bordas quando chegou ao banheiro. Sentou na tampa lascada da privada, segurando a cabeça, esperando que a mente se desanuviasse. A gata entrou e esfregou-se em suas pernas, miando e pedindo atenção. Ele estendeu a mão para tocá-la e seu pelo macio o reconfortou.

Seu rosto não estava mais dormente de frio, e ele agora se dava conta da dor que pulsava insistentemente em uma de suas têmporas. Apoiando-se na pia, levantou-se e olhou-se no espelho. Sobre a orelha esquerda, o cabelo grisalho estava duro com o sangue coagulado. Um fio de sangue secara em sua face, como uma pintura de guerra. Ele olhou para o próprio reflexo, para um rosto profundamente marcado por 66 anos de rigorosos invernos, trabalho honesto e solidão. Sua única companhia era a gata que agora miava aos seus pés, não em busca de afeto, e sim, de comida. Ele amava aquela gata, e algum dia choraria sua morte em um sepultamento solene e passaria noites inteiras com saudades de seu ronronar, mas não tinha ilusões de que a gata o amasse também.

Tirou a roupa, a camisa puída e manchada de sangue, o jeans encharcado de urina. Despiu-se com o mesmo cuidado que dedicava a qualquer outra tarefa em sua vida, deixando as roupas em uma pilha bem-arrumada sobre a tampa da privada. Ligou o chuveiro e entrou antes que a água aquecesse. O desconforto foi apenas momentâneo e mal merecia um tremor comparado à vida apática e desconfortável que levava. Lavou o sangue do cabelo, fazendo o ferimento arder por causa do sabão. Devia ter cortado o couro cabeludo ao cair sobre a pilha de lenha. O ferimento cicatrizaria, assim como todos os outros cortes que já sofrera. Warren Emerson era um testemunho ambulante da resistência do tecido cicatricial.

A gata voltou a miar assim que ele saiu do chuveiro. Era um som comovente, desesperado, e ele não conseguia ouvi-lo sem se sentir culpado. Ainda nu, foi até a cozinha, abriu uma lata de ração com pedaços de frango e serviu algumas colheres da mistura na vasilha de Mona.

Ela emitiu um leve ronronar de prazer e começou a comer, sem mais se importar com ele. Exceto por sua habilidade com o abridor de latas, ele não era importante para a existência dela.

Warren foi até o armário do quarto.

Aquele fora, anteriormente, o quarto de seus pais, e ele ainda guardava todos os pertences deles. A cama antiga, a escrivaninha com puxadores de bronze, as fotografias em suas molduras de estranho. Ao abotoar a camisa, seu olhar se deteve sobre uma foto em particular, de uma menina de cabelos negros e olhos sorridentes. O que Iris estaria fazendo naquele momento?, pensou, como fazia a cada dia de sua vida. Será que pensava nele? Seu olhar voltou-se para outra imagem. Aquela fora a última fotografia tirada de sua família, a mãe saudável e sorridente, o pai desconfortável usando terno e gravata. Metido entre os dois, com o cabelo penteado para o lado, estava o pequeno Warren.

Ele estendeu a mão para a fotografia e tocou seu próprio rosto de 12 anos. Não se lembrava daquele menino. No sótão, havia trens de brinquedo, livros de aventuras e lápis de cera ressecados que outrora pertenceram àquele menino. Mas o Warren que brincara naquela casa e que sorria ao lado dos pais em uma fotografia domingueira era um Warren diferente. Não o mesmo que ele via ao se olhar no espelho.

Subitamente, sentiu uma terrível vontade de tocar aqueles brinquedos outra vez.

Ele subiu ao sótão e arrastou a antiga arca para o feixe de luz. Com a lâmpada sem cúpula balançando no teto, ergueu a tampa. Lá dentro havia tesouros. Tirou-os um a um e pousou-os no chão empoeirado. A lata de biscoitos com todos os seus carrinhos da Matchbox. O Lincoln Logs — brinquedo de montar composto por pequenas toras de madeira. O saco de couro contendo as bolas de gude. Finalmente encontrou o que procurava: o jogo de damas.

Abriu o tabuleiro e espalhou as peças: vermelhas de um lado, pretas do outro.

Mona subiu ao sótão e sentou-se ao lado dele com um bafo de frango. Por um instante, olhou para o tabuleiro com o característico desdém felino. Então, caminhou na ponta das patas e cheirou uma das peças pretas.

— Então, esse é o seu primeiro movimento? — perguntou Warren. Não era uma jogada muito inteligente, mas, afinal, o que esperar de um gato? Ele moveu a peça preta para ela, e Mona pareceu satisfeita.

Lá fora, o vento soprava, fazendo chacoalhar as persianas frouxas. Ouvia os galhos da árvore de lilás arrastando-se contra as ripas da casa.

Warren avançou uma peça vermelha e sorriu para a parceira.

— Sua vez, Mona.

Às 6h30, como fazia todas as manhãs dos dias de semana, Isabel Morrison, de 5 anos, se esgueirou até o quarto da irmã mais velha e entrou debaixo das cobertas. Ali, se espreguiçou feliz nos lençóis mornos e cantarolou para si mesma enquanto esperava Mary Rose despertar. Haveria um bocado de suspiros e reclamações, Mary Rose se reviraria na cama, seus longos cabelos castanhos roçando o rosto da irmã. Isabel achava que Mary Rose era a menina mais bonita do mundo. Parecia a princesa Aurora, a bela adormecida, esperando o beijo de seu príncipe. Às vezes, Isabel fingia ser *ela* própria o Príncipe Encantado e, mesmo sabendo que meninas não deveriam se beijar, colava os lábios aos da irmã e anunciava: "Agora, você tem que acordar!"

Certa vez, Mary Rose fingiu que dormia. Subitamente, porém, ergueu-se como um monstro e fez tantas cócegas em Isabel que as duas caíram da cama em um dueto de gritinhos alegres.

Quem dera Mary Rose fizesse cócegas nela agora. Quem dera Mary Rose estivesse em seu estado normal.

Isabel aproximou-se do ouvido da irmã e murmurou:

— Você não vai acordar?

Mary Rose cobriu a cabeça com a coberta.

— Vá embora, sua peste.

— Mamãe disse que é hora de você ir para a escola. Você tem que levantar.

— Saia do meu quarto!

— Mas está na hora de...

Mary Rose rosnou e chutou a irmã com força.

Isabel foi arremessada para o outro lado da cama, onde ficou, calada e ressabiada, massageando a canela dolorida e tentando entender o que acabara de acontecer. Mary Rose nunca a chutara antes. Ela sempre acordava com um sorriso e a chamava de Dizzy Izzy e fazia tranças em seu cabelo antes de ir para a escola.

Resolveu tentar de novo. Engatinhou até o travesseiro, afastou os lençóis e sussurrou no ouvido da irmã:

— Eu sei o que a mamãe e o papai vão te dar de presente de Natal. Quer saber o que é?

Mary Rose abriu os olhos de repente e voltou-se para Isabel.

Amedrontada, Isabel saiu rapidamente da cama e olhou para um rosto que quase não reconhecia. Um rosto que a assustou.

— Mary Rose? — murmurou.

Então, saiu correndo do quarto.

A mãe delas estava na cozinha, no andar de baixo, mexendo uma panela de mingau de aveia e tentando ouvir o rádio apesar dos gritos do periquito Rocky. Quando Isabel entrou chorando na cozinha, a mãe se voltou e disse:

— São 7 horas. Sua irmã não vai se levantar?

— Mamãe — gemeu Isabel, desesperada —, aquela não é Mary Rose!

Noah Elliot fez um *kick-flip*, uma manobra de 360 graus, saiu voando da calçada e aterrissou perfeitamente sobre o asfalto. *Legal! Consegui!* Roupas largas ao vento, deslizou até o estacionamento dos professores, bateu com a cauda do skate no meio-fio e voltou outra vez, um trajeto cem por cento perfeito.

Era o único momento em que sentia que controlava a própria vida, quando estava andando de skate, o único momento em que determinava o próprio destino, o próprio caminho. Ultimamente, parecia que as coisas eram decididas por outras pessoas, e Noah sentia estar sendo arrastado, esperneando e berrando, em direção a um futuro que nunca pedira. Mas, quando estava andando de skate, com o vento batendo no rosto e a calçada passando rapidamente sob os pés, aquele momento era só seu. Podia esquecer que estava preso naquela cidade obscura. Podia até mesmo esquecer, durante aquela breve e emocionante corrida, que seu pai havia morrido e que nada voltaria a ser como antes.

Sentiu que as meninas do primeiro ano estavam olhando para ele. Estavam reunidas em um grupo fechado atrás das salas de aula e riam, animadas. Seus rostos se voltaram ao mesmo tempo quando Noah passou. Ele raramente falava com elas, e elas raramente falavam com ele, mas a cada intervalo para o almoço, lá estavam observando enquanto ele treinava suas manobras.

Noah não era o único a andar de skate no colégio Knox, mas definitivamente era o melhor, e elas viviam de olho nele, ignorando os outros meninos que se exibiam no asfalto. Afinal, aqueles outros garotos só gostavam de se exibir. Todos usavam equipamentos da CCS e o uniforme completo: camisas da Birdhouse, tênis Kevlar e calças tão largas que as bainhas arrastavam no chão. Mas ainda assim eram garotos posando de skatistas em uma cidade provinciana. Eles nunca haviam andado com os feras de Baltimore.

Quando Noah fez uma volta para terminar o percurso, percebeu um brilho de cabelos louros à beira da pista. Amelia Reid o observava. Estava sozinha, segurando um livro, como sempre. Amelia era uma daquelas meninas que pareciam chamar a atenção de todos, de tão perfeita, tão dourada que era. Não se parecia em nada com os dois irmãos idiotas, que estavam sempre implicando com ele na cantina. Noah nunca a vira olhando para ele antes e, ao se dar conta de que tinha a atenção dela, sentiu as pernas bambearem.

Ele voou com o skate e quase o perdeu na aterrissagem. *Se concentra, cara! Não vacila.* Entrou velozmente no estacionamento da diretoria, deu a volta e subiu a rampa de concreto. De um lado havia um corrimão em declive. Ele rodou e subiu no corrimão. Seria uma descida suave.

Não fosse pelo fato de Taylor Darnell ter escolhido justamente aquele momento para aparecer no seu caminho.

Noah gritou:

— Sai da frente!

Mas Taylor não reagiu a tempo.

No último instante, Noah pulou e caiu no chão. O skate, porém, escorregou ao longo de todo o corrimão e se chocou contra as costas de Taylor.

Taylor virou-se, berrando:

— Mas que droga! Quem jogou isso em mim?

— Eu não joguei, cara — disse Noah enquanto se levantava do chão. As palmas de suas mãos estavam esfoladas, e seu joelho doía. — Foi um acidente. Você apareceu na minha frente. — Noah curvou-se para pegar o skate, que caíra com as rodas voltadas para cima. Taylor era um cara legal, um dos primeiros que o cumprimentaram quando Noah chegara à cidade, oito meses antes. Às vezes saíam juntos à tarde, compartilhando manobras de skate. Por isso, Noah ficou chocado quando Taylor subitamente lhe deu um forte empurrão. — Ei! Ei, qual é o seu problema?

— Você jogou isso em mim!

— Não joguei.

— Todo mundo viu! — Taylor olhou para as pessoas em volta. — Não viram?

Ninguém disse nada.

— Eu disse que foi um acidente — disse Noah. — Desculpa mesmo, cara.

Ouviram-se risadas perto das salas de aula. Taylor olhou para as meninas e percebeu que elas estavam observando a confusão.

— Calem a boca! — gritou ele, com o rosto vermelho de raiva. — Meninas idiotas!

— Nossa, Taylor — disse Noah. — Qual é o problema?

Os outros skatistas os cercaram, assistindo à discussão. Um deles brincou:

— Ei, por que o Taylor atravessou a rua?

— Por quê?

— Porque ele está com o pinto enfiado na galinha!

Todos os skatistas riram, inclusive Noah. Não conseguiu evitar.

Ele não estava preparado para o soco, que pareceu ter vindo do nada. Um gancho no queixo. Sua cabeça foi projetada para trás e ele caiu sentado no asfalto. Ali ficou um instante, os ouvidos zumbindo e a visão embaralhada enquanto para sua surpresa dava lugar à fúria ressentida. *Ele era meu amigo e me bateu!*

Noah voltou a se levantar e avançou contra Taylor, jogando-o no chão. Caíram juntos, Noah por cima. Rolaram diversas vezes, ambos se golpeando, nenhum dos dois conseguindo encaixar um golpe decisivo. Noah finalmente o imobilizou, mas era como tentar segurar um gato furioso.

— Noah Elliot!

Ele congelou, as mãos ainda segurando os pulsos de Taylor. Lentamente, virou a cabeça e viu a diretora, a Srta. Cornwallis, perto deles. Os outros meninos haviam se afastado e observavam a uma distância segura.

— Levantem-se! — disse a Srta. Cornwallis. — Os dois!

Imediatamente Noah largou Taylor e se levantou. Taylor, com o rosto quase roxo de raiva, gritou:

— Ele me empurrou! Ele me empurrou. Só tentei me defender!

— Não é verdade! Ele me bateu primeiro!

— Ele jogou o skate em mim!

— Não joguei, nada. Foi um acidente!

— Acidente? Seu mentiroso!

— Quietos os dois! — gritou a Srta. Cornwallis.

Houve um silêncio atônito no pátio da escola e todos se voltaram para a diretora. Eles nunca a tinham ouvido gritar. Era uma mulher dura, embora bonita, que usava terninhos e saltos baixos e mantinha o cabelo louro cuidadosamente penteado em um coque à francesa. Ouvi-la gritar foi uma surpresa para todos.

A Srta. Cornwallis inspirou profundamente, se recompondo.

— Me dê seu skate, Noah.

— Foi um acidente. Eu não bati nele.

— Você o imobilizou no chão. Eu vi.

— Mas eu não bati nele!

Ela estendeu a mão.

— Me dê isso.

— Mas...

— Agora.

Noah pegou o skate caído perto dali. Estava bem gasto, uma borda lascada coberta com fita isolante. Fora um presente de aniversário de 13 anos ao qual acrescentara o decalque no fundo — um dragão verde cuspindo labaredas vermelhas. As rodas estavam gastas de tanto cruzarem as ruas de Baltimore, cidade onde ele costumava morar. Noah adorava aquele skate porque o fazia lembrar de tudo o que deixara para trás. Tudo de que ainda sentia falta. Ele o segurou por um instante e então, sem dizer nenhuma palavra, entregou-o à Srta. Cornwallis.

Ela pegou-o com uma expressão de desagrado. Voltando-se para os outros alunos, disse:

— Chega de skate na escola. Quero que levem todos para casa hoje. E se eu vir algum amanhã, vou confiscá-lo. Entenderam?

Todos balançaram a cabeça silenciosamente.

A Srta. Cornwallis voltou-se para Noah.

— Ficará detido até as 15h30, hoje.

— Mas eu não fiz nada!

— Venha ao meu gabinete agora. Vai ficar sentado lá para pensar no que fez.

Noah tentou argumentar, mas logo se calou. Todos olhavam em sua direção, inclusive Amelia Reid, e ele enrubesceu, humilhado. Em silêncio, de cabeça baixa, seguiu a Srta. Cornwallis em direção ao prédio.

Os outros skatistas se afastaram para que os dois passassem. Quando já estava a alguma distância, Noah ouviu um menino murmurar:

— Valeu, Elliot. Você ferrou com a gente.

Se alguém quisesse sentir o clima da cidade de Tranquility, o lugar certo a ir seria o Monaghan's Diner. Era ali que, todos os dias ao meio-dia, se reuniam os membros do Clube dos Dinossauros. Não era um clube de verdade, mas um grupo de seis ou sete aposentados que, por falta de um trabalho, se reuniam no balcão de Nadine para um café e um bate-papo, admirando as tortas em exibição sob as cúpulas de plástico. Claire não fazia ideia de por que o clube tinha aquele nome. Achava que, certo dia, uma das esposas, irritada pela ausência diária do marido, devia ter dito algo assim: "Ah, você e aquele bando de dinossauros!", e o apelido pegara, como acontece com os bons apelidos. Eram todos homens, todos com mais de 60 anos. Nadine ainda estava na casa dos 50, mas era um dinossauro extraoficial por trabalhar atrás do balcão e ter bom humor para tolerar as piadas horríveis e a fumaça dos cigarros.

Quatro horas após ter achado o fêmur, Claire parou no Monaghan's para almoçar. Os dinossauros — sete deles naquele dia —, todos com casacos cor de laranja sobre camisas de flanela, estavam sentados no lugar de sempre, os tamboretes do extremo esquerdo, perto da máquina de milk-shake.

Ned Tibbetts voltou-se e fez um gesto com a cabeça quando Claire entrou pela porta. Não foi um cumprimento caloroso, mas respeitoso e mal-humorado ao mesmo tempo.

— Bom-dia, doutora.

— Bom-dia, Sr. Tibbetts.

— Vai ventar um bocado hoje.

— Já está um gelo lá fora.

— Está vindo do noroeste. Pode nevar hoje à noite.

— Quer uma xícara de café, doutora? — perguntou Nadine.

— Quero; obrigada.

Ned voltou-se para os outros dinossauros, que reiniciaram a conversa. Ela só sabia o nome de dois deles; os outros eram apenas rostos familiares. Claire sentou-se sozinha na outra extremidade do balcão, como cabia ao seu status de estranha. Ah, as pessoas eram até bem cordiais com ela. Sorriam, eram educadas. Mas, para aqueles nativos, seus oito meses em Tranquility não passavam de uma estada temporária, uma garota da cidade flertando com a vida simples do campo. O inverno, todos pareciam concordar, seria o teste. Quatro meses de tempestades de neve e gelo sujo a fariam voltar para a cidade, como acontecera com os dois médicos anteriores.

Nadine pousou uma xícara fumegante de café diante de Claire.

— Imagino que já esteja sabendo de tudo, não é? — disse ela.

— De tudo o quê?

— Sobre aquele osso. — Nadine ficou olhando para ela, pacientemente esperando pela contribuição de Claire à rede de informação da cidade. Como a maioria das mulheres do Maine, Nadine ouvia um bocado. Aparentemente, só os homens falavam. Claire os ouvia quando ia à loja de ferragens, à loja de saldos ou ao correio. Ficavam tagarelando enquanto as mulheres esperavam, silenciosas e atentas.

— Ouvi dizer que é um osso de criança — disse Joe Bartlett, girando o tamborete para olhar para Claire. — Um fêmur.

— É isso mesmo, doutora? — perguntou outro.

Os dinossauros restantes se voltaram e olharam para Claire. Ela sorriu e disse:

— Vocês já parecem saber tudo a respeito do assunto.

— Ouvi dizer que foi bem maltratado. Talvez tenha sido arrancado por uma faca. Ou um machado. E então, os animais o pegaram.

— Estão bem animados hoje, meninos — debochou Nadine.

— Três dias naquela floresta, e os guaxinins e coiotes limpam a carne dos seus ossos. Então, aparecem os cachorros de Elwyn. Ele raramente dá comida a eles, você sabe. Ossos assim são uma iguaria para aqueles cães. Talvez estivessem roendo esses ossos há semanas. Elwyn não olharia duas vezes.

Joe riu.

— Aquele Elwyn simplesmente não consegue pensar.

— Talvez ele tenha atirado na criança. Talvez a tenha confundido com um veado.

Claire interveio:

— Parecia ser um osso muito antigo.

Joe Bartlett acenou para Nadine.

— Já me decidi. Vou querer o sanduíche Monte Cristo.

— Uau! Joe está chique hoje! — disse Ned Tibbetts.

— E você, doutora? — perguntou Nadine.

— Um sanduíche de atum e uma sopa de cogumelos, por favor.

Enquanto Claire almoçava, ouviu os homens especulando sobre de quem poderia ser aquele osso. Era impossível não ouvir. Três deles usavam aparelhos auditivos. A maioria deles podia se lembrar de acontecimentos ocorridos havia até 60 anos, e aventavam cada possibilidade. Talvez fosse aquela menina que caíra do penhasco de Bald Rock. Não, eles encontraram o corpo dela, lembram-se? Talvez tenha sido aquela outra menina, Jewett. Ela não fugiu quando tinha 16 anos? Mas Ned disse que não, que ouviu a mãe dizer que ela estava morando em Hartford. A menina devia ter mais de 60 anos agora, provavelmente já era avó. Fred Moody disse que sua esposa, Florida, achava que a menina morta devia ser de fora, uma veranista. Tranquility cuidava de seus filhos, e todo mundo saberia caso uma criança local desaparecesse.

Nadine voltou a encher a xícara de café de Claire.

— E eles não param de falar nisso — comentou. — Parecem estar negociando a paz mundial.

— Mas como sabem tanto sobre este assunto?

— Joe é primo em segundo grau de Floyd Spear, da delegacia de polícia. — Nadine começou a enxugar o balcão, gestos largos e bruscos, deixando para trás um leve aroma de cloro. — Disseram que hoje vão vir alguns especialistas em ossos de Bangor. Para mim, só pode ser um desses veranistas.

Aquela, é claro, era a dedução óbvia: um dos veranistas. Fosse um crime não resolvido ou um corpo não identificado, era uma boa resposta. A cada mês de junho, a população de Tranquility quadruplicava à medida que famílias abastadas de Boston e Nova York começavam a chegar para passar as férias no lago. Ali, naquela pacata colônia de férias, ficavam nas varandas de seus chalés à beira do lago enquanto os filhos brincavam na água. Nas lojas de Tranquility, as caixas registradoras tilintavam alegremente enquanto os veranistas injetavam dólares na economia local. Alguém tinha de limpar os chalés, consertar os carros elegantes, empacotar as compras. Os negócios feitos nos poucos meses de verão eram suficientes para alimentar a população local durante o inverno.

Era o dinheiro que tornava os visitantes toleráveis. Isso, além do fato de, a cada setembro, com a queda das folhas, eles desaparecerem, deixando a cidade para seus verdadeiros donos.

Claire terminou o almoço e voltou para o consultório.

A rua principal de Tranquility seguia a curva do lago. No topo da Elm Street ficava o posto de gasolina e a oficina que Joe Bartlett geriu durante 42 anos até se aposentar. Agora, as duas netas abasteciam e trocavam o óleo dos carros. Um cartaz sobre a oficina anunciava com orgulho: "Este posto pertence e é gerido por Joe Bartlett e suas netas." Claire sempre gostara daquele cartaz. Achava que dizia muito em favor de Joe Bartlett.

Na altura do correio, a Elm Street dobrava para o norte. O vento noroeste já começava a soprar sobre o lago, atravessando os becos estreitos que seguiam por entre os prédios. Caminhar pelas calçadas era como passar por uma série de túneis de gelo. Na janela acima da loja de saldos, um gato preto olhava para ela, como se pensasse na estupidez que era o fato de criaturas saírem à rua com um clima daqueles.

Perto da loja de saldos ficava o prédio amarelo em estilo vitoriano onde Claire tinha seu consultório.

O prédio servira outrora como consultório e residência do Dr. Pomeroy. A porta ainda tinha um antigo vidro fosco com a inscrição: CONSULTÓRIO MÉDICO. Embora o nome *Dr. James Pomeroy* tivesse sido substituído por *Dra. Claire Elliot, Clínica Geral,* ela às vezes achava que podia ver a sombra do antigo nome pairando como um fantasma no vidro, recusando-se a dar lugar à nova ocupante.

Lá dentro, sua recepcionista, Vera, falava ao telefone sem parar, os braceletes chacoalhando enquanto folheava a agenda de consultas. O estilo do penteado de Vera era como sua personalidade: selvagem, cheio e ligeiramente crespo. Ela tapou o bocal do aparelho e disse para Claire:

— Mairead Temple está no consultório. Dor de garganta.

— Como estamos no resto da tarde?

— Mais dois pacientes e acabou.

Apenas seis o dia inteiro, pensou Claire, preocupada. Desde que os veranistas se foram, o consultório passou a receber cada vez menos pacientes. Aquele era o único consultório médico em Tranquility, mas ainda assim a maioria dos habitantes preferia ir de carro até Two Hills, a mais de 30 quilômetros dali, para se tratar. Ela sabia o porquê. Poucos na cidade achavam que ela suportaria o inverno rigoroso, e não viam por que criar vínculos com um médico que iria embora no outono seguinte.

Mairead Temple era uma das poucas pacientes que Claire conseguira atrair, mas isso apenas porque Mairead não tinha carro. Ela andara quase 2 quilômetros até o centro, e agora estava pronta para ser examinada, ainda com a respiração ofegante por causa do frio. Mairead, 81 anos, não tinha dentes nem amígdalas. Também não tinha muito respeito por autoridades.

Ao examinar a garganta de Mairead, Claire disse:

— Está bem irritada.

— Isso eu já sabia — respondeu Mairead.

— Mas você não está com febre. E seus nódulos linfáticos não estão inchados.

— Dói muito. Mal consigo engolir.

— Vou fazer uma cultura. Amanhã saberemos se são estreptococos. Mas acho que é só um vírus.

Mairead, estreitando os olhos com desconfiança, viu Claire pegar um cotonete para tirar amostras de sua garganta.

— O Dr. Pomeroy sempre me dava penicilina.

— Antibióticos não funcionam com vírus, Sra. Temple.

— Eu sempre me sentia melhor com penicilina.

— Diga "Ah".

Mairead engasgou quando Claire colheu amostras de sua garganta. Parecia uma tartaruga, o pescoço enrugado estendido, a boca sem dentes mordendo o ar. Com olhos lacrimejantes, ela disse:

— Pomeroy era médico havia muito tempo. Sempre sabia o que estava fazendo. Vocês, jovens, podiam ter aprendido uma coisa ou outra com ele.

Claire suspirou. Seria sempre comparada ao Dr. Pomeroy? A sepultura dele ocupava um lugar de honra no cemitério da

Mountain Street. Claire lia as suas obscuras anotações nos velhos prontuários médicos e às vezes sentia seu fantasma assombrando-a durante as rondas. Certamente era o fantasma de Pomeroy que se interpunha entre ela e Mairead. Mesmo morto, ele sempre seria lembrado como o médico da cidade.

— Vamos auscultar os seus pulmões — disse Claire.

Mairead resmungou e tirou as roupas. Fazia frio lá fora, e ela estava bem agasalhada. Teve de tirar um suéter, uma camisa de algodão, a camiseta térmica e um sutiã antes que Claire pudesse encostar o estetoscópio no peito dela.

Através do *tum-tum* do coração de Mairead, Claire ouviu alguém bater à porta e ergueu a cabeça.

— Chamada na linha 2 — disse Vera.

— Pode anotar o recado?

— É seu filho. Ele não quer falar comigo.

— Com licença, Sra. Temple — desculpou-se Claire antes de ir atender a chamada.

— Noah?

— Você precisa vir me buscar. Vou perder o ônibus.

— Mas são só 14h15. O ônibus ainda não saiu.

— Estou de castigo. Só posso sair às 15h30.

— Por quê? O que houve?

— Não quero falar sobre isso agora.

— Vou descobrir de qualquer modo, querido.

— *Agora* não, mãe. — Ela o ouviu fungar, ouviu o choro tomar conta de sua voz. — Por favor. Você pode simplesmente vir me buscar?

A ligação caiu. Assombrada pela imagem do filho chorando e com problemas, Claire rapidamente ligou para a escola. Mas, quando conseguiu falar com a secretária, Noah já havia deixado a diretoria e a Sra. Cornwallis não podia falar com ela.

Claire tinha uma hora para encerrar a consulta com Mairead Temple, atender mais dois pacientes e dirigir até a escola.

Sentindo-se pressionada, distraída pela crise de Noah, ela voltou à sala de exame e ficou decepcionada ao ver que Mairead já voltara a vestir as roupas.

— Ainda não acabei de examiná-la — disse Claire.

— Acabou sim — resmungou Mairead.

— Mas, Sra. Temple...

— Vim para pegar minha penicilina e não para ter um cotonete enfiado na minha garganta.

— Por favor, poderia ao menos se sentar? Sei que faço as coisas de modo um pouco diferente do Dr. Pomeroy, mas há um motivo para isso. Antibióticos não funcionam em vírus e podem provocar efeitos colaterais.

— A penicilina nunca me causou efeitos colaterais.

— Demora apenas um dia para termos o resultado das culturas. Se for um estreptococo, então eu lhe recomendarei um remédio.

— Preciso vir a pé até a cidade. Leva metade do dia.

Subitamente Claire compreendeu qual era o verdadeiro problema. Cada exame de laboratório, cada nova receita, significava uma caminhada de ida e volta de quase 4 quilômetros para Mairead.

Com um suspiro, ela pegou o bloco de receitas. E, pela primeira vez naquela consulta, viu Mairead sorrir. Estava satisfeita. Triunfante.

Isabel ficou sentada em silêncio no sofá, com medo de se mover, com medo de falar.

Mary Rose estava muito, muito furiosa. Sua mãe ainda não voltara para casa, de modo que Isabel estava sozinha com a irmã. Ela nunca vira Mary Rose se comportar daquele jeito, andando de um lado para o outro como um tigre no zoológico, gritando com ela. Com ela, Isabel! Mary Rose estava com tanta raiva que seu rosto estava todo enrugado e feio. Não parecia mais a princesa Aurora, e sim, uma rainha malvada. Aquela não era sua irmã. Havia uma pessoa ruim no corpo dela.

Isabel se encolheu ainda mais nas almofadas do sofá, observando furtivamente enquanto a pessoa ruim dentro do corpo de Mary Rose vagava pela sala, murmurando. *Nunca posso ir a lugar algum e nem fazer nada por sua causa! Fico presa todo o tempo dentro de casa. Uma babá-escrava! Queria que você morresse. Queria que você morresse.*

Mas eu sou sua irmã!, quis dizer Isabel, embora não ousasse soltar um pio. Ela começou a chorar, lágrimas silenciosas caindo sobre as almofadas, deixando grandes marcas úmidas. Ah, não. Mary Rose vai ficar furiosa por causa disso também.

Isabel esperou que a irmã lhe desse as costas e silenciosamente saiu do sofá e foi correndo até a cozinha. Ela se esconderia ali, fora do caminho de Mary Rose, até a mãe voltar para casa. A menina se agachou em um canto atrás do armário de cozinha e sentou-se nos azulejos frios, pressionando os joelhos contra o peito. Se ficasse bem quieta, Mary Rose não a encontraria. Ela podia ver o relógio na parede e sabia que, quando o ponteiro menor estivesse em cima do número 5, sua mãe chegaria em casa. Agora ela queria fazer xixi, mas teria de esperar porque ali estava em segurança.

Então Rocky, o periquito, começou a berrar. Sua gaiola estava a poucos metros dali, junto à janela. Ela olhou para ele, silenciosamente implorando que se calasse, mas Rocky não era muito inteligente e continuou a berrar para ela. Sua mãe dissera diversas vezes: "Rocky tem o cérebro de um passarinho", e ele estava provando isso com todo aquele barulho que fazia.

Fique quieto! Ah, por favor, fique quietinho ou ela vai me encontrar!

Tarde demais. Ouviram-se passos na cozinha. Uma gaveta se abriu e talheres caíram ruidosamente no chão. Mary Rose jogava garfos e facas para todo lado. Isabel se encolheu toda e se espremeu ainda mais contra o armário.

Rocky, o traidor, olhava para ela enquanto berrava, como se gritasse: "Ali está ela! Ali está ela!"

Então Mary Rose entrou no campo de visão da irmã, mas não estava olhando para Isabel; olhava para Rocky. Ela foi até a gaiola e ficou olhando para o periquito, que continuava a berrar. Abriu a porta e enfiou a mão na gaiola. As asas de Rocky se debateram, em pânico, espalhando penas e alpiste. Ela capturou o pássaro que se debatia e tirou-o da gaiola. Com uma rápida torção, quebrou o pescoço do pássaro.

Rocky ficou inerte.

Ela atirou o corpo contra a parede e o pássaro caiu no chão em um triste amontoado de penas.

Um grito silencioso ficou preso na garganta de Isabel. Ela o engoliu e enterrou o rosto nos joelhos, achando, aterrorizada, que a irmã quebraria o seu pescoço também.

Mas Mary Rose saiu da cozinha. E da casa.

3

Noah estava sentado nas escadas da frente da escola quando Claire chegou, às 16 horas. Apressara as duas últimas consultas e fora direto até a escola, a quase 10 quilômetros de distância, mas estava meia hora atrasada e pôde ver que o filho estava furioso por causa disso. Ele não disse uma palavra. Apenas entrou na picape e bateu a porta com força.

— Coloque o cinto, querido — disse Claire.

Ele puxou o cinto por sobre o ombro e prendeu a fivela. Ficaram um momento em silêncio enquanto ela dirigia.

— Fiquei sentado ali um tempão. Por que demorou tanto? — perguntou o menino.

— Eu tinha pacientes para atender, Noah. Por que ficou de castigo?

— Não foi culpa minha.

— De quem foi então?

— Do Taylor. Ele está virando um completo babaca. Não sei o que tem de errado com ele. — Suspirando, recostou-se no assento. — E eu que achava que éramos amigos. Agora, parece que ele me odeia.

Ela olhou para o filho.

— Está falando de Taylor Darnell?

— É.

— O que houve?

— Foi um acidente. Meu skate bateu nele. Quando dei por mim, ele me empurrou. Empurrei de volta e ele caiu.

— Por que não chamou um professor?

— Não tinha nenhum por perto. Então, a Srta. Cornwallis apareceu e Taylor começou a gritar dizendo que foi culpa *minha*. — Ele virou o rosto, mas não antes que Claire percebesse que o filho enxugava os olhos, envergonhado. Ele tenta ser um adulto, pensou ela, comovida. Mas, na verdade, ainda é uma criança. — Ela tomou o meu skate, mãe — murmurou ele. — Pode consegui-lo de volta?

— Vou ligar para a Srta. Cornwallis amanhã. Mas quero que você ligue para Taylor pedindo desculpas.

— Ele me dedurou! É ele quem deveria pedir desculpas!

— Taylor não está passando por um bom momento, Noah. Os pais dele acabaram de se divorciar.

Ele olhou para ela.

— Como sabe? Ele é seu paciente?

— Sim.

— Por que ele foi ao consultório?

— Você sabe que não posso falar sobre isso.

— Como se falasse comigo sobre qualquer coisa — murmurou o menino, e voltou a olhar pela janela.

Claire não queria morder a isca e por isso não disse nada, preferindo o silêncio à discussão que certamente começaria caso ela aceitasse as provocações do filho.

Quando Noah voltou a falar, sua voz era tão baixa que ela quase não ouviu.

— Quero ir para casa, mamãe.

— É para onde estamos indo.

— Não, estou falando da *minha casa*. Em Baltimore. Não quero mais ficar aqui. Não tem nada aqui além de árvores e um bando de velhos dirigindo picapes. Aqui não é o nosso lugar.

— Aqui é o nosso lar agora.

— Não o meu.

— Você não tem nem se esforçado para gostar daqui.

— Como se eu tivesse escolha! Como se você tivesse *me* perguntado se deveríamos nos mudar!

— Nós dois vamos aprender a gostar daqui. Também estou me adaptando.

— Então, por que tivemos que nos mudar?

Ela agarrou o volante com força e manteve o olhar voltado para a frente.

— Você sabe por quê.

Ambos sabiam sobre o que ela estava falando. Haviam deixado Baltimore por causa *dele*, por que ela pensara no filho e ficara com medo do que viria em seu futuro. Um círculo cada vez maior de amigos problemáticos. Frequentes ligações da polícia. Mais tribunais, advogados e terapeutas. Ela vira qual seria a vida de Noah em Baltimore, e por isso fugira dali o mais rápido possível com o filho.

— Não vou virar um menino exemplar só porque você me trouxe para a roça à força — argumentou ele. — Posso aprontar aqui tanto quanto lá. Então, a gente podia muito bem voltar.

Ela estacionou na garagem de casa e voltou-se para ele.

— Aprontar não vai fazer você voltar para Baltimore. Ou você dá um jeito na sua vida ou não dá. A escolha é sua.

— Desde quando eu posso escolher alguma coisa?

— Você tem muitas opções. E, de agora em diante, quero que escolha as certas.

— Está falando daquelas que *você* quer que eu escolha. — Ele saltou da picape.

— Noah. Noah!

— Me deixe em *paz*! — gritou o menino antes de bater a porta e entrar em casa.

Ela não foi atrás dele. Apenas ficou ali, agarrando o volante, cansada e perturbada demais para lidar com o filho naquele momento. Abruptamente, deu ré e saiu da garagem. Ambos precisavam de tempo para se acalmar e controlar as emoções. Ela entrou na Toddy Point e seguiu pela margem do lago Locust. Dirigia como uma forma de terapia.

Como parecia fácil quando Peter estava vivo: bastava ele fazer uma careta vesga para fazer o filho sorrir. Na época em que ainda eram felizes, em que ainda eram uma família completa.

Estamos infelizes desde que você morreu, Peter. Sinto sua falta. Sinto sua falta todos os dias, a cada hora, cada minuto de minha vida.

As luzes dos chalés à margem do lago tremulavam em meio às suas lágrimas enquanto dirigia. Claire contornou a curva, passou pelos Penedos e subitamente as luzes não eram mais brancas, e sim, azuis, e pareciam estar dançando entre as árvores.

Era um carro patrulha, e estava estacionado na propriedade de Rachel Sorkin.

Ela estacionou na entrada de veículos da casa. Havia três carros em frente: duas patrulhas e uma van branca. Um patrulheiro estadual do Maine conversava com Rachel na varanda. Sob as árvores, fachos de lanternas ziguezagueavam pelo chão.

Claire viu Lincoln Kelly emergir da floresta. Reconheceu-lhe a silhueta quando ele passou diante de uma das luzes de busca. Embora não fosse um homem alto, Lincoln tinha uma postura tão ereta e sólida e movia-se com tanta segurança que isso o fazia parecer maior do que era. Ele parou para falar com o patrulheiro e então percebeu Claire, atravessando o pátio em direção à picape.

Ela baixou o vidro.

— Encontrou mais algum osso? — perguntou.

Lincoln se inclinou, trazendo com ele o aroma da floresta. Pinheiros, terra e fumaça de madeira queimada.

— Sim. Os cães nos levaram até a margem — explicou. — Aquele trecho sofreu muita erosão na primavera passada, depois de todas aquelas enchentes. Foi isso que fez os ossos subirem à superfície. Mas, infelizmente, os animais selvagens já espalharam a maioria deles pela floresta.

— O legista acha que foi homicídio?

— Não é mais um caso para legistas. Os ossos são antigos demais. Há uma antropóloga forense cuidando disso agora, se quiser falar com ela. Dra. Overlock.

Ele abriu a porta da picape e Claire saltou. Juntos, caminharam em meio à penumbra da floresta. O crepúsculo rapidamente se transformou em noite fechada. O chão era irregular, coberto de folhas mortas, e ela tropeçou na vegetação rasteira. Lincoln estendeu a mão para ampará-la. Ele parecia não ter problemas em caminhar no escuro, com as botas pesadas firmes no chão.

Havia luzes brilhando entre as árvores e Claire ouviu vozes e som de água corrente. Ela e Lincoln emergiram da floresta. Uma parte da margem do rio erodida havia sido cercada pela polícia, e sobre uma lona repousavam os ossos encrostados de lama que já haviam sido desenterrados. Claire reconheceu uma tíbia e o que pareciam ser fragmentos de uma pélvis. Dois homens usando botas de borracha e lâmpadas nos capacetes estavam com água à altura dos joelhos, cuidadosamente escavando o lado da margem.

Lucy Overlock estava de pé entre as árvores, falando ao celular. Parecia ela mesma uma árvore, alta e musculosa, vestindo roupas de madeireiro: calça jeans e botas de trabalho. Seu cabelo, quase inteiramente grisalho, estava amarrado em um rabo de cavalo apertado e prático. Ela viu Lincoln, acenou com impaciência e continuou a conversar ao telefone.

— ...nenhum artefato ainda, apenas restos de esqueleto. Mas eu lhe asseguro, esta tumba não é de nativos americanos. O crânio me parece ser caucasiano, não indígena. Como assim, como é que eu sei? É óbvio! A caixa craniana é estreita demais, e a medida da face não é larga o bastante. Não, claro que não tenho certeza. Mas estamos no lago Locust, e nunca houve um assentamento penobscot aqui. Essa tribo nem sequer pescava neste lago, é um lugar tabu. — Ela ergueu os olhos para o céu e balançou a cabeça. — Você vai poder examinar os ossos por si mesmo, claro. Mas temos que escavar este lugar agora, antes que os animais causem mais estragos. Senão vamos perder tudo. — Ela desligou e olhou para Lincoln, frustrada. — Batalha de custódia.

— Com relação aos ossos?

— É aquela lei NAGPRA* que protege as sepulturas indígenas. Sempre que encontramos restos mortais, as tribos exigem cem por cento de confirmação de que não pertence a uma delas. Para os índios, 95 por cento de certeza não é bom o bastante. — Seu olhar voltou-se para Claire, que deu um passo à frente para se apresentar.

— Lucy Overlock — disse Lincoln —, esta é Claire Elliot. A médica que encontrou o fêmur.

As duas mulheres se cumprimentaram com um aperto de mãos, o tipo de cumprimento direto de dois profissionais da área médica se encontrando para tratar de um assunto desagradável.

— Tivemos sorte por ter sido você quem encontrou o osso — disse Lucy. — Qualquer outra pessoa não teria se dado conta de que era humano.

— Para ser honesta, eu não estava inteiramente certa — disse Claire. — Estou feliz por não ter arrastado vocês até aqui por causa de um osso de vaca.

---

*NAGPRA: Ato de Proteção e Repatriação de Sepulturas de Nativos Americanos.(*N. do T.*)

— Definitivamente não é de uma vaca.

Um dos escavadores gritou da margem:

— Encontramos algo mais.

Lucy entrou no rio e, com água à altura dos joelhos, apontou a lanterna para a margem escavada.

— Aqui — disse o escavador, cutucando de leve o solo com uma colher de pedreiro. — Parece ser outro crânio.

Lucy colocou luvas de látex.

— Muito bem, vamos tirá-lo.

Ele introduziu a ponta da colher um pouco mais fundo na terra e cuidadosamente soltou um bolo de lama. O objeto caiu sobre as mãos enluvadas de Lucy. Ela saiu de dentro d'água e subiu à margem. Ajoelhando-se, pousou-o sobre a lona e analisou seu tesouro.

De fato, era um segundo crânio. Sob o facho de luz, Lucy cuidadosamente o virou para examinar os dentes.

— Outro púbere. Sem dente do siso — indicou Lucy. — Estou vendo molares cariados aqui e ali, mas sem obturações.

— O que significa que não houve tratamento dentário — disse Claire.

— Sim, são ossos antigos. Bom para você, Lincoln. Senão esse seria um caso ativo de homicídio.

— Por que diz isso?

Ela rodou o crânio e a luz iluminou o topo, onde havia linhas de fratura que irradiavam de uma depressão central, como um ovo quente racha quando é atingido com o dorso de uma colher.

— Creio não haver dúvidas — falou a doutora. — Essa criança teve uma morte violenta.

O ruído de um pager quebrou o silêncio, assustando a todos. Na calma daquela floresta, o som eletrônico era estranhamente alienígena. Desconcertante. Tanto Claire quanto Lincoln automaticamente pegaram os seus pagers.

— É o meu — disse Lincoln, lendo a mensagem. Sem falar mais nada, atravessou a floresta em direção ao carro patrulha. Segundos depois, Claire viu o giroscópio do veículo passar por entre as árvores.

— Deve ser uma emergência — disse Lucy.

O policial Pete Sparks já estava no local, tentando convencer o velho Vern Fuller a baixar a espingarda. A noite caíra, e a primeira coisa que Lincoln viu foram duas silhuetas gesticulando nervosamente, iluminadas por trás pelo giroscópio do carro patrulha de Pete. Lincoln parou na entrada de veículos de Vern e cuidadosamente saiu da viatura. Ouviu ovelhas balindo, o incansável cacarejar das galinhas. O som de uma fazenda em plena atividade.

— Você não precisa desta arma — dizia Pete. — Volte para casa, Vern, e vamos verificar.

— Como da outra vez?

— Não encontrei nada.

— Isso porque vocês demoraram séculos para chegar!

— Qual o problema? — disse Lincoln.

Vern voltou-se para ele.

— É você, chefe Kelly? Então diga para este... este moleque aqui que não estou disposto a abrir mão da minha única proteção.

— Não estou pedindo que abra mão — disse Pete, cansado. — Só quero que pare de ficar apontando essa arma para todo lado. Entre e guarde a arma, para que ninguém se machuque.

— Acho que é uma boa ideia — disse Lincoln. — Não sabemos com o que estamos lidando; portanto, entre e tranque a porta, Vern. Fique perto do telefone, caso precisemos que ligue pedindo reforços.

— Reforços? — resmungou Vern. — É. Tudo bem, vou fazer isso.

Os dois policiais esperaram que o velho entrasse na casa e fechasse a porta.

Então, Pete disse:

— Ele é cego como um morcego. Queria tanto tirar aquela espingarda dele! Toda vez que venho aqui, acho que vai estourar os meus miolos.

— Mas qual é o problema, afinal?

— Ah, é a terceira vez que ele liga para a emergência. Estou sempre ocupado atendendo outras chamadas, então demoro um pouco a chegar. Ele sempre se queixa de algum tipo de animal selvagem rondando as ovelhas. Deve estar só vendo a própria sombra, é isso.

— Por que ele liga para nós?

— Porque o Departamento de Caça e Pesca demora ainda mais para responder. Estive aqui duas vezes essa semana e não encontrei nada. Nem mesmo uma pegada de coiote. Hoje é a primeira vez que vejo Vern tão furioso. Achei melhor chamá-lo, caso ele decida atirar em *mim* em vez de em um animal selvagem.

Lincoln olhou para a casa e viu a silhueta do homem na janela.

— Ele está olhando. Deveríamos revistar a propriedade, só para ele ficar contente.

— Ele disse que viu o animal perto do estábulo.

Pete ligou a lanterna e os dois olharam na direção do som das ovelhas balindo, do outro lado do pátio. Lincoln sentiu o olhar do homem às suas costas ao longo de todo o trajeto. Vamos apenas agradá-lo, pensou. Mesmo que seja perda de tempo.

Reparou quando Pete subitamente interrompeu o passo e apontou a lanterna para a porta do estábulo.

Estava escancarada.

Algo não estava certo. Já havia escurecido, e a porta deveria estar fechada, para proteger os animais.

Lincoln também voltou a lanterna naquela direção. Aproximavam-se mais lentamente agora, os fachos de suas lanternas indicando o caminho. Na entrada do estábulo, pararam. Mesmo em meio à mistura de odores de fazenda, podiam sentir cheiro de sangue.

Eles entraram no estábulo. Imediatamente os balidos aumentaram; o som era tão perturbador quanto o choro de crianças em pânico. Pete varreu o lugar com o facho de luz, e viram relances de forcados, galinhas agitadas e ovelhas amedrontadas, reunidas em um cercado.

Sobre o chão coberto de serragem estava a fonte do odor. Pete saiu do estábulo e vomitou no mato, com uma das mãos apoiada à parede.

— Meu Deus. Meu Deus.

— É só uma ovelha morta — disse Lincoln.

— Nunca vi um coiote estripar a presa...

Lincoln apontou a lanterna para o chão, rapidamente vasculhando a área ao redor da porta do estábulo. Tudo o que viu foi uma confusão de marcas de botas. Dele, de Pete e de Vern Fuller. Sem pegadas. Como um animal não deixa rastro?

Um graveto estalou às suas costas; ele se voltou e deu de cara com Vern ainda segurando a espingarda.

— É um urso — disse o velho. — Foi o que eu vi. Um urso.

— Um urso não faria isso.

— Eu sei o que vi. Por que não acreditam em mim?

Porque todos sabem que você é praticamente cego.

— Ele foi naquela direção e entrou na mata — disse Vern, apontando para a floresta que havia no limite de sua propriedade. — Eu o segui até lá, pouco antes de escurecer. Depois o perdi de vista.

Lincoln viu que as marcas de bota realmente iam em direção à floresta, mas Vern fizera o percurso diversas vezes, apagando qualquer pegada que o animal pudesse ter deixado.

Ele seguiu a trilha até o bosque. Ficou ali um instante, tentando enxergar algo na escuridão. A mata era tão densa que parecia formar um muro impenetrável, que nem mesmo a luz da lanterna conseguia atravessar.

Àquela altura, Pete já se recuperara e estava de pé ao seu lado.

— Deveríamos esperar o dia clarear — murmurou Pete. — Não sabemos com o que estamos lidando.

— Com certeza não é um urso.

— É, bem, não tenho medo de ursos. Mas se for outra coisa...

Pete sacou a arma.

— Corre o boato de que um puma foi visto em Jordan Falls na semana passada.

Lincoln também sacou a arma enquanto entrava lentamente na floresta. Deu meia dúzia de passos. O ruído dos gravetos se partindo sob seus pés parecia tão alto quanto disparos de uma arma de fogo. Subitamente ficou imóvel, olhando para a barreira de árvores. A floresta parecia se fechar sobre ele. Os cabelos de sua nuca começaram a se arrepiar.

Tem algo ali. E está nos observando.

Todos os seus instintos exigiam que ele voltasse. Foi o que fez, com o coração disparado e as botas quebrando os gravetos ruidosamente. A sensação de perigo iminente só se dissipou quando ele e Pete saíram da mata.

Voltaram para a frente do estábulo, onde as ovelhas continuavam a balir. Ele olhou para as marcas de bota. Subitamente, ergueu a cabeça.

— O que há além desta floresta? — perguntou.

— Ela é bem grande — disse Vern. — Do outro lado fica a Barnstown Road. Há um punhado de casas.

Casas, pensou Lincoln.

Famílias.

Noah estava assistindo a TV quando Claire chegou em casa. Ao pendurar o casaco no corredor da entrada, reconheceu a música tema de *Os Simpsons* tocando na sala, ouviu Homer Simpson arrotar alto e Lisa Simpson reclamar, incomodada. Então escutou o filho rir, e pensou: *Que bom que meu filho ainda ri de desenhos animados.*

Foi até a sala e viu Noah recostado nas almofadas do sofá, o rosto ainda iluminado pelo riso. Ele olhou para ela mas não disse nada.

Ela se sentou ao seu lado e apoiou os pés junto aos dele, sobre a mesinha de centro. Pés grandes, pés pequenos, pensou Claire, sorrindo para si mesma. Os pés de Noah haviam ficado tão grandes que quase pareciam pés de palhaço comparados aos dela.

Na TV, um Homer gordíssimo usando um vestido florido enfiava comida na boca.

Noah riu outra vez, e Claire fez o mesmo. Era assim que pretendia passar o resto da noite: veriam TV juntos e comeriam pipoca no jantar. Ela se inclinou em direção ao filho e juntaram carinhosamente as cabeças.

— Desculpe, mãe — falou ele.

— Está tudo bem, querido. Desculpe por ter me atrasado para buscá-lo.

— A vovó Elliot ligou agora há pouco.

— Ah, é? Ela quer que eu ligue de volta?

— Acho que sim.

Noah olhou para a TV por um instante e seu silêncio continuou durante todo o intervalo comercial. Então falou:

— Queria saber se estávamos bem.

Claire olhou-o, confusa.

— Por quê?

— É aniversário do papai.

Na TV, Homer Simpson, em seu vestido florido, sequestrara um caminhão de sorvete e o dirigia a toda velocidade, espalhando sorvetes pelo caminho. Claire permaneceu em silêncio, atônita. *Hoje é seu aniversário*, pensou ela. *Você se foi há apenas dois anos e já estou perdendo pedaços das lembranças que tenho de você.*

— Meu Deus, Noah — murmurou. — Não acredito. Esqueci completamente.

Ela sentiu a cabeça do filho baixar pesadamente sobre o seu ombro e ouviu-o dizer, envergonhado:

— Eu também.

Sentada no quarto, Claire retornou a ligação de Margaret Elliot. Claire sempre gostara da sogra e, ao longo dos anos, seu afeto crescera tanto que ela se sentia muito mais próxima de Margaret do que de seus pais, frios e inacessíveis. Às vezes, parecia a Claire que tudo o que ela conhecia do amor, da paixão, fora-lhe ensinado pela família Elliot.

— Oi, mãe. Sou eu — disse Claire.

— Dezesseis graus e tempo ensolarado em Baltimore hoje — respondeu Margaret. Claire teve de sorrir. Desde que se mudara para Tranquility, aquela era uma piada entre as duas, a comparação do boletim meteorológico das duas cidades. Margaret não queria que ela deixasse Baltimore. — Você não faz ideia do que é frio de verdade — falou para Claire —, e vou continuar fazendo você se lembrar do que deixou para trás.

— Estamos a menos de 2 graus aqui — anunciou Claire. Ela olhou pela janela. — Está ficando cada vez mais frio. Mais escuro.

— Noah lhe disse que eu liguei?

— Sim. Estamos bem. De verdade.

— Estão mesmo?

Claire não respondeu. Margaret tinha um talento sobrenatural para ler as emoções alheias apenas pela inflexão de voz do interlocutor, e já sentira que havia algo de errado.

— Noah me disse que quer voltar para cá — disse Margaret.

— Acabamos de nos mudar.

— Você sempre pode mudar de ideia.

— Não agora. Tenho muitos compromissos aqui. O novo consultório, a casa.

— Estes são compromissos com *coisas*, Claire.

— Não. Na verdade, são compromissos com Noah. Preciso ficar aqui, por ele. — Ela fez uma pausa, subitamente ciente de que, por mais que amasse Margaret, estava ficando um tanto irritada. Também estava se cansando das indiretas repetidas, embora delicadas, de que deveria voltar a Baltimore. — Para os jovens, é sempre difícil se adaptar. Mas ele vai se acostumar. Ainda é muito jovem para saber o que quer.

— Isso é verdade, eu acho. E quanto a você? Ainda quer ficar por aí?

— Por que está perguntando isso, Margaret?

— Para mim, seria muito difícil mudar para um novo lugar. Deixar os amigos para trás.

Claire olhou para o espelho da penteadeira, para seu rosto cansado. Para o reflexo de seu quarto, ainda com poucos quadros na parede. Aquilo era um mero conjunto de móveis, um lugar para dormir. Ainda não era parte de um lar de verdade.

— Uma viúva precisa dos amigos, Claire — disse Margaret.

— Talvez esse tenha sido um dos motivos que me fez vir para cá.

— Como assim?

— Era isso o que eu era para todo mundo: a viúva. Entrava no consultório, e todos me olhavam com aquela expressão triste e compadecida. Todos tinham medo de rir e contar piadas quando eu estava por perto. E ninguém, ninguém jamais ousava falar de Peter. Era como se achassem que eu fosse irromper em lágrimas caso mencionassem o nome dele.

Houve um silêncio na linha, e Claire subitamente se arrependeu por ter sido tão sincera.

— Isso não quer dizer que não sinta mais a falta dele, Margareth — murmurou Claire. — Eu o vejo todas as vezes que olho para Noah. A semelhança é inacreditável. É como ver Peter crescendo.

— Com certeza, em todos os sentidos — disse Margaret, e Claire ficou aliviada ao ver que a sogra continuava a falar com carinho. — Peter não foi uma criança fácil de educar. Não creio que ele tenha lhe contado todos os problemas em que se meteu quando tinha a idade de Noah. Foi daí que o seu menino herdou a queda por travessuras, você sabe. Veio de Peter.

Claire teve de rir. *Certamente não herdou isso de mim, a mãe chata e escrupulosa cujo crime mais sério foi não ter conseguido um selo de vistoria.*

— Noah tem um bom coração, mas ainda tem 14 anos — disse Margaret com um tom amigável na voz. — Não fique tão chocada se fizer mais besteiras.

Pouco depois, quando Claire desceu a escada, sentiu cheiro de fósforos queimados e pensou: Bem, aí está. Mais besteiras. Está fumando de novo. Ela seguiu o cheiro até a cozinha e parou à porta.

Noah segurava um fósforo aceso. Ele olhou para a mãe e rapidamente o apagou.

— Foram todas as velas que eu consegui encontrar — explicou.

Ela se aproximou da mesa da cozinha em silêncio e seus olhos se turvaram de lágrimas quando viu o bolo que ele tirara do congelador. Havia 11 velas acesas em cima.

Noah pegou outro fósforo e acendeu a 12ª.

— Feliz aniversário, pai — murmurou.

Feliz aniversário, Peter, pensou ela, e enxugou as lágrimas.

Então, ela e o filho sopraram as velas.

4

A Sra. Horatio ia dissecar uma rã.

— Assim que alcançarmos o tronco cerebral, ela não sentirá mais nada — explicou a professora. — A agulha penetra na base do crânio e vocês a giram um pouco para destruir os terminais nervosos que sobem para o cérebro. Isso as paralisa, detém qualquer movimento consciente, mas mantém os reflexos da coluna vertebral intactos para estudo. — Ela abriu um vidro e pegou uma das inquietas rãs. Com a outra mão, pegou uma agulha enorme.

Embora se sentisse levemente nauseado, Noah ficou imóvel em sua carteira na terceira fila. Teve o cuidado de manter as pernas casualmente largadas para a frente e a expressão entediada.

Ele podia ouvir os outros alunos se contorcendo em suas cadeiras, as garotas principalmente. À sua direita, Amelia Reid, horrorizada, cobria a boca com a mão.

Deixou o olhar correr pela sala enquanto silenciosamente classificava os colegas de classe. *Nerd. Esportista. Mauricinho puxa-saco*. Com exceção de Amelia Reid, nenhum deles era alguém com quem quisesse se relacionar. Da mesma forma, nenhum deles parecia interessado em se relacionar com *ele*, mas isso não era problema. Sua mãe podia até gostar daquela cidade, mas ele não pretendia ficar ali para sempre.

Termino o colégio e dou o fora. Dou o fora, dou o fora.

— Taylor, pare de se remexer na cadeira e preste atenção — disse a Sra. Horatio.

Noah olhou para o lado e viu que Taylor Darnell agarrava a carteira com ambas as mãos e olhava para a prova que acabara de receber de volta naquela manhã. A Sra. Horatio escrevera um enorme D com caneta vermelha. A prova estava coberta dos rabiscos furiosos de Taylor à tinta preta. Ao lado da nota humilhante, ele escrevera: "Morra, Sra. Putatio."

— Noah, está prestando atenção?

O garoto enrubesceu e olhou para a frente. A Sra. Horatio erguia uma rã para que todos vissem. Parecia estar gostando do que fazia ao introduzir a ponta da enorme agulha na parte de trás da cabeça da rã. Seus olhos brilhavam e sua boca virou uma linha enrugada de ansiedade quando ela cravou a agulha no tronco cerebral do animal. As patas traseiras da rã se debateram, contorcendo-se de dor.

Amelia gemeu e abaixou a cabeça, seu cabelo louro cascateando sobre a carteira. A essa altura, as cadeiras rangiam por toda a sala. Alguém perguntou em um tom de voz ligeiramente desesperado:

— Sra. Horatio, posso sair da sala?

— ... têm que mover a agulha para a frente e para trás com certa força. Não se preocupem com as patas traseiras se debatendo. É apenas ato reflexo. Apenas a espinha emitindo impulsos nervosos.

— Sra. Horatio, eu *preciso* ir ao banheiro...

— Espere um minuto. Primeiro, precisa ver como faço isso. — Ela torceu a agulha e ouviu-se um estalido suave.

Noah achou que ia vomitar. Lutando para manter aquela expressão de absoluto descaso, desviou o olhar, mãos fechadas com força sob a mesa. *Não vomite, não vomite, não vomite.* Concentrou-se no cabelo louro de Amelia, que ele tanto admirava. Cabelo de Rapunzel. Pensou no tanto que gostaria de acariciá-lo. Ele nunca ousara falar com Amelia. Era como se ela vivesse em uma redoma dourada, além do alcance de um simples mortal.

— Prontinho — disse a Sra. Horatio. — É isso. Viram? Paralisia total.

Noah forçou-se a olhar para a rã. Estava sobre a mesa da professora, uma carcaça inerte. Ainda viva, se acreditássemos na velha Sra. Horatio, mas com certeza não dava sinal disso. Sentiu uma súbita e avassaladora pena daquela rã, imaginando a si próprio esparramado naquela mesa, de olhos abertos e atentos, imobilizado. Dardos de pânico que não provocavam efeito algum explodindo como fogos de artifício em seu cérebro. Ele mesmo se sentia paralisado e adormecido.

— Agora, cada um de vocês escolha uma dupla — disse a Sra. Horatio. — E juntem as carteiras.

Noah engoliu em seco e olhou para Amelia ao seu lado. Sem remédio, ela concordou com a cabeça.

Ele arrastou a carteira para perto da dela. Não se falaram. Aquela era uma parceria baseada exclusivamente em proximidade, mas era o suficiente, se fizesse com que os dois ficassem juntos. Os lábios de Amelia tremiam. Ele queria muito confortá-la, mas não sabia como, de modo que apenas ficou ali sentado, seu rosto assumindo a expressão de tédio habitual. *Diga algo gentil para ela, idiota. Algo para impressioná-la. Talvez você não tenha outra chance!*

— A rã parece estar morta — disse ele.

Ela estremeceu.

A Sra. Horatio caminhou por entre as fileiras carregando um frasco repleto de rãs e parou ao lado de Noah e de Amelia.

— Peguem uma. Cada equipe trabalha com uma rã.

O sangue se esvaiu do rosto de Amelia. Coube a Noah pegar o animal.

Ele meteu a mão no frasco e agarrou uma rã. A Sra. Horatio pousou uma agulha sobre a carteira.

— Podem começar — disse ela, e caminhou até outro par de alunos.

Noah olhou para a rã que segurava. Ela retribuiu o olhar com olhos arregalados. Ele pegou a agulha e olhou para a rã de novo. Aqueles olhos imploravam: *Deixe-me viver, deixe-me viver!* Ele largou a agulha, a náusea voltando com toda força, e olhou esperançoso para Amelia.

— Quer fazer as honras da casa?

— Não posso — murmurou a menina. — Não me obrigue, *por favor.*

Uma das meninas gritou. Noah olhou para o lado e viu Lydia Lipman pular da cadeira e se afastar de sua dupla, Taylor Darnell. Ouviram-se baques surdos sobre a madeira enquanto Taylor cravava várias vezes a agulha na rã. O sangue se espalhou sobre a escrivaninha.

— Taylor! Taylor, pare com isso! — disse a Sra. Horatio.

Ele continuou golpeando. *Bum, bum.* A rã parecia um hambúrguer verde.

— D — murmurava. — Estudei a semana inteira para aquela prova. A senhora não podia ter me dado um D!

— Taylor, vá para a sala da diretoria.

Ele espetou a rã com mais força.

— Não pode me dar uma droga de D!

A professora agarrou-o pelo pulso e tentou fazê-lo deixar a agulha cair.

— Vá ver a Sra. Cornwallis *agora!*

Taylor deu um puxão, e a rã morta caiu da escrivaninha sobre o colo de Amelia. Com um grito, ela se levantou, e o pequeno cadáver esborrachou-se no chão.

— Taylor! — gritou a Sra. Horatio. Outra vez ela agarrou o pulso dele, novamente tentando forçá-lo a largar a agulha. — Saia da sala imediatamente!

— Vai se foder!

— O que você disse?

Ele se levantou e jogou a cadeira no chão.

— Vai se foder!

— Está suspenso! Você tem estado mal-humorado e desrespeitoso a semana inteira. Acabou, coleguinha. Está fora!

Ele chutou a cadeira, que se chocou contra uma das carteiras. Agarrando-lhe a camisa, a professora tentou empurrá-lo em direção à porta, mas ele se livrou e a empurrou para trás. Ela caiu sobre uma das mesas, derrubando o frasco de rãs. O vidro se quebrou, e as rãs se viram livres, espalhando-se em um saltitante tapete verde.

Lentamente, a Sra. Horatio se levantou, com fúria nos olhos.

— Você vai ser expulso!

Taylor pegou algo dentro de sua mochila.

A Sra. Horatio ficou paralisada ao ver a arma na mão dele.

— Abaixe esta arma — exigiu. — Taylor, abaixe a arma!

A explosão pareceu um soco no estômago. Ela cambaleou para trás e caiu no chão com uma expressão de descrença. O tempo pareceu ter parado, congelado em um momento interminável enquanto Noah observava horrorizado o rio de sangue que avançava em direção aos seus tênis. Então o grito horrorizado de uma menina rompeu o silêncio. No instante seguinte, o caos explodiu ao seu redor; ouviu cadeiras tombando no chão, viu uma menina tropeçar e cair de joelhos sobre o vidro quebrado. O próprio ar parecia enevoado de sangue e pânico.

Outro tiro foi disparado.

Noah olhou ao redor em uma panorâmica lenta e viu Vernon Hobbs tombar para a frente e cair sobre uma carteira. A sala era um tumulto de cabelos voando e pessoas em fuga. Mas Noah não conseguia se mover. Seus pés estavam presos a um pesadelo real, o corpo recusando-se a obedecer às ordens do cérebro: *Corra! Corra!*

Em meio ao caos, voltou a olhar para Taylor Darnell e, para seu horror, viu que a arma agora estava apontada para a cabeça de Amelia.

Não, pensou. *Não!*

Taylor disparou.

Um filete de sangue surgiu magicamente na têmpora de Amelia e escorreu lentamente pelo seu rosto, embora ela continuasse de pé, os olhos arregalados como os de um animal condenado fixando o cano de uma arma.

— Por favor, Taylor — sussurrou Amelia. — Por favor, não...

Taylor voltou a erguer a arma.

Imediatamente as pernas de Noah se livraram da paralisia aterrorizante, o corpo se movendo por conta própria. Seu cérebro registrou uma enorme variedade de detalhes ao mesmo tempo. Viu a cabeça de Taylor se erguer e voltar o rosto em sua direção. Viu a arma se mover em arco. Viu a expressão surpresa de Taylor quando ele veio voando em sua direção.

Outro disparo explodiu do cano da arma.

— Percebi que minha paciente foi internada. Por que ninguém me avisou?

A recepcionista da enfermaria levantou a cabeça e pareceu encolher ao ver que era Claire quem fazia a pergunta.

— Ãhn... qual paciente, Dra. Elliot?

— Katie Youmans. Vi o nome dela em uma das portas, mas ela não estava no quarto. Não encontrei o prontuário da paciente.

— Foi internada há algumas horas, chegou pela emergência. Está fazendo radiografias neste momento.

— Ninguém me notificou.

O olhar da recepcionista voltou-se abruptamente para a sua mesa.

— O Dr. DelRay assumiu o caso.

Claire absorveu em silêncio a preocupante notícia. Não era incomum os pacientes mudarem de médico, às vezes pelos motivos mais triviais. Dois dos pacientes de Adam DelRay também haviam mudado para o consultório de Claire. Mas ela ficou surpresa que aquela paciente em particular tivesse optado por abrir mão de seus cuidados.

Com 16 anos e mentalmente deficiente, Katie Youmans morava com o pai quando foi levada a Claire por causa de uma infecção urinária. Claire percebeu imediatamente as escoriações ao redor dos pulsos da menina. Depois de 45 minutos de entrevista e um exame pélvico, Claire teve as suspeitas confirmadas. Katie foi retirada da casa do pai, que abusava dela, e levada para uma unidade de acolhimento.

Desde então, a menina melhorara perceptivelmente. Suas feridas, tanto físicas quanto emocionais, finalmente sararam. Claire considerava Katie um de seus triunfos. Por que ela mudaria de médico?

Encontrou Katie no raio X. Através da pequena janela de observação, Claire viu a menina deitada na mesa, a parte inferior de uma perna sob o aparelho de raios X.

— Posso saber qual é o diagnóstico de internação? — perguntou Claire ao técnico.

— Falaram-me de inflamação do tecido celular no pé direito. O prontuário dela está ali, se quiser dar uma olhada.

Claire pegou o histórico médico e leu rapidamente as anotações feitas na internação. Foram ditadas por Adam DelRay, às 7 horas daquela manhã.

Jovem caucasiana de 16 anos pisou em uma cabeça de prego há dois dias. Esta manhã, despertou com calafrios, febre e o pé inchado...

Claire fez uma leitura superficial do histórico de internação e exames clínicos, então virou a página e leu o plano terapêutico.

Rapidamente, pegou o telefone para mandar uma mensagem para Adam DelRay.

Pouco depois, ele entrou no setor de raio X usando seu longo avental engomado. Embora sempre tivesse sido cordial com ela, ele nunca demonstrou verdadeira simpatia, e Claire suspeitava de que, sob sua circunspeção ianque, ardia um forte espírito masculino de competição, talvez até de ressentimento, pelo fato de Claire ter-lhe tirado dois de seus pacientes.

Agora, ele tirava uma de suas pacientes e Claire tinha de suprimir os seus próprios sentimentos de competição. No momento, apenas o bem-estar de Katie Youmans era sua principal preocupação.

— Tenho acompanhado Katie como paciente do ambulatório — disse ela. — Eu a conheço muito bem e…

— Claire, você sabe como são essas coisas. — Ele pousou uma das mãos sobre o ombro dela, confortando-a. — Espero que não leve isso para o lado pessoal.

— Não foi por isso que eu o chamei.

— Eu a internei por mera conveniência. Estava na emergência quando ela chegou. E o responsável achou que Katie precisava de um médico residente.

— Sou perfeitamente capaz de tratar um caso de inflamação, Adam.

— E se isso se tornar uma osteomielite? Pode ficar complicado.

— Está me dizendo que o médico da família não tem capacidade de cuidar desta paciente?

— Foi o responsável pela menina quem decidiu. Eu só estava disponível.

Àquela altura, Claire estava furiosa demais para responder. Voltando-se, olhou para sua paciente através da janela. Sua expaciente. Subitamente, concentrou-se no soro que a menina tomava e percebeu o rótulo escrito à mão, afixado no saco de dextrose e água.

— Ela já está tomando antibióticos?

— Acabaram de ministrar — disse o radiologista.

— Mas ela é alérgica a penicilina! Foi por isso que o chamei, Adam!

— A menina não me disse nada sobre alergias.

Claire entrou na sala, puxou a via intravenosa e interrompeu o procedimento. Ao olhar para Katie, alarmou-se ao ver que o rosto da menina estava avermelhado.

— Preciso de epinefrina! — gritou Claire para o radiologista. — E Benadril injetável!

Inquieta, Katie se remexia na maca.

— Estou me sentindo esquisita, Dra. Elliot — murmurou ela. — Estou com muito calor. — Havia inchaços avermelhados no pescoço da jovem.

O radiologista olhou para a menina e murmurou:

— Ah, merda. — E abriu a gaveta onde ficavam os kits de anafilaxia de um puxão só.

— Ela não me disse que era alérgica — disse DelRay, na defensiva.

— Aqui está a epinefrina — disse o radiologista, entregando a seringa para Claire.

— Não consigo respirar!

— Está tudo bem, Katie — disse Claire, tirando a proteção da agulha. — Vai se sentir melhor em alguns segundos... — Ela introduziu a agulha e injetou um décimo de centímetro cúbico de epinefrina.

— Eu... não consigo... *respirar*!

— Benadril injetável, 25 miligramas! — gritou Claire. — Adam, ministre o Benadril!

DelRay parecia assustado quando o radiologista entregou-lhe a seringa. Atônito, injetou a droga no soro.

Claire pegou o estetoscópio. Ao auscultar os pulmões da menina, ouviu chiados fortes em ambos os lados.

— Qual a pressão sanguínea? — perguntou ao radiologista.

— Está em oito por cinco. Pulso a 140.

— Vamos levá-la para a emergência imediatamente.

Três pares de mãos moveram a menina para a maca.

— Não consigo respirar... não consigo respirar...

— Meu Deus, ela está muito inchada!

— Não parem! — disse Claire.

Juntos, empurraram a maca para fora da sala de radiografia e atravessaram o corredor. Dobraram uma esquina e entraram às pressas na emergência. O Dr. McNally e duas enfermeiras ergueram a cabeça, assustados, quando Claire anunciou:

— Ela está tendo um choque anafilático!

A resposta foi imediata. A equipe da emergência levou a maca para uma sala de tratamento. Uma máscara de oxigênio foi pressionada sobre o rosto da menina e terminais de ECG foram afixados ao seu peito. Em alguns minutos, uma dose generosa de cortisona era ministrada por via intravenosa.

O coração de Claire estava acelerado quando ela finalmente saiu da sala, deixando McNally e sua equipe assumirem. Viu Adam DelRay junto ao posto de enfermagem, furiosamente fazendo anotações no prontuário de Katie. Quando Claire se aproximou, ele rapidamente fechou a pasta.

— Ela não me disse que era alérgica — reclamou.

— A menina é mentalmente deficiente.

— Então, deveria estar usando um bracelete de alerta médico. Por que não estava usando?

— Ela se recusa a usar.

— Bem, eu não podia adivinhar!

— Adam, tudo o que você deveria ter feito era me ligar quando ela chegou. Você sabia que era minha paciente e que estou familiarizada com o histórico dela. Tudo o que tinha a fazer era me perguntar.

— A responsável deveria ter me dito. Não consigo crer que aquela mulher não pensou que...

Foi interrompido pelo rádio da emergência. Ambos ergueram a cabeça ao ouvirem a transmissão.

— Hospital Knox, aqui é a unidade 17, repito, unidade 17. Temos vítimas baleadas a caminho, chegando em aproximadamente cinco minutos. Entendido?

Uma das enfermeiras saiu às pressas da sala de emergência e pegou o microfone.

— Aqui é a emergência do Knox. Você falou em ferimentos a bala?

— Diversas vítimas a caminho. Uma delas em estado crítico... e há mais a caminho.

— Quantos? Repito. *Quantos?*

— Não temos certeza. Pelo menos três...

Outra voz entrou na frequência.

— Hospital Knox, aqui é a unidade nove. A caminho com ferimento a bala no ombro. Entendido?

Em pânico, a enfermeira pegou o telefone e apertou a tecla O.

— Código de desastre! Código de desastre! Isto não é um treinamento!

Cinco médicos. Era toda a equipe que havia no prédio durante os frenéticos momentos que antecederam a chegada da primeira ambulância: Claire, DelRay, McNally, da emergência, um cirurgião geral e uma pediatra aterrorizada. Ninguém sabia detalhe algum sobre o local do tiroteio ou o número de vítimas. Tudo o que sabiam era que algo terrível acontecera e que aquele pequeno hospital rural não estava preparado para lidar com o que viria a seguir. A emergência se transformou em um redemoinho de ruído e atividade enquanto o pessoal se preparava às pressas para receber os feridos. Katie, agora estabilizada, foi tirada dali e levada para o corredor, para abrir espaço na sala de tratamento. Armários foram abertos, luzes fortes, acesas. Claire apressou-se em pendurar sacos de soro, preparar bandejas de instrumentos e abrir pacotes de gazes e de suturas.

A sirene da primeira ambulância que se aproximava fez o pessoal da emergência se calar durante uma fração de segundo. Então, todos correram em direção às portas duplas para receber a primeira vítima. De pé em meio ao pessoal, Claire não ouvia ninguém falar. Estavam todos atentos ao uivo da sirene que se aproximava.

Abruptamente, a sirene foi desligada e as luzes vermelhas entraram em seu campo de visão.

Claire avançou quando a ambulância deu ré na entrada. A porta de trás do veículo se abriu e a maca com a primeira vítima foi retirada. Era uma mulher, já entubada. A fita cirúrgica usada para fixar o tubo escondia a parte inferior de seu rosto. A bandagem sobre o abdome estava encharcada de sangue.

Levaram-na imediatamente à sala de trauma e a deitaram na mesa. Um coro confuso de vozes berrava simultaneamente enquanto as roupas da mulher eram cortadas, os terminais de ECG e a máscara de oxigênio eram afixados, e um aparelho para medir a pressão arterial era colocado ao redor de um braço. Um rápido ritmo sinusal atravessava o monitor cardíaco.

— Sístole em 7! — gritou uma enfermeira.

— Verificando o tipo sanguíneo! — disse Claire. Ela pegou na bandeja um cateter intravenoso calibre 16 e amarrou um torniquete no braço da paciente. A veia mal se dilatou. A paciente estava em choque. Ela perfurou a veia com a agulha e inseriu o cateter de plástico. Com uma seringa, extraiu diversos tubos de sangue, conectando a via intravenosa ao cateter. — Administrando outro soro Ringer, aberto ao máximo! — gritou.

— Sístole em 6, mal dá para perceber!

O cirurgião disse:

— Abdome distendido. Acho que está cheio de sangue. Abra aquela bandeja cirúrgica e prepare a sucção! — Ele olhou para McNally. — Você é meu primeiro assistente.

— Mas ela precisa ir para a sala de cirurgia!

— Não há tempo. Precisamos descobrir de onde o sangue está vindo.

— Perdi a pressão sanguínea! — gritou uma das enfermeiras.

A primeira incisão foi rápida e brutal, ao longo do centro do abdome, cortando a pele. Com uma incisão mais profunda, o cirurgião atravessou a camada amarelada de gordura subcutânea e abriu o peritônio.

O sangue verteu, espalhando-se pelo chão.

— Não consigo ver de onde está vindo!

A sucção não retirava o sangue rápido o bastante. Desesperado, McNally introduziu duas toalhas esterilizadas no abdome e as tirou, encharcadas de sangue e pingando.

— Muito bem, acho que estou vendo. A bala rompeu a aorta...

— Meu Deus, está esguichando!

Uma recepcionista gritou da porta:

— Chegaram mais dois! Estão trazendo-os para dentro agora!

McNally olhou para Claire do outro lado da mesa, e ela viu pânico nos olhos do médico.

— São *seus* — disse ele. — Vá, Claire.

Com o coração na boca, ela saiu da sala de trauma e viu a primeira maca sendo levada a uma das salas de tratamento. O paciente era um menino ruivo que chorava, com a camisa cortada e o sangue escorrendo através das bandagens no ombro. Depois, uma segunda maca entrou pela porta: uma adolescente loura, com a metade do rosto coberta de sangue.

Crianças, pensou Claire. *São apenas crianças. Meu Deus, o que aconteceu?*

Primeiro, atendeu a garota. Ela chorava, mas conseguia mover todas as extremidades. Ao ver o sangue no rosto da menina, Claire quase entrou em pânico e pensou: ferimento a bala na cabeça. Ela fez um esforço para segurar a mão da menina e perguntou com calma o nome dela, embora seu próprio coração estivesse disparado. Bastaram algumas perguntas para confirmar que Amelia Reid estava perfeitamente consciente, e que estava lúcida. O ferimento era apenas uma esfoladura de raspão na têmpora, que Claire rapidamente limpou e enfaixou.

Voltando a atenção para o menino ruivo, viu que ele já estava sendo atendido pela pediatra.

— Há mais alguém a caminho? — perguntou à recepcionista.

— Ninguém a caminho. Pode haver mais no local...

Um segundo cirurgião atravessou as portas da emergência e anunciou:

— Cheguei! Quem precisa de mim?

— Sala de trauma! — respondeu Claire. — O Dr. McNally precisa de ajuda.

Ele estava a ponto de sair quando uma enfermeira entrou, quase trombando com ele.

— Já temos aquela bolsa de sangue O negativo para a Sra. Horatio? — gritou para a recepcionista.

Horatio? Claire não reconhecera a paciente sob todo aquele aparato cirúrgico, mas conhecia o nome, Dorothy Horatio.

É a professora de biologia de meu filho. Olhou para o relógio e viu que eram 11h30. Terceiro tempo. Noah estaria estudando biologia... com a Sra. Horatio.

Outro médico chegou, outro par de mãos — o obstetra de Two Hills. Ela olhou ao redor e viu que a situação estava sob controle.

Claire tomou a única decisão cabível a uma mãe em pânico: correu até o carro.

O trajeto de 35 quilômetros passou como um borrão de campos outonais, a névoa subindo em fios, bosques de pinheiros. Aqui e ali casas de fazenda com varandas empenadas. Durante oito meses ela dirigiu todos os dias ao longo daquela estrada rural, mas nunca naquela velocidade, nunca com as mãos trêmulas e o coração tomado pelo medo. Subiu o último aclive acelerando ao máximo, e seu Subaru passou pela placa familiar:

Você está deixando Two Hills. Volte logo!

Então, uns 100 metros mais adiante, viu uma segunda placa, menor, com a tinta descascando:

BEM-VINDO A TRANQUILITY
ENTRADA DO LAGO LOCUST
POPULAÇÃO: 910

Ela entrou na propriedade da escola e viu as luzes dos giroscópios de meia dúzia de veículos de emergência. Carros patrulha estavam estacionados junto à entrada de tijolos vermelhos do ginásio, ao lado de dois carros de bombeiro — um desastre em larga escala.

Claire abandonou o carro e correu em direção ao jardim da frente da escola, onde dezenas de estudantes e professores atônitos estavam aglomerados atrás da fita policial. Ao olhar para os rostos ali reunidos, não viu Noah.

Um policial de Two Hills barrou-a à porta da frente.

— Ninguém pode entrar.

— Mas eu preciso entrar!

— Apenas o pessoal da emergência.

Ela inspirou e disse com a voz controlada:

— Sou a Dra. Elliot. Sou médica em Tranquility.

Ele a deixou passar.

Claire entrou na escola pela porta da frente. O prédio tinha quase um século, e lá dentro pairava o odor rançoso de suor de adolescentes e poeira levantada por milhares de pés que subiam e desciam a escadaria. Ela subiu até o segundo andar.

A porta da sala de biologia estava vedada por fitas de isolamento policial. Além das fitas, cadeiras derrubadas, vidro quebrado e papel espalhado. Rãs pulavam em meio aos destroços.

Havia poças de sangue coagulado pelo chão.

— Mãe?

Seu coração disparou ao ouvir aquela voz. Ela se virou e viu o filho no outro extremo do longo corredor. Iluminado por uma luz tênue, ele parecia assustadoramente pequeno para ela, o rosto pálido e magro manchado de sangue.

Claire correu em direção ao filho e abraçou com força seu corpo rígido. Ela sentiu os ombros dele relaxarem primeiro, então sua cabeça tombou contra ela e Noah começou a chorar. Não emitiu nenhum som. Ela sentia apenas o peito dele estremecer e lágrimas quentes escorrerem por seu pescoço. Finalmente, sentiu os braços dele ao redor de sua cintura. Seus ombros podiam ser largos como os de um homem, mas era uma criança que a abraçava agora, uma criança aflita se debulhando em lágrimas.

— Você está ferido? — perguntou. — Noah, você está sangrando. Você está *ferido*?

— Ele está bem, Claire. O sangue não é dele. É da professora.

Ela ergueu a cabeça e viu Lincoln Kelly no corredor, a expressão sombria refletindo os terríveis acontecimentos do dia.

— Noah e eu acabamos de recapitular o acontecido. Eu ia ligar para você agora, Claire.

— Eu estava no hospital. Ouvi dizer que houve um tiroteio.

— Seu filho desarmou o outro menino — disse Lincoln. — Foi uma maluquice. E um ato de muita coragem. Ele provavelmente salvou algumas vidas. — Lincoln voltou o olhar para Noah e acrescentou em voz baixa: — Deveria se orgulhar dele.

— Não fui corajoso — desabafou Noah, que se afastou de Claire e, envergonhado, enxugou os olhos. — Eu estava com medo. Não sei por que fiz aquilo. Não sabia o que estava fazendo...

— Mas fez, Noah. — Lincoln pousou uma das mãos sobre o ombro do menino. Era o cumprimento de um homem, brusco e simples. Noah pareceu se fortalecer com aquele toque. Uma mãe, pensou Claire, não pode ordenar como cavaleiro o próprio filho. Aquilo precisava ser feito por outro homem.

Lentamente, Noah se aprumou, as lágrimas finalmente sob controle.

— Amelia está bem? — perguntou ele para a mãe. — Eles a levaram na ambulância.

— Ela está bem. Só um ferimento de raspão no rosto. Acho que o menino também vai ficar bom.

— E... a Sra. Horatio?

Ela balançou a cabeça e murmurou:

— Não sei.

Noah suspirou profundamente e passou a mão trêmula sobre os olhos.

— Eu... preciso lavar o rosto...

— Faça isso — disse Lincoln gentilmente. — Não tenha pressa, Noah. Sua mãe vai estar esperando por você.

Claire observou o filho atravessar o corredor. Quando passou pela sala de biologia, retardou o passo, pois seu olhar foi atraído, contra a sua vontade, para a porta aberta. Por alguns segundos, ficou hipnotizado pela cena terrível protegida pela fita de isolamento da polícia. Então, abruptamente, entrou no banheiro dos meninos.

— Quem fez isso? — perguntou Claire, voltando-se para Lincoln. — Quem trouxe a arma para a escola?

— Taylor Darnell.

Ela olhou para ele, chocada.

— Ah, meu Deus. Ele é meu paciente.

— Foi o que o pai nos contou. Paul Darnell disse que o menino não pode ser responsabilizado. Que tem distúrbio de déficit de atenção e não pode controlar seus impulsos. Isso é verdade?

— O DDA não provoca comportamento violento. E Taylor não tem déficit de atenção. Mas não posso fazer comentários a respeito, Lincoln. Estaria traindo a ética profissional.

— Bem, há *algo* de errado com esse garoto. Se você é a médica dele, talvez devesse dar uma olhada no garoto antes da transferência para o Centro Juvenil.

— Onde ele está agora?

— Está detido no gabinete da diretora. — Lincoln fez uma pausa. — Só preciso avisá-la, Claire: não chegue muito perto.

5

Taylor Darnell estava algemado a uma cadeira, chutando a escrivaninha da diretora: *bam, bam, bam!* Não ergueu a cabeça quando Claire e Lincoln entraram na sala, nem sequer pareceu perceber que eles estavam ali. Dois policiais do estado do Maine estavam com ele na sala. Eles olharam para Lincoln e balançaram a cabeça, evidentemente pensando: "Esse daí é completamente biruta."

— Acabamos de receber uma ligação do hospital — disse um dos policiais para Lincoln. — A professora morreu.

Ninguém disse nada por um instante. Tanto Claire quanto Lincoln absorveram em silêncio a terrível notícia.

Então, Claire murmurou:

— Onde está a mãe de Taylor?

— Ainda a caminho, voltando de Portland. Ela viajou a trabalho.

— E o Sr. Darnell?

— Acho que está procurando um advogado. Vão precisar de um.

Taylor continuava a chutar a escrivaninha em um ritmo crescente e incansável.

Claire pousou a maleta médica em uma cadeira e se aproximou do menino.

— Você se lembra de mim, Taylor, não se lembra? Sou a Dra. Elliot.

Ele não respondeu, apenas continuou a chutar a mesa furiosamente. Algo estava muito errado. Aquilo era mais do que fúria adolescente. Parecia ser algum tipo de psicose induzida por drogas.

Sem aviso, Taylor a encarou com uma intensidade predatória. Suas pupilas se dilataram, as íris ficaram escuras como duas lagoas de ébano. Os lábios se retorceram, caninos brilhando, e um som animalesco escapou de sua garganta, parte sibilar, parte rosnado.

Tudo aconteceu tão rapidamente que ela não teve como reagir. O garoto se levantou de repente, arrastando a cadeira consigo, e se atirou contra Claire.

O impacto dos corpos se chocando fez Claire cair de costas no chão. Os dentes dele se cravaram no casaco da médica, rasgando o tecido e fazendo as penas de ganso flutuarem no ar como uma nuvem branca. Ela viu de relance a expressão frenética dos três policiais que lutavam para separá-los. Finalmente conseguiram tirar Taylor dali, embora ele continuasse a se debater mesmo enquanto o arrastavam para longe.

Lincoln agarrou o braço dela e a ajudou a se levantar.

— Claire... Meu Deus...

— Estou bem — respondeu, tossindo com as penugens de ganso no ar. — É sério, estou bem.

Um dos policiais estaduais gritou:

— Ele acabou de me morder! Vejam, estou sangrando!

Mesmo algemado a uma cadeira, o menino lutava para se soltar.

— Me soltem! — gritava. — Vou matar todos vocês se não me deixarem ir *embora*!

— Ele deveria ser trancado em um maldito canil!

— Não. Há algo muito errado aqui — disse Claire. — Parece uma psicose provocada por drogas. PCP ou anfetaminas. — Ela se voltou para Lincoln. — Quero esse menino transferido para o hospital. Agora.

— Está mexendo demais — disse o Dr. Chapman, o radiologista. — Não vamos conseguir uma definição muito boa aqui.

Claire inclinou-se para a frente, observando atentamente o primeiro corte transversal do cérebro de Taylor Darnell se formar na tela do computador. Cada imagem era uma compilação de pixels formada por milhares de pequenos feixes de raios X. Direcionados em ângulos diferentes ao longo de um plano, os feixes faziam a distinção entre líquido, sólido e gasoso, e as diferentes densidades eram reproduzidas na tela.

— Está vendo aquela área embaçada ali? — disse Chapman, apontando para o aparelho.

— Não tem como fazê-lo ficar quieto a não ser com anestesia.

— Bem, é uma opção.

Claire negou com a cabeça.

— A mente dele já está bastante confusa. Não quero arriscar uma anestesia agora. Só estou tentando afastar a possibilidade de qualquer deslocamento de massa antes de fazer a punção lombar.

— Você realmente acredita que uma encefalite poderia explicar esses sintomas? — Chapman olhou para ela, e Claire viu o ceticismo nos olhos do colega. Em Baltimore, era uma médica respeitada. Ali, entretanto, ainda precisava provar sua capacidade. Quanto tempo levaria até que os novos colegas parassem de questionar suas opiniões e aprendessem a respeitá-la?

— A essa altura, não tenho escolha — respondeu. — O exame inicial para detectar metanfetamina e PCP deu negativo. Mas o Dr. Forrest acha que isso é com certeza uma psicose provocada por uma condição orgânica, não psiquiátrica.

Ficou óbvio que Chapman não tinha em alta conta as habilidades clínicas do Dr. Forrest.

— A psiquiatria não é uma ciência exata.

— Mas eu concordo com ele. O menino tem demonstrado mudanças de personalidade alarmantes nos últimos dias. Temos que eliminar a hipótese de uma infecção.

— Qual a contagem de glóbulos brancos?

— Treze mil.

— Um pouco alta, mas nada de mais. E quanto à contagem diferencial?

— O número de eosinófilos está alto. Na verdade, está bem fora do padrão, trinta por cento acima.

— Mas ele tem um histórico de asma, certo? Pode ser por isso. Algum tipo de reação alérgica.

Claire teve de concordar. Eosinófilos são um tipo de glóbulo branco que geralmente prolifera em resposta a reações alérgicas e à asma. Uma alta contagem de eosinófilos também podia ser causada por diversos outros males, como câncer, infecções parasitárias e doenças autoimunes. Em alguns pacientes, nunca se encontrava alguma causa discernível.

— Então, e agora? — perguntou o patrulheiro do Maine, que observava o procedimento com uma expressão de impaciência crescente. — Podemos levá-lo ao Centro Juvenil ou não?

— Precisamos fazer mais exames — disse Claire. — O menino pode estar muito doente.

— Ou pode estar fingindo. É o que me parece.

— Se ele estiver doente, poderão encontrá-lo morto na cela. Eu não gostaria de cometer esse erro. E você?

Sem comentários, o patrulheiro deu meia-volta e olhou para o prisioneiro através da janela de observação da sala de tomografia.

Taylor estava deitado de costas, com os pulsos e tornozelos imobilizados. Sua cabeça estava oculta dentro da máquina, mas podiam ver seus pés tentando chutar, debatendo-se para se livrar das amarras. *Agora vem a parte difícil,* pensou Claire. *Como mantê-lo na posição correta tempo o bastante para a punção lombar?*

— Não posso ignorar a possibilidade de uma infecção no sistema nervoso central — disse Claire. — Com uma contagem de glóbulos brancos elevada e mudanças no estado mental, não tenho escolha senão fazer a punção.

Chapman finalmente pareceu concordar.

— Pelo que vejo aqui no exame, me parece seguro prosseguir.

Tiraram Taylor da sala de tomografia e o levaram a um quarto particular. Foi preciso duas enfermeiras e um auxiliar para transferir o menino para a cama.

— Virem-no de lado — disse Claire. — Posição fetal.

— Ele não vai ficar quieto.

— Então, terão que sentar em cima dele. Precisamos dessa punção lombar.

Juntos, viraram o menino de lado, de costas para Claire. O auxiliar flexionou os quadris de Taylor, forçando os joelhos em direção ao peito. Uma enfermeira puxou os ombros dele para a frente e Taylor tentou morder a mão dela, quase prendendo um dedo entre os dentes.

— Fique longe dos dentes!

— Estou tentando!

Claire precisava trabalhar rápido: não conseguiriam mantê-lo imobilizado durante muito tempo. Ela levantou o roupão do menino expondo suas costas. Com o corpo encolhido em posição fetal, as vértebras destacaram-se claramente sob a pele. Em uma rápida contagem, identificou o espaço entre o quarto e o quinto processo espinhoso na parte inferior do dorso e passou Betadina e álcool na pele da área. Colocou luvas esterilizadas e pegou a seringa com anestésico.

— Vou injetar a xilocaína agora. Ele não vai gostar.

Claire furou a pele com a agulha calibre 25 e cuidadosamente injetou a anestesia local. Ao sentir o primeiro ardor, Taylor gritou, furioso. Claire viu uma das enfermeiras erguer a cabeça com os olhos cheios de pavor. Nenhum deles jamais lidara com algo parecido, e a violência daquele menino estava assustando a todos.

Claire pegou a agulha de punção. Tinha quase 8 centímetros de comprimento, calibre 22, uma extremidade aberta para permitir que o fluido cérebro-espinhal pudesse ser retirado.

— Segurem-no. Vou fazer a punção agora.

Ela perfurou a pele. A xilocaína anestesiara a região, de modo que ele não sentia nenhuma dor. Não ainda. Ela continuou a pressionar a agulha entre os processos espinhosos, em direção à dura-máter. Ela sentiu uma ligeira resistência, depois um barulho rápido e característico quando a agulha penetrou a camada protetora.

Taylor voltou a berrar e começou a se debater.

— Segurem-no! Vocês precisam imobilizá-lo!

— Estamos tentando! Pode ir mais rápido?

— Já entrei. Só mais um minuto. — Ela posicionou um tubo de ensaio sob a extremidade aberta da agulha e coletou a primeira gota de fluido. Para sua surpresa, estava cristalino, sem sangue, nenhuma pista da turbidez que indicaria uma infecção. Aquele não era um caso óbvio de meningite. *Então, com o que estou lidando?*, perguntou-se enquanto recolhia o fluido cuidadosamente em três tubos de ensaio diferentes. O material seria enviado imediatamente ao laboratório, onde seria submetido a uma contagem de células e bactérias, glicose e proteína. Bastava olhar para os tubos de ensaio para saber que os resultados seriam normais.

Ela retirou a agulha e aplicou um curativo no local da punção. Todos no quarto pareceram suspirar aliviados ao mesmo tempo. O procedimento havia terminado.

Mas ainda estavam longe da resposta.

Naquela tarde, Claire encontrou a mãe de Taylor na capela do hospital, olhando para o altar. Haviam se falado anteriormente, quando Claire pedira consentimento à mãe para fazer a punção lombar. Wanda Darnell estava então uma pilha de nervos, mãos e lábios trêmulos. Dirigira o dia inteiro — primeiro, em uma viagem de mais de 300 quilômetros até Portland, para se reunir com o advogado que cuidava de seu divórcio. Depois, em uma volta desesperadora após a polícia ligar para lhe dar a terrível notícia.

Naquele momento, Wanda parecia exausta, a adrenalina há muito perdendo o efeito. Era uma mulher pequena, usando um terninho que não estava no tamanho certo, fazendo-a parecer uma criança que vestia as roupas da mãe. Ela olhou para cima quando Claire entrou na capela e mal conseguiu mexer a cabeça para cumprimentar a recém-chegada.

Claire sentou-se e segurou a mão de Wanda delicadamente.

— Os resultados da punção lombar chegaram e estão perfeitamente normais. Taylor não tem meningite.

Wanda Darnell soltou um suspiro profundo, seus ombros curvando-se para a frente dentro do imenso tailleur.

— Isso é bom, então?

— Sim. E a julgar pela tomografia computadorizada, ele não tem tumores ou sinais de hemorragia no cérebro. Isso é bom também.

— Então, o que há de errado com ele? Por que fez aquilo?

— Eu não sei, Wanda. Você sabe?

Ela permaneceu sentada, imóvel, como se lutasse para encontrar uma resposta.

— Ele não está... bem. Há quase uma semana.

— O que quer dizer?

— Taylor anda descontrolado e furioso com todo mundo. Xingando e batendo portas. Achei que fosse por causa do divórcio. Ele passou por maus bocados...

Claire relutou em mencionar o assunto seguinte, mas era necessário.

— E quanto a drogas, Wanda? Podem alterar a personalidade de um jovem. Acha que ele está tomando alguma coisa?

Wanda hesitou.

— Não.

— Você não me parece muito certa.

— É só que... — Ela engoliu em seco, com lágrimas nos olhos. — Eu não sei mais quem ele é. É meu filho, mas não o reconheço.

— Você percebeu algum sinal de alerta?

— Ele sempre foi um pouco difícil. Foi por isso que o Dr. Pomeroy suspeitou que ele tivesse DDA. Ultimamente, parece que ficou pior. Ainda mais desde que começou a sair com aqueles meninos horríveis.

— Que meninos?

— São nossos vizinhos, moram na mesma rua, um pouco mais à frente. J. D. e Eddie Reid. E o tal de Scotty Braxton. Os quatro tiveram problemas com a polícia em março. Na semana passada, eu disse para Taylor que estava proibido de andar com os irmãos Reid. Foi quando tivemos nossa primeira briga feia. Foi quando ele me deu um tapa.

— *Taylor* bateu em você?

Wanda abaixou a cabeça, como uma vítima envergonhada por ter sido agredida.

— Mal nos falamos desde então. E, quando nos falamos, fica muito óbvio que... — a voz dela se tornou um sussurro — que nos odiamos.

Claire tocou o braço de Wanda delicadamente.

— Acredite, deixar de gostar de seu filho adolescente não é assim tão incomum.

— Mas também tenho medo dele! Isso piora tudo. Eu não gosto *e* tenho medo dele. Quando ele me bate, é como ter meu pai em casa outra vez. — A mulher tocou a própria boca, como se estivesse se lembrando de um ferimento há muito cicatrizado. — Paul e eu ainda estamos disputando a custódia de Taylor. Brigando por um menino que não gosta de nenhum de nós dois.

O pager de Claire tocou. Ela olhou para o mostrador digital e viu que era do laboratório.

— Perdão — falou, saindo da capela para ligar do saguão do hospital.

Anthony, o supervisor do laboratório, atendeu o telefone.

— O laboratório Bangor acabou de ligar com mais resultados de Taylor, Dra. Elliot.

— Alguma leitura positiva nos exames específicos?

— Infelizmente, não. Nada de álcool, maconha, opioides ou anfetaminas no sangue dele. Deu negativo para todas as drogas que você pediu.

— Eu tinha tanta certeza — resmungou ela, confusa. — Não sei o que mais poderia causar esse comportamento. Deve haver alguma droga que esqueci de mencionar.

— *Pode* haver algo. Examinei o sangue dele na máquina de cromatografia gasosa do hospital e surgiu um pico anormal em um minuto e dez segundos de tempo de retenção.

— O que isso significa?

— Não aponta nenhuma droga em particular. Mas há um pico, o que indica que algo fora do comum está circulando no sangue dele. Pode ser completamente inócuo. Um suplemento alimentar de ervas, por exemplo.

— Como podemos descobrir o que é?

— Precisamos fazer exames mais complexos. O laboratório de Bangor não está equipado para isso. Precisamos tirar mais sangue e mandar para nosso laboratório de referência em Boston. Lá eles podem fazer um exame simultâneo para centenas de drogas diferentes.

— Então vamos fazer isso.

— Bem, esse é o problema. Foi por isso que liguei. Acabei de receber uma ordem para cancelar qualquer outro exame toxicológico. Está assinada pelo Dr. DelRay.

— O quê? — Claire balançou a cabeça, incrédula. — *Eu* sou a médica de Taylor.

— Mas DelRay está dando ordens que contradizem as suas. Portanto, não sei o que fazer.

— Olhe, deixe-me falar com a mãe do garoto para esclarecer isso logo. — Ela desligou e voltou à capela.

Antes mesmo de abrir a porta, ouviu uma voz masculina gritando furiosa:

— ...nunca colocou nenhum limite! Completamente inútil, é isso que você é. Não admira que ele seja um desajustado!

Claire entrou na capela.

— Algum problema aqui, Wanda?

O homem se voltou para ela.

— Sou o pai de Taylor.

Crises fazem as pessoas mostrarem o pior de si, mas provavelmente Paul Darnell não era agradável nem mesmo em seus melhores momentos. Sócio de uma das maiores empresas de contabilidade de Two Hills, vestia-se muito melhor que a mulher, que parecia ter encolhido ainda mais dentro do terninho. A breve interação que Claire testemunhara entre os dois dizia como era aquele casamento: Paul, o agressor, cheio de exigências e queixas. Wanda sempre conciliadora, cedendo às vontades do marido.

— Que negócio é esse de meu filho estar tomando drogas ilegais? — perguntou ele.

— Estou tentando encontrar um motivo para o que aconteceu aqui hoje, Sr. Darnell. Estava simplesmente perguntando à sua esposa...

— Taylor nunca tomou nenhuma droga. Não desde que você o mandou parar com a Ritalina. — Ele fez uma pausa. — E ele estava ótimo com a Ritalina. Nunca entendi por que você mandou que parasse.

— Isso faz dois meses. Essa mudança de personalidade é mais recente.

— Há dois meses, ele estava ótimo.

— Não, não estava. Estava cansado e apático. E aquele diagnóstico de DDA nunca foi muito confiável. Não é como diagnosticar hipertensão: não há parâmetros definidos pelos quais se pautar.

— O Dr. Pomeroy tinha certeza do diagnóstico.

— A DDA se tornou bode expiatório de qualquer criança problemática. Quando um aluno vai mal na escola ou se mete em encrenca, os pais querem uma explicação. Não concordo com o diagnóstico de Pomeroy. Na dúvida, prefiro não empurrar remédios para crianças.

— E veja o que aconteceu. Ele está fora de controle. Está assim há semanas.

— Como sabe disso, Paul? — disse Wanda. — Há quanto tempo você não fica de verdade com o seu filho?

Paul voltou-se para a ex-mulher com tanto ódio que Wanda recuou.

— Você era a responsável — disse ele. — Eu sabia que não daria conta. Como sempre, você estragou tudo, e agora nosso filho vai acabar na cadeia!

— Ao menos não fui eu quem deu a arma para ele — respondeu Wanda, baixinho.

— O quê?

— A arma que ele levou para a escola era sua. Você não sentiu falta?

Ele a encarou.

— Aquele *merdinha*! Como conseguiu…

— Isso não está ajudando em nada! — interveio Claire. — Precisamos nos concentrar em Taylor. Em como explicar o comportamento dele.

Paul voltou-se para a mulher.

— Vou pedir que Adam DelRay assuma. Ele está lá em cima examinando Taylor.

A forma brusca de Paul dar a notícia deixou Claire sem fala. Então fora por isso que DelRay dera aquelas ordens. Ele assumira o paciente agora. Ela fora afastada do caso.

— Mas a Dra. Elliot é a médica de Taylor! — protestou Wanda.

— Conheço Adam e confio no julgamento dele.

Ou seja, não confia no meu?

— Eu nem mesmo gosto de Adam DelRay — disse Wanda. — Ele é seu amigo, não meu.

— Você não precisa gostar dele.

— Se ele estiver cuidando do meu filho, preciso sim.

A risada de Paul foi grosseira.

— É assim que escolhe um médico, Wanda? Fica com quem a cumprimenta mais calorosamente?

— Estou fazendo o melhor para Taylor!

— E é exatamente por isso que ele acabou *aqui*.

A paciência de Claire finalmente se esgotou.

— Sr. Darnell, agora *não* é hora de atacar a sua mulher!

Ele se voltou para Claire, e seu desprezo também era claramente dirigido a ela.

— *Ex*-mulher — corrigiu. Em seguida, deu-lhe as costas e saiu da capela.

Claire encontrou Adam DelRay sentado no posto de enfermagem, fazendo anotações no prontuário de Taylor. Embora fosse tarde da noite, seu jaleco branco ainda estava passado e engomado, e, comparativamente, Claire sentia-se um caco. Qualquer embaraço que ele tivesse passado mais cedo naquele dia durante a crise com Katie Youmans já fora convenientemente esquecido, e ele olhou para Claire com sua irritante e habitual autoconfiança.

— Eu já ia bipar você — comentou. — Paul Darnell acabou de decidir que...

— Já falei com ele.

— Ah, então já sabe. — Ele deu de ombros. — Espero que não leve isso para o lado pessoal.

— É uma decisão dos pais. Eles têm o direito de fazer isso — admitiu Claire de má vontade. — Mas, se você está assumindo, achei que precisava avisar que o rapaz teve um pico anormal na cromatografia gasosa. Sugiro que peça um exame toxicológico completo.

— Não creio ser necessário. — Ele fechou o prontuário médico e levantou-se. — As drogas mais prováveis foram descartadas.

— Aquele pico precisa ser identificado.

— Paul não quer mais exames toxicológicos.

Ela balançou a cabeça, confusa.

— Não compreendo a objeção.

— Creio que tornou a essa decisão após falar com o advogado.

Ela esperou que ele se afastasse antes de pegar o prontuário médico. Foi até as anotações sobre a evolução do paciente e, cada vez mais consternada, leu as observações de DelRay:

Histórico de internação e exames clínicos prescritos.
Avaliação:
1. Psicose aguda devido à retirada abrupta de Ritalina.
2. Transtorno de déficit de atenção.

Claire tombou sobre a cadeira mais próxima, as pernas subitamente bambas e o estômago nauseado. Então esta seria sua estratégia de defesa. Alegariam que o menino não era responsável por seus atos. Que Claire deveria ser responsabilizada, porque suspendera a Ritalina, desencadeando um surto psicótico. Que era ela quem deveria ser culpada. *Vou acabar no tribunal.*

Era por isso que Paul não queria encontrar drogas na corrente sanguínea do menino: isso eximiria Claire de culpa.

Agitada, foi até a primeira página e leu as ordens de DelRay.

Cancelar exame toxicológico completo.
Todas as dúvidas e laudos laboratoriais devem ser a mim reportados.
A Dra. Elliot não é mais a médica encarregada deste paciente.

Ela fechou a pasta e sentiu a náusea aumentar. Agora, não era apenas a vida de Taylor que estava em jogo. Seu consultório e sua reputação também corriam perigo.

Pensou na primeira regra da medicina defensiva: proteja-se. Você não pode ser processada se conseguir provar que não cometeu erro nenhum, se puder confirmar o seu diagnóstico com testes de laboratório.

Ela precisava de uma amostra do sangue de Taylor. Aquela era a sua última chance de recolher o material. No dia seguinte, qualquer droga que ele tivesse tomado seria eliminada e mais nada seria detectado.

Ela foi até a sala de suprimentos no posto de enfermagem, abriu uma gaveta e pegou uma seringa Vacutainer, algodão embebido em álcool e três tubos de ensaio com tampa vermelha. Seu coração estava disparado quando atravessou o corredor em direção ao quarto de Taylor. O menino não era mais seu paciente, e ela não tinha direito de fazer aquilo, mas precisava saber se alguma droga estava circulando em seu sangue.

O patrulheiro estadual meneou a cabeça para ela quando Claire se aproximou e disse:

— Preciso coletar um pouco de sangue. Se incomodaria de segurar o braço dele para mim?

O patrulheiro não pareceu muito satisfeito com a ideia, mas seguiu-a até o interior do quarto.

Tire o sangue rapidamente e dê o fora daqui. Com mãos trêmulas, ela apertou o torniquete e tirou a tampa da agulha. *Vá embora antes que alguém descubra o que está fazendo.* Ela passou álcool no braço de Taylor, que soltou um grito de ódio, tentando livrar o braço imobilizado pelo patrulheiro. O pulso de Claire acelerou quando ela perfurou a pele e sentiu a agulha penetrar a veia. *Rápido. Rápido.* Ela encheu um tubo, guardou-o no bolso do avental, então acoplou outro à seringa. O sangue escuro verteu para dentro do recipiente.

— Não estou conseguindo imobilizá-lo — disse o patrulheiro, lutando para controlar o rapaz, que se contorcia e xingava.

— Estou quase terminando.

— Ele está querendo me morder!

— Apenas mantenha-o imóvel! — rebateu Claire, os ouvidos zunindo com os berros de Taylor. Ela introduziu o terceiro tubo e observou o fluxo de sangue fresco. *Só mais um. Vamos, vamos.*

— O que diabos está acontecendo aqui?

Claire ergueu a cabeça. Assustou-se tanto que deixou a agulha escapar da veia. O sangue fluiu e pingou pelo lençol. Rapidamente, ela abriu o torniquete e aplicou uma gaze no braço do menino. Com o rosto ardendo de vergonha, ela se voltou para encarar Paul Darnell e Adam DelRay, que, parados à porta, a olhavam incrédulos. Duas enfermeiras observavam por cima dos ombros deles.

— Ela só estava coletando um pouco de sangue. O menino ficou um tanto barulhento — disse o patrulheiro.

— A Dra. Elliot não deveria estar aqui — disse Paul. — Não ouviu as novas ordens?

— Que ordens?

— Sou o médico desse menino agora — rebateu DelRay. — A Dra. Elliot não tem mais autoridade sobre esse caso. Nem mesmo deveria estar aqui.

O patrulheiro olhou para Claire, evidentemente furioso. *Você me usou.*

Paul estendeu a mão.

— Entregue os tubos de ensaio, Dra. Elliot.

Ela balançou a cabeça.

— Estou verificando um resultado anormal. Isso pode afetar o tratamento de seu filho.

— Você não é mais a médica dele! Entregue os tubos de ensaio.

Ela engoliu em seco.

— Perdão, Sr. Darnell. Mas não posso.

— Isto é uma agressão! — Paul voltou-se para as outras pessoas no quarto com a expressão ultrajada. — É isso o que é! Ela agrediu o meu filho com aquela agulha. E ela sabia que não tinha autoridade para isso! — Ele olhou para Claire. — Meu advogado vai ficar sabendo disso.

— Paul — disse DelRay, diplomático —, estou certo de que a Dra. Elliot não vai querer esse tipo de complicação em sua vida. — Ele se voltou e falou com a sua arrogante voz da razão: — Vamos, Claire. Isso está virando um circo. Apenas me dê os tubos com as amostras de sangue.

Claire olhou para os dois tubos de ensaio que segurava, avaliando o seu valor em comparação com uma acusação de agressão e uma provável perda de suas prerrogativas médicas. Sentiu o olhar de todos no quarto voltados para ela, desfrutando de sua humilhação.

Silenciosamente, entregou os tubos.

DelRay tomou-os, triunfante. Então, voltou-se para o patrulheiro do estado do Maine.

— O menino é meu paciente. Está claro?

— Perfeitamente, Dr. DelRay.

Ninguém disse uma palavra para Claire quando saiu da enfermaria, mas ela sabia que a estavam observando. Olhava fixamente para a frente ao dobrar para o corredor e apertar o botão do elevador. Apenas quando estava lá dentro com a porta fechada ela finalmente se permitiu enfiar a mão no bolso do avental.

O terceiro tubo de sangue ainda estava ali.

Ela desceu até o laboratório do subsolo e encontrou Anthony sentado em uma bancada, cercado de estantes de tubos de ensaio.

— Tenho uma amostra do sangue do menino.

— Para o exame toxicológico?

— Sim. Vou preencher a requisição eu mesma.

— Os formulários estão naquela prateleira ali.

Claire pegou uma folha da pilha e franziu as sobrancelhas ao ler o cabeçalho: Anson Biologicals.

— Estamos usando outro laboratório de referência? Nunca vi um formulário desses antes.

Ele desviou a atenção de uma centrífuga em movimento e disse:

— Mudamos para o Anson há algumas semanas. O hospital assinou um novo contrato com eles para trabalhos complexos de análise e ensaio radioimune.

— Por quê?

— Acho que foi uma questão de custos.

Ela correu os olhos pelo formulário, então assinalou os campos *cromatografia gasosa e espectrometria de massa*; *exame toxicológico completo*. No espaço para os comentários ao pé da página, escreveu: "Sexo masculino, 14 anos, psicose e agressividade aparentemente induzidas por drogas. Este exame de laboratório destina-se a uma pesquisa particular. Os resultados devem ser entregues diretamente para mim." E assinou.

Noah atendeu à porta e viu Amelia do lado de fora, no escuro. A menina tinha uma bandagem branca sobre uma das têmporas, e ele percebeu que era doloroso para ela sorrir. O melhor que conseguia era erguer um dos lados da boca.

Ficou tão surpreso com a visita que não conseguiu pensar em nada inteligente a dizer, de modo que apenas olhou para ela, tão maravilhado quanto um camponês diante de uma aristocrata.

— Isso é para você — falou a menina, estendendo uma caixinha marrom. — Lamento não ter encontrado nada para embrulhar.

Noah pegou a caixa, mas continuou olhando para o rosto dela.

— Você está bem?

— Estou. Você deve saber que a Sra. Horatio...

Ela fez uma pausa, contendo as lágrimas.

Noah assentiu.

— Minha mãe me contou.

Amelia tocou a bandagem no rosto. Novamente Noah viu um relance de lágrimas nos seus olhos.

— Encontrei a sua mãe na emergência do hospital. Ela foi muito legal comigo... — A jovem voltou-se e olhou para a escuridão, como se achasse que alguém a estava observando. — Tenho que ir agora...

— Alguém deu uma carona para você até aqui?

— Vim a pé.

— A pé? De noite?

— Não é longe. Moro do outro lado do lago, depois da rampa para barcos. — Ela se afastou da porta, cabelos louros ao vento. — Vejo você na escola.

— Espere. Amelia! — Ele ergueu o presente. — Por que isso?

— Um agradecimento. Pelo que fez hoje. — Ela deu mais um passo e quase foi engolida pela escuridão.

— Amelia!

— Sim?

Noah fez uma pausa, sem saber o que dizer. O silêncio só era quebrado pelo farfalhar das folhas mortas espalhadas pelo jardim. Amelia parou no limiar entre a escuridão do lado de fora, e a luz que transbordava da porta da casa de Noah, o rosto oval pálido, eclipsado pela noite.

— Quer entrar? — perguntou.

Para surpresa dele, Amelia pareceu avaliar o convite. Por um momento, se deteve entre as trevas e a luz, entre avançar ou recuar. Ela voltou a olhar por cima dos ombros, como se buscasse permissão. Então, assentiu com um menear de cabeça.

Noah ficou em pânico ao se dar conta da bagunça na sala. Sua mãe estivera em casa apenas algumas horas naquela tarde, para confortá-lo e preparar o jantar. Depois, voltara ao hospital para ver Taylor. Ninguém arrumara a casa, e tudo ainda estava onde Noah deixara naquela tarde: mochila no sofá, suéter sobre a mesinha de centro, os tênis sujos diante da lareira. Ele decidiu levar Amelia para a cozinha.

Ambos se sentaram sem se olharem, duas espécies diferentes tentando encontrar um idioma comum.

Amelia ergueu a cabeça quando o telefone tocou.

— Não vai atender?

— Não... É só mais um repórter. Ligaram a tarde inteira, desde que voltei para casa.

A secretária eletrônica atendeu e, como ele previra, ouviu-se uma voz de mulher:

— Aqui é Damaris Horne, do *Weekly Informer*. Eu queria muito, muito mesmo, falar com Noah Elliot, sobre aquele incrível ato de heroísmo hoje na escola. O país inteiro quer saber mais a respeito, Noah. Estarei na pousada Lakeside e estou disposta a oferecer uma compensação financeira pelo seu tempo, caso isso lhe interesse...

— Ela está oferecendo pagar a você para falar? — perguntou Amelia.

— Não é uma maluquice? Minha mãe disse que isso é um sinal de que eu *não devo* falar com essa mulher.

— Mas as pessoas querem saber sobre o que você fez.

O que eu fiz.

Ele deu de ombros, não se sentindo nem um pouco merecedor de tanta admiração, principalmente da parte de Amelia. Noah esperou a chamada terminar. O silêncio voltou, interrompido apenas pelo bipe da máquina.

— Você pode abrir o que eu trouxe para você agora, se quiser — disse Amelia.

Noah olhou para o presente. Embora o embrulho fosse de papel marrom comum, teve muito cuidado para não rasgá-lo, porque pareceria grosseiro fazer isso na frente dela. Tirou a fita adesiva e o papel de embrulho lentamente.

O canivete não era grande nem impressionante. Viu arranhões no cabo e percebeu que nem sequer era novo. Amelia lhe dera um canivete usado.

— Uau! — conseguiu dizer com algum entusiasmo. — Muito legal.

— Era do meu pai — explicou ela em voz baixa. — Meu pai de verdade.

Ele ergueu a cabeça ao entender as implicações do que ela dizia.

— Jack é meu padrasto. — Pronunciou aquela última palavra com evidente desagrado.

— Então J. D. e Eddie...

— Não são meus irmãos de verdade. São filhos de Jack.

— Eu já tinha pensado sobre isso. Eles não se parecem com você.

— Graças a Deus.

Noah riu.

— É, não é um parentesco que eu gostaria de ter.

— Nem tenho permissão de falar sobre meu pai de verdade, porque Jack fica possesso. Detesta ser lembrado que houve alguém antes dele. Mas quero que as pessoas saibam. Quero que saibam que Jack nada tem a ver com quem eu sou.

Ele devolveu o canivete para ela.

— Não posso ficar com isso, Amelia.

— Quero que fique.

— Mas deve significar muito para você, se pertenceu ao seu pai.

— Por isso quero que você fique com ele. — Ela tocou a bandagem na têmpora, como se apontasse para uma evidência de sua dívida para com Noah. — Você foi o único que fez alguma coisa. O único que não correu.

Ele não confessou a verdade humilhante: *Eu quis correr, mas estava com tanto medo que não consegui me mover.*

Amelia olhou para o relógio da cozinha. Subitamente em pânico, levantou-se.

— Não sabia que era tão tarde.

Ele a seguiu até a porta. Amelia havia acabado de sair quando a luz de faróis de automóvel subitamente iluminou as árvores. Ela se voltou para olhar naquela direção e pareceu congelar quando a picape entrou no acesso de veículos da casa de Noah.

A porta se abriu e Jack Reid, magro como um cão e praticamente rosnando, saltou.

— Entre no carro, Amelia.

— Jack, como você…

— Eddie me disse que você estaria aqui.

— Eu estava voltando para casa.

— Entre no carro *agora*.

Amelia se calou imediatamente, entrou e se sentou, obediente, no banco do passageiro. O padrasto estava a ponto de fazer o mesmo quando olhou para Noah.

— Ela não sai com rapazes — disse ele. — Quero que saiba disso.

— Foi só uma visita rápida — respondeu Noah, furioso. — Qual o problema?

— O problema, garoto, é que a minha filha não é para o seu bico. — Ele entrou e bateu a porta do carro.

— Ela nem é sua filha mesmo! — gritou Noah, embora soubesse que ele não podia ouvi-lo por causa do barulho do motor.

Quando a picape manobrou para sair, Noah viu o perfil de Amelia emoldurado pela janela, olhando assustada para a frente.

6

Os primeiros flocos de neve caíam em espirais por entre os galhos nus e cobriam suavemente o sítio de escavações. Lucy Overlock olhou para o céu e disse:

— Vai parar de nevar, não vai? Tem que parar, ou vai cobrir tudo.

— Já está derretendo — respondeu Lincoln.

Ele farejou o ar e, por algum instinto desenvolvido durante uma vida inteira naquelas florestas, sentiu que a neve não duraria muito. Aqueles flocos eram apenas um aviso, ilusoriamente suave, dos meses de inverno que estavam por vir. Lincoln não se incomodava com o inverno nem com os inconvenientes que esse período trazia: o trabalho de limpar as estradas, as noites sem eletricidade quando os cabos caíam por causa do peso da neve. O que ele não gostava era da escuridão. Os dias acabavam muito rápido naquela época do ano. A luz daquele dia já se extinguia e as árvores eram sombras escuras e disformes contra o céu.

— Bem. Por hoje, acho melhor encerrar por aqui — disse Lucy. — E vamos torcer para que amanhã tudo isso não esteja sob uma camada de 30 centímetros de neve.

Agora que os ossos não eram mais do interesse da polícia, Lucy e seus alunos haviam assumido a responsabilidade de proteger a escavação. Os dois alunos estenderam uma lona sobre o sítio e a firmaram com estacas. Era uma precaução inútil. Um guaxinim faminto podia rasgar aquilo com um único golpe de suas garras.

— Quando vai terminar? — perguntou Lincoln.

— Gostaria de poder trabalhar aqui por várias semanas — disse Lucy. — Mas com o tempo piorando, vamos ter que nos apressar. Na primeira nevasca mais forte, teremos que interromper os trabalhos pelo resto da estação.

Faróis de automóvel tremularam entre as árvores. Lincoln viu que outro carro entrara no acesso para veículos de Rachel Sorkin.

Voltou, então, pela floresta em direção à casa. Nos últimos dias, o jardim da frente virara um estacionamento. Junto ao carro de Lincoln estava o jipe de Lucy Overlock e um Honda usado, que ele acreditou pertencer ao aluno de graduação.

No outro extremo do pátio, estacionado sob as árvores, havia outro veículo: um Volvo azul-escuro. Ele reconheceu o carro e foi até o lado do motorista.

A janela abriu alguns centímetros.

— Lincoln — cumprimentou a mulher.

— Boa-noite, juíza Keating.

— Tem tempo para conversar?

Ele ouviu as travas das portas se abrirem.

Foi até o lado do carona, entrou e fechou a porta. Ficaram sentados em silêncio durante algum tempo.

— Encontraram mais alguma coisa? — perguntou ela. A juíza não olhava em sua direção. Em vez disso, mantinha o olhar voltado para a frente, observando algo entre as árvores. Na penumbra do carro, ela parecia mais jovem do que seus 66 anos, as rugas do rosto estavam amenizadas. Tinha um ar mais jovial e nem tão formidável.

— Havia apenas dois esqueletos — disse Lincoln.

— Duas crianças?

— Sim. A Dra. Overlock acha que tinham entre 9 e 10 anos.

— Não foram mortes naturais?

— Não. Ambas as mortes foram violentas.

Houve uma longa pausa.

— E há quanto tempo isso aconteceu?

— Não é fácil determinar. Tudo o que eles têm são alguns artefatos encontrados entre os despojos. Desenterraram alguns botões, uma alça de caixão. A Dra. Overlock acha que poderia ser de um cemitério familiar.

A juíza ficou em silêncio por algum tempo, absorvendo a informação. A pergunta seguinte foi feita em voz baixa e hesitante:

— Então os restos mortais são antigos?

— Têm uns 100 anos, mais ou menos.

Ela soltou um suspiro profundo. Seria imaginação de Lincoln ou a tensão subitamente se esvaiu de seu corpo? Ela parecia quase flácida de alívio, a cabeça apoiada sobre o encosto do banco.

— Cem anos — repetiu. — Então, não há com o que se preocupar. Não é de…

— Não. Não tem relação.

A juíza olhou para a escuridão gelada à sua frente.

— Ainda assim, é uma estranha coincidência, não acha? Naquela mesma parte do lago… — Ela fez uma pausa. — Fico me perguntando se aconteceu no outono.

— Pessoas morrem todos os dias, juíza Keating. Um século de esqueletos… Todos precisam ser enterrados em algum lugar.

— Ouvi dizer que havia uma marca de machadinha em um dos fêmures encontrados.

— Isso é verdade.

— As pessoas vão ficar curiosas. Vão se lembrar.

Lincoln sentiu medo na voz da mulher e quis confortá-la, mas não conseguia fazer contato físico. Iris Keating não era de se comover facilmente. Sua barreira emocional era tão impenetrável que ele não se surpreenderia se estendesse a mão e tocasse em uma concha.

— Faz muito tempo — disse ele. — Ninguém se lembra.

— Esta cidade sim.

— Apenas algumas pessoas. As mais velhas. E elas não querem falar sobre isso tanto quanto a senhora.

— Ainda assim, é uma questão de domínio público, faz parte da história da cidade. E, agora, com todos esses repórteres por aqui fazendo perguntas...

— O que aconteceu há cinquenta anos não é relevante.

— Não mesmo? — Trocaram um olhar. — Foi assim que começou na última vez. Os assassinatos. Começaram no outono.

— Não se pode interpretar todo ato de violência como se a história estivesse se repetindo.

— Mas história *é* violência. — Mais uma vez ela olhou para a frente, para o lago. A noite caíra e, através das árvores sem folhas, a água era apenas um brilho suave. — Você não sente isso, Lincoln? — perguntou em voz baixa. — Há algo de errado com esse lugar. Não sei o que é, mas sinto isso desde pequena. Eu não gostava de morar aqui, mesmo naquela época. E agora... — Girou a chave na ignição.

Lincoln saiu do carro.

— A estrada está escorregadia hoje à noite. Dirija com cuidado.

— Pode deixar. Ah, Lincoln...

— Sim?

— Ouvi dizer que há uma vaga naquele programa de reabilitação para alcoólatras em Augusta. Doreen pode tentar. Você deveria convencê-la a participar.

— Vou tentar. Continuo torcendo para que um dia dê certo. Achou ter visto pena nos olhos da mulher.

— Boa sorte. Você merece algo muito melhor, Lincoln.

— Estou me virando bem.

— Claro que está. — Somente nesse momento ele se deu conta de que não era piedade que vira, sim, admiração. — Você é um dos poucos homens neste mundo que está.

Um retrato da Sra. Horatio foi posto sobre o caixão, uma fotografia de quando tinha 18 anos e era sorridente, quase bonita. Noah nunca pensara na professora de biologia como uma mulher bonita, nem a imaginara como tendo sido jovem algum dia. Em sua mente, Dorothy Horatio aparecera neste mundo já na meia-idade e agora, na morte, seria eternamente assim.

Seguindo a longa fila de alunos, ele caminhou obediente em direção ao caixão e passou pela fotografia da Sra. Horatio em sua encarnação anterior, como uma fêmea humana de verdade. Era chocante confrontar aquela imagem assustadoramente familiar da Sra. Horatio antes dos quilos extras, das rugas e do cabelo grisalho e dar-se conta de que aquela fotografia fora tirada quando ela não era muito mais velha do que ele. *O que acontece quando envelhecemos?*, perguntou-se. *Para onde vai o jovem dentro de nós?*

Noah parou diante do caixão. Estava fechado, o que era uma bênção. Ele não se achava capaz de olhar o rosto da professora morta. Era terrível o bastante imaginar como ela devia estar, oculta sob aquela tampa de mogno. Ele não gostava muito de Dorothy Horatio; nem um pouco, na verdade. Mas hoje conhecera seu marido e sua filha adulta, vira ambos chorando, abraçados, e dera-se conta de uma verdade contundente: que até mesmo as Sras. Horatio deste mundo são amadas por alguém.

Na superfície envernizada do caixão, viu o próprio reflexo, calmo e composto, emoções ocultas por trás de uma máscara inexpressiva.

Não estivera tão contido no último funeral ao qual comparecera.

Havia dois anos, ele e a mãe ficaram de mãos dadas enquanto olhavam para o caixão de seu pai. A tampa estava aberta, de modo que as pessoas pudessem olhar para seu rosto esquelético enquanto se despediam. Quando chegou a hora de ir, Noah recusara-se a sair. A mãe tentara levá-lo dali, mas ele choramingou: *Você não pode deixar o papai aqui! Volte, volte!*

Ele piscou e tocou o caixão da Sra. Horatio. Era liso e brilhante. Como boa mobília.

Para onde vai o jovem dentro de nós?

Noah se deu conta de que não havia mais fila à sua frente, que as pessoas às suas costas estavam esperando que ele se movesse. Continuou a andar, atravessou a nave lateral e saiu do salão da funerária.

Lá fora nevava suavemente, o beijo frio dos flocos de neve em seu rosto. Estava aliviado pelo fato de nenhum dos repórteres tê-lo seguido. Durante toda a tarde o haviam perseguido com gravadores, esperando apenas uma frase do menino que corajosamente tirara a arma do assassino. O herói da escola Knox.

Que piada.

Ficou na calçada do outro lado da rua da funerária, tremendo na penumbra enquanto observava as pessoas saírem do prédio. Todos cumpriam o script ao sair do local: olhavam para o céu, estremeciam e fechavam os casacos. Quase todo mundo na cidade viera prestar as últimas homenagens, mas ele mal reconheceu algumas daquelas pessoas, tão transformadas estavam por seus ternos, gravatas e vestidos de luto. Ninguém usava as camisas de flanelas e jeans de sempre. Até mesmo o chefe Kelly estava de terno e gravata.

Noah viu Amelia Reid sair da funerária. Ela respirava rápida e profundamente, recostou-se no edifício como se estivesse sendo perseguida e tentasse desesperadamente recuperar o fôlego.

Um carro passou entre eles, os pneus rompendo a neve cristalina.

Noah chamou-a:

— Amelia?

Ela ergueu a cabeça, assustada, e o viu. Hesitante, olhou para ambos os sentidos da rua, como se estivesse se certificando de que era seguro prosseguir. Sentiu o coração bater mais rápido quando ela atravessou a rua para ficar ao seu lado.

— Muito triste lá dentro — disse Noah.

Ela assentiu.

— Não conseguia mais ouvir aquilo. Não queria começar a chorar na frente de todo mundo.

Nem eu, pensou Noah, embora jamais fosse admitir isso.

Ficaram juntos na penumbra, sem olharem um para o outro, ambos se movendo ligeiramente para se aquecerem e buscando algum assunto para conversarem. De repente, ele inspirou e disse:

— Odeio funerais. Eles me fazem lembrar... — Parou de falar.

— Me fazem lembrar o funeral de meu pai também — concordou ela em voz baixa. E ficou olhando para os flocos de neve que caíam do céu em espirais.

Warren Emerson caminhava pelo acostamento, as botas rangendo sobre a grama congelada. Usava um macacão e um boné cor de laranja, mas não conseguia evitar o susto toda vez que ouvia um tiro na floresta. Afinal, projéteis não veem cores. Fazia frio naquela manhã, muito mais frio do que na véspera, e seus dedos doíam dentro das finas luvas de lã. Enfiou as mãos nos bolsos e continuou a andar, sem se preocupar com o frio, sabendo que dali a 1 quilômetro não o sentiria mais.

Cruzara aquela estrada mais de mil vezes, a cada estação do ano, e podia avaliar seu progresso com base nos marcos pelos quais passava. O muro de pedras em ruínas ficava a quatrocentos passos de seu jardim. O estábulo desgastado dos Murray, a 950 passos. A 2 mil passos, na entrada para a Toddy Point Road, atingia a metade do caminho. Os marcos ficavam mais frequentes à medida que o limite da cidade se aproximava. O trânsito também aumentava, com carros e caminhões passando a toda hora, pneus levantando poeira.

Os motoristas locais raramente ofereciam uma carona a Warren quando ia à cidade. No verão, pegava muitas caronas com os turistas, que consideravam Warren Emerson, com suas botas e calças largas, um habitante local exemplar. Eles paravam e o convidavam para entrar no carro. Durante o trajeto, o bombardeavam com um fluxo interminável de perguntas, sempre as mesmas: "O que vocês fazem no inverno?", "Morou aqui a vida inteira?", "Conhece Stephen King?". As respostas de Warren nunca passavam de um simples sim ou não, uma economia de palavras que os turistas sempre achavam divertida. Entravam na cidade, deixavam-no na mercearia e acenavam tão sinceramente que pareciam estar se despedindo do melhor amigo. Gente muito amistosa, aqueles turistas. A cada outono, entristecia-se ao vê-los partir, porque aquilo significava mais nove meses de caminhada por aquela estrada, sem um único motorista disposto a lhe dar uma carona.

Todas as pessoas da cidade tinham medo.

Se tivesse permissão para dirigir, pensava com frequência, não seria tão insensível com um velho. Mas Warren não podia dirigir. Tinha um ótimo Ford antigo acumulando poeira no estábulo — o carro de seu pai, um 1945 pouco rodado —, mas Warren não podia usá-lo. Era um perigo para si mesmo e para os outros. Foi o que os médicos disseram a respeito de ele dirigir.

Assim, o veículo continuava no estábulo havia mais de 50 anos e brilhava tanto quanto no dia em que seu pai o estacionara ali. O tempo era mais gentil com o cromo do que com o rosto e o coração de um homem. *Sou um perigo para mim mesmo e para os outros.*

Suas mãos finalmente começaram a esquentar.

Ele as tirou do bolso e balançou os braços enquanto caminhava, o coração acelerando, suor se acumulando sob o boné. Mesmo nos dias mais frios, se andasse rápido o bastante, longe o bastante, o frio deixava de incomodar.

Até chegar à cidade, já tinha desabotoado o casaco e tirado o boné. Ao entrar no mercado Cobb and Morong's, achou o interior quase insuportavelmente quente.

Assim que a porta se fechou atrás dele, a loja pareceu silenciar. A balconista olhou para ele e, em seguida, desviou o olhar. Duas mulheres junto à bancada de vegetais pararam de falar. Embora ninguém estivesse olhando em sua direção, podia sentir a atenção focada nele enquanto pegava uma cesta de compras e caminhava pelo corredor em direção aos enlatados. Encheu a cesta com os mesmos itens que comprava todas as semanas. Ração para gato. Chili com carne. Atum. Milho. Foi até o outro corredor para comprar feijões secos e aveia, depois foi à bancada de vegetais para pegar um saco de cebolas.

Levou a cesta, agora pesada, até o caixa.

A mulher não olhou para ele enquanto somava os itens. Warren permaneceu diante do caixa, o macacão laranja gritando para o mundo: *Olhem para mim, olhem para mim.* Mas ninguém olhava. Ninguém o encarava.

Em silêncio, ele pagou a compra, pegou a sacola plástica e voltou-se para ir embora, preparando-se para a longa caminhada de volta para casa. Antes de passar pela porta, parou.

Na banca de jornais estava a edição semanal do *Tranquility Gazette*. Só restara um exemplar. Olhou para a manchete e subitamente o saco de compras escapou de suas mãos e caiu no chão. Tremendo, ele pegou o jornal.

TIROTEIO NO COLÉGIO MATA PROFESSORA E FERE DOIS ALUNOS: JOVEM DE 14 ANOS PRESO.

— Ei! Vai pagar por esse jornal? — gritou a balconista.

Warren não respondeu. Em vez disso, deteve-se junto à porta; os olhos pareciam horrorizados, fixos na segunda manchete, quase perdida no canto inferior direito: JOVEM ESPANCA FILHOTE DE CACHORRO ATÉ A MORTE: INDICIADO POR CRUELDADE.

E pensou: *Está acontecendo outra vez.*

Damaris Horne estava presa no purgatório e tudo o que passava pela sua cabeça era como voltar para Boston. Então é assim que meu editor está me punindo, pensou. Brigamos por uma besteira, e ele me manda cobrir uma matéria que mais ninguém quer. Bem-vinda à Roça à Beira do Lago, também conhecida como Tranquility, Maine. Ótimo nome. O lugar era tão tranquilo que deveriam emitir um atestado de óbito. Ela dirigiu pela rua principal, pensando que aquilo era uma boa demonstração de como uma cidade ficaria após a explosão de uma bomba de nêutrons: sem gente, sem sinais de vida, apenas construções e calçadas desertas. Supostamente, havia 910 habitantes na cidade. Onde estavam? Na floresta, mascando os liquens das árvores?

Passou diante do Monaghan's Diner e pela janela da frente viu de relance uma camisa xadrez. Isso! Uma visão dos nativos em suas vestes cerimoniais. (Qual o significado místico do xadrez, aliás?) Mais à frente na rua, teve outra visão: um velho excêntrico com roupas estranhas saindo do mercado Cobb and Morong's, segurando um saco de compras. Parou o carro para deixá-lo atravessar e ele passou à sua frente, a cabeça baixa e uma expressão de cansaço permanente. Ela o viu caminhar ao longo da margem do lago, uma silhueta que se movia lentamente, avançando com dificuldade por meio de um árido cenário de árvores desfolhadas e águas cinzentas.

Ela continuou a dirigir, até chegar à pousada Lakeside, seu lar por tempo indeterminado. Era a única pousada local aberta naquela época do ano, e, embora tivesse se referido ao lugar como motel Bates, sabia que tinha sorte por ter encontrado um quarto, com todos aqueles outros repórteres regionais chegando à cidade.

Entrou no refeitório e viu que a maioria de seus concorrentes ainda estava se empanturrando no bufê do café da manhã. Damaris nunca comia a primeira refeição do dia, o que lhe dava alguma vantagem no jogo naquela manhã. Eram 8 horas e ela já estava acordada havia duas horas e meia. Às 6 horas, estivera no hospital para acompanhar a transferência do rapaz para seu novo lar, o Centro Juvenil do Maine. Às 7h15, fora até a escola e ficara ali, sentada no carro estacionado, observando os jovens com suas roupas largas se reunirem diante do prédio, esperando tocar a sineta; pareciam adolescentes comuns.

Damaris alcançou o bule de café e serviu-se de uma xícara. Enquanto bebia, olhou ao redor da sala, observando os outros repórteres, até seu olhar se fixar no freelancer Mitchell Groome. Embora não pudesse ter mais de 45 anos, o rosto do homem era repleto de rugas, como um cão de caça deprimido. Ainda assim, parecia em forma, talvez praticasse exercícios físicos. Melhor que tudo, notara o olhar dela e o retribuíra, embora confuso.

Ela baixou a xícara vazia e saiu do refeitório, sabendo, sem sequer olhar para trás, que Groome a observava.

A Roça à Beira do Lago acabara de ficar um pouco mais interessante.

No quarto, parou por alguns minutos para revisar as anotações que fizera durante as entrevistas dos últimos dias. Agora vinha a parte difícil: juntar tudo aquilo em uma matéria que deixasse seu editor feliz e que atraísse a atenção das entediadas donas de casa da Nova Inglaterra que passassem pelas bancas.

Ela se sentou à mesa e olhou pela janela, imaginando como transformar aquela trágica história em algo um pouco mais palpitante. O que tornava aquele caso especial? Qual novo ângulo levaria o leitor a comprar um exemplar do *Weekly Informer*?

Subitamente, deu-se conta de que estava olhando justamente para ele.

Do outro lado da rua, havia um prédio velho e arruinado, janelas lacradas com pranchas de madeira. Uma placa desbotada anunciava "Móveis Kimball".

O número era 666.

O número da Besta.

Enquanto esperava o laptop ligar, ela rapidamente folheou suas anotações, procurando uma frase que se lembrava de ter ouvido na véspera. Algo que uma mulher dissera na mercearia local.

Encontrou o que procurava. "Sei a explicação para a tragédia na escola. Todo mundo sabe, mas ninguém quer admitir. Não querem parecer supersticiosos ou ignorantes. Mas vou lhe dizer o que aconteceu: é esse novo ateísmo. As pessoas tiraram o Senhor de suas vidas. Substituíram por outra coisa. Por algo que ninguém ousa comentar."

Sim!, pensou Damaris. E sorriu com malícia ao começar a digitar:

"Na semana passada, Satã chegou à bucólica cidade de Tranquility, no Maine..."

Sentada em sua cadeira de rodas diante da janela da sala de estar, Faye Braxton observou o filho de 13 anos saltar do ônibus escolar e começar a subir a longa entrada de terra batida que levava a casa. Era um momento de todos os dias pelo qual ela sempre esperava com ansiedade: ver a frágil figura de Scotty finalmente emergir da porta do ônibus, os ombros curvados pela pesada mochila, a cabeça inclinada para a frente devido ao esforço de carregar o fardo de livros pela ladeira repleta de mato na frente de sua casa.

Ele ainda era tão pequeno... Dava-lhe dó ver o quão pouco o menino crescera no último ano. Enquanto muitos colegas de classe aumentavam em peso e altura, lá estava Scotty, deixado para trás em uma adolescência ínfima, e tão ansioso para crescer que na semana anterior cortara o queixo ao tentar raspar uma barba inexistente. Era seu primogênito, seu melhor amigo. Ela não se importaria se o tempo parasse subitamente e ela pudesse mantê-lo como sempre fora: um menino doce e afetuoso. Mas sabia que logo essa criança cresceria.

A transformação já começara.

Faye tivera a primeira pista alguns dias antes, no momento em que o filho saiu do ônibus escolar. Estava à janela, observando-o caminhar para casa, quando viu algo ao mesmo tempo inexplicável e assustador. No jardim da frente, Scotty parou subitamente e olhou para uma árvore na qual estavam três esquilos cinzentos. Achou que ele estava apenas curioso, que, como sua irmã mais nova, Kitty, tentaria atraí-los para acariciá-los. Por isso, surpreendeu-se quando ele pegou uma pedra e atirou contra a árvore.

Os esquilos fugiram para galhos mais altos.

Enquanto ela observava, consternada, Scotty atirou outra pedra, e mais outra, o corpo diminuto esticando-se como uma mola furiosa, as pedras atravessando os galhos. Quando finalmente parou, estava ofegante, exausto. Então, foi para casa.

A expressão no rosto do garoto a fez recuar da janela. Por um momento aterrador, pensou: *Este não é o meu filho.*

Agora, enquanto o observava se aproximar da casa, perguntava-se quem entraria pela porta. Seu filho, seu filho *de verdade*, doce e sorridente, ou aquele desconhecido terrível que se parecia com Scotty? No passado, ela o teria repreendido severamente por ter atirado pedras nos animais.

No passado, não teria medo do próprio filho.

Faye ouviu os passos de Scotty na varanda. Com o coração acelerado, virou a cadeira de rodas para encará-lo quando ele entrasse pela porta.

7

Todos podiam ver que Barry Knowlton, de 14 anos, era a cara da mãe. A semelhança era tão impressionante que podia ser notada sem precisar olhar duas vezes. Barry e Louise pareciam um par de alegres bolinhos, ambos ruivos e com as maçãs do rosto coradas, ambos com bocas delicadas e rosadas. Seus sorrisos prometiam dissipar até mesmo a melancolia de Claire.

Desde o tiroteio na sala de aula, quase uma semana antes, Claire despertava a cada manhã com a terrível sensação de que se mudar para Tranquility fora um erro. Havia apenas oito meses, chegara ali cheia de confiança, usara a maior parte de suas economias para comprar o consultório médico que tinha certeza de que seria bem-sucedido. E por que não seria? Tivera muito sucesso em Baltimore. Mas um julgamento muito comentado estragaria tudo.

Todos os dias, no trabalho, quando via o carteiro se aproximando, ela se preparava para ver a carta que temia receber. Paul Darnell dissera que seu advogado a procuraria, e ela não tinha dúvidas de que Darnell concretizaria a ameaça.

É muito tarde para ir embora?, perguntava-se ela todos os dias. *É tarde demais para voltar para Baltimore?*

Obrigou-se a sorrir ao entrar no consultório para atender Barry e sua mãe. Aquele, finalmente, era um momento alegre do seu dia.

Ambos pareciam sinceramente felizes ao vê-la. Barry já tirara as botas e estava em pé na balança, esperando o contrapeso parar de oscilar.

— Ei, acho que perdi mais meio quilo! — anunciou.

Claire olhou para o prontuário, então para a balança.

— Baixou para 112. Perdeu 1 quilo. Parabéns!

Barry saiu da balança, fazendo o contrapeso bater com força.

— Meu cinto já está frouxo!

— Deixe-me ouvir o seu coração — pediu Claire.

Barry foi até a mesa, subiu cuidadosamente o degrau e sentou-se. Tirou a camisa, expondo dobras de carne pálida e flácida. Enquanto Claire o auscultava e aferia a pressão sanguínea, sentiu o olhar do rapaz, curioso e atento, acompanhando cada um de seus movimentos. Na primeira vez que se viram, Barry lhe dissera que queria ser médico, e parecia desfrutar daquelas visitas quinzenais como pesquisa de campo para uma futura profissão. Exames de sangue ocasionais, um suplício para muitos pacientes, eram procedimentos fascinantes para Barry, uma oportunidade para fazer perguntas às vezes interminavelmente detalhadas sobre calibres de agulhas e volumes de seringas e o propósito de cores diferentes nos tubos de ensaios.

Se Barry prestasse atenção àquilo que comia...

Ela terminou o exame, deu um passo atrás e o observou por um instante.

— Está fazendo um bom trabalho, Barry. Como vai a dieta?

Ele deu de ombros.

— Tudo bem, acho. Estou me esforçando muito.

— Ah, ele adora comer! Esse é o problema — interrompeu Louise. — Faço o que posso para preparar comida com pouca gordura. Mas aí o pai dele chega em casa com uma caixa de donuts e, bem... é difícil resistir. Parte meu coração ver como Barry nos encara com aqueles olhos famintos.

— Poderia convencer o seu marido a não levar donuts para casa?

— Ah, não. Mel tem... — Ela se inclinou para a frente e completou, confidencialmente: — ... um problema com comida; come demais.

— É mesmo?

— Desisti de Mel há muito tempo. Mas Barry... ele ainda é jovem. Não é bom para um menino da idade dele carregar tanto peso. E as outras crianças podem ser muito cruéis com ele por causa do seu tamanho.

Claire olhou para Barry com simpatia.

— Está tendo problemas na escola?

Uma luz pareceu se apagar nos olhos do menino. Ele baixou a cabeça, toda a alegria lavada de seu rosto.

— Não gosto mais da escola.

— Os outros meninos debocham de você?

— Eles *nunca* param de fazer piadas sobre a minha gordura.

Claire olhou para Louise, que balançou a cabeça com tristeza.

— Ele tem um QI de 135 e não quer mais ir para a escola. Não sei mais o que fazer.

— Vou lhe dizer uma coisa, Barry — sugeriu Claire. — Vamos mostrar a todos quão determinado você é. Você é muito inteligente para deixar os outros o derrotarem.

— Bem, eles não são lá muito inteligentes — concordou Barry, esperançoso.

— Você tem que ser mais esperto do que o seu corpo também. É essa a parte que vai exigir esforço. E sua mãe e seu pai têm que trabalhar com você, não contra você. — Ela olhou para Louise. — Sra. Knowlton, você tem um filho maravilhoso e muito inteligente, mas ele não pode fazer isso sozinho. Vai precisar da ajuda de toda a família.

Louise suspirou, já se preparando para a tarefa complicada que tinha pela frente.

— Eu sei — concordou. — Vou falar com Mel. Nada de donuts.

Depois que os Knowlton foram embora, Claire foi até a sala de Vera.

— Não tínhamos um paciente às 15 horas?

— Tínhamos — disse Vera, parecendo intrigada ao desligar o telefone. — Era a Sra. Monaghan. Segundo cancelamento de hoje.

Claire percebeu movimentos na sala de espera. Através da janela corrediça, viu um homem sentado no sofá. Gordo, feio, com um rosto de palhaço triste ressaltado por um infeliz corte de cabelo à escovinha. Parecia querer estar em qualquer lugar, menos em um consultório médico.

— Quem é esse cara?

— Ah, é repórter de alguma revista e quer falar com você. O nome dele é Mitchell Groome.

— Espero que você tenha dito que não posso atendê-lo.

— Eu disse o de costume: "sem comentários". Mas esse sujeito insiste em falar com você.

— Bem, ele pode esperar o quanto quiser. Não vou falar com mais nenhum repórter. Alguém mais marcado?

— Elwyn Clyde. Para examinar o ferimento no pé.

Elwyn. Claire levou a mão às têmporas, já antecipando a dor de cabeça.

— Você tem um purificador de ar à mão?

Vera riu e largou um tubo de Glade sobre a escrivaninha.

— Estamos prontos para Elwyn, então. Depois dele, está livre. O que é conveniente, porque você tem uma reunião com o Dr. Sarnicki esta tarde. Ele acabou de ligar.

O Dr. Sarnicki era o chefe da equipe do hospital. Era a primeira vez que Claire ouvia falar naquela reunião.

— Ele disse do que se trata?

— Algo sobre uma carta que acabou de receber. Disse que era urgente. — O olhar de Vera subitamente voltou-se para a janela do consultório e ela se levantou abruptamente. — Droga, lá estão eles outra vez! — E saiu pela porta lateral.

Claire olhou pela janela e viu Vera, coberta de pulseiras e brincos brilhantes, brandindo o punho para dois skatistas. Um dos garotos gritava para ela, a voz cheia de ultraje adolescente.

— Não fizemos nada com a droga do seu carro!

— Então, quem é o culpado por aquele arranhão enorme na porta, hein? Quem? — perguntou Vera.

— Por que está sempre nos culpando? Nós, jovens, sempre somos os culpados!

— Se eu vir vocês aqui de novo, vou chamar a polícia!

— Esta calçada é pública! Temos o direito de andar de skate aqui!

Um toque no vidro chamou a atenção de Claire. O rosto envergonhado de Mitchell Groome olhava para ela pela janela da recepção.

Claire abriu a janela.

— Sr. Groome, não vou falar com nenhum repórter.

— Só queria lhe dizer algo.

— Se é sobre Taylor Darnell, pode falar com o Dr. Adam DelRay. Ele é o médico do menino agora.

— Não, é sobre o carro da sua recepcionista. O que foi arranhado. Não foram aqueles meninos lá fora.

— Como sabe?

— Vi quando aconteceu, ontem. Uma senhora idosa passou com o carro bem perto do dela. Achei que fosse deixar um bilhete no para-brisa. Obviamente não foi isso o que aconteceu, e acho que sua recepcionista já chegou às suas próprias conclusões. — Ele olhou pela janela para a discussão que acontecia lá fora e balançou a cabeça. — Por que sempre tratamos os jovens como inimigos?

— Talvez porque eles estão sempre se comportando como uma espécie alienígena?

Ele sorriu com simpatia.

— Parece que alguém tem um alienígena morando em sua casa.

— Ele tem 14 anos. Deve dar para notar meus cabelos brancos. — Olharam-se um instante através da janela.

— Tem certeza de que não quer falar comigo? — perguntou ele. — Vai levar só alguns minutos.

— Não posso falar sobre meus pacientes. É um assunto confidencial.

— Não, não vou perguntar especificamente sobre Taylor Darnell. Estou atrás de informações gerais sobre os outros jovens da cidade. A senhora é a única médica em Tranquility e acho que tem uma boa ideia do que está acontecendo por aqui.

— Só estou na cidade há oito meses.

— Mas perceberia um caso de abuso de drogas entre os jovens daqui, não? Isso explicaria o comportamento do rapaz.

— Não acho que um único incidente, por mais trágico que tenha sido, signifique que a cidade tem um problema com drogas. — O olhar dela subitamente se concentrou no que via através da janela. Os garotos com os skates haviam ido embora. O carteiro chegara e conversava com Vera na calçada, entregando-lhe uma pilha de correspondência. Haveria ali alguma carta do advogado de Paul Darnell?

Groome disse algo e ela se deu conta de que ele estava praticamente debruçado sobre a janela divisória.

— Deixe-me contar uma história, Dra. Elliot. É sobre uma cidadezinha perfeita chamada Flanders, em Iowa. População de

4 mil habitantes. Um lugar limpo, decente, onde todo mundo se conhece. O tipo de gente que vai à igreja e frequenta a associação de pais e mestres. Quatro assassinatos depois, todos cometidos por adolescentes, e os chocados habitantes de Flanders finalmente encararam a realidade.

— Que era?

— Metanfetamina. Uma epidemia de abuso nas escolas locais. Isso tornou aquela cidade o lado escuro do país.

— Mas o que isso tem a ver com Tranquility?

— Não tem lido os jornais locais? Veja o que está acontecendo com seus vizinhos. Primeiro, aquela briga de rua na noite de Halloween. Depois, um menino espanca o cão até a morte e diversas brigas estouram na escola. Finalmente, o tiroteio.

Ela voltou a se concentrar na calçada, onde o carteiro ainda conversava com Vera. *Pelo amor de Deus, traga a correspondência!*

— Acompanhei a história de Flanders durante meses — disse Groome. — Vi a cidade implodir. Pais culpando a escola. Crianças se voltando contra os professores e suas próprias famílias. Quando ouvi falar dos problemas em sua cidade, a metanfetamina foi a primeira coisa em que pensei. Sei que deve ter feito um exame toxicológico em Darnell. Poderia me dizer somente uma coisa: havia metanfetamina no organismo dele?

Ainda distraída, ela respondeu:

— Não, não havia.

— Detectou algo mais?

Claire não respondeu. Na verdade, ela não sabia, porque ainda não tivera resposta do laboratório em Boston.

— Então *havia* algo — concluiu o repórter, baseado no silêncio dela.

— Não sou médica do garoto. Você vai ter que perguntar ao Dr. DelRay.

Groome riu com desdém.

— DelRay diz que aquilo foi uma psicose causada pela suspensão da Ritalina. Isso é tão raro que só há alguns poucos casos relatados.

— Não aceita o diagnóstico dele?

Ele a encarou.

— Não me diga que a senhora aceita.

Claire estava começando a gostar de Mitchell Groome.

A porta da frente se abriu e Vera entrou carregando a correspondência. Sem cerimônias, largou tudo sobre a mesa. Claire olhou para a pilha de envelopes tamanho ofício, e sua garganta secou.

— Perdão — disse para Groome. — Preciso trabalhar.

— Flanders, Iowa. Não esqueça — insistiu. Então, acenou e saiu do consultório.

Claire pegou a correspondência, foi direto para seu escritório e fechou a porta.

Sentada em sua escrivaninha, rapidamente folheou os envelopes e se recostou com um suspiro de alívio. Nenhum nome de advogado entre os remetentes. Talvez Paul Darnell estivesse blefando. Talvez o incidente não tivesse qualquer repercussão.

Durante alguns instantes, ficou sentada com a cabeça para trás, a tensão se dissipando. Então, pegou o primeiro envelope e o abriu. Segundos depois, estava rígida em sua cadeira.

Lá dentro, havia um curto bilhete de Rachel Sorkin, a mulher que avisara sobre o ferimento à bala de Elwyn Clyde.

Dra. Elliot,
Esta carta me foi entregue hoje. Achei que devesse saber disso.

Rachel.

P.S. Não acredito em uma palavra do que está escrito.

Anexo, havia uma carta datilografada:

A quem interessar possa,

estou escrevendo para informá-los de um incidente perturbador. No dia 3 de novembro, a Dra. Claire Elliot agrediu um paciente no hospital. Embora houvesse várias testemunhas, esse acontecimento não veio a público. Se a Dra. Elliot é a sua médica, talvez você queira reconsiderar sua escolha. Os pacientes têm o direito de saber.

Um profissional de saúde preocupado

Havia três homens esperando por ela no escritório da administração de pessoal. Conhecia o Dr. Sarnicki apenas superficialmente, mas a impressão que tinha dele era favorável. Sujeito de voz agradável e roupas confortavelmente amarrotadas, era conhecido por ser um médico cuidadoso, assim como um habilidoso diplomata, que ajudara a dissipar as tensões durante as recentes negociações contratuais do hospital com as enfermeiras. O segundo homem era Roger Hayes, o administrador do hospital. Tudo o que Claire sabia sobre ele é que se tratava de um homem afável e sorridente.

O terceiro ela conhecia muito bem. Era Adam DelRay.

Cumprimentaram-se com educados acenos de cabeça quando ela se sentou à mesa de reunião. Claire sentia-se tão tensa que achava estar a ponto de se partir em duas. Na mesa em frente a Sarnicki havia uma cópia da mesma carta anônima que Rachel encaminhara para ela.

— Já viu isso? — perguntou o médico.

Ela assentiu com gravidade.

— Um de meus pacientes me enviou uma cópia. Andei dando alguns telefonemas e já confirmei que ao menos outras seis pessoas receberam a mesma carta.

— A minha chegou pelo correio do departamento esta manhã.

— Isso é um exagero — disse Claire. — Certamente não agredi o paciente. A intenção desta carta é apenas uma: prejudicar a minha reputação. — Ela olhou diretamente para Adam DelRay. Ele retribuiu o olhar sem nenhum resquício de culpa em sua expressão.

— O que exatamente aconteceu em 3 de novembro? — perguntou Hayes.

Ela respondeu tranquilamente:

— Coletei o sangue de Taylor Darnell para um exame toxicológico completo. Já disse ao Dr. Sarnicki quem mais estava na sala. Quais pessoas testemunharam o acontecido. Não abusei do paciente. Era apenas uma coleta de sangue.

— Conte o restante — forçou DelRay. — Ou vai deixar de lado o detalhe mais importante? Ou seja, que você não tinha autoridade para isso?

— Então, por que fez isso? — perguntou Hayes.

— O rapaz estava acometido de uma psicose induzida por drogas. Queria que a droga fosse identificada.

— Não havia nenhuma droga — disse DelRay.

— Você não tem como saber — retrucou Claire. — Você não fez o exame.

— Não havia nenhuma droga. — Ele pousou uma folha de papel sobre a mesa. Apreensiva, ela viu o cabeçalho: Anson Biologicals.

— Estou com os resultados bem aqui. Aparentemente, a Dra. Elliot conseguiu enviar para o laboratório uma amostra de sangue sem conhecimento ou permissão do pai do garoto. O laboratório enviou o resultado ao hospital por fax esta manhã.

E acrescentou, em tom complacente:

— Deu negativo. Nenhuma droga ou toxina.

Por que o laboratório ignorara suas instruções? Por que enviara o resultado para o hospital?

— Nosso laboratório descobriu um pico não identificado na cromatografia gasosa. *Havia* algo no sangue dele.

DelRay riu.

— Já viu a nossa máquina de cromatografia gasosa? É antiga. É um aparelho de segunda mão, herdado do Centro Médico de Eastern Maine. Não se pode confiar nos resultados.

— Mas um exame de confirmação era necessário. — Ela olhou para Sarnicki. — Foi por isso que fiz a coleta do sangue. Porque Adam se recusou a fazê-lo.

— Ela fez um exame de sangue não autorizado — disse DelRay.

Hayes suspirou.

— Você está criando uma tempestade em copo d'água, Adam. O menino não foi ferido e está se dando bem no Centro Juvenil.

— Ela ignorou a vontade do pai.

— Mas um exame de sangue não é o bastante para se abrir um processo.

Claire ergueu a cabeça, alarmada.

— Paul Darnell está falando em ação legal?

— Não, de modo algum — disse Hayes. — Falei com ele esta manhã e ele me garantiu que não vai processar ninguém.

— Vou lhes dizer por quê — disse DelRay. — É porque a ex-mulher dele ameaçou sabotar o processo. É um reflexo automático de ex-mulheres amarguradas. Seja lá o que o marido deseje, ela se opõe cegamente.

Obrigada, Wanda, pensou Claire.

— Então, esse incidente está superado — finalizou Sarnicki, parecendo aliviado. — Ao que me parece, nenhuma ação é necessária.

— E quanto à carta? — disse Claire. — Alguém está tentando arruinar a minha carreira.

— Não acho que possamos fazer algo a respeito de uma carta anônima.

— Está assinada por um "profissional de saúde". — Ela olhou diretamente para DelRay.

— Ei, espere um *minuto* — rebateu ele. — Não tenho nada a ver com isso.

— Paul Darnell, então — sugeriu Claire.

— Havia algumas enfermeiras por lá, lembra-se? Para falar a verdade, essa história de carta furtiva parece coisa de mulher.

— O que você quer dizer com isso? — respondeu ela, ultrajada. — "Coisa de mulher"?

— Só estou dizendo o que penso. Os homens são diretos em relação a esse tipo de coisa.

Sarnicki advertiu:

— Adam, você não está ajudando.

— Eu acho que está sim — interrompeu Claire. — Está mostrando exatamente o que pensa sobre as mulheres. Está sugerindo, Adam, que somos todas mentirosas?

— Olhem, isso realmente não está ajudando — repetiu Sarnicki.

— Ela está colocando palavras na minha boca! Não fui eu quem enviou essas cartas, e também não foi Paul! Por que faríamos isso? Todos na cidade já ouviram a fofoca!

— Estou encerrando esta reunião *agora* — disse Sarnicki, batendo na mesa para que todos se calassem.

Então ouviram a mensagem no sistema de comunicação do hospital. Mal dava para entender direito através das portas fechadas da sala de reunião.

— Código azul, CTI. Código azul, CTI.

Imediatamente Claire se levantou. Tinha um paciente vítima de AVC no CTI.

Saiu às pressas da sala de reunião e correu até as escadas. Dois lances acima, entrou no Centro de Tratamento Intensivo e ficou aliviada ao ver que seu paciente não estava tendo problemas. A crise era na enfermaria seis, onde uma multidão de funcionários estava obstruindo a passagem.

Eles se afastaram para deixar Claire passar.

A primeira coisa que a médica notou foi o cheiro. Era um odor de fumaça e cabelo queimado, e vinha de um homem enorme, sujo de fuligem, deitado na cama. McNally, da emergência, estava agachado atrás da cabeceira do paciente, tentando sem sucesso inserir um tubo endotraqueal. Claire olhou para o monitor cardíaco.

O ritmo era de bradicardia sinusal. O coração do paciente batia, embora lentamente.

— Como está a pressão sanguínea? — perguntou Claire.

— Acho que temos sístole em 9 — disse uma enfermeira. — Mas o paciente é tão grande que estou tendo dificuldade para ouvir.

— Não consigo entubá-lo! — disse McNally. — Vá em frente, aplique oxigênio outra vez.

O técnico acoplou a máscara de oxigênio ao rosto do paciente e apertou a bolsa do reservatório, bombeando o oxigênio para dentro dos pulmões.

— O pescoço dele é tão curto e gordo que nem consigo ver as cordas vocais — disse McNally.

— O anestesista está vindo — anunciou uma enfermeira. — Devo chamar o cirurgião?

— Pode chamar. Esse aqui vai precisar de uma traqueostomia de emergência. — Ele olhou para Claire. — A não ser que você ache que consegue entubá-lo.

Claire achava que não conseguiria. Com o coração disparado, deu a volta no leito do paciente e estava a ponto de introduzir o laringoscópio quando percebeu que as pálpebras do sujeito piscavam ligeiramente.

Ela se ergueu, surpresa.

— Ele está consciente.

— O quê?

— Acho que o homem está acordado!

— Então, por que não está respirando?

— Volte a aplicar o oxigênio! — exclamou Claire, afastando-se para dar lugar ao técnico. Quando a máscara foi recolocada e mais oxigênio foi forçado para dentro dos pulmões do paciente, Claire rapidamente reviu a situação. As pálpebras dele de fato estavam se movendo, como se lutasse para abri-las. No entanto, ele não estava respirando e seus membros continuavam flácidos.

— Qual o histórico? — perguntou.

— Ele deu entrada na emergência esta tarde — disse McNally. — É um bombeiro voluntário que desmaiou durante um incêndio. Não sabemos se foi por causa da inalação de fumaça ou por um evento cardíaco. Tiveram que arrastá-lo para fora do prédio. Nós o internamos com queimaduras superficiais e um possível infarto do miocárdio.

— Ele estava bem — comentou uma enfermeira do CTI. — Na verdade, estava falando comigo até agora há pouco. Ministrei uma dose de gentamicina, e ele subitamente ficou bradicardíaco. Foi quando me dei conta de que tinha parado de respirar.

— Por que está tomando gentamicina? — perguntou Claire.

— Por causa das queimaduras. Um dos ferimentos ficou muito contaminado.

— Olhem, não podemos continuar aplicando oxigênio a noite inteira — exasperou-se McNally. — Chamaram o cirurgião?

— Chamei — respondeu uma enfermeira.

— Então vamos prepará-lo para a traqueostomia.

— Talvez não seja necessário, Gordon — disse Claire.

McNally parecia cético.

— Não consigo introduzir o tubo. Você consegue?

— Vamos tentar outra coisa primeiro. — Claire voltou-se para a enfermeira. — Injetem uma ampola de cloreto de cálcio.

A enfermeira olhou para McNally, que balançou a cabeça, confuso.

— Por que diabos vai lhe dar cálcio? — perguntou.

— Pouco antes de parar de respirar — disse Claire —, ele recebeu uma dose de antibióticos, certo?

— Sim, por causa da queimadura aberta.

— Então, teve essa parada respiratória. Mas *não perdeu a consciência*. Acho que ainda está desperto. O que isso significa?

Subitamente, McNally compreendeu.

— Paralisia neuromuscular provocada pela gentamicina?

Claire assentiu.

— Nunca vi acontecer, mas já foi registrado. O quadro é revertido com cálcio.

— Estou injetando o cloreto de cálcio agora — informou a enfermeira.

Todos observaram. O silêncio prolongado era quebrado apenas pelo ruído intermitente da máscara de oxigênio. As pálpebras do paciente responderam primeiro. Lentamente se abriram, e ele olhou para cima, tentando com esforço focalizar o rosto de Claire.

— Ele está respirando! — disse o técnico.

Segundos depois, o paciente tossiu, inspirou ruidosamente e tossiu outra vez. Levantou a mão e tentou retirar a máscara.

— Acho que ele quer dizer algo — disse Claire. — Deixem que fale.

O paciente fez uma expressão de profundo alívio quando a máscara foi retirada de seu rosto.

— Senhor, quer dizer alguma coisa? — perguntou Claire.

O homem assentiu. Todos se inclinaram para a frente, ansiosos para ouvir suas primeiras palavras.

— Por favor — sussurrou.

— Sim? — disse Claire.

— Não... vamos fazer... isso... outra vez.

Enquanto todos riam ao seu redor, Claire deu um tapinha no ombro do paciente. Então, olhou para as enfermeiras.

— Acho que podemos cancelar a traqueostomia.

— Ainda bem que alguém aqui ainda tem senso de humor — disse McNally quando ele e Claire saíram da enfermaria alguns minutos depois. — As coisas têm estado muito deprimentes. — Ele fez uma pausa no posto de enfermagem e olhou para a fileira de monitores. — Não sei mais onde colocar outro paciente.

Claire ficou atônita ao ver oito ritmos cardíacos monitorados nas telas. Ela se voltou, o olhar incrédulo varrendo a CTI.

Todas as camas estavam ocupadas.

— O que diabos está acontecendo? — disse Claire. — Na ronda matinal havia apenas o meu paciente aqui.

— Começou no meu turno. Primeiro, uma menina com fratura de crânio. Depois, um acidente na Barnstown Road. Em seguida, um garoto maluco ateou fogo na própria casa. — McNally balançou a cabeça. — A emergência tem estado ocupada o dia inteiro, e os pacientes não param de chegar.

Pelo sistema de comunicação do hospital, ouviram o chamado:

— Dr. McNally, Emergência. Dr. McNally, Emergência.

Ele suspirou e saiu.

— Deve ser a lua cheia.

Noah tirou o casaco e estendeu-o sobre a pedra. O granito estava quente, devido à luz solar daquele dia. Ao se voltar, a luz refletida no lago fez com que seus olhos doessem. Não havia uma brisa naquela tarde e a água estava tranquila, um espelho brilhante refletindo o céu e as árvores sem folhas.

— Queria que fosse verão outra vez — disse Amelia.

Noah olhou para ela. A menina estava empoleirada na pedra mais alta, com o queixo apoiado nos joelhos da calça jeans. O cabelo louro estava preso atrás de uma orelha, revelando a faixa de pele em processo de cicatrização em sua têmpora. Perguntou-se se ela ficaria com uma cicatriz e quase desejou que sim — apenas uma pequena marca, de modo que ela nunca se esquecesse dele. Todas as manhãs, ao se olhar no espelho, veria o risco tênue deixado pelo projétil e se lembraria de Noah Elliot.

Amelia voltou o rosto na direção do sol.

— Eu queria pular o inverno. Só um.

Ele subiu até a pedra onde ela estava e sentou-se ao seu lado. Não muito perto, não muito longe. Quase, mas sem se tocarem.

— Não sei, estou ansioso para ver como é.

— Você não sabe como é o inverno aqui.

— Então me diga: como é?

Ela olhou para o lago quase com uma expressão de temor.

— Daqui a algumas semanas, vai começar a congelar. Primeiro, aparecerão faixas de gelo ao longo das margens. Em dezembro, vai estar tudo congelado, grosso o bastante para podermos andar sobre ele. É quando começam os sons à noite.

— Que sons?

— Como alguém gemendo. Como se sentisse dor.

Noah começou a rir, mas então olhou para ela e se calou.

— Você não acredita em mim, não é? Às vezes, acordo à noite e acho que estou tendo um pesadelo. Mas é só o lago fazendo esses sons horríveis.

— Como é possível?

— A Sra. Horatio diz que... — Amelia parou de falar, ao lembrar que a Sra. Horatio estava morta. Ela voltou a olhar para a água. — É por causa do gelo. A água congela e se expande. Está sempre forçando as margens, tentando escapar, mas não pode porque está represada. É quando ouvimos os gemidos. É a pressão aumentando até o limite. Até que, finalmente, o gelo se rompe. — Ela murmurou: — Não é de se espantar que faça esse som horrível.

Ele tentou imaginar como seria o lago em janeiro. A neve caindo nas margens, a água transformada em uma brilhante lâmina de gelo. Naquele dia, porém, o sol brilhava e, com o calor que irradiava da pedra, as únicas cenas que lhe vinham à mente eram imagens de verão.

— Para onde vão as rãs? — perguntou.

Ela se voltou para ele.

— O quê?

— As rãs. E os peixes e tudo o mais. Quer dizer, os patos migram, fogem daqui. Mas e as rãs? Você acha que congelam como picolés verdes?

Ele pretendia fazê-la rir, e ficou feliz ao ver um sorriso brotar no rosto de Amelia.

— Não, seu bobo. Não viram picolés. Elas se enterram na lama, bem no fundo. — Ela pegou uma pedrinha e a atirou na água. — Tínhamos muitas rãs aqui. Lembro que eu costumava pegar baldes cheios delas quando era criança.

— Costumava?

— Não tem mais tantas rãs como antigamente. A Sra. Horatio diz que... — Outra vez, a pausa da perda relembrada. Outra vez, o triste suspiro antes de continuar. — Ela dizia que podia ser a chuva ácida.

— Mas ouvi um monte de rãs este verão. Eu costumava sentar aqui para ouvi-las.

— Gostaria de ter conhecido você nessa época — disse ela com tristeza.

— Eu já sabia quem era você.

Amelia voltou-se para ele, intrigada. Enrubescendo, Noah evitou o olhar.

— Costumava observar você na escola. Todo dia, na hora do almoço, na cantina, observava você. Acho que você não percebia.

Noah sentiu o rosto corar ainda mais e se levantou, os olhos fixos na água, evitando os dela.

— Você costuma nadar? Eu vinha aqui todos os dias.

— Todo mundo da escola vem aqui no lago.

— Então onde você estava no verão passado?

Amelia deu de ombros.

— Infecção no ouvido. O médico não me deixou nadar.

— Idiota.

Houve um silêncio.

— Noah? — chamou ela.

— Sim?

— Alguma vez você teve vontade de... não voltar para casa?

— Fugir, você quer dizer?

— Não, é mais como *ficar* longe.

— Longe de quê?

Ela não respondeu. Quando Noah se voltou para olhá-la, Amelia já se levantara e apertava os braços contra o peito.

— Está esfriando.

Subitamente, ele percebeu o frio também. Apenas a pedra continuava a manter algum calor, e dava para senti-lo se dissipar rapidamente à medida que o sol baixava por trás das árvores.

A superfície da água ficou ondulada, depois voltou a parecer uma lâmina de vidro escuro. O lago pareceu vivo por um instante, um único organismo fluido. Ele se perguntou se aquilo que Amelia contara sobre o lago era verdade, se realmente gemia nas noites de inverno. Parecia possível. A água se expande quando congela — isso é um fato científico. Começa a se solidificar primeiro na superfície, uma fina crosta que lentamente engrossa ao longo dos meses escuros de inverno, camada sob camada. E, lá embaixo, na lama, as rãs se enterram profundamente, sem terem para onde ir. Ficam presas sob o gelo. Enterradas.

O suor recobria o rosto de Claire enquanto ela remava. Sentia a madeira tocar a água uniformemente e o gratificante impulso do barco cortando a superfície do lago. Ao longo dos meses, aprendera a remar com eficiência. Em maio, quando tentara pela primeira vez, havia sido uma experiência humilhante. Um dos remos ou ambos tocavam a água inutilmente, levantando borrifos, ou ela favorecia um deles em detrimento do outro e acabava se deslocando em círculos. Controle era essencial. A energia precisava ser perfeitamente equilibrada. Os movimentos, fluidos, leves, não abruptos.

Ela conseguia, agora.

Foi até o centro do lago e, chegando ali, tirou os remos da água, deitou-os no fundo do barco e ficou à deriva. O sol acabara de se esconder atrás das árvores e ela sabia que o suor logo pareceria gelo contra a pele, mas, naquele breve instante, enquanto ainda estava aquecida devido ao esforço, desfrutou do entardecer sem perceber o frio. A água oscilava, negra como óleo. Na margem oposta, ela via as luzes das casas onde os jantares estavam sendo preparados, onde as famílias se reuniam em universos cálidos e completos. *Como nós três éramos quando você estava vivo, Peter. Não separados, mas inteiros.*

Claire olhou para o brilho daquelas casas, e a saudade de Peter tornou-se subitamente tão insuportável que respirar era doloroso. Nos dias de verão, quando iam remar no lago perto de casa, era sempre Peter quem remava. Claire ficava empoleirada na proa e admirava seu ritmo gracioso, o modo como os músculos dele se moviam e o rosto sorridente brilhava por causa do suor. Ela era a passageira mimada, magicamente transportada sobre a água pelo seu amor.

Ela ouviu as ondulações golpearem o casco e quase pôde imaginar que Peter estava sentado à frente, os olhos focados com tristeza nos dela. *Você tem que aprender a remar sozinha, Claire. Precisa guiar o barco.*

Como posso fazer isso, Peter? Já estou afundando. Alguém está tentando me tirar daqui. E Noah, nosso querido Noah, tem estado tão distante.

Ela sentiu lágrimas no rosto. Sentiu a presença dele tão nitidamente que achou que bastava estender a mão para tocá-lo. Quente e vivo, carne e osso.

Mas ele não estava ali. Claire estava sozinha no barco.

Continuou a derivar, levada em direção à terra pelo vento. No céu, as estrelas começavam a brilhar. O barco seguia lentamente e ela viu, ao longe, a costa norte, onde os chalés de férias estavam às escuras e lacrados durante o inverno.

Um súbito espadanar na água fez com que ela se sentasse, surpresa. Ao se voltar, olhou para a margem mais próxima e viu a silhueta de um homem. Ele estava de pé, o corpo magro ligeiramente curvado, como se olhasse atentamente para algo dentro da água. Ele se esquivou e pulou para o lado. Ouviu-se outro espadanar na água e ela o perdeu de vista. Só podia ser uma única pessoa.

Rapidamente, Claire enxugou as lágrimas do rosto e chamou:

— Dr. Tutwiler? O senhor está bem?

A cabeça do sujeito voltou a aparecer.

— Quem está aí?

— Claire Elliot. Achei que tivesse caído na água.

Ele finalmente a localizou na penumbra e acenou. Ela conhecera o biólogo especializado em pântanos havia apenas algumas semanas, logo depois de ele ter se mudado para o chalé Alford, que alugara por um mês. Ambos remavam no lago naquela manhã e, quando seus barcos se cruzaram em meio à neblina, acenaram um para o outro. Desde então, sempre que Claire passava remando diante do chalé onde o biólogo estava hospedado, se cumprimentavam. Às vezes, ele lhe mostrava um frasco com as últimas aquisições para sua coleção de anfíbios. *O cara esquisito das rãs*, era como Noah o chamava.

O barco de Claire foi desviado para perto da terra, e ela viu os frascos de Max alinhados à margem.

— Como vai a coleção de rãs? — perguntou.

— Está ficando muito frio. Estão todas procurando águas profundas.

— Achou algum outro espécime seis patas?

— Um esta semana. Este lago está me deixando preocupado.

O barco de Claire chocou-se contra a lama da margem e Max se aproximou, uma silhueta esquálida, o luar refletido em seus óculos.

— Está acontecendo em todos esses lagos do norte — contou. — Deformidades anfíbias. Múltiplas mortes.

— E quanto às amostras da água do lago? Aquelas que o senhor recolheu na semana passada?

— Ainda estou esperando o resultado. Pode demorar meses. — Ele fez uma pausa, olhando ao redor ao ouvir um sinal sonoro. — O que é isso?

Claire suspirou.

— Meu pager.

Quase esquecera que o trazia à cintura. Viu uma chamada local no painel.

— Vai ter que remar muito até chegar em casa — comentou o biólogo. — Por que não usa o meu telefone?

Ela fez a chamada da cozinha, o tempo todo observando os frascos sobre a bancada. Aquilo não era pepino em conserva. Claire ergueu um dos frascos e viu um par de olhos voltados para ela. A rã estava estranhamente pálida, cor de pele humana, malhada, com bolhas roxas. Ambas as patas traseiras se dividiam em duas, formando quatro nadadeiras separadas. Ela olhou para o rótulo: "Lago Locust. 10 de novembro." Ela estremeceu e baixou o frasco.

Uma mulher atendeu do outro lado, a voz pastosa, obviamente bêbada.

— Alô? Quem é?

— Aqui é a Dra. Elliot. Você ligou para mim? — Claire fez uma careta ao ouvir o aparelho batendo contra alguma coisa. Ouviu passos, então reconheceu a voz de Lincoln Kelly falando com a mulher:

— Doreen, posso pegar o meu telefone?

— Quem são essas mulheres que ficam ligando para você?

— Me dê o telefone.

— Você não está doente. Por que a doutora está ligando?

— É Claire Elliot?

— Ah, está chamando de *Claire* agora. Mas que intimidade!

— Doreen, vou levá-la para casa em um minuto. Agora, me deixe falar com ela.

Finalmente Lincoln atendeu, parecendo envergonhado:

— Claire, ainda está aí?

— Estou.

— Olhe, desculpe por isso.

— Não se preocupe — disse ela, e pensou: *Você tem outras coisas com que se preocupar em sua vida.*

— Lucy Overlock sugeriu que eu ligasse. A escavação terminou.

— Alguma conclusão interessante?

— Acho que já sabe a maior parte. Os restos devem ter ao menos 100 anos. Eram de duas crianças. Ambas com óbvios sinais de traumatismo.

— Então foi um homicídio antigo.

— Aparentemente. Ela vai comentar os detalhes amanhã, com a turma de estudantes de graduação. Pode ser muito mais do que você gostaria de ouvir, mas Lucy achou que você deveria ser convidada. Considerando que foi você quem encontrou o osso.

— Onde será a aula?

— No laboratório do museu, em Orono. Vou de carro, e, se quiser, pode ir comigo. Vou sair por volta de meio-dia.

Ao fundo, Doreen gritou:

— Mas amanhã é sábado! Desde quando você trabalha aos sábados?

— Doreen, me deixe terminar este telefonema.

— É sempre assim! Você está sempre muito ocupado. Nunca está aqui ao meu lado...

— Vista o casaco e vá para o carro. Vou levá-la para casa.

— Mas que diabos, eu mesma posso dirigir.

Uma porta bateu.

— Doreen! — exclamou Lincoln. — Devolva essas chaves! Doreen! — Ele voltou a falar com Claire, com a voz apressada, desesperada: — Tenho que ir. Vejo você amanhã?

— Meio-dia. Vou estar esperando.

8

— Doreen tenta — disse Lincoln, com o olhar fixo na estrada. — Realmente tenta. Mas não é fácil para ela.

— Nem para você, imagino — comentou Claire.

— Não, é difícil para todos. Já faz anos.

Chovia quando saíram de Tranquility. Agora, a chuva se transformava em pedrinhas de granizo que ouviam se chocar contra o para-brisa. A estrada se tornara traiçoeira à medida que a temperatura caía, até chegar àquele perigoso estado de transição entre sólido e líquido, quando o asfalto fica coberto de gelo aguado. Estava feliz por Lincoln estar dirigindo e não ela. Um homem que vivera 45 invernos naquele clima sabia o bastante para respeitar os perigos da área.

Ele ligou o aquecedor e veios de condensação começaram a se formar sobre o vidro.

— Estamos separados há dois anos — contou. — O problema é que ela não aceita isso. E eu não tenho coragem de forçá-la a aceitar.

Ambos ficaram tensos quando o carro à frente freou subitamente e começou a derrapar de um lado para o outro da estrada, mal conseguindo evitar um caminhão que vinha no sentido contrário.

Claire recostou-se no assento, o coração disparado.

— Meu Deus.

— Todo mundo está dirigindo muito rápido.

— Acha que deveríamos dar meia-volta e voltar para casa?

— Já passamos da metade do caminho. Devemos continuar. Ou quer desistir?

Ela engoliu em seco.

— Se você acha que está tudo bem...

— Vamos devagar. Mas isso quer dizer que chegaremos mais tarde em casa. — Os dois se entreolharam. — E quanto a Noah?

— Ele anda muito autossuficiente. Tenho certeza de que ficará bem.

Lincoln assentiu.

— Parece um ótimo menino.

— É, é sim. — E emendou, com um sorriso amargo: — Na maior parte do tempo.

— Não deve ser tão fácil quanto parece — disse Lincoln. — Ouço isso dos pais o tempo todo. Que educar filhos é o trabalho mais difícil do mundo.

— E é cem vezes mais difícil quando você precisa fazer isso sozinho.

— Mas onde está o pai de Noah?

Claire fez uma pausa. Responder àquela pergunta era muito difícil para ela.

— Ele morreu. Dois anos atrás. — Ela mal ouviu os pêsames que ele murmurou. Por um instante, o único som que se ouvia dentro do carro era o do limpador de para-brisa retirando o granizo do vidro. Dois anos e ela ainda tinha dificuldades para falar no assunto. Ainda não se acostumara à palavra *viúva*. As mulheres não deviam ficar viúvas aos 38 anos.

E homens alegres e carinhosos de 39 não deviam morrer de linfoma.

Através da névoa gelada, Claire viu luzes de veículos de emergência mais adiante. Um acidente. No entanto, sentia-se estranhamente segura no carro daquele homem. Protegida e afastada do perigo. Passaram rente a uma fila de veículos de emergência: duas patrulhas, um caminhão-guincho e uma ambulância. Um Ford Bronco derrapara na estrada e agora estava caído de lado, recoberto de gelo. Passaram por ele em silêncio, ambos alertados por aquela lembrança de quão rapidamente a vida pode ser alterada. Terminada. Era mais uma nota soturna em um dia já deprimente.

Lucy Overlock chegou atrasada à própria aula. Quinze minutos depois de seus dois alunos de pós-graduação e dez de graduação se reunirem no laboratório do porão do museu da universidade, Lucy entrou, sua capa de chuva pingando.

— Com esse tempo, eu devia ter cancelado a aula — comentou. — Mas estou feliz que tenham conseguido chegar.

Pendurou a capa, sob a qual vestia um jeans e uma camisa de flanela como sempre; um traje prático, considerando a vizinhança. O porão do museu era úmido e empoeirado, uma caverna bagunçada que cheirava aos artefatos que continha. Ao longo de duas paredes havia prateleiras que abrigavam centenas de caixas de madeira, o conteúdo datilografado em etiquetas desbotadas: "Stonington nº 11: instrumentos de conchas, pontas de flechas, miscelânea." "Pittsfield nº 32: esqueleto parcial, homem adulto."

No centro da sala, sobre uma ampla mesa de trabalho coberta por uma lona plástica, estavam as últimas aquisições daquele mortuário cuidadosamente catalogado.

Lucy ligou um interruptor e luzes fluorescentes se acenderam, seu brilho artificial iluminando a mesa. Claire e Lincoln se juntaram ao círculo de alunos. As luzes eram implacáveis, produzindo relevos grosseiros sobre os rostos ao redor.

Lucy removeu a lona.

Os esqueletos das duas crianças estavam dispostos lado a lado, os ossos em suas posições anatômicas aproximadas. Um dos esqueletos não tinha caixa torácica, a parte inferior de uma perna, e a extremidade superior direita. O outro esqueleto parecia estar quase completo, exceto pelos ossos menores das mãos.

Lucy posicionou-se à cabeceira da mesa, perto dos crânios.

— O que temos aqui é uma montagem dos restos humanos retirados do sítio número 72 na extremidade sul do lago Locust. A escavação terminou ontem. A título de referência, preguei o mapa do sítio ali na parede. Como podem ver, localiza-se próximo à margem do córrego Meegawki. Aquela área sofreu com chuvas intensas e inundações na primavera passada, o que provavelmente é a razão para estes despojos terem sido expostos. — Ela observou a mesa. — Portanto, vamos começar. Primeiro, quero que todos examinem os restos mortais. Sintam-se à vontade para manipulá-los, examinem cuidadosamente. Façam as perguntas que quiserem sobre o sítio. Depois, devem expor as suas conclusões quanto a idade, raça, e o tempo em que ficaram enterrados. Aqueles que participaram das escavações não digam nada. Vejamos o que os outros deduzirão por conta própria.

Um dos alunos pegou um crânio.

Lucy deu um passo atrás e silenciosamente rodeou a mesa, às vezes olhando sobre os ombros dos alunos para vê-los trabalhar. Aquela reunião fez Claire pensar em algum tipo de grotesco ritual gastronômico: os restos mortais dispostos como comida à mesa, todas aquelas mãos ansiosas pegando os ossos, rodando-os sob a luz, passando-os de mão em mão. A princípio, ninguém disse nada, o silêncio era quebrado apenas pelo ruído ocasional de uma trena sendo estendida e retraída.

Um dos crânios, ao qual faltava a mandíbula, foi entregue a Claire.

A última vez que ela segurara um crânio humano fora na faculdade de medicina. Ela o rodou sob a luz. Já fora capaz de dizer o nome de cada hiato, cada protuberância, mas, assim como tantos outros fatos retidos em sua memória durante quatro anos de treinamento, aqueles nomes anatômicos foram esquecidos, substituídos por informações mais práticas como códigos de cobrança e números de telefones de hospitais. Ela girou o crânio de cabeça para baixo e viu que os dentes da arcada superior ainda estavam no lugar. Os terceiros molares ainda não haviam nascido. *A boca de uma criança.*

Pousou o crânio gentilmente, abalada pela realidade do que acabara de ter em mãos. Pensou em Noah aos 9 anos, o cabelo castanho-escuro encaracolado, a pele do rosto sedosa contra a dela, e observou o crânio daquela criança cuja carne havia muito apodrecera.

Subitamente, deu-se conta da mão de Lincoln pousada sobre seu ombro.

— Você está bem? — perguntou ele. Claire assentiu. Seu olhar era triste, quase pesaroso sob aquelas luzes severas. Será que apenas nós dois nos preocupamos com a vida desta criança?, perguntou-se ela. Os únicos que veem algo além de uma concha vazia de cálcio e fosfato?

Uma das alunas, uma versão mais jovem e mais magra de Lucy, fez a primeira pergunta:

— Foi um sepultamento com ataúde? Foi em um campo ou em uma floresta?

— O terreno era moderadamente florestado, arbustos jovens — respondeu Lucy. — Encontramos pregos de ferro e fragmentos do caixão, mas a madeira estava quase completamente decomposta.

— E o solo? — perguntou um aluno.

— Barro, moderadamente saturado. Por que pergunta?

— Alto teor de barro ajuda a preservar os restos mortais.

— Correto. Que outros fatores afetam a preservação de restos mortais? — Lucy olhou ao redor da mesa. Os alunos responderam com uma ansiedade que, para Claire, pareceu quase indecorosa. Estavam tão concentrados em restos mortais mineralizados que se esqueciam do que aqueles ossos representavam. Crianças vivas e alegres.

— Compactação do solo... umidade...

— Temperatura ambiente.

— Carnívoros.

— Profundidade em que foram enterrados. Se foram expostos à luz do sol.

— A idade na hora da morte.

O olhar da professora voltou-se para o aluno que dissera aquilo. Era a jovem clone de Lucy, também vestindo calça jeans e camisa quadriculada.

— Como a idade do morto afeta os ossos para a análise de seus restos mortais?

— Os crânios de jovens adultos permanecem intactos mais tempo do que o de pessoas mais velhas, talvez devido a uma mineralização mais intensa.

— Isso não me diz quanto tempo estes esqueletos especificamente estão enterrados. Quando esses indivíduos morreram?

Silêncio.

Lucy não pareceu desapontada.

— A resposta certa é: não podemos saber — completou. — Após cem anos, alguns esqueletos podem se decompor enquanto outros não apresentam sinais de desgaste. Mas, ainda assim, podemos chegar a diversas conclusões. — Ela pegou uma tíbia sobre a mesa. — Notem a escamação e o descascado de alguns ossos longos, onde o osso lamelar tem marcas de segmentação naturais. O que isso indica para vocês?

— Exposição a períodos de chuvas e secas — respondeu o clone de Lucy.

— Certo. Estes restos mortais estiveram temporariamente protegidos pelo ataúde. Mas o ataúde apodreceu, deixando os ossos expostos à ação da água, especialmente perto do riacho. — Ela olhou para um jovem que Claire reconheceu como um dos alunos de pós-graduação que ajudara na escavação do sítio. Com longos cabelos louros amarrados em um rabo de cavalo e três brincos de ouro em uma orelha, poderia facilmente passar por um marinheiro do passado. O único detalhe incongruente de sua aparência eram os óculos de aro de metal. — Vince — disse Lucy —, fale-nos sobre o histórico de inundações daquela área.

— Verifiquei até onde há registros, ou seja, até a década de 1920 — começou Vince. — Houve dois episódios de inundações catastróficas: na primavera de 1946 e, outra vez, na primavera passada, quando o lago Locust transbordou. Acho que foi assim que esses despojos humanos foram expostos. Erosão do riacho Meegawki devido a chuvas intensas.

— Então, temos dois períodos de saturação do sítio, seguidos de anos mais secos, que causaram esta escamação do osso cortical. — Lucy abaixou a tíbia e pegou um fêmur. — E agora a descoberta mais interessante de todas. Refiro-me a este corte aqui, atrás da haste femoral. Parece uma marca de corte, mas o osso está tão danificado que o corte perdeu definição. Portanto, não podemos precisar se é resultado de uma reação de osso verde. — Ela percebeu o olhar inquisitivo de Lincoln. — Reação de osso verde é o que acontece quando ossos vivos dobram ou se torcem quando são esfaqueados. Isso nos diz se o osso foi partido antes ou depois da morte.

— E não dá para saber no caso desse osso?

— Não. Ficou exposto aos elementos naturais durante muito tempo.

— Então, como é possível determinar que foi um homicídio?

— Temos que voltar nossa atenção para os outros ossos. E aqui temos a resposta. — Ela pegou um saquinho de papel. Virando-o de lado, esvaziou o conteúdo sobre a mesa.

Ossos pequenos retiniram como dados cinzentos.

— Os carpais — explicou. — São da mão direita. Os carpais são muito densos. Não se desintegram tão rapidamente quanto os outros ossos. Esses foram encontrados profundamente enterrados e envolvidos por uma densa camada de lama, que os preservou. — Ela começou a remexer os carpais como uma costureira procurando o botão certo. — Aqui — falou, escolhendo um e erguendo-o contra a luz.

O corte ficou imediatamente aparente, e era tão profundo que quase partira o osso em dois.

— Isto é um ferimento defensivo — continuou Lucy. — Esta criança... vamos chamá-la de menina... ergueu os braços para se defender de seu agressor. A lâmina a feriu na mão, fundo o bastante para quase partir o osso carpal. A menina tem apenas 8 ou 9 anos e é de baixa estatura, de modo que mal teve como reagir. E seja lá quem desferiu o golpe foi alguém muito forte, forte o bastante para atravessar a mão da vítima. A menina se volta. Talvez a lâmina ainda esteja cravada em sua carne, ou talvez o agressor a tenha retirado e esteja se preparando para desferir outro golpe. A menina tenta fugir, mas é perseguida. Então tropeça, ou é derrubada, e cai de bruços sobre o chão. Acredito que tenha caído de bruços porque há marcas de corte na vértebra torácica feitos por uma lâmina larga, possivelmente uma machadinha: foi o que a golpeou pelas costas. Há também a marca de corte no fêmur, um golpe na parte de trás da coxa, o que significa que ela está caída no chão naquele momento. Nenhum desses ferimentos é necessariamente fatal, mas, se ela ainda está viva, sangra abundantemente. O que acontece em seguida não sabemos, porque os ossos não nos dizem. O que sabemos é que ela está caída, com o rosto voltado para o chão, e não pode correr nem se defender. E alguém acabou de cravar uma machadinha ou um machado em sua coxa. — Cuidadosamente, Lucy pousou o osso carpal sobre a mesa. Era do tamanho de um seixo, um resto fendido de uma morte terrível. — É isso que esses ossos me dizem.

Por um instante, ninguém disse nada. Então Claire murmurou:

— O que houve com a outra criança?

Lucy pareceu ter despertado de um transe, e olhou para o segundo crânio.

— Esta era uma criança de idade próxima. Muitos de seus ossos desapareceram, e os que temos estão muito desgastados, mas posso dizer o seguinte: ele (ou ela) sofreu um afundamento provavelmente fatal no crânio. Estas duas crianças foram enterradas juntas, no mesmo ataúde. Suspeito que morreram no mesmo ataque.

— Deve haver registros disso — disse Lincoln. — Alguma notícia antiga que diga quem eram essas crianças.

— Na verdade, sabemos seus nomes. — Era Vince quem falava, o estudante com rabo de cavalo. — Devido à data em uma moeda encontrada no mesmo extrato de solo, sabemos que suas mortes ocorreram depois de 1885. Pesquisei os registros do condado e descobri que uma família de nome Gow era proprietária de todo o terreno que se estendia ao longo da curva sul do lago Locust. Esses ossos são os restos mortais de Joseph e Jennie Gow, irmãos, idades de 8 e 10 anos. — Vince sorriu com timidez. — Parece que o que escavamos aqui, pessoal, era o cemitério particular da família Gow.

Tal revelação não pareceu particularmente engraçada para Claire, que achou perturbador o fato de diversos alunos terem rido.

— Por ter sido um enterro em caixão — explicou Lucy —, suspeitamos de que possa ser um cemitério familiar. Acho que perturbamos o local de descanso eterno deles.

— Então vocês sabem como essas crianças morreram? — perguntou Claire.

— As notícias são difíceis de obter porque esta área em particular era pouco povoada na época — disse Vince. — O que temos à disposição é o registro de mortes do condado. A morte das crianças da família Gow foram registradas no mesmo dia: quinze de novembro de 1887. Junto com a morte de outros três familiares.

Houve um momento de silêncio horrorizado.

— Está dizendo que essas cinco pessoas morreram no *mesmo* dia? — perguntou Claire.

Vince assentiu.

— Parece que esta família foi massacrada.

9

Cenouras, batatas cozidas e uma fatia microscópica de peito de frango.

Louise Knowlton olhou para o prato que acabara de colocar diante do filho e sentiu um remorso maternal. Estava fazendo o menino morrer de fome. Viu isso no rosto dele, naqueles olhos famintos, em seus ombros curvados. Seiscentas calorias por dia! Como alguém poderia sobreviver com aquilo? Barry de fato perdera peso, mas a que preço? Ele era apenas uma sombra dos seus antigos e robustos 120 quilos, e, embora soubesse que ele precisava perder peso, era evidente para ela, a pessoa que melhor o conhecia no mundo, que seu querido filho estava sofrendo.

Ela se sentou diante do próprio prato, sobre o qual empilhara frango frito e biscoitos amanteigados. Uma refeição sólida e saudável para uma noite fria. Olhando para o outro lado da mesa, viu que o marido balançava a cabeça silenciosamente. Mel também não suportava ver o menino com fome.

— Barry, querido, por que não come ao menos um biscoito? — ofereceu Louise.

— Não, mãe.

— Não tem muitas calorias. Você pode raspar a cobertura.

— Não quero.

— Veja como estão crocantes! É a receita da mãe de Barbara Perry. É a banha de porco que os torna tão saborosos. Só uma mordidinha, Barry. Experimente, dê apenas uma mordida! — Ela estendeu um biscoito fumegante diante dos lábios do filho.

Ela não conseguia se conter, não conseguia suprimir o impulso, reforçado por 14 anos de maternidade, de alimentar aquela boca rosada e faminta. Aquilo era mais que comida: era amor na forma de um biscoito crocante que escorria manteiga pelos seus dedos. Ela esperou que o menino aceitasse a oferta.

— Já disse que não quero! — gritou Barry.

Foi tão chocante quanto um tapa na cara. Louise recostou-se na cadeira, atônita. O biscoito caiu de suas mãos sobre o lago de cobertura que brilhava no prato.

— Barry — repreendeu-lhe o pai.

— Ela está sempre empurrando comida para mim! Não é de se espantar que eu esteja gordo assim! Olhem para vocês!

— Sua mãe ama você. Veja como ela ficou triste.

Louise ficou sentada com lábios trêmulos, tentando não chorar. Ela olhou para o abundante jantar que pusera à mesa. Aquilo representava duas horas de trabalho na cozinha, um trabalho de amor e, ah, como ela amava o filho! Agora ela via aquela refeição como de fato era: esforços inúteis de uma mãe gorda e estúpida. Ela começou a chorar, as lágrimas caindo sobre o purê de batatas com requeijão.

— Mamãe — murmurou Barry. — Ah, minha nossa... Desculpe.

— Não foi nada. — Ela ergueu uma das mãos para rejeitar a piedade do filho. — Eu compreendo, Barry. Compreendo mesmo. E não farei isso outra vez. Juro que não. — Ela enxugou as lágrimas com o guardanapo e, por alguns segundos, conseguiu recuperar a dignidade. — Mas eu me esforço tanto... e... — Ela escondeu o rosto com o guardanapo, todo o corpo estremecendo no esforço para não chorar. Demorou um instante até ela se dar conta de que Barry estava falando com ela.

— Mãe?

Ela engoliu em seco e obrigou-se a olhar para ele.

— Posso comer um biscoito?

Sem palavras, ela lhe estendeu a travessa. Observou o menino pegar um biscoito, abri-lo e passar uma grossa camada de manteiga. Ela conteve a respiração quando Barry deu a primeira mordida, quando a expressão de prazer tomou conta de seu rosto. Ele queria aquilo havia tanto tempo, mas negara-se àquele prazer. Agora, havia desistido e comia um segundo biscoito. E um terceiro. Ela o viu comer cada pedaço e sentiu uma satisfação materna profunda e primal.

Noah recostou-se no prédio da escola enquanto fumava um cigarro. Fazia meses desde que acendera um cigarro pela última vez e isso o fez tossir, os pulmões se rebelando contra a fumaça. Ele imaginou todas aquelas substâncias tóxicas circulando em seu peito, aquelas sobre as quais a mãe sempre brigara com ele, mas, considerando sua vida naquela cidade tediosa, ele achava que um pouco de veneno não faria tão mal. Deu outra tragada e tossiu mais um pouco, sem realmente apreciar a experiência. Mas não havia o que fazer entre as aulas, não desde que os skates tinham sido proibidos. Ao menos ali, isolado junto à caçamba de lixo, ninguém o importunaria.

Ele ouviu o motor de um automóvel e olhou para a rua. Um carro verde-escuro passava tão lentamente que mal parecia se mover. Os vidros das janelas eram muito escuros, e Noah não conseguiu discernir se era um homem ou uma mulher atrás do volante.

O carro parou do outro lado da rua. Por algum motivo, Noah sentiu que o motorista olhava para ele com a mesma intensidade que Noah olhava para o carro.

Ele jogou fora o cigarro e rapidamente o esmagou com o sapato. Não queria ser pego; a última coisa de que precisava era outra detenção. Com a prova agora descartada, ele se voltou e olhou acintosamente para o motorista oculto. Sentiu-se vitorioso quando o carro foi embora.

Noah olhou para o cigarro amassado, fumado pela metade. Que desperdício. Ponderava a possibilidade de recuperar o que sobrara quando ouviu a campainha anunciando o fim do intervalo.

Então, ouviu a gritaria. Vinha do pátio da escola.

Deu a volta no prédio e viu um grupo de garotos reunidos no gramado da frente, gritando:

— Porrada! Porrada!

Aquilo merecia ser visto.

Ele abriu espaço na multidão, tentando ver o que acontecia antes que os professores interviessem, e as duas meninas que se atacavam praticamente o atropelaram. Noah afastou-se para uma distância mais segura, chocado pela violência da briga. Era pior do que qualquer briga entre meninos. Aquilo era *mesmo* uma pancadaria, as meninas arranhando o rosto uma da outra, puxando os cabelos. Os gritos da multidão ecoavam em seus ouvidos. Ele olhou ao redor para o círculo de espectadores, observou os rostos excitados e sentiu o cheiro do desejo de sangue, forte como almíscar.

Uma estranha excitação cresceu dentro dele. Sentiu as mãos se fecharem, sentiu o sangue subir para o rosto. Ambas as meninas estavam sangrando, e essa visão prendeu sua atenção. Provocou-o. Ele avançou, lutando para ter uma visão melhor, e ficou furioso quando não pôde chegar mais perto.

— Porrada! Porrada!

Ele também começou a gritar, a excitação aumentando toda vez que via de relance um rosto ensanguentado.

Então, seu olhar se voltou para Amelia, de pé no outro extremo do gramado, e imediatamente se calou. Ela olhava para a multidão com horror e descrença.

Envergonhado, voltou-se antes que ela o visse, e entrou no prédio.

No banheiro masculino, olhou para seu reflexo no espelho. *O que aconteceu com todo mundo lá fora?*, pensou. *O que aconteceu comigo?*

Ele lavou o rosto com água gelada e mal sentiu o frio.

— Brigavam por causa de um menino — disse Fern. — Pelo menos essa é a história que ouvi. Começou com alguns insultos e, de repente, uma estava arranhando a cara da outra. — Ela balançou a cabeça. — Depois do enterro da Sra. Horatio, eu esperava que os alunos apoiassem uns aos outros. Se unissem. Mas esta é a quarta briga que temos em dois dias, Lincoln. Não consigo controlá-los. Preciso de um policial de guarda na escola.

— Bem, isso me parece um exagero — respondeu Lincoln, incerto. — Mas posso pedir que Floyd Spear apareça algumas vezes no horário das aulas, se você quiser.

— Não, você não entendeu. Precisamos de alguém aqui o dia inteiro. Não sei o que mais pode funcionar.

Lincoln suspirou e passou a mão no cabelo. Parecia a Fern que ele ficava cada dia mais grisalho, assim como ela. Naquela manhã, percebera fios brancos em meio aos cabelos louros e dera-se conta de que o rosto que via no espelho era o de uma mulher de meia-idade. Contudo, ver as mudanças no rosto de Lincoln era, de algum modo, mais doloroso do que confrontar sua própria imagem envelhecida, porque ela guardava memórias vívidas do homem que ele fora aos 25 anos: cabelos e olhos castanho-escuros, um rosto já forte e de caráter. Na época em que Doreen ainda não atraíra sua atenção. Ela conseguia ver rugas profundas no rosto dele e pensou, como fazia frequentemente: *Poderia tê-lo feito muito mais feliz do que Doreen.*

Juntos, caminharam até o gabinete dela. As aulas do quarto tempo haviam começado, e os passos ecoavam no corredor vazio. Uma faixa sobre suas cabeças anunciava: Baile da Colheita em 20 de novembro! Da sala de aula do Sr. Rubio ouviram-se vozes entediadas recitando em uníssono: *Me llamo Pablo. Te llamas Pablo. Se llama Pablo...*

O gabinete era seu território particular e refletia seu modo de vida, tudo organizado e no seu devido lugar. Livros alinhados, lombadas para fora, nenhum papel solto sobre a mesa. Tudo sob controle. As crianças prosperam na ordem, e Fern acreditava que apenas por meio da ordem absoluta uma escola poderia funcionar adequadamente.

— Sei que estou pedindo que comprometa o seu efetivo — desculpou-se ela —, mas quero que considere a possibilidade de designar um policial em tempo integral para esta escola.

— Isso significa tirar um homem do patrulhamento, Fern, e não estou convencido de que isso seja necessário.

— E o que eles estão patrulhando por aí? Estradas vazias! O problema desta cidade está bem aqui, neste prédio. É aqui que precisamos de um policial.

Afinal, ele concordou:

— Farei o que puder — respondeu, se levantando.

Seus ombros pareciam se dobrar sob o peso que carregavam. Durante todo o dia ele lutava contra os problemas daquela cidade, pensou Fern, culpada, e não recebia elogios, só exigências e críticas. Depois, não tinha ninguém a quem recorrer quando voltava para casa, ninguém para confortá-lo. Um homem que comete o engano de se casar com a mulher errada não devia ter de sofrer o resto da vida. Não um homem tão bom quanto Lincoln.

Ela o levou até a porta. Estavam próximos o bastante para se tocarem, e a tentação de abraçá-lo foi tão forte que ela teve de apertar as próprias mãos para resistir.

— Eu vejo o que está acontecendo — disse ela — e não consigo deixar de imaginar o que estou fazendo de errado.

— Você não fez nada de errado.

— Seis anos como diretora, e subitamente me vejo lutando para manter a ordem em minha escola. Lutando para manter meu emprego.

— Fern, acho que isso é uma reação temporária ao tiroteio. De verdade. Os meninos precisam de tempo para se recuperar. — Ele deu um tapinha amigável no ombro dela e voltou-se para a porta. — Vai passar.

Outra vez, Claire examinava a boca de Mairead Temple. Parecia-lhe um território familiar agora. A língua áspera, as amígdalas, a úvula pendurada como uma trêmula aba de carne rosada. E aquele cheiro, como o de um cinzeiro usado, o mesmo cheiro que permeava a cozinha de Mairead, onde estavam sentadas agora. Era terça-feira, dia que Claire fazia atendimento domiciliar, e Mairead era a penúltima paciente da fila. Quando seu consultório médico está falindo, quando os pacientes resolvem trocar de médico, são necessárias medidas desesperadas. Uma visita à cozinha enfumaçada de Mairead Temple definitivamente se qualificava como uma medida desesperada. Qualquer coisa para fazer um paciente feliz.

Claire desligou a lanterna clínica.

— Sua garganta parece normal. Só está um pouco irritada.

— Ainda dói muito.

— O resultado da cultura deu negativo.

— Quer dizer que não vou mais tomar penicilina?

— Desculpe, mas não tenho como justificar a medicação.

Mairead trincou os dentes e olhou feio para Claire com olhos pálidos.

— Que tipo de tratamento é esse?

— Bem, vou lhe dizer uma coisa, Mairead, o melhor tratamento é a prevenção.

— E daí?

— Daí... — Claire olhou para um maço de cigarros mentolados sobre a mesa da cozinha. Nos anúncios, era uma marca geralmente associada a mulheres magras e sofisticadas que usavam belos vestidos e arrastavam peles enquanto os homens as perseguiam. — Acho que é hora de a senhora parar de fumar.

— Qual o problema com a penicilina?

Claire ignorou a pergunta, voltando sua atenção para o fogão a lenha no centro da cozinha superaquecida.

— Isso também não é bom para a sua garganta. Seca o ar e o enche de fumaça e substâncias irritantes. Você tem um aquecedor a óleo, não é verdade?

— A madeira é mais barata.

— Você se sentiria melhor.

— Consigo madeira de graça com meu sobrinho.

— Tudo bem — suspirou Claire. — Então, que tal parar de fumar?

— E que tal penicilina?

Trocaram um olhar firme, começando a desenvolver uma inimizade por causa de um frasco de comprimidos de 3 dólares.

Finalmente, Claire se rendeu. Não tinha energia para uma discussão no fim da tarde, não com alguém tão cabeça-dura quanto Mairead Temple. *Só desta vez*, disse para si mesma enquanto procurava amostras do antibiótico adequado.

Mairead foi até o fogão a lenha e jogou outra acha no fogo. A fumaça subiu, dominando o cômodo.

Até mesmo a garganta de Claire estava começando a arder.

Mairead pegou um atiçador e cutucou a lenha no fogo.

— Ouvi mais boatos sobre aqueles ossos — comentou.

Claire ainda contava os comprimidos. Apenas quando ergueu a cabeça notou que Mairead a observava, olhos estranhamente alertas. Ferozes.

A velha voltou-se e fechou a tampa de aço do fogão.

— São ossos antigos, pelo que ouvi dizer.

— Sim, são.

— Quão antigos? — Os olhos claros estavam outra vez voltados para os dela.

— Uns cem anos, talvez mais.

— Eles têm certeza disso?

— Creio que sim. Por quê?

Ela desviou o olhar.

— Nunca se sabe o que acontece por aquelas bandas. Não é de se estranhar que os ossos tenham sido encontrados na propriedade dela. Você sabe o que ela é, não sabe? E não é a única, também. No Halloween passado, fizeram uma grande fogueira no milharal de Warren Emerson. Aquele Emerson é outro deles.

— Outro deles quem?

— Como é mesmo a palavra quando são homens? Um feiticeiro.

Claire caiu na gargalhada. Não devia ter feito isso.

— Pode perguntar na cidade — insistiu Mairead, furiosa. — Todos vão dizer que houve uma fogueira na plantação de Emerson naquela noite. E, logo depois disso, esses jovens começaram a causar todos aqueles problemas na cidade.

— Acontece em toda parte. Os jovens sempre ficam agitados no Halloween.

— É a noite sagrada deles. Seu Natal sombrio.

Olhando nos olhos da mulher, Claire se deu conta de que não gostava de Mairead Temple.

— Todo mundo tem direito a suas crenças, desde que ninguém se machuque.

— Bem, esta é a questão, não é mesmo? Não sabemos. Veja o que aconteceu por aqui desde então.

Abruptamente, Claire fechou a maleta médica e se levantou.

— Rachel Sorkin cuida de seus próprios assuntos, Mairead. Acho que todo mundo nesta cidade deveria fazer o mesmo.

Os ossos outra vez, pensou Claire enquanto se dirigia ao último atendimento domiciliar do dia. Todos querem saber sobre os ossos. A quem pertenciam, quando foram enterrados. E, hoje, uma nova questão, uma que a pegara desprevenida: por que foram encontrados no terreno de Rachel Sorkin?

É a noite sagrada deles. Seu Natal sombrio.

Na cozinha de Mairead, Claire rira. Agora, dirigindo em meio à penumbra que se adensava, não via nada de engraçado na conversa. Rachel Sorkin era uma pessoa de fora, a mulher de cabelos negros que morava sozinha à margem do lago. Sempre fora assim durante muitas eras: a jovem mulher solitária se tornara objeto de suspeita, de fofoca. Em uma cidade pequena, é a anomalia que requer explicação. É a sereia do povoado, a tentação irresistível para maridos até então virtuosos. Ou é a megera que homem nenhum deseja desposar ou a fêmea anormal com desejos sobrenaturais. Se é atraente, como Rachel, exótica, ou peculiar em seus gostos e caprichos, então a suspeita vem misturada com fascínio. Fascínio que pode se tornar obsessão para alguém como Mairead Temple, que se aborrecia o dia inteiro em sua cozinha enfumaçada, fumando cigarros que prometiam glamour, mas que só lhe davam bronquite e dentes amarelados. Rachel não tinha dentes amarelos. Rachel era bela, desimpedida e um tanto excêntrica.

Logo, Rachel tinha de ser uma bruxa.

Considerando que Warren Emerson fez uma fogueira em seu milharal na noite de Halloween, ele também devia ser um bruxo.

Embora ainda não tivesse escurecido, Claire ligou os faróis e sentiu-se mais segura ao ver as luzes do painel de seu automóvel. Esta época do ano, pensou, faz com que todos tenhamos medos irracionais. E a estação ainda não atingira seu ápice. À medida que as noites ficassem mais longas e as nevascas, mais intensas, cortando todos os acessos ao mundo exterior, esta paisagem árida e solitária se tornaria o universo da cidade. Um universo implacável, onde um trecho de gelo fino sobre a estrada e uma noite de frio intenso poderiam funcionar ao mesmo tempo como juiz e carrasco.

Ela passou por uma caixa de correio rural com o nome "Braxton" e embicou pela estrada de terra batida. A casa de sua paciente era cercada de campos maltratados. As tábuas da fachada estavam sem pintura, e a madeira, tão desgastada que se tornava prateada. Na varanda havia um monte de lenha precariamente empilhada contra o parapeito empenado. Um dia acabaria caindo — o parapeito, a varanda, a casa inteira. Divorciada, Faye Braxton, de 41 anos; morava ali com dois filhos. Ela estava em tão mau estado quanto a propriedade. Seus quadris haviam sido destruídos pela artrite reumatoide, e ela não conseguia nem mesmo sair daquela casa deprimente sem ajuda.

Carregando sua maleta, Claire subiu os degraus até a varanda. Somente então se deu conta de que havia algo errado.

Fazia menos de 2 graus do lado de fora, e a porta da frente estava aberta.

Enfiou a cabeça para dentro da casa e gritou em meio à penumbra:

— Sra. Braxton? — Ouviu uma persiana bater com o vento. E escutou algo mais: ruídos distantes de passos, correndo em um cômodo no segundo andar. Seria uma das crianças?

Claire entrou na casa e fechou a porta para evitar que o frio entrasse. Não havia lâmpadas acesas, e a luz do entardecer brilhava fracamente através das finas cortinas da sala de estar. Percorreu o corredor às apalpadelas, procurando o interruptor de luz. Finalmente o encontrou.

Aos seus pés havia uma boneca Barbie nua, caída sobre um tênis velho. Claire pegou a boneca e gritou de novo:

— Sra. Braxton? É a Dra. Elliot.

Silêncio.

Ela olhou para a Barbie e viu que metade de seu cabelo louro fora cortado. Quando visitara a casa pela última vez, três semanas antes, vira Kitty, a filha de 7 anos de Faye Braxton, agarrada a uma boneca Barbie. Naquele dia, a boneca estava vestida com um vestido de baile cor-de-rosa e seus longos cabelos louros haviam sido amarrados para trás com uma fita verde.

Um calafrio percorreu a espinha de Claire.

Ela ouviu outra vez: o rápido *tum-tum-tum* de passos acima do teto. Olhou para a escada, para o segundo andar. Havia alguém na casa, mas o aquecimento estava desligado, o ambiente estava gelado e todas as luzes, apagadas.

Lentamente ela se afastou, virou as costas e saiu da casa.

Sentada em seu carro, usou o celular para chamar a polícia. O policial Mark Dolan atendeu.

— Aqui é a Dra. Elliot. Estou na casa dos Braxton. Há algo errado aqui.

— Como assim, Dra. Elliot?

— Encontrei a porta aberta, o aquecimento desligado, nenhuma luz acesa. Mas ouvi alguém andando no andar de cima.

— A família está em casa? Você verificou?

— Preferi não subir.

— Você precisa verificar. Estamos sobrecarregados de chamadas e não sei se poderei mandar alguém.

— Olhe, poderia mandar alguém, por favor? Estou lhe dizendo, a situação naquela casa não me pareceu nada normal.

O policial Dolan emitiu um profundo suspiro. Ela quase podia vê-lo sentado em sua escrivaninha, girando os olhos com desdém. Agora que expressara seus medos em voz alta, não lhe pareceram significativos. Talvez ela não tivesse ouvido passos , e sim, aquela persiana solta balançando com o vento. Talvez a família estivesse fora. Se a polícia chegasse e não encontrasse nada, pensou, no dia seguinte toda a cidade estaria rindo da sua covardia. Sua reputação já sofrera golpes suficientes aquela semana.

— Lincoln está por perto — disse Dolan afinal. — Vou pedir que dê um pulo até aí quando puder.

Ela desligou o celular já arrependida por ter ligado. Saiu do carro e olhou para a casa. A noite já havia caído. *Vou cancelar a chamada e me livrar dessa vergonha*, pensou. Claire voltou a entrar na casa.

Ao pé da escada, olhou para o piso do segundo andar, mas não ouviu nenhum som. Segurou o corrimão de carvalho, firme e sólido. Começou a subir, movida pelo orgulho, pela firme determinação de não se tornar a mais nova piada da cidade.

No segundo andar, ligou a luz e viu-se diante de um corredor estreito, as paredes sujas por mãozinhas encardidas. Olhou pela fresta da porta do primeiro quarto à direita.

Era o quarto de Kitty. Bailarinas dançavam nas cortinas. Sobre a cama, viu coisas de menina: prendedores de cabelo de plástico, um suéter vermelho bordado com motivos de flocos de neve, uma mochila infantil em roxo e cor-de-rosa. No chão, a amada coleção de Barbies. Mas o que via ali não eram os objetos do amor de uma menina pequena. Aquelas bonecas haviam sido violentamente agredidas, suas roupas estavam rasgadas em tiras, os membros estendidos para a frente como se estivessem horrorizadas com alguma coisa. Uma cabeça de boneca arrancada do restante do corpo olhava para Claire com olhos azuis brilhantes.

Ela voltou a sentir um calafrio.

Retornou ao corredor, e seus olhos subitamente se voltaram para outra porta, e para o quarto em penumbras ao qual dava acesso. Algo brilhava no escuro, uma estranha luminescência esverdeada, como o brilho de um mostrador de relógio. Ela entrou no quarto e acendeu a luz. O brilho esverdeado desapareceu. Viu-se no quarto do menino mais velho, um cômodo bagunçado, com livros e meias sujas espalhadas pelo chão e sobre a cama. Uma cesta de lixo abarrotada de papéis amassados e latas de Coca-Cola. A típica bagunça deixada por um menino de 13 anos. Ela apagou a luz.

E viu o brilho verde outra vez. Vinha da cama.

Claire olhou para o travesseiro coberto por uma evidente luminescência e tocou o tecido. Estava frio, mas não úmido. Percebeu também tênues riscas luminosas na parede, bem acima da cama, e uma mancha verde brilhante sobre o lençol.

Tum, tum, tum. Seu olhar voltou-se para cima e ela ouviu um gemido, uma criança chorando baixinho.

O sótão. As crianças estavam no sótão.

Ela saiu do quarto do menino, tropeçou em um tênis e voltou ao corredor. A escadaria para o sótão era íngreme e estreita, e ela teve de se apoiar no frágil corrimão ao subir. Quando chegou ao topo, viu-se em meio a uma escuridão impenetrável.

Claire deu um passo à frente e seu rosto esbarrou em uma corrente de luz dependurada. Um puxão e uma lâmpada fraca e sem cúpula se acendeu, iluminando apenas um pequeno círculo no centro do sótão. Nos cantos em penumbra via um amontoado de móveis velhos e caixas de papelão. Um cabideiro, com pinos abertos como chifres de alces, projetava uma sombra ameaçadora pelo chão.

Junto a uma das caixas, algo se moveu.

Rapidamente, ela afastou a caixa. Atrás, encolhida sobre uma pilha de roupas velhas, estava a pequena Kitty, de 7 anos. Sua pele estava gelada, mas ela ainda estava viva, a garganta emitindo pequenos gemidos toda vez que respirava. Claire estendeu a mão para erguê-la e percebeu que as roupas da menina estavam encharcadas. Horrorizada, ergueu a mão molhada para vê-la sob a luz.

Sangue.

O único aviso foi o ranger das tábuas do chão.

Há alguém atrás de mim.

Claire voltou-se no exato momento em que a sombra avançou em sua direção. O impacto atingiu-a com força no peito e ela foi arremessada para trás, imobilizada pelo peso de seu agressor. Mãos agarraram seu pescoço. Claire tentou afastá-las, girando a cabeça freneticamente de um lado para o outro, imagens obscuras passando diante de seus olhos. O cabideiro caiu no chão. Sob a luz oscilante, viu o rosto do agressor.

Era o menino.

Ele apertou o pescoço dela com mais força, e, enquanto a visão de Claire começava a escurecer, ela viu os lábios do garoto se arreganharem, os olhos se estreitarem de tanta fúria.

Claire estendeu a mão e arranhou o olho do menino, que gritou, soltou-a e se afastou. No exato momento em que o menino voltou a se jogar sobre ela, Claire se levantou e se esquivou para o lado, fazendo-o cair sobre as caixas de papelão, espalhando livros e ferramentas pelo chão.

Ambos viram a chave de fenda ao mesmo tempo.

Simultaneamente correram em direção à ferramenta, mas ele estava mais perto. O menino a pegou e a ergueu acima da cabeça. Quando desferiu o golpe, Claire ergueu ambas as mãos para agarrar-lhe o pulso. A força dele a chocou. Ela foi obrigada a se ajoelhar. A lâmina da chave de fenda se aproximava, mesmo com ela se esforçando para afastá-la.

Então, mais alto que as batidas de seu próprio coração, ouviu uma voz chamando seu nome. Gritou:

— Socorro!

Passos ecoaram na escada. Subitamente, a ferramenta não estava mais apontada para ela. O menino se voltou no exato momento em que Lincoln jogou-se em sua direção. Claire viu o garoto tombar de costas, e ele e Lincoln rolarem diversas vezes pelo chão em uma confusão de membros se debatendo, móveis e caixas caindo ao redor. A chave de fenda escorregou e desapareceu em meio às sombras. Lincoln imobilizou o menino com o rosto voltado para o chão, e Claire ouviu o ruído metálico de algemas se fechando. Ainda assim, o menino continuou a lutar, chutando cegamente. Lincoln arrastou-o para uma viga de sustentação do sótão, onde o amarrou firmemente com seu cinto.

Quando por fim se voltou para Claire, Lincoln respirava com dificuldade e tinha escoriações no rosto. Foi quando percebeu a menina caída em meio às caixas.

— Ela está sangrando! — exclamou Claire. — Ajude-me a levá-la para baixo, onde há luz!

Ele pegou a garotinha em seus braços.

No exato momento em que Lincoln a deixou sobre a mesa da cozinha, ela parou de respirar. Claire soprou três vezes na boca da menina e apalpou a carótida. Não detectou nada.

— Chame uma ambulância agora! — exigiu. Em seguida, posicionando as mãos sobre o esterno da menina, Claire começou as compressões no tórax. A blusa estava encharcada, e suas mãos escorregavam enquanto bombeava. Sangue fresco jorrara através do tecido.

Ela só tem 7 anos. Quanto sangue uma criança pode perder? Quanto tempo conseguirei manter vivas suas células cerebrais?

— A ambulância está a caminho! — disse Lincoln.

— Muito bem, precisamos cortar a blusa dela para ver de onde vem o sangramento.

Claire fez uma pausa nas compressões e soprou mais três vezes. Logo ouviu tecido se rasgando e viu que Lincoln já cortara a blusa da menina.

— Meu Deus — murmurou.

O sangue jorrava de seis ferimentos a faca.

Claire pousou a mão novamente sobre o esterno e voltou a fazer compressões cardíacas, mas, a cada uma delas, mais sangue vertia do corpo da menina.

O som de uma sirene se aproximou e, através da cortina da cozinha, Claire viu a luz estroboscópica da ambulância que estacionava na frente da casa. Dois paramédicos entraram, olharam para a menina sobre a mesa e imediatamente abriram seus kits de emergência. Claire continuou a bombear o peito da menina enquanto os paramédicos a entubavam, inseriam uma via intravenosa e adaptavam eletrodos de eletrocardiograma.

— Temos batimento cardíaco? — perguntou Claire, continuando a compressão.

— Taquicardia sinusal rápida.

— Pressão sanguínea?

Ela ouviu o assobio do aparelho de pressão inflando, e então a resposta:

— Quase imperceptível, em 5. Soro completamente aberto. Estou tendo dificuldade para abrir uma segunda via intravenosa...

Outra sirene se fez ouvir no jardim e mais gente entrou na casa. Os policiais Mark Dolan e Pete Sparks chegaram à cozinha. Dolan voltou-se para Claire e rapidamente desviou o olhar, sentindo a reprovação nos olhos dela. *Eu disse que havia algo errado!*

— Há um menino lá em cima no sótão — disse Lincoln. — Já o algemei. Agora, precisamos encontrar a mãe.

— Vou ver no estábulo — disse Dolan.

Claire protestou:

— Faye usa cadeira de rodas! Não pode ir até o estábulo. Tem que estar em algum lugar nesta casa.

Ignorando-a, Dolan deu meia-volta e dirigiu-se à porta.

Claire voltou a atenção para a menina. Agora que tinham pulso, ela podia parar de fazer compressões no peito. Suas mãos estavam encharcadas de sangue. Lincoln e Pete corriam de quarto em quarto procurando por Faye. Pelo rádio, a emergência do hospital Knox fazia perguntas aos paramédicos:

— Quanto sangue ela perdeu? — Era a voz de McNally.

— As roupas dela estão encharcadas — respondeu o paramédico. — Ela tem pelo menos seis ferimentos a faca no peito. Taquicardia sinusal a 1 por 60, pressão sanguínea palpável a 5. Uma via intravenosa inserida. Não conseguimos aplicar uma segunda via.

— Respiração?

— Não. Ela está entubada e a estamos ventilando. A Dra. Elliot está aqui conosco.

— Gordon! — gritou Claire. — Ela precisa de uma toracotomia urgente! Chame um cirurgião que já estamos a caminho!

— Estamos aguardando.

Embora tenham demorado apenas alguns segundos para transferir a menina para a ambulância, Claire sentia como se tudo estivesse se movendo em câmara lenta. Observava tudo por uma névoa de pânico: o corpo diminuto sendo atado à maca, o emaranhado de fios do ECG e da intravenosa, os rostos tensos dos paramédicos à medida que desciam a menina pela escada da varanda e a embarcavam na ambulância.

Claire e um dos paramédicos entraram com a menina e a porta se fechou. Ela se ajoelhou ao lado da maca e passou a ventilar os pulmões, ao mesmo tempo lutando para se manter de pé enquanto desciam o acesso de veículos dos Braxton. Finalmente, chegaram à estrada.

No monitor cardíaco, o ritmo do coração da menina descompensou. Duas batidas ventriculares prematuras. Então, outras três.

— Contração ventricular prematura — anunciou o paramédico.

— Aplique lidocaína.

O paramédico havia acabado de injetar a droga quando a ambulância passou por cima de um buraco. Ele caiu de costas, ainda segurando a via intravenosa. O cateter saiu da veia da menina, espalhando soro no rosto de Claire.

— Merda, perdemos a veia! — reclamou.

Um alarme disparou no monitor. Claire ergueu a cabeça e viu uma linha atravessando a tela. Imediatamente ela recomeçou as compressões cardíacas.

— Rápido com essa segunda linha!

O paramédico abriu um pacote e pegou um equipo novo. Amarrou um torniquete no braço de Kitty e bateu na pele algumas vezes, tentando achar uma veia.

— Não encontro a veia! Ela perdeu muito sangue.

A menina estava em choque. Suas veias haviam secado.

O alarme começou a tocar. A taquicardia ventricular tomava conta da tela.

Em pânico, Claire bateu com força no peito de Kitty. Nada mudou.

Ouviu o zumbido do desfibrilador. O paramédico já acionara o botão de carga e adaptava os contatos ao peito de Kitty. Claire se afastou quando ele acionou a corrente.

No monitor, houve um pico na linha, que logo voltou a uma rápida taquicardia sinusal. Tanto Claire quanto o paramédico soltaram altos suspiros de alívio.

— Esse ritmo não vai se manter — avisou Claire. — Precisamos da via intravenosa.

Lutando para manter o equilíbrio na ambulância, o paramédico apertou o torniquete ao redor do outro braço e voltou a procurar uma veia.

— Não consigo encontrar.

— Nem mesmo a antecubital?

— Já está estourada. Nós a perdemos mais cedo, tentando aplicar a via intravenosa.

Ela olhou para o monitor. Ela não vai resistir. Ainda estavam a quilômetros de distância da emergência do hospital e o ritmo cardíaco da menina estava piorando. Tinham de conseguir uma intravenosa o quanto antes.

— Assuma a RCP — disse ela. — Vou tentar a subclávia.

Eles trocaram de posição.

O coração de Claire estava acelerado quando ela se agachou ao lado de Kitty e olhou para a clavícula da menina. Fazia anos desde que inserira uma via venosa central em uma criança pela última vez. Ela precisaria introduzir uma agulha sob a clavícula, inclinando a ponta em direção à grande veia subclávia, correndo o risco de perfurar-lhe um pulmão. Suas mãos já estavam trêmulas. Com o balanço da ambulância, estariam ainda menos firmes.

A menina está em choque, morrendo. Não tenho escolha.

Ela abriu o kit de via venosa central, passou Betadina sobre a pele da menina e colocou luvas esterilizadas. Então inspirou, trêmula.

— Continue as compressões — pediu.

Claire posicionou a ponta da agulha sob a clavícula e perfurou a pele. Aplicando pressão constante, empurrou a agulha, todo o tempo fazendo uma sucção gentil com a seringa.

Subitamente, sangue escuro surgiu.

— Peguei.

O alarme disparou.

— Rápido! Taquicardia ventricular! — exclamou o paramédico.

Meu Deus, não nos deixe passar por um buraco. Não agora.

Mantendo a agulha absolutamente imóvel, ela removeu a seringa e introduziu o fio J pela agulha oca, até chegar à subclávia. O fio guia estava posicionado. A parte mais delicada do processo terminara. Movendo-se com rapidez agora, ela introduziu o cateter no lugar, tirou o fio e conectou a via intravenosa.

— Grande espetáculo, doutora!

— Lidocaína sendo administrada. Soro Ringer completamente aberto. — Claire olhou para o monitor.

A menina ainda estava com taquicardia ventricular. Ela pegou os contatos do desfibrilador e os estava adaptando ao peito de Kitty quando o paramédico disse:

— Espere.

Ela olhou para o monitor. A lidocaína fizera efeito. A taquicardia ventricular parara.

A freada abrupta da ambulância os alertou que haviam chegado ao hospital. Claire se segurou quando o veículo deu a volta e entrou de ré na vaga da emergência.

A porta se abriu e subitamente McNally e sua equipe estavam ali, seis pares de mãos estendendo-se para tirar a maca do veículo.

Havia apenas uma equipe mínima esperando na sala de cirurgia, mas era o melhor que McNally pudera reunir em tão pouco tempo: um anestesista, duas enfermeiras obstetras e o Dr. Byrne, um cirurgião geral.

Byrne entrou em ação imediatamente. Com um bisturi, cortou a pele acima das costelas de Kitty e com uma força quase selvagem introduziu um tubo de plástico na abertura. O sangue subiu pelo tubo e começou a pingar no reservatório de vidro. Ele olhou para o líquido vermelho que rapidamente se acumulava e anunciou:

— Vamos ter que abrir o tórax.

Não tiveram tempo para o ritual da lavagem de mãos. Enquanto McNally fazia uma incisão no braço da menina para introduzir outra intravenosa, e mais uma unidade de sangue O negativo era conectada, Claire vestiu um avental cirúrgico, colocou luvas esterilizadas e posicionou-se diante de Byrne. Era possível perceber pelo rosto pálido do cirurgião que ele estava com medo. O médico não era especialista em cirurgias de tórax e sabia claramente que aquilo estava além de sua competência. Mas Kitty estava morrendo, e não havia mais ninguém a quem apelar.

— Ave Maria, cheia de graça — murmurou ele, e começou a serrar o esterno.

Fazendo uma careta de desconforto ao ouvir o som da serra, Claire protegeu os olhos do jato de pó de osso e observou a abertura da cavidade torácica de Kitty. Tudo o que via era sangue, que brilhava como cetim vermelho sob as luzes. Um severo hemotórax. Enquanto Byrne posicionava os retratores, alargando a abertura, Claire fez a sucção, temporariamente limpando a cavidade.

— De onde vem o sangramento? — murmurou Byrne. — O coração parece intacto.

E tão pequeno, pensou Claire, tomada por uma súbita angústia. *Esta criança é tão pequena...*

— Precisamos limpar o sangue.

Enquanto Claire continuava com a sucção, uma pequena poça de sangue irrompeu do pulmão lacerado.

— Estou vendo — disse Byrne, aplicando um grampo ao ferimento.

Outro jorro surgiu, sangue fresco e vermelho sobre a poça mais escura.

— Agora o segundo — anunciou, tenso mas triunfal. E grampeou o segundo sangramento.

— Temos pressão sanguínea! — disse a enfermeira. — Sístole em 7!

— Colocando a segunda unidade de O negativo.

— Ali — indicou Claire, e Byrne grampeou um terceiro sangramento.

Claire recomeçou a sucção. Por um instante, todos olharam para o tórax aberto, esperando para ver se o sangue voltaria a se acumular. Um silêncio profundo tomou a sala. Os segundos passaram.

Então, Byrne olhou para Claire.

— Sabe aquela ave-maria que rezei?

— Sim?

— Parece estar funcionando.

Pete Sparks esperava por ela quando Claire finalmente saiu da sala de cirurgia. Suas roupas estavam manchadas de sangue, mas ele não pareceu notar. Haviam testemunhado muita violência naquela noite, e talvez ver sangue não o chocasse mais.

— Como está a menina? — perguntou ele.

— Sobreviveu à operação. Assim que a pressão sanguínea se estabilizar, será transferida para Bangor. — Claire sorriu cansada. — Acho que ficará bem, Pete.

— Trouxemos o menino para cá — contou ele.

— Scotty?

Pete assentiu.

— As enfermeiras o puseram naquela sala de exames ali. Lincoln achou que você devia dar uma olhada nele. Há algo errado.

Com crescente apreensão, Claire foi até a emergência e parou abruptamente à porta da sala de exames. Ficou olhando para o interior do quarto, sem dizer nada, sentindo um calafrio subindo pela nuca.

Ela levou um susto quando Pete falou, em voz baixa:

— Viu o que eu quis dizer?

— E quanto à mãe dele? — perguntou Claire. — Vocês encontraram Faye?

— Sim, encontramos.

— Onde?

— No porão. Ainda estava na cadeira de rodas. — Pete olhou para a sala de exames, como se a visão do garoto o enojasse, e deu um passo atrás. — O pescoço dela estava quebrado. Ele a empurrou escada abaixo.

10

Do outro lado da janela da sala de raios X, Claire e o técnico da tomografia viram a cabeça de Scotty Braxton desaparecer dentro do scanner. Seus membros e seu peito estavam firmemente atados à mesa, mas as mãos continuavam a resistir e os pulsos já estavam em carne viva, manchando de sangue o couro das correias.

— Não vamos conseguir nenhuma imagem decente — avisou o técnico. — Ele ainda está se mexendo muito. Talvez pudesse lhe dar mais um pouco de Valium?

— Ele já tomou 5 miligramas. Não quero mascarar o estado de seus neurônios — disse Claire.

— Ou isso ou nada de tomografia.

Não lhe restava escolha. Ela preparou a seringa e entrou na sala. Pela janela, viu o patrulheiro observando-a. Claire se aproximou da mesa e pegou a via intravenosa. Sem aviso, a mão do menino se abriu. Ela se afastou a tempo de escapar de seus dedos, que se fecharam como uma armadilha.

O policial entrou na sala.

— Dra. Elliot?

— Estou bem — disse Claire, com o coração disparado. — Ele só me assustou.

— Estou bem aqui. Vá em frente e administre o remédio.

Rapidamente, ela pegou a via intravenosa, cravou a agulha na tampa de borracha e injetou 2 miligramas da droga.

A mão do menino finalmente parou de se contorcer.

Por trás da parede de vidro, Claire observou enquanto o scanner girava e clicava, bombardeando a cabeça de Scotty com uma sequência alternada de feixes de raios X. O primeiro corte, do topo do crânio, apareceu na tela do computador.

— Até agora, parece normal — afirmou o técnico. — O que estamos procurando?

— Qualquer anormalidade anatômica que pudesse explicar esse comportamento. Uma massa, um tumor. Tem que haver algum motivo para isso. Ele é o segundo jovem com agressividade descontrolada que vejo.

Quando Lincoln entrou na sala, todos se voltaram em sua direção. A tragédia cobrara seu preço. Dava para ver no rosto dele, nas manchas sob seus olhos e na tristeza em seu olhar. Para ele, a morte de Faye Braxton fora apenas o início de uma noite interminável de coletivas de imprensa e reuniões com investigadores da polícia estadual. Ele fechou a porta e pareceu emitir um suspiro de alívio por finalmente ter encontrado um abrigo tranquilo, ainda que temporário.

Lincoln foi até a sala de exame e olhou para o menino deitado sobre a mesa.

— O que descobriu até agora?

— O resultado dos exames toxicológicos preliminares acabam de chegar de Bangor. Nada de anfetaminas, fenciclidina ou cocaína... drogas geralmente associadas à violência. Agora, temos que procurar outras causas para esse comportamento. — Ela olhou para o paciente através do vidro. — É exatamente igual a Taylor Darnell. E esse menino nunca tomou Ritalina.

— Tem certeza?

— Sou a médica da família. Tenho o prontuário de Scotty nos arquivos do Dr. Pomeroy.

Ambos ficaram com os ombros apoiados contra a janela, guardando energia para o que ainda estava por vir. Aquele era o único momento no qual pareciam se relacionar de verdade, pensou Claire. Quando ambos estavam cansados, amedrontados ou distraídos por algum problema. Nenhum dos dois na sua melhor forma. Não mantinham qualquer ilusão em relação ao outro porque haviam passado pelo pior juntos. *E só aprendi a admirá-lo ainda mais,* concluiu, surpresa.

O técnico disse:

— Aí vêm as últimas imagens.

Tanto Claire quanto Lincoln despertaram de seu torpor atordoado e foram até o computador. Ela se sentou para analisar os cortes transversais do cérebro que apareciam na tela. Lincoln ficou atrás dela, as mãos apoiadas nas costas da cadeira, seu hálito aquecendo-lhe o cabelo.

— Então, o que vê? — perguntou Lincoln.

— Nenhuma alteração da linha média — respondeu Claire. — Nenhuma massa. Nenhum sangramento.

— Como sabe o que está vendo?

— Quanto mais branco, mais denso. Ossos são brancos, ar é preto. À medida que nos aprofundamos no crânio, começamos a ver partes do osso esfenoide, que fica na base do cérebro. O que procuro é alguma assimetria. Uma vez que a maioria das patologias ataca apenas um lado do cérebro, procuro diferenças entre os dois lados.

Um novo corte apareceu e Lincoln comentou:

— Esta imagem não me parece simétrica.

— Você está certo, não é. Mas eu não me preocuparia com essa assimetria em particular porque não envolve o cérebro. É um dos seios da face.

— O que estão vendo? — perguntou o radiologista.

— O seio maxilar direito. Olhe só. Não está completamente brilhante. Parece que há algo obscurecendo-o.

— Acho que é um cisto mucoide — supôs o radiologista. — Encontramos isso em pacientes com alergias crônicas.

— Isso certamente não explica o comportamento dele — disse Claire.

O telefone tocou. Era Anthony, ligando do laboratório.

— Você devia vir aqui ver isso, Dra. Elliot — disse ele. — É a cromatografia gasosa do seu paciente.

— Apareceu algo no sangue dele?

— Não tenho certeza.

— Explique este exame para mim — disse Lincoln. — O que estão medindo aqui?

Anthony deu um tapinha no cromatógrafo e sorriu como um pai orgulhoso. O instrumento portátil fora uma aquisição recente, um valioso equipamento de segunda mão do Centro Médico de Eastern Maine, em Bangor, e o técnico não saía de perto do aparelho, como se o estivesse protegendo.

— O que este equipamento faz — explicou — é separar os componentes individuais de uma mistura, usando o equilíbrio conhecido de cada molécula entre a fase líquida e a gasosa. Lembra-se das aulas de química do colégio?

— Não era a minha matéria favorita — admitiu Lincoln.

— Bem, toda substância pode existir no estado líquido ou gasoso. Por exemplo, se você aquece a água, produz vapor, que é a fase gasosa do H_2O.

— Muito bem, estou acompanhando.

— Dentro desta máquina há uma coluna capilar: um tubo muito comprido e muito fino que, se fosse esticado, teria metade do comprimento de um campo de futebol. Ele está cheio de um gás inerte, que não reage a nada. O que faço na hora do exame é injetar a amostra a ser testada neste orifício. A amostra é aquecida e vaporizada até se tornar gás, e os diferentes tipos de moléculas atravessam aquele tubo em diferentes velocidades, dependendo de sua massa. Isso as separa. Quando as moléculas saem na outra extremidade do tubo, passam por um detector e são registradas em um diagrama. O tempo que demora para cada substância emergir do outro lado chama-se "tempo de retenção". Já sabemos o tempo de retenção de centenas de drogas e toxinas diferentes, e este exame nos indica a presença ou ausência de uma determinada substância no sangue do paciente. — Ele pegou uma seringa e a adaptou ao orifício do aparelho. — Veja a tela. Observe o que acontece quando injeto a amostra de sangue do paciente. — Anthony apertou o êmbolo da seringa.

Na tela do computador surgiu uma linha irregular. Observaram seu traçado por um instante, mas, para Claire, aquilo parecia apenas ruído: leituras genéricas e de pouca importância indicando a sopa bioquímica que compõe o plasma humano.

— Esperem mais um pouco — disse Anthony. — Vai aparecer por volta de um minuto e dez segundos.

— O quê? — perguntou Claire.

Ele apontou para a tela.

— Isto.

Claire olhou para o súbito pico na linha, que logo voltou ao normal.

— O que foi *isso*? — perguntou ela, surpresa.

Anthony foi até a impressora, onde ao mesmo tempo uma cópia do resultado estava sendo impressa em papel. Ele arrancou a folha e a pousou sobre a bancada do laboratório para Claire e Lincoln examinarem.

— Este pico indica algo que não posso identificar — disse ele. — O tempo de retenção o colocaria na classe dos esteroides, mas há picos semelhantes no caso de certas vitaminas e testosteronas endógenas. Vai ser preciso recorrer a um laboratório mais moderno para identificar exatamente que substância é essa.

— Você mencionou testosteronas endógenas — disse Claire. — Poderia ser um esteroide anabólico? Algo que um adolescente possa ter usado? — Ela olhou para Lincoln. — Explicaria os sintomas. Os halterofilistas às vezes usam esteroides para aumentar a massa muscular. Infelizmente, há efeitos colaterais, entre eles uma agressividade incontrolável. Chamam isso de *fúria esteroidal*.

— É algo a se considerar — disse Anthony. — Algum tipo de esteroide anabólico. Agora, vejam isto. — Ele foi até a escrivaninha e pegou outro gráfico.

— O que é?

— É a cromatografia gasosa de Taylor Darnell, tirada no dia em que foi internado. — Ele pousou a folha de papel ao lado do resultado de Scotty Braxton.

O padrão era idêntico. Um único pico, bem definido, em um minuto e dez segundos.

— Seja o que for esta substância — disse Anthony —, está no exame de sangue dos dois meninos.

— O exame toxicológico completo do sangue de Taylor deu negativo.

— É, eu liguei para o laboratório de referência para falar sobre isso. Eles questionaram os *nossos* resultados. Como se eu tivesse imaginado esse pico ou algo assim. Eu admito, essa é uma máquina mais antiga, mas os resultados podem ser reproduzidos a qualquer momento.

— Com quem você falou?

— Com um bioquímico do Anson Biologicals.

Claire olhou para os dois gráficos, as folhas de papel uma ao lado da outra, as linhas praticamente superpostas. Dois meninos com o mesmo comportamento bizarro. A mesma substância não identificada nas correntes sanguíneas.

— Pode enviar o sangue de Scotty Braxton — disse ela. — Quero saber o que é esse pico.

Anthony assentiu.

— Estou com a requisição bem aqui, só esperando sua assinatura.

Às 2 horas da madrugada Claire havia revisto cada radiografia, cada exame de sangue e não estava um centímetro mais perto da solução. Exausta, descansou ao lado da cama do menino, silenciosamente estudando o paciente. Tentou pensar no que poderia estar deixando passar. A punção lombar dera normal, assim como o hemograma e o EEG. A tomografia só mostrava o cisto mucoide no seio maxilar direito, provavelmente resultado de alergias crônicas. As alergias também explicariam uma anomalia em sua contagem de glóbulos brancos: uma alta porcentagem de eosinófilos. *Assim como Taylor Darnell*, lembrou-se subitamente.

Scotty remexeu-se em seu sono induzido por Valium e abriu os olhos. Algumas piscadas e seu olhar se fixou em Claire.

Ela desligou as luzes para ir embora. Mesmo na escuridão, podia ver o brilho dos olhos do garoto voltados em sua direção.

Então, deu-se conta de que não eram os olhos dele que brilhavam.

Lentamente, ela voltou até a cama. Conseguia ver os lençóis brancos sob a cabeça de Scotty, a forma mais escura de sua cabeça estava contra o travesseiro. Em seu lábio superior havia uma mancha verde fosforescente.

— Sente-se, Noah — disse Fern Cornwallis. — Há algo que precisamos discutir.

Noah hesitou à porta, relutando em entrar no gabinete da diretora. *Território inimigo*. Ele não sabia por que fora tirado da aula para vê-la, mas a julgar pela expressão no rosto da Srta. Cornwallis, suspeitava que não poderia ser nada de bom.

Os outros alunos o olharam com curiosidade quando a mensagem ecoou pelo sistema de intercomunicação: *Noah Elliot, a Srta. Cornwallis deseja vê-lo em sua sala. Agora.* Ciente do olhar de todos, ele pousou o saxofone, atravessou o labirinto de cadeiras e estantes de partituras e foi até a porta. Noah sabia que os colegas estavam se perguntando o que ele fizera de errado.

Ele não fazia ideia.

— Noah? — disse ela, apontando para uma cadeira.

Ele se sentou. Não olhou para a Srta. Cornwallis, e sim para a mesa, arrumada até demais. Nenhum ser humano tinha uma mesa como aquela.

— Recebi algo pelo correio hoje — começou a diretora. — Preciso falar com você a respeito. Não sei quem enviou. Mas estou feliz que isso tenha acontecido, porque é bom saber quando um de meus alunos precisa de orientação extra.

— Não sei do que está falando, Srta. Cornwallis.

Em resposta, a diretora mostrou uma fotocópia de um recorte de jornal. Noah olhou para aquilo e sentiu o rosto empalidecer. Era do *Baltimore Sun*:

JOVEM EM ESTADO CRÍTICO APÓS COLISÃO COM CARRO ROUBADO: QUATRO JOVENS DETIDOS.

Quem sabia disso?, pensou. *E, mais importante: por que estão fazendo isso comigo?*

A Srta. Cornwallis disse:

— Você veio de Baltimore, não é mesmo?

Noah engoliu em seco.

— Sim, senhora — murmurou.

— A matéria não menciona nomes. Mas também havia um bilhete nela sugerindo que eu falasse com você. — Ela olhou diretamente para ele. — É sobre você, não é mesmo?

— Quem enviou isso?

— Não importa... Não agora.

— Foi um desses repórteres. — Subitamente, ele ergueu o rosto, furioso. — Eles têm me seguido, feito perguntas. Agora estão tentando me atacar!

— Por quê?

— Por eu não ter falado com eles.

A diretora suspirou.

— Noah, três professores tiveram seus carros arrombados ontem. Sabe algo a respeito?

— Está procurando alguém em quem pôr a culpa, certo?

— Só estou perguntando se sabe alguma coisa sobre esses carros.

Noah a olhou diretamente nos olhos.

— Não — respondeu, e levantou-se. — Posso ir agora?

Ela não acreditou no que ele disse. Noah via isso nos olhos da diretora. Mas ela não podia dizer mais nada.

A diretora assentiu.

— Volte para a aula.

Ele saiu da sala da diretora, passou pela secretária, aquela abelhuda, e atravessou o corredor batendo os pés. Em vez de voltar à aula de música, saiu e sentou-se, trêmulo, nos degraus em frente à escola. Não estava de casaco, mas mal notou o frio. Fazia muita força para não chorar.

Não posso mais morar aqui também, pensou. *Não posso morar em lugar nenhum. Não importa aonde eu vá, alguém vai acabar descobrindo o que eu fiz.* Ele apertou o peito contra os joelhos e se balançou para a frente e para trás, desejando ir para casa desesperadamente. Mas era uma longa caminhada, e sua mãe não podia ir buscá-lo.

Noah ouviu a porta do colégio bater, voltou-se e viu a mulher loura saindo do prédio. Ele a reconheceu. Era a repórter, Damaris Horne. Ela atravessou a rua e entrou em um carro. Um carro verde-escuro.

Foi ela.

Ele atravessou a rua correndo.

— Ei! — gritou, batendo na porta, furioso. — Fique longe de mim!

Ela baixou o vidro e olhou para ele com um interesse quase predatório.

— Olá, Noah. Quer conversar sobre alguma coisa?

— Só quero que pare de tentar acabar com a minha vida!

— Como estou acabando com a sua vida?

— Você fica me seguindo! Falando com as pessoas sobre o que aconteceu em Baltimore!

— O que Baltimore tem a ver com isso?

Noah a encarou, subitamente se dando conta de que a repórter não fazia ideia do que ele estava falando. O garoto recuou.

— Esqueça.

— Noah, eu não tenho seguido você.

— Tem sim. Eu vi o seu carro. Você passou pela minha casa ontem. E anteontem.

— Não, não passei.

— Você tem seguido a mim e à minha mãe pela cidade!

— Tudo bem, naquela vez aconteceu de eu estar atrás de vocês. E daí? Sabe quantos repórteres estão na cidade nesse momento? Quantos carros verdes estão rodando por aí?

Ele se afastou mais um pouco.

— Apenas fique longe de mim.

— Por que não conversamos? Pode me dizer o que realmente está acontecendo na escola. O porquê das brigas. Noah? Noah!

Ele deu as costas e correu para dentro do prédio.

Dois pit bulls rosnavam e latiam para Claire, suas patas arranhavam a porta do carro. Ela permaneceu em segurança dentro do carro enquanto olhava para o quintal e para a casa de fazenda caindo aos pedaços. No jardim, acumulavam-se anos de lixo. Claire viu um trailer apoiado sobre tijolos e três carros dilapidados, em vários estágios de destruição. Um gato olhou assustado através da porta aberta de uma secadora de roupas enferrujada. Na terra da parcimônia ianque, não era incomum encontrar quintais assim. As famílias que viviam na pobreza acumulavam lixo como se fosse um tesouro.

Ela buzinou, baixou o vidro alguns centímetros e gritou pela fresta:

— Alô? Tem alguém em casa?

Uma cortina surrada foi aberta e, pouco depois, um homem louro com cerca de 40 anos saiu pela porta. Ele atravessou o quintal e a fitou com olhos inexpressivos enquanto os cães latiam e pulavam aos seus pés. Tudo nele parecia magro — o rosto, o cabelo ralo, o bigode. Magro e rancoroso.

— Sou a Dra. Elliot — apresentou-se Claire. — É o Sr. Reid?

— Isso.

— Gostaria de falar com seus filhos, se for possível. É sobre Scotty Braxton.

— O que tem ele?

— Ele está no hospital. Esperava que seus filhos pudessem me dizer o que há de errado com ele.

— A senhora é a médica e não sabe?

— Acredito se tratar de uma psicose provocada por tóxicos, Sr. Reid. Acredito que ele e Taylor Darnell tomaram a mesma droga. A Sra. Darnell disse que Scotty e Taylor passam muito tempo com seus filhos. Se eu pudesse falar com eles...

— Eles não podem ajudá-la — disse Jack Reid, e afastou-se do carro.

— Eles podem estar tomando a mesma droga que Scotty e Taylor.

— Meus meninos não são idiotas para fazer isso. — Ele se voltou em direção à casa, seu desprezo por ela evidenciado pela postura raivosa.

— Não quero criar problemas para os seus filhos, Sr. Reid! — gritou Claire. — Só estou querendo obter informações!

Uma mulher saiu à varanda. Lançou um olhar preocupado na direção de Claire, então disse algo para Reid. Em resposta, ele a empurrou de volta para dentro de casa. Os cães haviam se afastado de Claire e olhavam para a varanda, atraídos pela promessa de outro conflito.

Claire baixou o vidro e colocou a cabeça para fora.

— Se eu não puder falar com seus filhos, pedirei que a polícia o faça. Prefere falar com o chefe Kelly?

Reid se voltou para ela, furioso. A mulher enfiou a cabeça cautelosamente pela fresta da porta e também olhou para Claire.

— Isso será estritamente confidencial — disse Claire. — Deixe-me falar com eles e deixarei a polícia fora disso.

A mulher disse algo para Reid. Uma súplica, a julgar por sua linguagem corporal. Ele bufou, contrariado, e entrou em casa.

A mulher foi até o carro de Claire. Como Reid, ela também era loura, tinha o rosto cansado e pálido, mas não havia hostilidade em seus olhos. Em vez disso, dominava-a uma perturbadora ausência de emoções, como se há muito aquela mulher tivesse enterrado seus sentimentos em um lugar muito profundo e afastado.

— Os meninos acabaram de chegar da escola — disse a mulher.

— É a Sra. Reid?

— Sim, senhora. Meu nome é Grace. — Ela olhou para a casa. — Os meninos já se meteram em bastante confusão. O chefe Kelly disse que se acontecesse outra vez...

— Ele não precisa saber. Estou aqui apenas por causa de meu paciente, Scotty. Preciso saber que droga ele tomou e acho que seus filhos podem me dizer.

— São filhos de Jack, não meus. — Ela voltou-se para olhar nos olhos de Claire, como se fosse muito importante que aquilo ficasse bem claro. — Não posso forçá-los a falar. Mas a senhora pode entrar na casa. Primeiro, deixe-me prender os cachorros.

Ela pegou os dois pit bulls pelas coleiras e os puxou até uma árvore, onde os amarrou. Ambos forçaram as correntes, latindo furiosamente para Claire enquanto ela saía do carro e seguia a mulher.

Entrar naquela casa foi como entrar em um labirinto de cavernas. O lugar estava atulhado e tinha o teto baixo.

— Vou chamá-los — disse Grace, subindo uma escada estreita e deixando Claire sozinha na sala de estar.

A TV estava ligada, sintonizada em um canal de vendas. Na mesa de centro, havia um bloco com o seguinte texto rabiscado: "Canal 5, 110 gramas, 14,99 dólares." Ela inspirou o ar daquela casa, que tinha cheiro de mofo e de cigarro, e perguntou-se se apenas desodorizador de ar seria suficiente para disfarçar o fedor de pobreza.

Passos pesados ecoaram pela escada e dois adolescentes entraram na sala. Os cabelos cortados à escovinha faziam suas cabeças louras parecerem anormalmente pequenas. Nada disseram; somente a olharam com olhos azuis apáticos. A indiferença típica dos adolescentes.

— Estes são Eddie e J. D. — disse Grace.

— Sou a Dra. Elliot — apresentou-se Claire.

Ela olhou para Grace, que compreendeu o significado daquele olhar e silenciosamente deixou a sala.

Os meninos se sentaram no sofá, com os olhos automaticamente voltados para a TV. Mesmo quando Claire pegou o controle remoto e desligou o aparelho, seus olhares permaneceram fixos na tela escura, como se por hábito.

— O amigo de vocês, Scotty Braxton, está no hospital — começou ela. — Sabiam disso?

Houve um longo silêncio. Então, Eddie, o menino mais novo, talvez com 14 anos, disse:

— Ouvimos dizer que ele ficou maluco na noite passada.

— Exato. Sou a médica dele, Eddie, e estou tentando descobrir o que o deixou assim. O que quer que me digam, ficará apenas entre nós. Preciso saber que droga ele tomou. — Os meninos trocaram um olhar que Claire não compreendeu. — Eu sei que ele tomou alguma coisa — continuou. — Taylor Darnell tomou o mesmo. Apareceu nos exames de sangue dos dois.

— Então, por que está nos perguntando isso? — Foi J. D. quem falou desta vez, a voz mais grave que a de Eddie, repleta de desprezo. — Parece que você já sabe.

— Não sei qual droga foi.

— É uma pílula? — perguntou Eddie.

— Não necessariamente. Acho que é algum tipo de hormônio. Poderia ser uma pílula, uma injeção ou até mesmo uma planta de algum tipo. Hormônios são produtos químicos produzidos por criaturas vivas. Plantas, animais, insetos. Eles afetam nossos corpos de modos diferentes. Este hormônio em particular torna as pessoas violentas. Faz com que queiram matar as outras. Sabem como ele conseguiu essa droga?

O olhar de Eddie baixou, como se subitamente estivesse com medo de olhar para ela.

Frustrada, Claire disse:

— Vi Scotty ainda esta manhã, no hospital, e ele está amarrado como um animal. Bem, a situação está ruim para ele agora, mas vai ficar muito pior quando o efeito da droga passar. Quando ele acordar e se lembrar do que fez com a mãe. Com a irmã. — Claire fez uma pausa dramática, esperando que suas palavras penetrassem naquelas cabeças duras. — A mãe dele morreu. A irmã ainda se recupera dos ferimentos. Pelo resto da vida, Kitty vai se lembrar do irmão como o menino que tentou matá-la. Esta droga arruinou a vida de Scotty. E de Taylor. Vocês precisam me dizer onde eles a encontraram.

Os dois meninos olharam para a mesa de centro, e ela via apenas o topo arrepiado de suas cabeças. Entediado, J. D. pegou o controle remoto e ligou a TV. O canal de vendas anunciava um pingente de esmeralda artificial genuína em uma corrente de ouro de 14 quilates. Elegância e sofisticação por apenas 79,99 dólares.

Furiosa, Claire arrancou o controle remoto das mãos de J. D. e desligou a TV.

— Considerando que vocês nada têm a me dizer, acho que vão ter que conversar com o delegado Kelly.

Eddie abriu a boca para falar mas então olhou para o irmão mais velho e voltou a fechá-la. Somente então Claire percebeu a diferença essencial entre os dois: Eddie tinha medo de J. D.

Ela deixou seu cartão de visitas na mesa de centro.

— Se mudarem de ideia, podem me encontrar aqui — terminou, com o olhar voltado para Eddie. Em seguida, saiu da casa.

Quando chegou à varanda, os dois pit bulls avançaram contra ela, mas foram detidos pelas correntes. Jack Reid cortava lenha no jardim e o machado retinia contra um toco de árvore. Ele não se deu ao trabalho de acalmar os animais; talvez gostasse de vê-los aterrorizar visitantes que não eram bem-vindos. Claire continuou a atravessar o jardim, passando por uma secadora de roupas enferrujada e um carro sem motor. Quando passou por Reid, ele parou o que estava fazendo e olhou para ela. O suor se acumulava em suas sobrancelhas e em seu bigode. Ele se inclinou contra o cabo do machado cravado no toco, e Claire viu uma satisfação maldosa em seus olhos.

— Não tinham nada para contar, não é mesmo?

— Acho que têm muito a dizer. Tudo vai ser esclarecido, mais cedo ou mais tarde.

Os cães latiam com agitação renovada, suas correntes forçando o tronco da árvore. Ela olhou para eles, depois para Reid, cujas mãos apertavam o cabo do machado.

— Se está procurando problemas, deveria procurar sob o seu próprio teto — disse ele.

— O quê?

Reid sorriu com malícia, ergueu o machado e o baixou com força sobre uma acha de lenha.

Claire estava em seu consultório no fim da tarde quando recebeu a chamada. Ela ouviu o telefone tocar na recepção e logo depois Vera apareceu à porta.

— Querem falar com você. A moça disse que você esteve na casa dela hoje.

— Quem é?

— Amelia Reid.

Imediatamente, Claire pegou a extensão.

— Dra. Elliot falando.

A voz de Amelia estava abafada.

— Meu irmão Eddie me pediu para ligar para a senhora. Estava com medo de ligar por conta própria.

— E o que Eddie quer me contar?

— Ele queria que a senhora soubesse... — Houve uma pausa, como se a menina tivesse parado para ouvir ao seu redor. Então a voz voltou, tão baixa que era quase inaudível: — Disse para lhe contar sobre os cogumelos.

— Quais cogumelos?

— Todos estavam comendo esses cogumelos. Taylor, Scotty e meus irmãos. Os pequenos cogumelos azuis que nascem na floresta.

Lincoln Kelly saiu da picape e pisou em um graveto. O estalar da madeira seca sob sua bota ecoou como um tiro sobre o lago estático. Era fim de tarde, o céu estava cinzento com nuvens anunciando chuva e a água, imóvel como vidro preto.

— Já passou um pouco da época de colher cogumelos, Claire — disse secamente.

— Mas é o que faremos. — A médica foi até a traseira da picape e pegou dois ancinhos, entregando um deles para Lincoln. Ele o pegou com óbvia relutância. — Disseram que estão a uns 100 metros dos Penedos, rio acima — continuou. — Crescem debaixo de carvalhos, pequenos cogumelos azuis com talos finos.

Ela se voltou para a floresta. Não era nada convidativa, as árvores nuas e totalmente imóveis, a penumbra se fechando sob elas. Claire não queria ir até lá àquela hora, mas uma tempestade havia sido prevista. Já caíra 1,5 centímetro de chuva e, como a temperatura baixaria naquela noite, no dia seguinte tudo estaria coberto de neve. Era sua última chance de vasculhar o terreno.

— Este pode ser o elemento em comum, Lincoln. Uma toxina natural de plantas que crescem nesta floresta.

— E as crianças estavam comendo esses cogumelos?

— Fizeram disso um tipo de ritual. Coma um cogumelo, prove que é homem.

Caminharam ao longo do leito do rio, com uma camada de folhas mortas à altura do tornozelo por entre touceiras de framboesa silvestre. O chão da floresta estava coberto de gravetos, e cada passo provocava uma pequena explosão de sons. Um passeio pela floresta no fim do outono não é uma experiência silenciosa.

A floresta se abriu em uma pequena clareira, onde os carvalhos se erguiam a grandes alturas.

— Acho que é aqui — disse Claire.

Começaram a afastar as folhas com os ancinhos. Trabalhavam com pressa e em silêncio enquanto a chuva se transformava em granizo, cobrindo tudo com uma camada de gelo. Descobriram orelhas-de-pau, cogumelos brancos e também alguns de um laranja brilhante.

Foi Lincoln quem encontrou o cogumelo azul. Viu o pequeno broto despontando de uma fenda entre as raízes de uma árvore, e afastou as folhas de carvalho, descobrindo o chapéu. Já escurecia e só era possível ver a cor do cogumelo sob a luz direta de sua lanterna. Eles se agacharam lado a lado, açoitados pela chuva e pelo granizo, ambos gelados e incomodados demais para se sentirem vitoriosos quando Claire guardou o espécime dentro de um saco plástico.

— Há um biólogo especializado em pântanos mais à frente na estrada — comentou ela. — Talvez ele saiba o que é isso.

Em silêncio, voltaram chapinhando pela lama e saíram da floresta. Ao chegarem à margem do lago Locust, ambos pararam, surpresos. Metade da margem do lago estava completamente às escuras. Onde as luzes das casas deveriam estar, via-se apenas o brilho ocasional de velas através das janelas.

— É uma noite ruim para faltar luz — disse Lincoln. — A temperatura vai cair abaixo de zero.

— Parece que o lado do lago onde moro ainda tem eletricidade — percebeu Claire, aliviada.

— Bem, mantenha a lenha à mão. Provavelmente há gelo se acumulando sobre os fios. A energia pode acabar a qualquer momento.

Ela jogou os ancinhos na traseira da picape e estava dando a volta até a porta quando algo no lago atraiu a sua atenção. Era um brilho suave, e ela não o teria visto, não fosse pelo contraste das pedras que despontavam da água.

— Lincoln — exclamou. — *Lincoln!*

Ele se voltou.

— O quê?

— Olhe para o lago. — Lentamente, ela caminhou até a margem e ele a seguiu.

A princípio, ele não compreendeu o que via. Era apenas um brilho vago, como a lua brilhando sobre a superfície. Mas não havia lua naquela noite, e o brilho sobre a água era de um verde fosforescente. Eles subiram em uma das pedras e olharam para o lago. Curiosos, observaram a mancha ondular como uma cobra sobre a superfície; suas volutas tinham cor de esmeralda brilhante. Não parecia um movimento com propósito, mas um vagar preguiçoso, sua forma se contraindo para depois se expandir.

Subitamente, o granizo aumentou e agulhas de gelo começaram a cair sobre o lago.

A fosforescência se partiu em milhares de fragmentos brilhantes e se desintegrou.

Durante um longo tempo, nem Claire nem Lincoln falaram. Então, ele murmurou:

— Que diabos foi aquilo?

— Nunca viu antes?

— Morei aqui a vida inteira, Claire, e nunca vi nada igual.

A água estava escura agora. Invisível.

— Eu já — disse ela.

11

— Não sou especialista em cogumelos — disse Max Tutwiler —, mas talvez reconheça uma variedade tóxica caso a veja.

Claire tirou o cogumelo do saco plástico e entregou-o para ele.

— Pode nos dizer o que é isso?

Ele colocou os óculos e, à luz de uma lamparina de querosene, estudou o espécime. Max o virou, examinando cada detalhe do caule delicado e do chapéu azul-esverdeado.

O granizo chocava-se contra as janelas do chalé e o vento uivava pela chaminé. Não havia eletricidade há uma hora, e o chalé de Max estava ficando cada vez mais frio. A tempestade parecia deixar Lincoln inquieto; Claire podia ouvi-lo se mover na sala, mexendo no fogão a lenha, apertando as travas das janelas: os hábitos arraigados de um homem que passara por muitos invernos rigorosos. Ele acendeu algumas folhas de jornal e gravetos no fogão e introduziu uma acha de lenha, mas a madeira estava verde e produziu mais fumaça que calor.

Max não parecia bem. Estava sentado, agarrado a um cobertor, uma caixa de Kleenex junto à cadeira. Um trêmulo testemunho das misérias de pegar uma gripe no inverno em um chalé sem aquecimento.

Afinal, ele ergueu a cabeça com olhos úmidos.

— Onde encontrou este cogumelo?

— Rio acima, além dos Penedos.

— Quais penedos?

— Este é o nome do lugar: os Penedos. Os jovens se reúnem lá. Eles acharam dezenas desses cogumelos neste verão. É a primeira vez que os encontram. Mas, afinal, este foi um ano atípico.

— Como assim? — perguntou Max.

— Tivemos todas aquelas inundações na primavera. Depois, o verão mais quente da história.

Max assentiu com gravidade.

— É o aquecimento global. Os sinais estão em toda parte.

Lincoln olhou para a janela, onde agulhas de gelo chocavam-se contra o vidro, e riu.

— Não hoje à noite.

— Você tem de analisar os dados completos — disse Max. — Os padrões climáticos estão mudando em todo o mundo. Secas catastróficas na África. Inundações no Centro-Oeste. Condições de crescimento incomuns levam ao crescimento de coisas incomuns.

— Como cogumelos azuis — disse Claire.

— Ou anfíbios de oito patas. — Ele apontou para a estante de livros onde estavam expostos os frascos com seus espécimes. Havia oito frascos agora, cada um contendo uma aberração da natureza.

Lincoln pegou um dos frascos e olhou para uma salamandra de duas cabeças.

— Meu Deus. Você encontrou isso no nosso lago?

— Em uma das lagoas primaveris.

— E acha que isso é por causa do aquecimento global?

— Não sei o que está provocando isso. Ou quais espécies serão afetadas a seguir. — Max voltou a focar os olhos cansados sobre o cogumelo. — Não é de se surpreender que a vida vegetal tenha sido afetada. — Ele virou o cogumelo e o cheirou. — Essa maldita gripe entupiu o meu nariz. Mas acho que consigo sentir.

— O quê?

— O cheiro de anis. — Ele estendeu o cogumelo para ela.

— Estou sentindo também. O que quer dizer?

Ele se levantou e pegou na estante um exemplar de *Um livro ilustrado de micologia*.

— Esta espécie cresce em florestas tropicais e de coníferas do meio do verão até o outono. — Ele abriu o livro em uma página com uma ilustração colorida. — *Clitocybe odora*. O cogumelo cônico com cheiro de anis. Contém uma pequena quantidade de muscarina, e só.

— É nossa toxina, então? — perguntou Lincoln.

Claire recostou-se na cadeira e soltou um suspiro desapontado.

— Não, não é. A muscarina provoca sintomas gastrintestinais ou cardíacos. Não comportamento violento.

Max devolveu o cogumelo ao saco plástico.

— Às vezes — começou —, não há explicação para a violência. E isso é o que é mais assustador; quão inesperada ela pode ser. Quão frequentemente acontece sem motivo ou razão.

O vento chacoalhou a porta. Lá fora, o granizo se transformara em neve, que podia ser vista da janela em um grosso redemoinho branco. O fogão a lenha produziu apenas uma leve sugestão de calor. Lincoln agachou-se para verificar o fogo.

Havia se apagado.

— Lincoln e eu vimos algo esta noite. No lago — disse Claire. — Foi quase como uma alucinação.

Ela e Max estavam sentados diante da lareira na sala de Claire, de costas para as sombras. Ela o convencera a deixar seu chalé sem aquecimento aquela noite, oferecera-lhe uma cama no quarto de hóspedes e, depois que o jantar terminara, sentaram-se diante do fogo enquanto dividiam uma garrafa de conhaque. As chamas sibilavam ao redor de uma acha de lenha, mas, apesar de toda luz e combustão, apenas um pouco de calor parecia conseguir vencer o frio da sala. Lá fora, flocos de neve chocavam-se contra a janela e galhos de árvore sem folhas golpeavam os vidros.

— O que viram no lago? — perguntou o biólogo.

— Flutuava à superfície, perto dos Penedos. Um redemoinho de luz verde flutuando. Não sólido, mas líquido. Mudava de forma, como uma mancha de óleo. — Ela tomou um gole de conhaque e olhou para o fogo. — Então, começou a cair granizo, remexendo a água. E a luminosidade verde se desintegrou. — Ela olhou para ele. — Parece loucura, não é mesmo?

— Podia ser um vazamento de produtos químicos. Tinta fosforescente no lago, por exemplo. Ou podia ser um fenômeno biológico.

— Biológico?

Ele pressionou os dedos contra a testa, como se tentasse aplacar uma dor de cabeça que começava a surgir ali.

— Algumas algas produzem esteiras bioluminescentes. E certas bactérias brilham no escuro. Há uma espécie que cria uma relação simbiótica com lulas luminescentes. Essas lulas atraem parceiros iluminando um órgão alimentado por bactérias fosforescentes.

Uma massa flutuante de bactérias, pensou Claire.

— O travesseiro de Scotty Braxton estava manchado de uma substância luminescente — contou ela. — A princípio, pensei que ele tivesse usado alguma tinta de aeromodelismo. Agora me pergunto se não poderiam ser bactérias.

— Você fez cultura do material?

— Fiz cultura do muco nasal. Pedi ao laboratório que identificasse cada organismo; portanto, vai demorar até termos os resultados. O que você encontrou na água do lago?

— Nenhuma das culturas voltou ainda, mas talvez eu deva colher mais algumas amostras antes de ir embora.

— Quando você vai embora?

— Aluguei o chalé até o fim do mês, mas, com o tempo esfriando assim, talvez volte para Boston antes. Para o meu aquecimento central. Já tenho dados suficientes. Amostras de uma dúzia de diferentes lagos do Maine. — Ele olhou pela janela e viu a neve caindo lá fora, grossa como uma cortina. — Deixo este lugar para almas mais tenazes, como a sua.

As chamas estavam morrendo. Ela se levantou, pegou uma acha da pilha e a atirou no fogo. A casca fina pegou fogo imediatamente, estalando e soltando fagulhas. Claire ficou observando por um instante, saboreando o calor, sentindo o sangue corar suas faces.

— Não sou tão forte assim — murmurou. — Também não sei se faço parte deste lugar.

Ele serviu-se de mais conhaque.

— É preciso se acostumar com muitas coisas aqui. Ao isolamento. Às pessoas. É difícil conhecê-las. Nos meses em que estive aqui, você foi a única que me convidou para jantar.

Claire se sentou e olhou para ele com simpatia renovada, lembrando-se de como fora a sua chegada a Tranquility. Após oito meses, quantas pessoas ela realmente conhecia? Fora advertida de que seria assim, que os habitantes do lugar eram desconfiados com forasteiros. As pessoas de fora surgiam no Maine como fiapos de lã, ficavam uma ou duas estações e então se espalhavam aos quatro ventos. Não criavam raízes ali, nenhuma memória ou permanência. Os nativos do Maine sabiam disso e recebiam cada novo residente com suspeita. Perguntavam-se o que trouxera aquele estranho ao seu meio, quais segredos escondia em sua vida anterior. Perguntavam-se se não trazia consigo a mesma doença da qual tentava fugir. Vidas que não davam certo em uma cidade frequentemente não davam certo em qualquer outra.

Os nativos do Maine conheciam a rotina. Primeiramente, a casa nova, comprada com entusiasmo, o jardim com narcisos recém-plantados, as botas de neve e os casacos da L.L. Bean. Um ou dois invernos depois, os narcisos morrendo por falta de cuidados. A conta do aquecimento preocupando. Os ventos tempestuosos continuando meses após o degelo. O forasteiro começando a vagar pela cidade com o rosto pálido, falando da Flórida com saudade, lembrando-se de praias onde esteve ou sonhando com lugares sem lama nem limpadores de neve. E a casa, tão cuidadosamente restaurada, logo ganhava mais um objeto de decoração: uma placa de "Vende-se".

As pessoas de fora não ficavam. Nem mesmo ela tinha certeza de que ficaria ali.

— Por que quis se mudar para cá, então? — perguntou Max.

Claire se recostou na cadeira e observou as chamas consumindo a acha de lenha.

— Não me mudei para cá por minha causa. Foi por causa de Noah. — Ela olhou para o segundo andar, em direção ao quarto do filho. Estava silencioso lá em cima. Noah estivera em silêncio a noite inteira. No jantar, ele mal dissera uma palavra para o hóspede e, depois, fora direto para o quarto e fechara a porta.

— É um belo menino — disse Max.

— O pai dele era muito bonito.

— E a mãe não é? — O copo de Max estava quase vazio e ele parecia enrubescido à luz da lareira. — Porque é.

Ela sorriu.

— Acho que você está bêbado.

— Não, estou me sentindo... confortável. — Ele baixou o copo sobre a mesa. — Foi Noah quem quis se mudar?

— Ah, não. Teve que ser arrastado, gritando e esperneando. Não queria deixar a escola nem os amigos. Mas foi exatamente por isso que *tivemos* que nos mudar.

— Amizades ruins?

Ela assentiu.

— Noah se meteu em confusão. O grupo inteiro, na verdade. Fui tomada completamente de surpresa quando aconteceu. Não podia controlá-lo, não podia discipliná-lo. Às vezes... — Claire suspirou. — Às vezes acho que o perdi para sempre.

A acha de lenha tombou, juntando-se às brasas. Fagulhas se ergueram e lentamente se acomodaram sobre as cinzas.

— Precisei tomar uma atitude drástica — continuou ela. — Era minha última chance de exercer alguma autoridade. Em mais um ano ou dois, ele estaria crescido demais. Forte demais.

— Funcionou?

— Você quer saber se todos os nossos problemas acabaram? Claro que não. Em vez disso, arranjei toda uma série de novos problemas. Esta casa velha e cheia de ruídos. Um consultório médico que pareço estar destruindo lentamente.

— Não precisam de médico por aqui?

— Tinham um médico na cidade. O velho Dr. Pomeroy, que faleceu no inverno passado. Eles não me aceitam nem mesmo como uma substituta que ao menos chegue aos pés do anterior.

— Isso demora, Claire.

— Já faz oito meses, e eu nem sequer consegui lucrar um pouco. Um ressentido tem enviado cartas anônimas para meus pacientes. Advertindo-os. — Ela olhou para a garrafa de conhaque e pensou: *Ora, dane-se*, e serviu-se de mais uma dose. — Saí da frigideira para cair no fogo.

— Então, por que continua aqui?

— Porque fico esperando que melhore. O inverno vai passar, logo será verão outra vez, e nós dois seremos felizes. Este é o nosso desejo, de qualquer modo. É isso que nos faz prosseguir. — Ela bebeu um gole de conhaque percebendo que as chamas estavam agora agradavelmente fora de foco.

— E qual o seu desejo?

— Que meu filho me ame do modo que costumava amar.

— Você parece ter dúvidas quanto a isso.

Ela suspirou, ergueu a taça aos lábios e disse:

— A maternidade não passa de uma série de dúvidas.

Deitada na cama, Amelia ouviu o som de bofetadas no quarto da mãe, ouviu choro e gemidos abafados e os rugidos furiosos que pontuavam cada tapa.

Sua puta idiota. Nunca mais me contrarie, ouviu? Ouviu?

Amelia pensou em tudo que podia fazer a respeito — todas as coisas que já fizera no passado. Nenhuma delas funcionara. Duas vezes chamara a polícia. Duas vezes levaram Jack para a cadeia, mas, alguns dias depois, ele voltara e fora bem recebido por sua mãe. Não adiantava. Grace era fraca. Grace tinha medo de ficar sozinha.

Nunca na minha vida vou deixar um homem me machucar e sair impune.

Ela cobriu os ouvidos e escondeu a cabeça sob o lençol.

J. D. ouvia os sons da surra e ficava cada vez mais empolgado. É assim que devemos tratá-las, pai. Foi o que você sempre me disse. Com mão firme as mantemos na linha. Ele rolou para perto da parede e encostou o ouvido no gesso. A cama de seu pai ficava bem do outro lado. Como em muitas outras noites, J. D. encostava o ouvido à parede e ouvia o ranger ritmado da cama do pai, sabendo exatamente o que estava acontecendo. Seu pai era incrível, um homem como nenhum outro, e, embora J. D. tivesse um pouco de medo dele, também o admirava. Admirava a forma como o velho Jack mantinha a ordem na casa e nunca deixava as mulheres ficarem metidas a besta. Era como o Bom Livro dizia que tinha de ser, falava Jack frequentemente, o homem como mestre e protetor de sua casa. Fazia sentido. O homem era maior, mais forte. É claro que era ele quem deveria dar as ordens.

A surra parara, e agora só se ouvia a cama rangendo para cima e para baixo. Era assim que sempre acabava: um pouco de disciplina e, então, bom sexo à moda antiga. J. D. estava ficando cada vez mais excitado, e a dor lá embaixo tornou-se insuportável.

Ele se levantou e passou pela cama de Eddie, em direção à porta. Eddie estava profundamente adormecido, o idiota. Era embaraçoso ter um fracote daquele como irmão. J. D. foi até o corredor e dirigiu-se ao banheiro.

A meio caminho, fez uma pausa do lado de fora da porta fechada do quarto da irmã de criação. Pressionou o ouvido contra a porta, imaginando se Amelia estava acordada, se também ouvia o ranger da cama dos pais. A deliciosa Amelia, a intocável. Debaixo do mesmo teto. Tão perto que ele quase podia ouvir o som de sua respiração, seu cheiro de menina soprando por baixo da porta. Tentou a maçaneta e viu que estava trancada. Amélia sempre a trancava, desde a noite em que ele entrara no quarto dela para vê-la dormir e a garota despertara quando ele desabotoava a parte de cima do pijama dela. A pestinha gritou e seu pai entrou no quarto com uma espingarda carregada, louco para estourar os miolos de algum intruso.

Quando a gritaria feminina terminou, J. D. voltou para o quarto e ouviu o pai dizer: "O menino sempre foi sonâmbulo. Não sabia o que estava fazendo."

Ao ouvir isso, J. D. achou que havia se safado. Mas então o pai foi até o quarto dele e lhe deu um soco tão forte no rosto que ele chegou a ver estrelas.

No dia seguinte, uma fechadura foi colocada na porta do quarto de Amelia.

J. D. fechou os olhos e sentiu o suor se acumular sobre o lábio superior enquanto imaginava a irmã deitada na cama, braços esguios abertos para os lados. Pensou nas pernas da garota como as vira no verão anterior, longas e bronzeadas dentro de um short branco, uma ligeira penugem dourada nas coxas. O suor agora irrompia na sua testa e nas palmas de suas mãos. Sentiu o coração acelerar. Seus sentidos ficaram tão aguçados que ele podia ouvir a noite murmurando ao seu redor, campos de energia rodopiando em lampejos elétricos.

Ele nunca se sentira tão poderoso.

Mais uma vez tentou a maçaneta, e sua resistência subitamente o enfureceu. *Ela* o enfurecia com seu ar superior e de censura. Ele tocou o próprio membro, mas, na verdade, estava tocando *nela*, assumindo controle sobre *ela*. Obrigando-a a fazer o que ele queria. E, embora fosse por sexo que seu corpo ansiava, quando ele finalmente se aliviou, a imagem que veio à sua mente foi a de seus dedos, como cordas grossas, amarradas ao redor do esguio pescoço de Amelia.

12

Noah colocou duas fatias de pão na torradeira e abaixou a alavanca.

— Ele ficou a noite inteira, não foi?

— Estava frio demais para ele dormir no chalé. Ele vai embora hoje.

— Então vamos hospedar todo estranho que não sabe como deixar o fogão a lenha aceso?

— Por favor, fale baixo. Ele ainda está dormindo.

— Aqui é a minha casa também! Por que devo sussurrar?

Claire sentou-se à mesa do café, olhando para as costas do filho. Noah recusava-se a olhar para ela e ficou diante da bancada da cozinha, como se a torradeira exigisse toda a sua concentração.

— Você está furioso porque temos um hóspede? É isso?

— Você nem mesmo conhece esse cara e convida um estranho para passar a noite.

— Ele não é um estranho, Noah. É um cientista.

— Como se cientistas não fossem estranhos.

— Seu pai era cientista.

— Por isso eu deveria gostar desse cara?

As torradas ficaram prontas. Noah jogou as fatias em um prato e sentou-se à mesa. Ela observou, confusa, quando o garoto pegou uma faca e começou a cortar as torradas em quadrados cada vez menores. Era bizarro, e Claire nunca o vira fazer aquilo. Ele está transferindo sua raiva, pensou Claire. Descontando no pão.

— Acho que minha mãe não é tão perfeita assim — disse Noah, e ela corou, ferida pelo comentário cruel. — Você está sempre me dizendo para eu me cuidar. Não sou eu quem está trazendo gente para dormir em casa.

— É apenas um amigo, Noah. Tenho o direito de ter amigos, não tenho? — E acrescentou, sem se importar com as consequências: — Tenho direito até de ter namorados.

— Vai fundo!

— Em quatro anos, você estará na faculdade. Terá a sua própria vida. Por que não posso ter a minha?

Noah foi até a pia.

— Você acha que eu tenho uma vida? — Ele riu. — Estou sendo permanentemente vigiado. Observado todo o tempo. Por *todo mundo*.

— Como assim?

— Meus professores estão de olho em mim. Sou algum tipo de criminoso. Como se fosse uma questão de tempo até eu pisar na bola.

— Você fez algo para chamar a atenção deles?

Furioso, ele se voltou para encará-la.

— É, a culpa é minha! É sempre minha culpa!

— Noah, você está escondendo alguma coisa de mim?

Furioso, ele empurrou duas xícaras de café da bancada para dentro da pia.

— Você acha que eu não tenho jeito! Nunca está contente comigo. Por mais perfeito que eu tente ser.

— Não venha choramingar para mim sobre ser perfeito. Também não posso pisar na bola. Nem como mãe e nem como médica, e estou ficando de saco cheio disso. Ainda mais quando, por mais que eu me esforce, você sempre me culpa por *alguma coisa*.

— É culpa sua ter me arrastado para essa cidade horrível — rebateu Noah.

Ele saiu de casa, e a batida da porta da frente pareceu ecoar para sempre.

Claire pegou a xícara de café, que àquela altura já estava morna, e bebeu com sofreguidão, as mãos trêmulas ao redor da xícara. O que acabara de acontecer? De onde viera toda aquela raiva? Já haviam discutido antes, mas ele nunca tentara magoá-la daquela maneira. Nunca havia sido tão cruel.

Ela ouviu o ônibus escolar se afastar.

Em seguida, olhou para o prato, para as torradas que ele não comera. Haviam sido transformadas em farelo.

— Aqui não é lugar para ele, Dra. Elliot — disse a enfermeira-chefe. Eileen Culkin era baixa, mas muito forte para uma mulher, e, com sua voz possante e seu passado como enfermeira do Exército, inspirava respeito instantâneo. Quando Eileen falava, os médicos ouviam.

Embora Claire estivesse revisando o prontuário de Scotty Braxton, ela a pôs de lado e voltou-se para Eileen.

— Ainda não vi Scotty esta manhã — disse a médica. — Aconteceu mais alguma coisa?

— Mesmo depois que a senhora prescreveu aquela sedação extra à meia-noite, ele não dormiu. O garoto está quieto agora, mas ficou a noite inteira acordado, berrando para que o guarda abrisse as algemas, incomodando todos os outros pacientes. Dra.

Elliot, esse menino precisa ir para o centro juvenil ou para uma unidade psiquiátrica. Não para uma enfermaria.

— Ainda não terminei a avaliação. Há exames pendentes.

— Se ele está estabilizado, não pode transferi-lo? As enfermeiras estão com medo de entrar no quarto dele. Não podem nem trocar os lençóis sem que três pessoas o imobilizem. Gostaríamos que fosse transferido; o quanto antes, melhor.

Hora de se decidir, pensou Claire enquanto descia o corredor a caminho do quarto de Scotty. A não ser que ela pudesse diagnosticar uma doença que ameaçasse a vida dele, não poderia mantê-lo no hospital.

O patrulheiro à porta do quarto de Scotty Braxton inclinou a cabeça para saudar Claire.

— Bom-dia, doutora.

— Bom-dia. Soube que ele deu muito trabalho.

— Tem estado mais calmo na última hora. Não ouvimos nem um pio.

— Preciso examiná-lo outra vez. Poderia ficar por perto?

— Claro. — Ele abriu a porta e deu um passo para o interior do quarto antes de deter-se, paralisado. — *Meu Deus!*

A princípio, tudo o que Claire registrou foi o horror na voz do patrulheiro. Então passou por ele e entrou no quarto. Sentiu a corrente de ar frio que entrava pela janela aberta e viu o sangue. Estava espalhado na cama vazia, manchando o travesseiro, os lençóis e a algema vazia pendurada no trilho da cama. No chão, bem embaixo da algema, uma poça de sangue. Os tecidos humanos que se acumulavam nas bordas dessa poça seriam irreconhecíveis se não fosse pela unha e por um coto de osso branco que despontava de uma extremidade da carne rasgada. Era o polegar do menino. Ele o arrancara com os dentes.

Gemendo, o patrulheiro sentou no chão e abaixou a cabeça.

— Meu Deus — continuou a murmurar. — Meu Deus...

Claire viu as marcas de pés descalços atravessando o quarto. Ela correu até a janela aberta e olhou para o chão um andar mais abaixo.

Havia sangue misturado à neve revolvida. Pegadas, e mais sangue, afastavam-se do prédio, em direção à floresta que cercava o terreno do hospital.

— Ele foi para a floresta! — gritou Claire, e saiu correndo do quarto em direção à escada.

Desceu às pressas até o primeiro andar e saiu pela porta de incêndio, imediatamente afundando os tornozelos na neve. Quando finalmente deu a volta no prédio para chegar à janela do quarto de Scotty, a água gelada já entrara em seus sapatos. Ela encontrou as manchas de sangue de Scotty e seguiu-as pela neve.

Parou no início da floresta, tentando ver o que se escondia nas sombras das árvores. Pôde ver as pegadas do menino entre a vegetação rasteira, aqui e ali uma mancha de sangue.

Com o coração disparado, entrou na floresta. O animal mais perigoso é aquele que sente dor.

Suas mãos desprotegidas estavam dormentes por causa do frio e do medo que sentia ao afastar um galho para olhar mais além. Atrás dela, um graveto se partiu. Ela se voltou e quase gritou aliviada ao ver que o patrulheiro a seguira.

— A senhora o viu? — perguntou ele.

— Não. As pegadas levam à floresta.

O homem avançou em direção a ela.

— A segurança está a caminho. O pessoal da emergência também.

Ela se voltou para as árvores.

— Ouviu isso?

— O quê?

— Água. Água corrente. — Ela começou a correr, agachando-se sob os galhos mais baixos, tropeçando na vegetação rasteira. As pegadas do menino se tornaram irregulares, como se ele tivesse cambaleado. Encontrou neve revolvida no lugar onde ele caíra. Ele perdeu muito sangue, pensou Claire. Está cambaleando e à beira de um colapso.

O som de água corrente aumentou.

Ela atravessou um emaranhado de sempre-verdes e emergiu na beira de um regato. A chuva e a neve derretida haviam engrossado o curso d'água. Freneticamente Claire observou a neve em busca das pegadas do menino e viu que elas seguiam paralelas ao riacho por alguns metros.

Então, à beira d'água, as pegadas desapareciam abruptamente.

— Você o viu? — gritou o guarda.

— Ele entrou na água!

Claire entrou no riacho com água à altura dos joelhos. Enfiando a mão debaixo d'água, tateou cegamente. Encontrou galhos, garrafas de cerveja. E uma bota velha. Foi mais para o fundo, com água à altura das coxas. A corrente estava muito forte e a puxava córrego abaixo.

Teimosa, firmou o pé contra uma pedra. Mais uma vez, enfiou os braços profundamente na água gelada.

E encontrou um braço.

Ao ouvi-la gritar, o guarda veio até ela. O jaleco do menino estava agarrado em um galho. Precisaram rasgar o tecido. Juntos, ergueram-no do regato, arrastaram-no até a margem e o deitaram sobre a neve. O rosto do menino estava azul, e ele não respirava e não tinha pulso.

Claire começou uma RCP. Três sopros enchendo os pulmões, então compressões cardíacas. Um, dois, a sequência automática e bem ensaiada. Ao bombear-lhe o tórax, sangue verteu de suas narinas e derramou sobre a neve. Restabelecendo-se a circulação, o sangue volta a circular para o cérebro e outros órgãos vitais, mas isso significa que o sangramento também volta. Ela viu uma golfada de sangue escuro fluir do corte na mão.

As vozes se aproximaram e, então, ela ouviu passos. Claire se afastou, molhada e trêmula, quando o pessoal da emergência transferiu Scotty para uma maca.

Ela os seguiu de volta ao prédio, até a sala de trauma, agora tomada por barulho e caos. No monitor, o ritmo cardíaco indicava um padrão de fibrilação ventricular.

Uma enfermeira apertou o botão de carga do desfibrilador e aplicou os contatos sobre o peito do menino. Scotty se contorceu quando a corrente elétrica atravessou seu corpo.

— Ainda fibrilando — disse o Dr. McNally. — Voltem às compressões. Administraram bretílio?

— Entrando agora — disse uma enfermeira.

— Todos para trás!

Outro choque no coração.

— Ainda fibrilando — disse McNally. Ele olhou para Claire. — Quanto tempo ele ficou embaixo d'água?

— Não sei. Possivelmente mais de uma hora. Mas ele é jovem, apesar de aquela água estar quase congelada.

Uma criança aparentemente morta poderia ser ressuscitada após uma imersão em água gelada. Ainda não podiam desistir.

— Temperatura em 32ºC — disse uma enfermeira.

— Mantenham a RCP e aqueçam-no. Talvez tenhamos uma chance.

— O que é esse sangue saindo do nariz? — perguntou uma enfermeira. — Ele bateu com a cabeça?

Um fio de sangue vermelho vivo escorria pelo rosto do menino e se acumulava no chão.

— Ele estava sangrando quando o tiramos da água — disse Claire. — Pode ter caído sobre as pedras.

— Não há trauma no crânio nem no rosto.

McNally pegou os contatos.

— Afastem-se. Vamos dar outro choque.

Lincoln a encontrou no saguão dos médicos. Claire usava uma veste hospitalar e estava encolhida em um sofá bebendo café quando ouviu a porta se fechar. O policial se moveu tão silenciosamente que ela não se deu conta de que era ele até Lincoln sentar ao seu lado e dizer:

— Você devia ir para casa, Claire. Não há por que ficar. Por favor, vá para casa.

Ela piscou e escondeu o rosto com as mãos, lutando para não chorar. Chorar em público pela perda de um paciente era demonstrar falta de controle. Uma brecha na fachada profissional. Seu corpo enrijeceu com o esforço de conter as lágrimas.

— Devo avisá-la — disse Lincoln. — Quando deixar o prédio, vai encontrar uma multidão lá embaixo. As equipes de TV estacionaram as vans bem na saída. Não há como chegar ao estacionamento sem passar por elas.

— Nada tenho a dizer a eles.

— Então não diga nada. Posso ajudá-la a passar por eles, se quiser.

Ela sentiu a mão de Lincoln repousar sobre o seu braço. Uma gentil advertência de que era hora de ir embora.

— Chamei o parente mais próximo de Scotty — contou Claire, enxugando os olhos. — É uma prima da mãe dele. Ela acabou de chegar da Flórida, para ficar com Kitty enquanto a menina se recupera. Sabe como ela reagiu ao saber que Scotty faleceu? Ela disse: "É uma bênção." — Claire olhou para Lincoln e viu descrença nos olhos do policial. — Foi como ela classificou aquilo, *uma bênção*. Castigo divino.

Lincoln a abraçou e ela pressionou o rosto contra o ombro dele. Silenciosamente ele lhe dava permissão para chorar, mas

Claire não se deu a esse luxo. Ainda havia aquele corredor de repórteres para enfrentar, e ela não lhes mostraria um rosto inchado e cheio de lágrimas.

Lincoln estava ao lado dela quando deixaram o hospital. Assim que o ar frio os atingiu, foram cercados por perguntas.

— Dra. Elliot! É verdade que Scotty Braxton estava usando drogas?

— ... rumores de uma sequência de assassinatos por mãos de adolescentes?

— É verdade que ele arrancou o polegar com os dentes?

Zonza pelo assédio, Claire atravessou a multidão de repórteres sem olhar para eles enquanto avançava. Um gravador foi projetado contra seu rosto, e ela se viu diante de uma mulher com uma juba de cabelos louros.

— É verdade que esta cidade tem um histórico de assassinatos que remonta a centenas de anos?

— O quê?

— Aqueles ossos antigos encontrados perto do lago. Foi um assassinato em massa. E, um século antes disso...

Rapidamente, Lincoln se colocou entre as duas.

— Vá embora, Damaris.

A mulher riu com timidez.

— Ei, só estou fazendo o meu trabalho, chefe.

— Então vá escrever sobre bebês alienígenas! Deixe-a em paz.

Outra voz gritou:

— Dra. Elliot?

Claire voltou-se para o homem que gritara e reconheceu Mitchell Groome. O repórter caminhou em sua direção, buscando o olhar dela com o seu.

— Flanders, Iowa — continuou calmamente. — É isso que está acontecendo aqui?

Ela balançou a cabeça e murmurou:

— Não sei.

13

Os pulmões de Warren Emerson doíam por causa do frio. O termômetro do lado de fora registrava 12° negativos naquela manhã, de modo que se agasalhara bem. Vestia duas camisas e um suéter sob o casaco, colocara um chapéu e luvas e enrolara um cachecol no pescoço, mas não há como se proteger do ar frio que você inala. Faz arder a garganta, o peito e os pulmões. Soava como uma locomotiva. Warren respirava com dificuldade e tossia. Ainda nem é inverno, pensou, e o mundo já virou gelo. As árvores nuas estavam cobertas de gelo; seus galhos, brilhantes e cristalinos. Precisara andar com cuidado pela estrada escorregadia, deliberadamente firmando cada passo no gelo partido, pisando no lugar onde os caminhões do condado haviam espalhado areia. Ficar de pé exigia o dobro do esforço habitual e, ao chegar à periferia da cidade, os músculos de suas pernas tremiam.

A caixa do mercado Cobb and Morong's ergueu a cabeça quando Warren entrou na loja. Ele sorriu para ela, como fazia todas as semanas, sempre esperando que a mulher retribuísse o cumprimento. Viu os lábios dela começarem a se erguer automaticamente para saudá-lo, mas então seus olhos se concentraram no rosto de Warren, seu sorriso congelou e a mulher desviou o olhar.

Derrotado, Warren voltou-se e escolheu um carrinho de compras.

Seguiu a mesma rotina de sempre, arrastando as botas pelo piso de madeira. Parou no corredor de vegetais enlatados e olhou para as fileiras de latas de creme de milho, feijões verdes e beterrabas, seus rótulos adornados com brilhantes ilustrações de suculência estival. Os rótulos mentem, pensou. Não há comparação entre aquela lata repleta de cubos cor de laranja e uma cenoura tirada do solo quente. Ficou ali sem pegar nenhum produto, com o pensamento voltado para os vegetais de verão que ele cultivava e dos quais sentia tanta falta. Contou os meses até a primavera e acrescentou os meses necessários para que uma nova colheita madurasse. Ao que parecia, gastara toda a vida esperando o inverno passar, ou se preparando para o inverno seguinte. Ele pensou: *Basta. Já atravessei muitos invernos. Não suporto ter que sobreviver a outro.*

Deixou o carrinho onde estava, passou pela mulher do caixa, eternamente sisuda, e saiu porta afora.

Parou na calçada, do lado de fora do mercado e olhou para o outro lado da rua, para o lago recém-congelado. A superfície estava brilhante como um espelho polido, impecavelmente prateado, sem um floco sequer de neve. Gelo para patinar, pensou, lembrando-se dos invernos de sua infância, seus pés deslizando, o delicioso som das lâminas arranhando o gelo. Logo haveria crianças ali, patinando com seus tacos de hóquei e vestindo brilhantes casacos de inverno, como confete soprado sobre o gelo.

Mas eu já vivi muitos invernos. Não quero mais isso.

Ele inspirou e expirou, sentindo o ar frio arder profundamente em seus pulmões. Lancinante. Cruel.

O gato estava de volta à janela da loja de saldos da Elm Street. Ele se limpava, o pelo negro brilhando como um corvo à luz do sol. Quando Claire passou, ele parou de se lamber e olhou-a com desdém.

Ela olhou para o céu. Estava azul-escuro, o tipo de céu que precede uma noite muito fria. Desde a morte de Scotty Braxton, quatro dias antes, o inverno se impusera com cruel determinação. Uma dura camada de gelo cobria agora todo o lago e, no obituário do jornal daquela manhã, os anúncios fúnebres terminavam todos com a mesma frase: "O enterro será na primavera." Quando o chão descongelasse. Quando a terra voltasse a despertar.

Ainda estarei aqui na primavera?

Ela entrou no Tannery Alley. Sobre uma porta havia uma placa, balançando ao vento como um cartaz de taverna:

POLÍCIA DE TRANQUILITY

Claire foi direto à sala de Lincoln e pousou o último exemplar do *Weekly Informer* sobre a mesa.

Ele olhou para a médica por cima dos óculos.

— Problemas, Claire?

— Acabo de chegar do Monaghan's Diner, onde todo mundo está comentando sobre *isso*. A última porcaria escrita por Damaris Horne.

Ele olhou para a manchete:

CIDADE PEQUENA TOMADA PELA MALDADE.

— É apenas um tabloide de Boston — desdenhou Lincoln. — Ninguém leva esse negócio a sério.

— Você leu?

— Não.

— Todo mundo no Monaghan's leu. E ficaram com tanto medo que já estão falando em manter à mão armas carregadas, para o caso de algum adolescente possuído pelo diabo tentar roubar sua preciosa picape ou algo assim.

Lincoln resmungou e tirou os óculos.

— Ai, que inferno. Isso é a última coisa que eu preciso.

— Costurei três pacientes com lacerações ontem. Um deles um menino de 9 anos que deu um soco no vidro de uma janela. Já temos problemas suficientes com os jovens dessa cidade. Agora os adultos também enlouqueceram. — Ela colocou ambas as mãos sobre a mesa. — Lincoln, você não pode esperar até o encontro municipal para falar com essa gente. Você precisa ver a histeria. Aqueles Dinossauros declararam aberta a temporada de caça aos jovens.

— Até mesmo os imbecis têm direito à livre expressão.

— Então, ao menos avise seus homens! Quem é esse policial do seu departamento que Damaris cita? — Ela apontou para o tabloide. — Leia.

Lincoln olhou para a seção que Claire indicara.

O que há por trás da epidemia de violência nesta pequena cidade?

Muitos aqui pensam saber o motivo, mas suas explicações são tão perturbadoras para as autoridades que poucos se dispõem a dar declarações oficiais. Um policial local (que pediu para não ser identificado) confirmou as terríveis alegações feitas pelos habitantes: a de que satanistas estão controlando Tranquility.

"Sabemos que há bruxas vivendo aqui", disse ele. "Claro, elas se dizem *wiccas* e alegam idolatrar inocentemente os espíritos da terra ou algo parecido. Mas, ao longo das eras, a bruxaria tem sido associada à adoração ao demônio, e a gente fica pensando o que essas adoradoras da terra estão realmente fazendo nas florestas à noite." Quando pedimos que fosse mais específico, ele disse: "Recebemos queixas de diversos cidadãos que ouviram tambores ecoando na floresta. Algumas pessoas têm visto luzes em Beech Hill, que é uma floresta não habitada."

Tambores tarde da noite e luzes estranhas na floresta não são os únicos sinais alarmantes de que há algo errado neste isolado povoado. Rumores sobre rituais satânicos sempre foram parte do folclore local. Uma mulher se lembra de ter ouvido histórias quando era menina sobre cerimônias secretas e crianças desaparecidas logo após o nascimento. Outros na cidade contam terríveis histórias ouvidas na infância sobre cerimônias nas quais pequenos animais e até mesmo crianças eram oferecidas em nome de Satã...

— Essa repórter está se referindo a qual de seus policiais? — exigiu saber Claire.

Subitamente furioso, Lincoln levantou-se e foi até a porta.

— Floyd! Floyd! Quem diabos falou com Damaris Horne?

A resposta de Floyd saiu ligeiramente trêmula:

— Ahn... você, Lincoln. Semana passada.

— Alguém mais neste departamento falou com aquela mulher. Quem foi?

— Não fui eu. — Floyd fez uma pausa e acrescentou, confidencialmente: — Ela me assusta, aquela tal da Damaris. Dá a impressão que quer nos comer vivos.

Lincoln voltou à escrivaninha e sentou-se, com a raiva ainda bastante evidente.

— Temos seis homens neste departamento — explicou para Claire. — Farei o melhor que puder para descobrir. Mas vazamentos anônimos são quase impossíveis de serem rastreados.

— Ela poderia ter inventado isso?

— É possível. Conhecendo Damaris...

— Você a conhece *bem*?

— Melhor do que gostaria.

— Como assim?

— Bem, não estou dizendo que fugiria com ela para algum paraíso nos trópicos — rebateu ele. — É uma mulher muito persistente e parece conseguir aquilo que quer.

— Incluindo a polícia local.

Claire viu a fúria rebrilhar nos olhos dele. Encararam-se por um instante, e ela sentiu um inesperado lampejo de atração, o que a surpreendeu, por ter ocorrido justo naquele instante. Naquela manhã, ele não estava em sua melhor forma. Seu cabelo estava despenteado, como se o tivesse remexido com as mãos por frustração, e estava mais desleixado que de hábito, com a camisa amarrotada e os olhos cansados pela falta de sono. Todo o estresse de seu trabalho, de sua vida pessoal, estava estampado em seu rosto.

Na sala ao lado, o telefone tocou. Floyd reapareceu à porta de Lincoln.

— A caixa do mercado Cobb and Morong's acabou de ligar. Dra. Elliot, a senhora devia ir até lá.

— Por quê? — perguntou Claire. — O que houve?

— Ah, é o velho Warren Emerson outra vez. Ele está tendo outro ataque.

Uma multidão de curiosos se juntara na calçada. Ao centro, jazia um velho vestindo roupas puídas, os membros se debatendo em um ataque epilético. Tinha um ferimento no couro cabeludo que sangrava e uma alarmante poça de sangue havia se solidificado instantaneamente sobre a calçada por causa do vento gelado. Nenhum dos curiosos tentara ajudar o homem. Em vez disso, ficavam a distância, como se tivessem medo de tocá-lo. Pareciam ter medo até mesmo de se aproximarem.

Claire se ajoelhou e sua primeira preocupação foi a de impedir que ele se ferisse ou aspirasse secreções. Ela virou-o de lado, tirou-lhe o cachecol e o colocou sob a cabeça dele para protegê-lo da calçada gelada. A pele estava avermelhada pelo frio, não cianótica, e o pulso estava acelerado, mas firme.

— Há quanto tempo está tendo o ataque? — perguntou à multidão.

Silêncio. Claire olhou para os curiosos ao redor e viu que haviam se afastado ainda mais e que seus olhos não estavam concentrados nela, e sim no homem. O único som era o do vento que soprava do lago, golpeando casacos e cachecóis.

— Há quanto tempo? — repetiu com impaciência.

— Cinco, talvez dez minutos — respondeu alguém afinal.

— Alguém chamou uma ambulância?

Todos balançaram a cabeça, então deram de ombros.

— É apenas o velho Warren — disse a mulher que Claire reconheceu como caixa do mercado. — Ele nunca precisou de ambulância antes.

— Bem, ele precisa de uma agora! — rebateu Claire. — Ligue para o hospital já!

— Os espasmos estão diminuindo — disse a caixa. — Acabarão em um minuto.

Os membros do homem passaram a ter espasmos intermitentes, seu cérebro emitindo os últimos impulsos daquela tempestade elétrica. Afinal, ele relaxou. Claire verificou o pulso outra vez e descobriu que ainda estava forte e regular.

— Está vendo? Ele está bem — disse a caixa. — Ele sempre sai bem dessas coisas.

— Ele precisa levar pontos. E também precisa de uma avaliação neurológica — disse Claire. — Quem é o médico dele?

— Era o Dr. Pomeroy, antigamente.

— Bem, alguém deve estar prescrevendo remédios para ele agora. Quem é o médico dele? Alguém sabe?

— Por que não pergunta ao Warren? Ele está acordando.

Claire olhou para baixo e viu que os olhos de Warren Emerson se abriam lentamente. Embora estivesse cercado de gente, ele olhou diretamente para o céu, como se o visse pela primeira vez.

— Sr. Emerson — disse ela. — Pode olhar para mim?

Por um instante, ele não respondeu. Parecia maravilhado, os olhos seguindo o lento vagar de uma nuvem no céu.

— Warren?

Finalmente o homem olhou para ela, suas sobrancelhas franzida como se ele lutasse para entender por que aquela mulher desconhecida estava falando com ele.

— Tive outro daqueles — murmurou ele. — Não tive?

— Sou a Dra. Elliot. A ambulância está a caminho, e vamos levá-lo ao hospital.

— Quero ir para casa...

— O senhor tem um corte na cabeça e precisa de pontos.

— Mas minha gata... minha gata está em casa.

— Sua gata ficará bem. Quem é seu médico, Warren?

Ele pareceu fazer força para lembrar.

— Dr. Pomeroy.

— O Dr. Pomeroy faleceu. Quem é o seu médico agora?

Ele balançou a cabeça e fechou os olhos.

— Não importa. Isso não importa mais.

Claire ouviu a sirene da ambulância que chegava. Parou junto ao meio-fio e dois paramédicos desembarcaram.

— Ah, é apenas Warren Emerson — disse um deles, como se topasse com o mesmo paciente todos os dias. — Ele teve outro ataque?

— E um ferimento profundo na cabeça.

— Muito bem, Warren, meu velho — disse o paramédico. — Parece que você vai dar um passeio.

Quando a ambulância se foi, Claire estava furiosa. Ela olhou para o sangue solidificado sobre o gelo.

— Não posso acreditar nas pessoas daqui — disse ela. — Alguém ao menos tentou ajudá-lo? Alguém dá a mínima?

— Eles só estão assustados — disse a caixa.

Claire voltou-se para a mulher.

— Ao menos poderiam ter protegido a cabeça dele. Não tem por que temer um ataque epilético.

— Não é disso que temos medo. É *dele*.

Ela balançou a cabeça, incrédula.

— Vocês têm medo de um velho? Que ameaça ele poderia representar?

Sua pergunta encontrou o silêncio. Claire olhou para os outros rostos ao redor, mas ninguém retribuiu seu olhar.

Ninguém disse uma palavra.

Quando Claire chegou ao hospital, o médico da emergência já havia suturado o couro cabeludo de Warren Emerson e tomava notas em uma prancheta.

— Tive que dar oito pontos — disse McNally. — Além disso, ele teve leves queimaduras no nariz e nas orelhas por causa do frio. Deve ter ficado deitado no chão gelado por algum tempo.

— Pelo menos vinte minutos — respondeu Claire. — Acha que precisará ser internado?

— Bem, a epilepsia é um problema crônico, e o cérebro parece estar intacto. Mas ele bateu com a cabeça, e não sei se a perda de consciência se deu em virtude do ataque epilético ou da pancada.

— Ele tem algum médico?

— Não no momento. De acordo com nossos registros, sua última hospitalização foi em 1989, internado pelo Dr. Pomeroy. — McNally assinou a folha de ocorrência e olhou para Claire. — Quer assumir o caso?

— Eu ia sugerir exatamente isso — disse ela.

McNally entregou-lhe o antigo prontuário hospitalar de Emerson.

— Boa leitura.

O arquivo continha o registro da hospitalização de Emerson em 1989, assim como os sumários de diversas outras visitas dele à emergência ao longo dos anos. Primeiro, leu o histórico de internação e exames clínicos de 1989 e reconheceu os garranchos do Dr. Pomeroy. Era uma nota lacônica, registrando apenas os fatos essenciais:

Histórico de internação: homem branco, 57 anos, há cinco dias feriu acidentalmente o pé esquerdo com o machado enquanto cortava lenha. O ferimento inchou e continuou a doer, e o paciente não consegue mais firmar o peso sobre o pé.

Exames clínicos: Temperatura: 37 graus. Pé esquerdo tem uma laceração de 5 centímetros, bordas de pele fechadas. A pele ao redor está quente, vermelha, dolorida. Ínguas aumentadas no lado esquerdo.

Diagnóstico: Infecção.

Prescrição: Antibióticos intravenosos.

Não havia histórico médico anterior, nenhum histórico social, nada que indicasse que um ser humano estava associado àquele pé infeccionado.

Ela folheou os registros das emergências. Havia 25 folhas, 25 visitas que remontavam a trinta anos antes, todas pelos mesmos motivos: *"Epilepsia crônica com ataque..." "Ataque epilético, ferimento no couro cabeludo..." "Ataque epilético, laceração na face..."* Ataque epilético, ataque epilético, ataque epilético. Em todos o casos, o Dr. Pomeroy simplesmente o liberou sem investigação posterior. Em lugar nenhum foi possível ver registro de alguma tentativa de diagnóstico.

Pomeroy podia ser amado por seus pacientes, mas naquele caso fora claramente negligente.

Ela entrou na sala de exame.

Warren Emerson estava deitado de costas na mesa de tratamento. Cercado por todo aquele equipamento brilhante, suas roupas pareciam ainda mais puídas, mais surradas. Um grande segmento de seu cabelo fora raspado, e a sutura no couro cabeludo agora estava protegida por um curativo. Ele ouviu Claire entrar na sala e lentamente voltou-se para olhar para ela. Pareceu reconhecê-la, e um leve sorriso formou-se em seus lábios.

— Sr. Emerson — chamou. — Sou a Dra. Elliot.

— A senhora estava lá.

— Sim, quando o senhor teve o ataque epilético.

— Gostaria de agradecê-la.

— Pelo quê?

— Não gosto de acordar sozinho. Não gosto quando... — Ele se calou e olhou para o teto. — Posso ir para casa agora?

— É sobre isso que quero conversar com o senhor. Desde a morte do Dr. Pomeroy, ninguém tem acompanhado o seu estado de saúde. Gostaria que eu fosse a sua médica?

— Não preciso mais de médicos. Ninguém pode fazer nada por mim.

Sorrindo, ela pousou a mão sobre o ombro dele e o apertou. Ele parecia enterrado, mumificado sob todas aquelas camadas de roupa.

— Acho que posso ajudá-lo. A primeira coisa que devemos fazer é manter os seus ataques epiléticos sob controle. Com que frequência isso acontece?

— Não sei. Às vezes desperto no chão, e acho que foi por isso.

— Não há ninguém mais na sua casa? O senhor mora sozinho?

— Sim, senhora. — Ele sorriu com tristeza. — Quer dizer, com exceção de minha gata, Mona.

— Quão frequentemente o senhor *acha* que tem os ataques? Ele hesitou.

— Algumas vezes por mês.

— E quais remédios o senhor toma?

— Desisti dos remédios há anos. Não estavam me fazendo bem, aqueles comprimidos.

Ela suspirou, exasperada.

— Sr. Emerson, não pode simplesmente parar de tomar os remédios.

— Mas não preciso mais deles. Estou pronto para morrer agora — disse ele calmamente, sem medo, sem nenhum resquício de autopiedade. Era apenas a constatação de um fato. *Vou morrer logo, e não há nada que possa ser feito a respeito.*

Claire já ouvira outros pacientes fazerem tais previsões. Chegavam ao hospital em condições nem tão preocupantes e, apesar disso, diziam para Claire, com convicção: "Desta vez não vou para casa." — Ela tentava tranquilizá-los, mas já sentia aquela sinistra premonição da morte. Os paciente pareciam saber. Quando dizem que vão morrer, é isso o que acontece.

Fitando os olhos tranquilos de Warren Emerson, ela sentiu aquela mesma premonição. Afastou o pensamento e procedeu ao exame físico.

— Preciso examinar seus olhos — avisou, pegando o oftalmoscópio.

Ele suspirou, resignado, e deixou-a examinar suas retinas.

— Alguma vez o senhor visitou um neurologista para falar de seus ataques? Um especialista em cérebros?

— Me consultei com um há muito tempo. Quando tinha 17 anos.

Ela recuou, surpresa, e desligou a luz do oftalmoscópio.

— Isso faz mais de cinquenta anos.

— Ele disse que eu era epilético. Que teria isso pelo resto da vida.

— Nunca mais foi a um neurologista depois disso?

— Não, senhora. O Dr. Pomeroy passou a cuidar de mim depois que voltei a Tranquility.

Ela continuou o exame, sem encontrar anomalias neurológicas. Seu coração e seus pulmões estavam normais, seu abdome não tinha massas palpáveis.

— O Dr. Pomeroy alguma vez examinou o seu cérebro?

— Ele fez uma radiografia, alguns anos atrás, depois que caí e bati com a cabeça. O doutor achou que eu tivesse fraturado o crânio, mas não tinha. Acho que tenho uma cabeça muito dura.

— Já esteve em algum outro hospital?

— Não, senhora. Fiquei em Tranquility a maior parte da minha vida. Nunca tive vontade de ir a qualquer outro lugar. — Ele parecia arrependido. — Agora é tarde demais.

— Tarde demais para que, Sr. Emerson?

— Deus não nos dá uma segunda chance.

Ela nada encontrou de anormal. Ainda assim, relutava em mandá-lo embora para uma casa deserta.

Sem contar que o que ele dissera ainda a incomodava: *Estou pronto para morrer.*

— Sr. Emerson — começou Claire. — Eu gostaria que ficasse no hospital esta noite e fizesse alguns exames. Só para nos certificarmos de que não há nada de novo provocando esses ataques.

— Eu tive isso a vida inteira.

— Mas não é examinado há anos. Gostaria que voltasse a se medicar e que fizesse alguns exames. Se tudo estiver bem, deixarei que vá para casa amanhã.

— Mona não gosta de ficar sem comida.

— Sua gata ficará bem. Agora o senhor precisa pensar em si. Em sua saúde.

— Eu não a alimento desde ontem à noite. Deve estar miando...

— Vou providenciar para que sua gata seja alimentada, se isso o mantiver aqui. Que tal?

Ele a estudou um momento, tentando decidir se podia confiar na médica em relação ao bem-estar de Mona, ou melhor, talvez a única amiga que teve na vida.

— Atum — falou Warren afinal. — Hoje ela está esperando atum.

Claire assentiu.

— Então, será atum.

De volta ao posto de enfermagem, ligou primeiro para o setor de radiologia.

— Estou internando um paciente de nome Warren Emerson e desejo pedir uma tomografia da cabeça dele.

— Diagnóstico?

— Ataques epiléticos. Verificar a possibilidade de tumor cerebral.

Ela redigia o histórico de internação e exames clínicos de Warren quando Adam DelRay entrou na emergência balançando a cabeça.

— Acabei de ver Warren Emerson sair do elevador sendo levado em uma cadeira de rodas — comentou com uma das enfermeiras. — Quem diabos o internou?

Claire ergueu a cabeça; sua aversão a ele era cada vez mais forte.

— Eu o internei — respondeu friamente. — Ele teve um ataque hoje.

DelRay fez pouco caso.

— Emerson tem ataques há anos. É epilético.

— Sempre é possível que um tumor tenha surgido.

— Ei, se quiser ficar com ele, é todo seu. Pomeroy queixou-se dele durante anos.

— Por quê?

— Nunca tomava os remédios. É por isso que continua tendo os ataques. Sem contar que está na Medicaid. Portanto, reze para ser paga. Só acho que há modos piores de gastar o dinheiro do contribuinte do que servir café na cama para Emerson. — Ele riu e se afastou.

Claire assinou os papéis com tanta força que a ponta da caneta quase rasgou o formulário. Todos aqueles exames que havia requisitado, mais uma noite no hospital... aquilo, sairiam caro. Talvez a memória de Emerson estivesse falhando. Talvez o Dr. Pomeroy tivesse feito há pouco uma bateria de exames para diagnosticar o paciente, embora ela duvidasse muito. Pelo que vira em seus relatórios, Pomeroy era um médico indolente, mais inclinado a prescrever receitas de algum novo remédio do que a investigar cuidadosamente a razão dos sintomas de um paciente.

Ela deixou o hospital e voltou de carro para Tranquility. Quando chegou ao seu consultório, concentrou-se em uma única coisa: rever o prontuário de Emerson e provar para si mesma que sua decisão de interná-lo era justificável.

Vera estava ao telefone quando Claire entrou. Acenando, Vera disse:

— Você tem uma chamada de Max Tutwiler.

— Atenderei no escritório. Poderia pegar o arquivo de Warren Emerson para mim?

— Warren *Emerson?*

— Sim, acabei de interná-lo.

— Por quê?

Claire parou à porta do escritório e olhou feio para Vera.

— Por que todos nesta cidade questionam as minhas decisões?

— Bem, eu só estava *pensando* — disse Vera.

Claire fechou a porta e afundou atrás da escrivaninha. Agora teria de se desculpar com Vera. Acrescentar àquilo à sua longa lista de mea-culpas. Ela não estava com vontade de falar com ninguém agora e, de maneira relutante, pegou o telefone.

— Alô, Max?

— Liguei em boa hora?

— Nem pergunte.

— Ah. Vou ser breve, então. Achei que gostaria de saber que confirmei a classificação daquele cogumelo azul. Eu o enviei a um micólogo, e ele concordou tratar-se de um *Clitocybe odora*, o cogumelo do anis.

— Quão tóxico é esse cogumelo?

— Pouco. As pequenas quantidades de muscarina não provocariam nada além de um leve desconforto gastrintestinal.

Ela suspirou.

— Então, é um beco sem saída.

— Parece que sim.

— E quanto às amostras de água do lago? Os resultados chegaram?

— Sim, tenho alguns resultados preliminares aqui. Deixe-me pegar a impressão...

Vera bateu à porta e entrou com o arquivo de Warren Emerson. Ela não disse uma palavra, apenas deixou a pasta em cima da mesa e saiu. Enquanto esperava Max voltar à linha, Claire abriu a pasta e olhou para a primeira página. Era datada de 1932, ano do nascimento de Warren Emerson. Descrevia o parto sem complicações do filho saudável de uma certa Sra. Agnes Emerson. O nome do médico era Higgins. As páginas seguintes eram dedicadas aos exames e visitas de rotina de um bebê saudável.

Claire virou outra página e franziu as sobrancelhas ao ver a data, 1956, um espaço de dez anos entre o registro anterior e aquele. Pela primeira vez aparecia a assinatura do Dr. Pomeroy no arquivo. Ela começou a ler a anotação de Pomeroy, mas foi interrompida pela voz de Max ao telefone:

— Ainda faltam as culturas de bactérias — contou ele. — Até agora, vejo que os índices de dioxina, chumbo e mercúrio estão dentro dos limites seguros...

A atenção de Claire foi subitamente atraída para o arquivo, para o que Pomeroy escrevera no último parágrafo: "*Não cometeu nenhum outro ato de violência desde sua prisão, em 1946.*"

— ... na semana que vem talvez saibamos mais — disse Max.
— Até agora, a qualidade da água parece boa. Nenhuma evidência de qualquer contaminação química.

— Tenho que ir — interrompeu ela. — Ligo para você depois.

Ela desligou e leu outra vez a nota de Pomeroy do começo ao fim. Fora escrita no ano em que Warren Emerson fizera 25 anos.

No ano em que fora liberado do Hospital para Doentes Mentais, em Augusta.

O ano era 1946. Em que mês Warren Emerson cometera o ato de violência?

Claire estava na sala de arquivos no porão do *Tranquility Gazette*, olhando para um gabinete de madeira que ocupava uma parede inteira. Cada gaveta tinha uma etiqueta indicando um ano. Ela abriu a gaveta de 1946, julho a dezembro.

Lá dentro havia seis edições da *Gazette*. Naquela época, o jornal era mensal. As páginas estavam amareladas e quebradiças, anúncios adornados com mulheres de cintura de vespa vestindo saias bufantes e pequenos chapéus. Cuidadosamente, folheou a edição de julho, verificando as manchetes: CALOR RECORDE COMPENSA PRIMAVERA CHUVOSA... MAIOR CONTAGEM DE VERANISTAS DA HISTÓRIA... ALERTA CONTRA MOSQUITOS... MENINOS PEGOS COM FOGOS DE ARTIFÍCIO ILEGAIS... PARADA DE 14 DE JULHO REÚNE MULTIDÃO RECORDE. As mesmas manchetes de todo mês de julho, ela pensou. O verão sempre fora a estação das paradas e insetos nocivos, e aquelas manchetes lhe trouxeram lembranças de seu primeiro verão no Maine. Milho verde crocante comido na espiga, ervilhas, o cheiro intenso de citronela sobre a pele. Fora um bom verão, assim como o de 1946.

Ela se voltou para as edições de agosto e setembro, nos quais encontrou mais notícias semelhantes: sobre peixe frito, bailes na igreja e competições de natação no lago. Havia notícias desagradáveis também: um acidente envolvendo três carros levara dois turistas ao hospital e uma casa que pegara fogo devido a um acidente na cozinha. Ladrões de loja agiam no comércio local. A vida não era perfeita na Terra das Férias.

Ela pegou o número de outubro e viu a manchete garrafal: "MENINO DE 15 ANOS MATA OS PAIS E CAI PARA A MORTE. AÇÕES DA IRMÃ MAIS NOVA CONSIDERADAS EVIDENTE 'LEGÍTIMA DEFESA'."

O nome do jovem não era mencionado, mas havia fotografias dos pais assassinados, um casal sorridente e bem-apessoado de cabelos castanho-escuros vestindo as melhores roupas de domingo. Ela se concentrou na legenda da foto, que identificava o casal assassinado: Martha e Frank Keating. O sobrenome era familiar. Ela conhecia uma juíza local chamada Iris Keating. Seriam parentes?

Seu olhar foi atraído por outra manchete mais abaixo: PANCADARIA NA CANTINA DO COLÉGIO.

Então, outra: TURISTA DE BOSTON DESAPARECIDA. VISTA PELA ÚLTIMA VEZ COM JOVENS POLONESES.

O porão não tinha aquecimento e as mãos dela estavam geladas, mas aquele frio vinha de dentro.

Ela pegou o número de novembro e olhou para a manchete da primeira página, que gritava para ela: MENINO DE 14 ANOS DETIDO POR MATAR OS PAIS. AMIGOS E VIZINHOS CHOCADOS POR CRIMES DE "CRIANÇA SENSÍVEL".

Um calafrio percorreu-lhe a espinha.

Ela pensou: *Está acontecendo outra vez.*

14

— Por que não me disse? Por que manteve isso em segredo?

Lincoln atravessou a sala para fechar a porta do escritório. Então, voltou-se para Claire.

— Faz muito tempo. Não vejo por que chamar atenção sobre essa história antiga.

— Mas é a história desta cidade! Considerando tudo o que aconteceu no mês passado, isso me parece relevante.

Ela baixou as fotocópias das matérias do *Tranquility Gazette* sobre a escrivaninha.

— Veja isso. Em 1946, sete pessoas foram assassinadas e uma menina de Boston nunca foi encontrada. Obviamente a violência não é novidade nesta cidade. — Ela deu um tapa na pilha de papéis. — Leia as matérias, Lincoln. Ou já conhece os detalhes?

Ele se sentou lentamente, olhando para as páginas.

— Sim, conheço a maioria dos detalhes — murmurou. — Ouvi as histórias.

— Quem as contou para você?

— Jeff Willard. Ele era chefe de polícia quando entrei para a corporação, há 22 anos.

— Não havia ouvido falar a respeito antes?

— Não, e olha que cresci aqui. Não sabia de nada até Willard me contar. As pessoas não falam a respeito.

— Preferem fingir que nunca aconteceu.

— Há também a nossa reputação a considerar. — Lincoln ergueu a cabeça, finalmente olhando para ela. — Esta é uma cidade turística, Claire. As pessoas vêm para cá a fim de fugir das grandes cidades, do crime. Não gostaríamos de revelar ao mundo que tivemos nossos próprios problemas. Nossas próprias epidemias de homicídios.

Claire se sentou, seu olhar ao mesmo nível do dele.

— Quem conhece essas histórias?

— As pessoas que viviam aqui na época. O mais velhos, agora em seus 60 ou 70 anos. Mas seu filhos não sabem. Nem a minha geração.

Ela balançou a cabeça, incrédula.

— Isso foi mantido em segredo por todos esses anos?

— Você compreende a razão, não é mesmo? Não estão protegendo apenas a cidade. Essas são suas famílias. Os jovens que cometeram esses crimes eram daqui. Suas famílias ainda moram na cidade e talvez ainda tenham vergonha. Talvez ainda sofram as consequências.

— Como Warren Emerson.

— Exato. Veja a vida que o homem teve. Ele mora sozinho e não tem amigos. Nunca cometeu outro crime, mas, mesmo assim, é evitado por todos. Até mesmo pelas crianças, que não fazem ideia de por que devem manter distância dele. Apenas ouviram dos avós que Emerson é um homem a ser evitado. — Lincoln olhou para a fotocópia da matéria. — Portanto, esses são os antecedentes de seu paciente. Warren Emerson é um assassino. Mas não foi o único.

— Você deve ter percebido as semelhanças, Lincoln.

— Tudo bem, eu admito que há algumas.

— Inúmeras, na verdade. — Ela pegou as matérias fotocopiadas e foi até a edição de outubro. — Começou em 1946, com brigas nas escolas. Dois alunos foram expulsos. Depois, vidraças começaram a ser quebradas por toda a cidade e casas foram depredadas. Outra vez, os adolescentes levaram a culpa. Finalmente, na última semana de outubro, um menino de 15 anos fez picadinho dos pais. A irmã mais nova o empurrou pela janela em defesa própria. — Claire olhou para o policial. — Daí em diante a coisa só piora. Como explicar?

— Quando a violência ocorre, Claire, faz parte da natureza humana perguntar o porquê. Mas a verdade é que nem sempre sabemos por que as pessoas matam umas as outras.

— Preste atenção na sequência de eventos. Da última vez a vida era tranquila, no início. Então, aqui e ali, os jovens começaram a se comportar mal. A se ferir. Em questão de semanas, estavam matando pessoas. A cidade virou um pandemônio, todos exigindo que algo fosse feito. Então, subitamente, magicamente, tudo parou. E a cidade voltou a dormir em paz. — Ela silenciou, observando a manchete. — Lincoln, há outra coisa estranha nessa história. Nas grandes cidades, a época do ano mais perigosa é o verão, quando o calor faz todos perderem a cabeça. O crime sempre declina quando as temperaturas caem. Mas, nesta cidade, é diferente. A violência começa em outubro, atinge o pico em novembro. — Claire olhou para ele. — Em ambas as vezes, as mortes começaram no outono.

O pager soou em seu bolso e ela se assustou. Claire olhou para o número no painel e pegou o telefone de Lincoln.

Era um técnico do setor de radiologia, retornando a ligação.

— Acabamos a tomografia de seu paciente, o Sr. Warren Emerson. O Dr. Chapman está a caminho para vê-lo agora.

— Detectou algo? — perguntou Claire.

— É definitivamente anormal.

O Dr. Chapman pôs as imagens da tomografia na caixa de luz e ligou o interruptor. A luz piscou, iluminando cortes transversais do cérebro de Warren Emerson.

— É sobre isso que estou falando — mostrou. — Bem aqui, se estendendo no interior do lobo frontal esquerdo. Consegue ver?

Claire se aproximou. O que ele apontava era uma pequena densidade esférica localizada na frente do cérebro, bem atrás da sobrancelha. Parecia sólido, não cístico. Ela olhou para os cortes seguintes, mas não viu outras massas. Se era um tumor, então parecia ser bem localizado.

— O que você acha? — perguntou. — Um tumor nas meninges?

O médico assentiu.

— Muito provavelmente. Vê como as bordas são lisas? Obviamente será preciso uma biopsia para confirmar se é benigno. Tem cerca de 2 centímetros de diâmetro e parece densamente encapsulado. Envolvido por tecidos fibrosos. Acredito que possa ser removido sem deixar qualquer tecido residual.

— Pode ser a causa dos ataques?

— Há quanto tempo ele os têm?

— Desde o final da adolescência. Perto de cinquenta anos.

Chapman olhou para ela, surpreso.

— E essa massa nunca foi detectada?

— Não. Considerando que ele teve esses ataques durante a maior parte da vida, acho que Pomeroy pensou que não valia a pena investigar.

Chapman balançou a cabeça.

— Isso me faz rever o meu diagnóstico. Primeiro, raramente se encontram meningiomas em jovens adultos. Além disso, um tumor nas meninges não para de crescer. Portanto, ou isso não é a causa dos ataques, ou não é um meningioma.

— O que mais pode ser?

— Um glioma. Uma metástase de alguma outra fonte. — Ele deu de ombros. — Podia até mesmo ser um velho cisto encapsulado.

— Essa massa parece sólida.

— Se foi causada por tuberculose, por exemplo, ou um parasita, o corpo teria uma reação inflamatória, como cercá-lo ou imobilizá-lo com tecido fibroso. Verificou se é tuberculoso?

— O teste de tuberculina deu negativo dez anos atrás.

— Bem, no fim das contas, isso ainda é um diagnóstico patológico. Este paciente precisa de uma craniotomia e uma excisão.

— Suponho que isso signifique que precisamos transferi-lo para Bangor.

— Não fazemos craniotomias neste hospital. Nossos médicos geralmente encaminham os casos de neurocirurgia para Clarence Rothstein, no Centro Médico do Leste do Maine.

— Você o encaminharia?

Chapman assentiu e desligou a caixa de luz.

— Estará em muito boas mãos.

Brócolis no vapor, arroz e um ridículo pedaço de bacalhau. Louise Knowlton não aguentava mais ver o filho morrer de fome aos poucos. Havia perdido mais 1 quilo, e o esforço se refletia em sua expressão desconsolada, nos surtos de irritação. Ele não era mais seu Barry feliz.

Louise olhou para o marido sentado do outro lado da mesa e leu o mesmo pensamento nos olhos de Mel: *É a dieta. Ele está se comportando assim por causa da dieta.*

A mãe apontou para o prato de batatas fritas que ela e Mel compartilhavam.

— Barry, querido, você parece tão faminto! Um pouco de batata não vai lhe fazer mal.

Barry a ignorou e continuou a arranhar o prato com o garfo, produzindo guinchos irritantes com o atrito do metal contra a porcelana.

— Barry, pare com isso!

Ele ergueu a cabeça. Não era apenas um olhar, e mas sim a expressão mais fria e neutra que a mãe já vira.

Com as mãos trêmulas, Louise estendeu-lhe o prato de batatas fritas.

— Ah, por favor, Barry — murmurou a mãe. — Coma uma. Coma todas. Você se sentiria bem melhor se ao menos comesse alguma coisa.

Ela ofegou, assustada, quando Barry empurrou a cadeira para trás e se levantou abruptamente. Sem dizer uma palavra, ele se afastou da mesa e bateu a porta do quarto. Pouco depois, ouviram o tiroteio incessante do videogame enquanto o filho destruía hordas de inimigos virtuais.

— Aconteceu alguma coisa na escola hoje? — perguntou Mel. — Aquelas crianças implicaram com ele?

Louise suspirou.

— Não sei. Não sei de mais nada.

Ficaram sentados ouvindo o tiroteio que aumentava e os gritos e gemidos das vítimas virtuais enquanto morriam em algum inferno do Super Nintendo.

Louise olhou para a pilha de batatas fritas murchas e encharcadas e estremeceu. Pela primeira vez na vida, afastou o prato do jantar sem terminá-lo.

O aparelho de som de Noah estava no volume máximo quando Claire chegou em casa. A dor de cabeça que viera cultivando durante toda a tarde parecia se apertar ao redor de seu crânio, cravando as garras em sua testa. Ela pendurou o casaco e deteve-se ao pé da escada, ouvindo a batida incessante, a cantoria. Não entendia uma palavra. Como é possível monitorar a música que seu filho escuta quando nem mesmo se consegue entender o que diz a letra?

Aquilo não podia continuar. Claire não aguentava aquele barulho, não naquela noite. Ela gritou escada acima:

— Noah, abaixe isso!

A música continuou, invencível. Insuportável.

Claire subiu os degraus, sua irritação se transformando em raiva. Ao chegar ao quarto do menino, encontrou a porta trancada. Ela bateu e gritou:

— Noah!

Demorou um instante até Noah abrir a porta. A música a envolveu como uma onda. Ele assomou à porta, a camisa e a calça tão largas que pareciam vestes cerimoniais esfarrapadas.

— Abaixe isso! — gritou Claire.

Ele mexeu no botão do amplificador, e a música parou subitamente. Os ouvidos dela ainda zumbiam, mesmo no silêncio.

— O que está tentando fazer? Ficar surdo e me deixar completamente maluca ao mesmo tempo?

— Você não estava em casa.

— Eu *estava* em casa. Gritei, mas você não me ouviu.

— Estou ouvindo agora, está bem?

— Em dez anos você não vai conseguir escutar mais nada caso continue a ouvir música nesse volume. Você não é o único morador desta casa.

— Como posso esquecer disso se você vive me lembrando? — Noah se jogou como uma pedra sobre uma cadeira e a girou para ficar de frente para a escrivaninha e de costas para ela.

Claire continuou olhando para ele. Embora o filho folheasse uma revista, ela sabia pela tensão em seus ombros que ele não estava lendo. Estava atento a *ela*, à sua raiva contra ele.

Ela entrou no quarto e sentou-se na cama. Após um instante, disse:

— Desculpe por ter gritado.

— Você faz isso toda hora.

— É mesmo?

— É. — Ele virou uma página.

— Não era minha intenção, Noah. Tem tantas coisas dando errado ao mesmo tempo que não estou dando conta de tudo.

— Está tudo dando errado desde que nos mudamos para cá, mãe. *Tudo.* — Ele fechou a revista, escondeu a cabeça nas mãos e murmurou: — Queria que o papai estivesse aqui.

Por um instante, ambos ficaram em silêncio. Ela ouviu as lágrimas do filho caindo sobre as páginas da revista, ouviu-o inspirar profundamente, tentando recuperar o controle.

Claire se levantou e pousou as mãos nos ombros de Noah. Estavam tensos, todos os músculos contraídos pelo esforço para não chorar. Somos muito parecidos, ela se deu conta, ambos lutando constantemente para controlar as emoções, para manter o equilíbrio. Peter era o membro exuberante da família, aquele que gritava de prazer na montanha-russa ou morria de rir no cinema. Aquele que cantava no chuveiro e acionava alarmes de incêndio ao cozinhar. Aquele que nunca hesitava em dizer "Eu te amo".

Como você ficaria triste se nos visse agora, Peter. Com medo de nos tocarmos. Ainda enlutados, ainda desestruturados por sua morte.

— Também sinto falta dele — murmurou Claire, deixando os braços envolverem o filho e pousando o rosto no cabelo dele, inalando o cheiro de criança que ela tanto gostava. — Também sinto falta dele.

Lá embaixo, a campainha tocou.

Agora não. Agora não.

Ela continuou onde estava, ignorando o som, fechando-se para qualquer coisa que não fosse o calor do filho em seus braços.

— Mãe — disse Noah, afastando-a. — Mãe, tem alguém lá embaixo.

Relutante, ela o soltou e se aprumou. O momento, a oportunidade, havia passado, e Claire voltou a olhar para os ombros rígidos do filho.

Ela desceu, furiosa com aquela intromissão que mais uma vez a afastava de Noah. Abriu a porta e viu Lincoln no frio, seus dedos cobertos pela luva prestes a tocar a campainha outra vez. Ele jamais fora à sua casa, e ela estava surpresa e perplexa com a visita.

— Preciso falar com você — começou o policial. — Posso entrar?

Ela não tinha acendido a lareira na sala de estar, que ainda estava fria, escura e deprimente. Rapidamente, a dona da casa acendeu todas as lâmpadas, mas a luz era uma pobre compensação para o frio.

— Depois que você saiu da delegacia, fiquei pensando no que falou. Que há um padrão de violência nesta cidade. Que há algum tipo de ligação entre 1946 e o que está acontecendo agora. — Ele enfiou a mão no bolso do casaco e tirou o maço de notícias fotocopiadas. — Quer saber? A resposta estava bem na nossa frente.

— Que resposta?

— Veja a primeira página da edição de outubro de 1946.

— Já li a matéria.

— Não, não a história do assassinato. A matéria que vem depois. Você provavelmente não percebeu.

Ela alisou a página sobre o colo. A matéria a que Lincoln se referia estava incompleta. Apenas a metade superior fora incluída na fotocópia. A manchete dizia: TERMINAM AS OBRAS NA PONTE DO RIO LOCUST.

— Não entendi aonde quer chegar.

— Tivemos que consertar essa mesma ponte este ano. Lembra-se?

— Sim.

— Então por que tivemos que consertá-la?

— Porque estava quebrada?

Ele passou a mão na cabeça em sinal de frustração.

— Ora, Claire, pense! Por que a ponte precisou de reparos? Porque foi levada pela enxurrada. Tivemos chuvas recordes na primavera passada, o que fez o rio Locust transbordar, derrubando duas casas, arrancando diversas pontes de travessia de pedestres. Liguei para o U.S. Geological Survey para confirmar. Este ano tivemos as piores chuvas dos últimos 52 anos.

Ela ergueu a cabeça, subitamente registrando o argumento do policial.

— Então, a última vez que choveu tão forte...

— Foi na primavera de 1946.

Ela se recostou na cadeira, atônita pela coincidência.

— Enxurradas — murmurou Claire. — Solo úmido. Bactérias. Fungos...

— Cogumelos são fungos. O que descobriu sobre aqueles azuizinhos?

Ela balançou a cabeça.

— Max confirmou a espécie. Não são muito tóxicos. Mas as chuvas podem ter estimulado o crescimento de outros fungos. Na verdade, é um fungo que provoca ocorrências coletivas da dança de São Vito.

— Isso é um tipo de ataque epilético?

— O termo médico para a dança de São Vito é *coreia*. Trata-se de movimentos espasmódicos dos membros, parecidos com uma dança. Ocasionalmente, há registros de surtos coletivos. Isso pode inclusive ter inspirado as acusações de bruxaria em Salém.

— É uma doença?

— Sim. Após uma primavera muito fria e úmida, as plantações de centeio podem ser infectadas por esse tipo de fungo. As pessoas comem o centeio e desenvolvem a coreia.

— Podemos estar lidando com um tipo de dança de São Vito?

— Não, só estou dizendo que há registros históricos de doenças humanas ligadas ao clima. Tudo na natureza está intimamente ligado. Podemos pensar que controlamos o meio ambiente, mas somos afetados por muitos organismos que não podemos ver.

Ela fez uma pausa, pensando nas culturas negativas dos exames de Scotty Braxton. Até então, nenhum resultado positivo no exame do sangue ou de seu fluido cérebro-espinhal. Teria omitido algum foco de infecção? Um organismo tão incomum, tão inesperado, que o laboratório considerou um erro?

— Com certeza há algum fator em comum entre esses jovens — pensou alto. — Exposição à mesma comida contaminada, por exemplo. Tudo o que temos é essa aparente associação entre chuva e violência. Pode ser apenas coincidência.

Lincoln se calou um instante. Ela frequentemente estudava o rosto dele, admirando a força que via ali, a calma e a autoconfiança. Hoje, via inteligência naqueles olhos. Ele pegara duas informações completamente díspares e reconhecera um padrão que nem ela mesmo notara.

— Então, o que precisamos descobrir é o fator comum — disse ele.

Claire assentiu.

— Pode conseguir permissão para eu visitar o Centro Juvenil do Maine? Para que eu possa falar com Taylor?

— Isso pode ser um problema. Você sabe que Paul Darnell ainda a culpa.

— Mas Taylor não é o único jovem afetado. Paul não pode me culpar por tudo que acontece de errado nesta cidade.

— Não, ele não pode, não agora. — Lincoln levantou-se. — Precisamos de respostas antes do encontro municipal. Vou levá-la para ver o garoto, Claire. De um modo ou de outro.

Pela janela da sala de estar, ela o viu descer o acesso de veículos em direção a sua picape. Movia-se com o passo equilibrado de alguém que crescera naquele clima impiedoso, cada pé bem plantado, a sola da bota firme sobre o gelo. Lincoln chegou à picape, abriu a porta e, por algum motivo, olhou de volta para a casa.

Seus olhares se cruzaram um instante.

E Claire pensou, estranhamente surpresa: *Há quanto tempo sinto atração por ele? Quando começou? Não me lembro.* Agora, essa era outra complicação em sua vida.

Quando Lincoln se foi, ela permaneceu à janela, olhando para uma paisagem desprovida de todas as suas cores. Neve, gelo e árvores nuas, tudo se transformando em escuridão.

Lá em cima, a música de Noah voltou a tocar.

Ela se afastou da janela e acenou a luz da sala. Foi quando se lembrou da promessa que fizera a Warren Emerson, e soltou um suspiro de desalento.

A gata.

A noite já havia caído quando ela subiu a ladeira mais baixa de Beech Hill e estacionou diante da casa de Emerson. Parou junto a uma pilha de lenha, uma torre perfeitamente circular de troncos empilhados. Pensou nas muitas horas que ele devia ter trabalhado para arrumar aquela lenha com tamanha precisão, cada tronco disposto com o mesmo cuidado geralmente dedicado à construção de um muro de pedra. Apenas para desmontar tudo outra vez, pedaço por pedaço, à medida que o inverno consumisse sua obra de arte anual.

Ela desligou o motor e olhou para a velha casa de fazenda. Não havia luzes acesas. Usou uma lanterna para se guiar à medida que subia os degraus gelados da varanda. Tudo parecia empenado e ela tinha a estranha impressão de estar tombando de lado, escorregando em direção à borda, ao esquecimento. Warren dissera-lhe que a porta estaria destrancada. E estava. Claire entrou e acendeu a luz.

Na cozinha, Claire notou o linóleo surrado e os móveis lascados. No chão, uma pequena gata cinza olhou para ela. Haviam assustado uma a outra, e durante alguns segundos ambas ficaram imóveis.

Então, Mona saiu correndo da cozinha e sumiu para algum lugar da casa.

— Aqui, gatinha, gatinha! Quer jantar, não quer? Mona?

Ela planejara levar Mona para um abrigo enquanto Warren Emerson, que já fora transferido para o Centro Médico de Eastern Maine para fazer sua craniotomia, ficasse hospitalizado, pelo menos por uma semana. Claire não gostava da ideia de ir até ali todos os dias apenas para alimentá-la. Mas parecia que a gata não concordava com ela.

Sua frustração só aumentou enquanto ela ia de quarto em quarto procurando Mona, acendendo as luzes à medida que avançava. Como tantas casas de fazenda daquela época, esta fora construída para abrigar uma família maior e tinha muitos quartos pequenos, que se revelavam ainda mais claustrofóbicos pela quantidade de coisas ali guardadas. Viu pilhas de jornais e revistas antigas, sacos de compras dobrados em fardos, caixas de madeira repletas de garrafas vazias. No corredor, ela precisou se virar de lado para atravessar um túnel estreito formado por pilhas de livros. Tal acúmulo geralmente era indício de desequilíbrio mental, mas Warren organizara suas tralhas de modo lógico, os livros separados das revistas, os sacos de papel pardo dobrados e amarrados com barbante. Talvez aquilo fosse apenas frugalidade ianque levada ao extremo.

Tudo aquilo fornecia muitos esconderijos possíveis para um gato.

Fez o circuito completo no andar de baixo sem encontrar Mona. Ela devia estar escondida em um dos quartos do segundo andar.

Claire começou a subir os degraus e então parou, sentindo as mãos subitamente suadas. *Déjà-vu*, pensou. Já passei por isso antes. Uma casa estranha, uma escada estranha. Algo terrível esperando por mim no sótão...

Mas aquela não era a casa de Scotty Braxton, e a única coisa espreitando lá em cima era um bichano assustado.

Forçou-se a continuar subindo enquanto chamava:

— Aqui, gatinha! — Fazia isso mesmo que fosse apenas para animar a coragem que lhe faltava. Havia quatro portas no segundo andar, mas apenas uma estava aberta. Se a gata fugira lá para cima, com certeza estaria naquele quarto.

Claire entrou no cômodo e acendeu a luz.

Seu olhar foi imediatamente atraído para as fotografias em preto e branco — dezenas de fotos penduradas na parede ou encostadas na penteadeira e na mesa de cabeceira. Uma galeria das memórias de Warren Emerson. Claire atravessou o quarto e olhou para três rostos sorridentes em uma das fotografias, um casal de meia-idade com um menino. A mulher tinha um rosto redondo e comum, seu chapéu era comicamente inclinado, como o de um bêbado. O homem ao lado dela parecia estar compartilhando da brincadeira. Seus olhos estavam iluminados e sorridentes. Ambos pousavam uma das mãos sobre os ombros do menino entre eles, manifestando fisicamente sua propriedade comum.

O menino com cabelo despenteado e sem um dente da frente devia ser o jovem Warren, desfrutando da atenção dos pais.

Seu olhar voltou-se para as outras fotografias e viu os mesmos rostos em diferentes estações, diferentes lugares. Aqui, a mãe segurando orgulhosamente uma torta. Ali, o pai e o filho na margem de um rio com suas varas de pescar. Finalmente, havia uma fotografia escolar de uma jovem, aparentemente namorada de

Warren, pois ao pé do retrato alguém desenhara um coração contendo as palavras *Warren e Iris, para sempre*. Por entre lágrimas, Claire olhou para a mesa de cabeceira, para o copo ali pousado, com água pela metade. Olhou para a cama, onde fios de cabelo grisalho se espalhavam pelo travesseiro. A cama de Warren.

Toda manhã, ele acordava sozinho naquele quarto, diante das fotografias dos pais. E todas as noites, a última imagem que via era de seus rostos sorrindo para ele.

Agora Claire chorava pela criança que aquele senhor fora um dia. Um menino solitário preso no corpo de um velho.

Ela desceu até a cozinha.

Não havia por que continuar a procurar uma gata que não queria ser encontrada. Ela deixaria a comida na vasilha e voltaria outra hora. Ao abrir a porta da despensa, viu-se diante de dezenas de latas de ração de gato empilhadas nas prateleiras. Mal havia o que comer na cozinha, mas Mona, a gata mimada, certamente estava bem abastecida.

Hoje ela está esperando atum.

Então, seria atum. Ela esvaziou a lata na vasilha da gata e deixou-a no chão, junto à vasilha de água. Encheu outra vasilha com ração seca, o bastante para durar vários dias. Em seguida, limpou a caixa de areia, apagou a luz e saiu.

Sentada no carro, olhou uma última vez para a casa. Durante a maior parte de sua vida, Warren Emerson morara entre aquelas paredes, sem companhia humana, sem amor. Provavelmente morreria sozinho ali, com apenas uma gata para testemunhar sua partida.

Ela enxugou as lágrimas, deu a volta e dirigiu pela estrada escura em direção a sua casa.

Naquela noite, Lincoln ligou para ela.

— Falei com Wanda Darnell. Disse que poderia haver uma razão biológica para os atos do garoto. Que outros jovens da cidade haviam sido afetados e que estamos tentando descobrir a causa.

— Como ela reagiu?

— Acho que ficou aliviada. Significa que há algo externo a se culpar. Além da família. Além de...

— Compreendo as razões dela perfeitamente.

— Wanda deu permissão para você entrevistar o garoto.

— Quando?

— Amanhã. No Centro Juvenil do Maine.

Havia uma longa fila de camas junto à parede do dormitório silencioso. O sol matinal atravessava as janelas, e um quadrado de luz brilhante derramava-se sobre os ombros magros do rapaz. Estava sentado na cama com as pernas dobradas contra o peito. Sua cabeça estava inclinada. Não era o mesmo menino que vira havia quatro semanas, amaldiçoando e se debatendo. Aquele era um jovem arrasado, com as esperanças e os sonhos desfeitos, apenas a carcaça material de alguém.

Ele não olhou para Claire quando ela se aproximou, seus passos ecoando sobre as tábuas de madeira gasta do chão. A médica parou ao lado da cama.

— Olá, Taylor. Será que podemos conversar?

Ela puxou uma cadeira, o olhar voltando-se brevemente para a pequena escrivaninha de pinho junto à cama. Era um móvel muito maltratado, a superfície entalhada com palavrões e as iniciais de inúmeros jovens internos. Claire se perguntou se Taylor já havia entalhado sua marca naquele registro permanente do desespero.

Ela arrastou a cadeira até a beira da cama.

— Seja lá o que conversarmos hoje, Taylor, ficará apenas entre nós, está bem? — Ele deu de ombros, como se aquilo pouco importasse. — Diga-me o que aconteceu naquele dia na escola. Por que fez aquilo?

O garoto apoiou uma das bochechas nos joelhos, como se estivesse cansado demais para manter a cabeça erguida.

— Não sei por quê.

— Você se lembra daquele dia?

— Aham.

— De tudo?

Ele engoliu em seco, mas não disse nada. Seu rosto se encheu de angústia quando fechou os olhos, apertando-os tanto que todo o seu rosto pareceu ruir para dentro de si mesmo. O menino inspirou profundamente, e o que devia ter sido um uivo de dor saiu apenas como um lamento fino e agudo.

— Eu não sei. Não sei por que fiz aquilo.

— Você levou uma arma para a escola naquele dia.

— Para provar que eu tinha uma. Eles não acreditavam. Disseram que eu estava inventando.

— Quem não acreditava em você?

— J. D. e Eddie. Eles estavam sempre se vangloriando que o pai os deixava atirar.

Os filhos de Jack Reid outra vez. Wanda Darnell dissera que eram uma má influência, e ela estava certa.

— Então você levou a arma para a escola — disse Claire. — Planejava usá-la?

Ele negou com a cabeça.

— Apenas a levei em minha mochila. Mas então recebi um D na prova. E a Sra. Horatio começou a gritar comigo por causa de uma droga de uma rã. — Ele começou a se mover para a frente e para trás, abraçando os joelhos, cada inspiração pontuada por um gemido. — Queria matar todos eles. Não conseguia me controlar. Queria que todos pagassem. — Taylor ficou imóvel, os olhos vagos, olhando para o nada. — Não estou mais com raiva deles. Mas agora é tarde demais.

— Talvez não seja sua culpa, Taylor.

— Todos sabem que fui eu quem fez aquilo.

— Mas você acabou de me dizer que estava descontrolado.

— Ainda assim foi minha culpa...

— Taylor, olhe para mim. Não sei se lhe falaram sobre o seu amigo, Scotty Braxton.

Lentamente, o olhar do menino se voltou para ela.

— Aconteceu o mesmo com ele. Agora, a mãe de Scotty está morta.

Pela expressão chocada de Taylor, Claire percebeu que ele não recebera a notícia.

— Ninguém sabe explicar por que ele estourou. Por que a atacou. Não aconteceu apenas com você.

— Meu pai disse que foi porque você mandou eu parar de tomar o remédio.

— Scotty não estava tomando nenhum remédio. — Ela fez uma pausa, procurando os olhos do rapaz. — Ou estava?

— Não.

— Isso é muito importante. Você precisa me dizer a verdade, Taylor. Vocês, meninos, tomaram alguma droga?

— Eu *estou* dizendo a verdade.

O garoto sustentou seu olhar, inabalável. E ela acreditou.

— E quanto a Scotty? — perguntou ele. — Scotty virá para cá?

As lágrimas afloraram aos olhos de Claire.

— Lamento, Taylor — murmurou. — Sei que vocês dois são muito amigos...

— Melhores. Somos os melhores amigos.

— Ele estava no hospital e algo aconteceu. Tentamos ajudá-lo, mas não havia... não havia nada que...

— Ele morreu, não foi?

A pergunta direta pedia uma resposta honesta. Ela admitiu em voz baixa:

— Sim. Infelizmente.

Ele baixou a cabeça contra os joelhos, e as palavras verteram de sua boca em meio ao choro:

— Scotty nunca fez nada de errado! Ele era o maior fracote. Era assim que J. D. sempre o chamava, o fracote idiota. Nunca o defendi. Eu devia ter dito alguma coisa, mas nunca disse...

— Taylor. Taylor, preciso lhe fazer outra pergunta.

— ... eu tinha medo.

— Você e Scotty andavam muito juntos. Para onde iam?

Ele não respondeu. Apenas ficou se balançando na cama.

— Realmente preciso saber, Taylor. Aonde vocês dois costumavam ir?

Ele inspirou profundamente.

— Com... os outros garotos.

— Aonde?

— Eu não sei! A gente andava pela cidade toda.

— À floresta? À casa de alguém?

Ele parou de se balançar e, por um instante, Claire achou que não tivesse ouvido a pergunta. Então, Taylor ergueu a cabeça e olhou para Claire.

— No lago.

O lago Locust. Era o centro de toda a atividade em Tranquility, lugar de piqueniques, provas de natação, passeios de barco e pescarias. Sem ele, não haveria veranistas, nenhum fluxo de dinheiro. A própria cidade não existiria.

Aquilo tudo tinha algo a ver com o lago, pensou Claire subitamente. Água e chuva. Enchentes e bactérias.

A noite em que a água brilhou.

— Taylor, você e Scotty nadavam no lago?

Ele assentiu.

— Todos os dias.

15

O encontro municipal fora marcado para as 19h30 e, por volta das 19h15, todos os lugares na cantina da escola já estavam ocupados. As pessoas se aglomeravam nas passagens entre as cadeiras, alinhavam-se ao longo das paredes e transbordavam pela porta dos fundos à mercê do vento gelado. Do lugar onde estava, em um dos lados da cantina, Claire tinha uma boa visão da mesa dos oradores. Ali, Lincoln, Fern Cornwallis e o dirigente da junta de representantes municipais, Glen Ryder, estavam sentados. Os cinco membros da junta estavam reunidos na primeira fila.

Claire reconheceu diversos rostos na plateia. Muitos eram outros pais que ela conhecera nas atividades do colégio. Também viu diversos colegas do hospital Knox. As dezenas de adolescentes na plateia decidiram se agregar nos fundos da cantina, como se quisessem evitar o ataque dos mais velhos.

Glen Ryder bateu o martelo, mas a multidão era grande demais e estava muito agitada para ouvi-lo. Frustrado, Ryder teve de subir em uma cadeira e gritar:

— Esta assembleia vai fazer silêncio *agora*!

Finalmente, a cantina silenciou e Ryder prosseguiu:

— Sei que não há lugares suficientes para todos aqui. Sei que há gente lá fora que está aborrecida por estar exposta a uma temperatura de 13 graus negativos. Mas o chefe dos bombeiros disse que já excedemos o limite de lotação desta sala. Não podemos deixar mais ninguém entrar, a não ser que alguém saia.

— Alguns daqueles jovens lá no fundo poderiam sair para dar lugar aos adultos — resmungou um sujeito.

Um dos adolescentes replicou:

— Também temos direto de estar aqui!

— Vocês, jovens, são o motivo por estarmos aqui!

— Se vão falar a nosso respeito, então queremos saber o que vão dizer!

Meia dúzia de pessoas começaram a falar ao mesmo tempo.

— Ninguém vai sair! — gritou Ryder. — Esta é uma assembleia pública, Ben, e não podemos excluir as pessoas. Agora, vamos com isso. — Ryder olhou para Lincoln. — Chefe Kelly, por que não nos fala sobre os problemas da cidade?

Lincoln levantou-se. A julgar pela curvatura de seus ombros, os últimos dias o haviam exaurido, tanto física quanto emocionalmente.

— Não foi um bom mês — começou ele. Um eufemismo típico de Lincoln Kelly. — Todos estão preocupados com os homicídios. O tiroteio na escola, em 2 de novembro, depois os Braxton no dia 15 do mesmo mês. Dois assassinatos em duas semanas. O que me assusta é pensar que a situação ainda vai piorar. Na noite passada, meus policiais responderam a oito chamadas diferentes envolvendo jovens que atacaram outras pessoas. Nunca vi isso antes. Sou policial nesta cidade há 22 anos. Já vi pequenas ondas de crime. Mas o que vejo agora, jovens tentando se ferir mutuamente, tentando *matar* uns aos outros, tentando tirar a vida das pessoas que amam... — Ele balançou a cabeça e se sentou sem dizer mais nada.

— Srta. Cornwallis? — disse Ryder.

A diretora da escola levantou-se. Fern Cornwallis era uma mulher bonita e se esforçara para parecer bem naquela noite. Seu cabelo louro e brilhoso estava amarrado em um coque à francesa, e ela era uma das poucas mulheres na sala que se dera ao trabalho de usar maquiagem. Mas aquele toque de batom claro apenas enfatizava a palidez de seu rosto.

— Endosso as palavras do chefe Kelly. Também nunca vi tanto ódio e violência nesta cidade. E não é apenas um problema escolar. Também é um problema doméstico. Conheço esses jovens! Eu os vi crescer. Eu os vejo na cidade, nos corredores do colégio. Ou em meu gabinete, quando necessário. Aqueles que estão se envolvendo em brigas agora nunca foram aqueles criadores de caso. Nos últimos anos, nenhum deles deu qualquer sinal de ser violento. Mas, subitamente, descubro que não conheço mais esses jovens. Não os reconheço. — Ela fez uma pausa e engoliu em seco. — Estou com medo deles — concluiu em voz baixa.

— Então, de quem é a culpa? — gritou Ben Doucette.

— Não estamos dizendo que é culpa de alguém — afirmou Fern. — Só estamos tentando entender por que isso está acontecendo. Como medida de emergência, trouxemos cinco novos orientadores para trabalharem nos ensinos médio e fundamental. As séries mais adiantadas têm um psicólogo, o Dr. Lieberman, que está trabalhando em regime intensivo com o nosso pessoal. Estamos tentando projetar um plano de ação.

Ben se levantou. Era um solteirão de 50 anos de rosto amargo que perdera um braço no Vietnã e constantemente segurava o coto com a mão que lhe restava, para enfatizar o membro perdido.

— Sei muito bem qual é o problema — disse ele. — É o mesmo que temos no resto do país, nenhuma disciplina. Quando eu tinha 13 anos, acha que eu ousaria pegar uma faca e ameaçar a minha mãe? Meu velho me daria uma boa surra.

— O que está sugerindo, Sr. Doucette? — disse Fern. — Que espanquemos jovens de 14 anos?

— Por que não?

— Pode tentar! — gritou um dos garotos, e um coro concordou:

— *Pode tentar!*

A reunião estava saindo de controle. Lincoln levantou-se, erguendo a mão e pedindo ordem. Foi por respeito a ele que a multidão finalmente se acalmou para ouvi-lo.

— É hora de falarmos sobre soluções realistas — falou o chefe de polícia.

Jack Reid levantou-se.

— Não podemos falar em solução antes de sabermos por que isso está acontecendo. Meus filhos dizem que são os novos alunos, aqueles que se mudaram para cá vindos de outras cidades, que estão causando a maior parte dos problemas. Criando gangues, talvez distribuindo drogas.

A resposta de Lincoln se perdeu em um súbito crescendo de vozes. Claire pôde ver frustração e irritação crescentes no rosto do policial.

— Esse não é um problema externo — disse Lincoln. — Essa crise é local. É *nosso* problema, são *nossos* filhos que estão se metendo em confusões.

— Mas quem começou? — disse Reid. — Quem os fez agir assim? Algumas pessoas não deveriam ficar aqui!

Glen Ryder bateu o martelo diversas vezes, sem resultado. Jack Reid tocara um ponto delicado e agora todos gritavam ao mesmo tempo.

Uma voz de mulher sobressaiu em meio ao tumulto:

— E quanto aos rumores de antigos cultos satânicos? — perguntou Damaris Horne, levantando-se. Era difícil não perceber aquela juba selvagem de cabelo louro. Também era difícil não notar os olhares interessados que os homens lançavam em sua direção. — Todos ouvimos falar daqueles ossos que escavaram à margem do lago. Ouvi dizer que foi um homicídio múltiplo. Talvez até um ritual de sacrifício.

— Isso foi há mais de cem anos — disse Lincoln. — Não tem relação com os fatos atuais.

— Talvez tenha. A Nova Inglaterra tem uma longa história de cultos satânicos.

Lincoln perdia o controle rapidamente.

— O único culto que temos por aqui foi o que inventou para aquele tabloide vagabundo! — rebateu.

— Então talvez o senhor explique os perturbadores rumores que andei ouvindo por aí — disse Damaris, mantendo a calma. — Por exemplo, que o número 666 foi pintado numa parede da escola.

Lincoln lançou um olhar assustado para Fern. Claire imediatamente entendeu o que aquele olhar significava. Evidentemente, ambos estavam surpresos por a repórter ter conhecimento de um evento real.

— Uma mancha de sangue apareceu em um estábulo no mês passado — continuou Damaris. — O que tem a dizer a esse respeito?

— Aquilo era tinta vermelha. Não sangue.

— E as luzes brilhando à noite em Beech Hill? Até onde eu sei não há nada lá além de uma reserva florestal.

— Agora, espere um minuto — exclamou Lois Cuthbert, um dos representantes. — Isso eu posso explicar. É aquele biólogo, o Dr. Tutwiler, coletando salamandras no escuro. Quase o atropelei de noite algumas semanas atrás, quando ele voltava de lá.

— Tudo bem — concedeu Damaris. — Esqueça as luzes em Beech Hill. Mas, ainda assim, há um bocado de acontecimentos estranhos e inexplicáveis nesta cidade. Se alguém aqui quiser falar comigo depois, sou toda ouvidos. — Damaris voltou a se sentar.

— Concordo com ela — disse uma voz trêmula. Era uma mulher que estava nos fundos da sala, uma figura pequena, de rosto pálido, agarrada ao casaco. — Há algo errado nessa cidade. Sinto isso há muito tempo. Pode negar o quanto quiser, chefe Kelly, mas o que temos aqui é *maldade*. Não digo que seja Satã. Não sei o que é. Mas sei que não posso mais viver aqui. Minha casa está à venda, e estou indo embora na semana que vem. Antes que algo aconteça com a minha família.

Ela deu as costas e saiu da sala.

O pager no bolso de Claire quebrou o silêncio. Ela olhou para baixo e viu que era uma mensagem do hospital. Ela abriu caminho em meio à multidão e saiu ao ar livre para ligar de seu celular.

Comparado à cantina superaquecida, o vento estava dolorosamente frio, e ela se encolheu, trêmula, contra o prédio, esperando que atendessem.

— Laboratório, Clive falando.

— Aqui é a Dra. Elliot. Você me bipou.

— Não tinha certeza se você ainda gostaria de ter os resultados, uma vez que o paciente faleceu. Mas tenho alguns resultados dos exames de Scotty Braxton.

— Sim, quero saber.

— Primeiramente, tenho o relatório final do Anson Biologicals sobre o exame toxicológico completo. Nenhuma droga ou toxina detectada.

— Não há nada sobre o pico na cromatografia?

— Não neste relatório.

— Tem que estar errado. Alguma coisa tinha que aparecer no exame toxicológico.

— É tudo o que diz aqui: "Nada detectado." Também temos o resultado final da cultura das secreções nasais do jovem. É uma longa lista de organismos, uma vez que você pediu que tudo fosse identificado. A maior parte é comum. Estreptococo epidermide, estreptococo alfa. Coisas que normalmente não nos incomodam em evidenciar.

— Apareceu algo de anormal?

— Sim. *Vibrio fischeri.*

Ela escreveu o nome em um papel.

— Nunca ouvi falar desse organismo.

— Nem nós. Nunca apareceu em uma cultura por aqui. Deve ser um contaminante.

— Mas eu colhi a amostra diretamente da mucosa nasal do paciente.

— Bem, duvido que essa contaminação tenha vindo do laboratório. Essa bactéria não é algo que se encontre próximo de um hospital.

— O que é *Vibrio fischeri*? Onde cresce normalmente?

— Verifiquei com a microbióloga em Bangor, onde fizeram as culturas. Ela disse que essa espécie geralmente infecta invertebrados como lulas ou vermes marinhos. Mantém com eles uma relação simbiótica. O invertebrado hospedeiro fornece um ambiente seguro.

— E o que o *Vibrio* oferece em troca?

— Fornece energia para o órgão luminescente do hospedeiro.

Demorou alguns segundos para que ela compreendesse o significado daquele fato. Abruptamente, perguntou:

— Está dizendo que essa bactéria é bioluminescente?

— Sim. As lulas as coletam em um saco translúcido. Usam o brilho da bactéria para atrair os parceiros. Como um letreiro sexual de néon.

— Preciso desligar — interrompeu Claire. — Falo com você mais tarde.

Ela fechou o telefone e voltou à cantina.

Glen Ryder tentava outra vez acalmar a plateia, o martelo batendo sem efeito em meio à confusão. Ele olhou assustado para Claire quando ela caminhou em direção à mesa dos oradores.

— Preciso fazer uma declaração — anunciou. — Tenho um alerta de saúde para a cidade.

— Isso não é exatamente relevante nesta reunião, Dra. Elliot.

— Acredito que seja. Por favor, deixe-me falar.

Ele assentiu e voltou a bater o martelo com urgência renovada.

— A Dra. Elliot tem uma declaração a fazer!

Claire foi até a frente da sala, atenta para o fato de todos estarem olhando em sua direção. Ela inspirou profundamente e começou a falar:

— Esses ataques estão assustando a todos nós, obrigando-nos a suspeitar de nossos vizinhos, da escola, das pessoas de fora. Mas acredito que exista uma explicação médica. Acabei de falar com o laboratório do hospital e tenho uma pista para descobrir o que está acontecendo. — Ela ergueu o pedaço de papel com o nome do organismo. — É uma bactéria chamada *Vibrio fischeri*. Foi colhida no muco nasal de Scotty Braxton. O que estão vendo agora, esse comportamento agressivo em nossos jovens, pode ser um sintoma de infecção. O *Vibrio fischeri* pode provocar um tipo de meningite que não podemos detectar com os exames convencionais. Também pode causar o que os médicos chamam de "reação de vizinhança", uma infecção dos seios da face, que se estende até o cérebro...

— Espere um minuto — interrompeu-a Adam DelRay, levantando-se. — Sou médico daqui há dez anos. Nunca topei com uma infecção desse... como é mesmo o nome?

— *Vibrio fischeri*. Não é normalmente detectado em humanos. Mas o laboratório identificou-o como um organismo que infectava o meu paciente.

— E onde o seu paciente foi infectado?

— Acredito que tenha sido no lago. Scotty Braxton e Taylor Darnell nadaram naquele lago quase todos os dias do verão passado. Assim como diversos outros jovens desta cidade. Se aquele lago tiver uma alta contagem de *Vibrio*, isso pode explicar como eles têm sido infectados.

— Fui nadar no verão passado — disse uma mulher. — Muitos adultos fizeram o mesmo. Por que apenas os jovens foram infectados?

— Pode estar relacionado à parte do lago onde você nadou. Também sei que há um padrão de infecção semelhante para a meningite amébica, uma infecção do cérebro causada por amebas que se desenvolvem em água doce. Crianças e adolescentes são os mais infectados. Quando nadam em água contaminada, a ameba entra em contato com a mucosa nasal. Dali, atinge o cérebro passando por uma barreira porosa chamada placa cribriforme. Os adultos não são infectados porque nos adultos essas placas estão vedadas, protegendo os cérebros. As crianças ainda não têm essa proteção.

— Então, como tratam isso? Com antibióticos ou algo parecido?

— Acredito que essa seria uma solução.

Adam DelRay soltou uma gargalhada incrédula.

— Está sugerindo que receitemos antibióticos para todo adolescente nervosinho da cidade? Você não tem provas!

— Tenho uma cultura positiva.

— *Uma* cultura positiva. E não vem do fluido cérebro-espinhal; portanto, como pode dizer que é meningite? — Ele olhou para a plateia. — Posso assegurar que não há epidemia na cidade. No mês passado, o grupo pediátrico de Two Hills conseguiu uma bolsa para fazer exames de sangue e exames hormonais em nossos adolescentes. Eles coletaram sangue de todos os pacientes jovens desta área. Qualquer infecção teria aparecido nos exames de sangue.

— De que bolsa está falando? — perguntou Claire.

— Do Anson Biologicals. Para estabelecer níveis normais. Eles não detectaram nada de estranho. — DelRay balançou a cabeça. — Essa sua teoria de infecção é a coisa mais disparatada que já ouvi, e não há nenhum vestígio de prova. Você nem mesmo sabe se há *Vibrio* no lago.

— Sei que há — disse Claire. — Eu vi.

— Você *viu* uma bactéria? Então você tem visão microscópica?

— O *Vibrio fischeri* é bioluminescente. Ele brilha. Vi bioluminescência no lago Locust.

— Onde estão as culturas para confirmar isso? Você colheu amostras de água?

— Quando vi o brilho, foi pouco antes de o lago congelar. Agora provavelmente está frio demais para fazer culturas, o que significa que não teremos confirmação até colhermos amostras de água na primavera. Essas culturas demoram a crescer. Podem demorar semanas ou meses antes de termos uma resposta. — Ela fez uma pausa, relutando antes de fazer a próxima sugestão. — Até afastarmos a possibilidade de o lago ser a fonte dessa bactéria, recomendo que os jovens sejam proibidos de nadar ali.

O tumulto era previsível e veio imediatamente:

— Está louca? Não podemos divulgar isso de jeito nenhum!

— E quanto aos turistas? Você vai assustar os turistas!

— Como vamos sobreviver?

Glen Ryder levantou-se, batendo na mesa.

— Ordem! Exijo *ordem*! — Com o rosto corado, ele voltou-se para Claire. — Dra. Elliot, esta não é hora e nem lugar para sugerir ação tão drástica. Isso precisa ser discutido com a junta de representantes municipais.

— Esse é um assunto de saúde pública — disse Claire. — É uma decisão do Departamento de Saúde. Não dos políticos.

— Não há necessidade de envolver o Estado!

— Seria irresponsável não fazê-lo.

Lois Cuthbert levantou-se.

— Vou lhe dizer o que é irresponsabilidade! Irresponsabilidade é subir aí, sem qualquer prova, com todos esses repórteres na sala, e dizer que existe uma bactéria mortal em nosso lago. Vai destruir a cidade.

— Se há risco para a saúde, não temos outra alternativa.

Lois voltou-se para Adam DelRay.

— Qual a sua opinião, Dr. DelRay? Há risco para a saúde?

DelRay sorriu debochado.

— O único risco que vejo é sermos vistos como palhaços caso levemos isso a sério. Bactérias que brilham no escuro? Elas também cantam e dançam?

Claire enrubesceu ao ouvir as gargalhadas ao seu redor.

— Eu sei o que vi — insistiu ela.

— Certo, Dra. Elliot! Bactérias psicodélicas.

A voz de Lincoln subitamente irrompeu em meio às risadas:

— Eu também vi.

Todos se calaram quando ele se levantou. Atônita, Claire voltou-se para Lincoln e meneou a cabeça com ironia, um gesto que indicava a parceria entre os dois.

— Eu estava lá naquela noite, com a Dra. Elliot — continuou ele. — Ambos vimos o brilho no lago. Não sei o que era. Durou apenas alguns minutos, então desapareceu. Mas *havia* um brilho.

— Morei perto daquele lago a vida inteira — disse Lois Cuthbert. — Nunca vi brilho nenhum.

— Nem eu!

— Nem eu!

— Ei, chefe, você e ela estão cheirando a mesma coisa?

Outra gargalhada, desta vez dirigida a ambos. O ultraje se transformara em ridículo, mas Lincoln não recuou. Recebeu os insultos com calma.

— Pode ser uma ocorrência episódica — disse Claire. — Algo que não acontece todo ano. Pode estar relacionado a condições meteorológicas. Inundações primaveris ou um verão particularmente quente, como foi o caso este ano. As mesmas condições ocorreram há 52 anos. — Ela fez uma pausa e seu olhar desafiador varreu a sala. — Sei que há pessoas nesta sala que se lembram do que aconteceu há 52 anos.

A multidão se calou.

Um repórter do *Portland Press Herald* perguntou em voz alta:

— O que aconteceu há 52 anos?

Abruptamente, Glen Ryder levantou-se.

— A junta vai considerar. Obrigado, Dra. Elliot.

— Isso deve ser feito agora — disse Claire. — O Departamento de Saúde deve ser chamado para examinar a água...

— Discutiremos isso na próxima reunião da junta — repetiu Ryder com firmeza. — Isso é tudo, Dra. Elliot.

Com o rosto queimando, ela se afastou da mesa de oradores.

A reunião continuou, alta e rancorosa, à medida que as sugestões eram aventadas. Não houve mais menção à teoria de Claire. Todos a consideraram, por unanimidade, fora de questão. Alguém sugeriu um toque de recolher às 21 horas — todos os jovens em casa. Os adolescentes protestaram:

— Direitos civis!

— E quanto aos nossos direitos civis?

— Jovens não têm direitos civis! — rebateu Lois. — Não até aprenderem a ter responsabilidade!

E a situação só piorou a partir daí.

Às 22 horas, com todos roucos de tanto gritar, Glen Ryder finalmente encerrou a reunião.

Claire permaneceu de pé no canto da sala, vendo a multidão sair. Ninguém olhou para ela ao passar. *Deixei de existir nesta cidade*, pensou, *a não ser como objeto de deboche*. Ela quis agradecer a Lincoln por tê-la apoiado, mas viu que ele estava cercado por membros da junta municipal, que o bombardeavam com perguntas e queixas.

— Dra. Elliot! — chamou Damaris Horne. — O que aconteceu há 52 anos?

Claire correu em direção à saída, com Damaris e outros repórteres nos seus calcanhares enquanto ela repetia:

— Sem comentários. Sem comentários.

Claire ficou aliviada ao perceber que ninguém a seguiu.

Lá fora, o vento frio parecia atravessar seu casaco. O carro estava estacionado a alguma distância da escola, e, enfiando as mãos nos bolsos, ela começou a caminhar o mais rápido que podia pela estrada congelada, ofuscada pelo brilho intermitente dos faróis dos outros carros que passavam. Quando chegou ao veículo, tinha as chaves na mão e estava a ponto de abrir a porta quando notou que havia algo errado.

Claire deu um passo atrás e olhou chocada para as duas poças de borracha flácida que haviam sido seus pneus. Os quatro haviam sido cortados. Furiosa, frustrada, bateu com a mão sobre o capô. Uma, duas vezes.

Do outro lado da rua, um homem que caminhava em direção ao próprio carro olhou-a, surpresa. Era Mitchell Groome.

— Algo errado, Dra. Elliot? — disse ele.

— Olhe para os meus pneus!

Ele fez uma pausa para esperar um carro passar, então atravessou a rua.

— Meu Deus — murmurou. — Alguém não gosta da senhora.

— Eles cortaram *todos* os pneus!

— Eu a ajudaria a trocá-los, mas não creio que tenha quatro estepes no porta-malas.

Claire não estava com ânimo para piadas e deu-lhe as costas, olhando para os pneus arruinados. Seu rosto exposto doía e o frio do chão gelado parecia entrar pelo solado de suas botas. Era tarde demais para ligar para a oficina de Joe Bartlett. De qualquer modo, ele não conseguiria arranjar quatro pneus novos até o amanhecer. Ela estava presa ali, furiosa, e ficando cada vez com mais frio.

Ela se voltou para Groome.

— Poderia me dar uma carona até em casa?

Era um pacto com o diabo, e ela sabia disso. Um jornalista tem de fazer perguntas, e, dez segundos depois, Groome perguntou o esperado:

— Então, o que aconteceu nesta cidade há 52 anos?

Claire evitou o olhar dele.

— Realmente não estou a fim de falar sobre o assunto.

— Não tenho dúvidas quanto a isso, mas vão acabar descobrindo. Damaris Horne vai ficar sabendo, de um modo ou de outro.

— Aquela mulher não tem noção do que é ética.

— Mas ela tem uma fonte interna.

Claire olhou para ele.

— Está falando do Departamento de Polícia?

— A senhora já sabia?

— Não o nome do policial. Quem é?

— Diga-me o que aconteceu em 1946.

Ela voltou a olhar para a frente.

— Está nos arquivos do jornal local. Pode ver por conta própria.

Groome dirigiu em silêncio durante algum tempo.

— Isso já aconteceu antes nesta cidade, não é mesmo? — perguntou. — Os assassinatos.

— Sim.

— E a senhora acha que há um motivo biológico para isso?

— Tem a ver com o lago. É algum tipo de fenômeno natural. Uma bactéria ou alga.

— E quanto à minha teoria? De que isso aqui é outra Flanders, Iowa?

— Não se trata de abuso de drogas, Mitchell. Achei ter descoberto algo no exame de sangue dos dois jovens. Um esteroide anabólico de algum tipo. Mas os resultados finais do exame toxicológico deram negativo em ambos os casos. E Taylor nega uso de drogas.

— Adolescentes mentem.

— Exames de sangue, não.

Entraram no acesso de veículos da casa dela, e ele se voltou para Claire.

— A senhora comprou uma briga e tanto, Dra. Elliot. Talvez não tenha sentido o ódio que pairava naquela sala, mas eu senti.

— Não apenas senti como tenho quatro pneus rasgados para provar. — Ela saiu do carro. — Obrigada pela carona. Agora, você me deve algo.

— É mesmo?

— O nome do policial que está passando informações para Damaris Horne.

Ele deu de ombros.

— Não sei o nome do homem. Tudo o que posso dizer é que os vi juntos em, digamos, contato próximo. Cabelo castanho-escuro, altura mediana. Trabalha no turno da noite.

Ela assentiu.

— Vou descobrir.

Lincoln subiu a escada da bela mansão vitoriana, cada passo levando-o mais para perto da completa exaustão. Já passava da meia-noite. Nas últimas horas estivera em uma reunião de emergência da junta de representantes municipais, na casa de Glen Ryder, onde disseram claramente a Lincoln que seu emprego estava ameaçado. A junta o contratara e podia demiti-lo. Ele era um funcionário da cidade de Tranquility, portanto um guardião de seu bem-estar. Como ele pudera ter apoiado a sugestão da Dra. Elliot de fechar o lago?

Eu só estava expressando a minha honesta opinião, dissera ele.

Mas, nesse caso, a honestidade claramente não era a melhor política.

O que se seguiu foi uma interminável ladainha de estatísticas financeiras, fornecidas pelo tesoureiro municipal. Quanto dinheiro entrava na cidade a cada verão trazido pelos turistas. Quantos empregos resultavam disso. Quantos negócios locais existiam apenas por causa dos visitantes.

De onde vinha o salário de Lincoln.

A vida ou a morte da cidade dependia do lago Locust, e ninguém mandaria fechá-lo, não haveria alertas de saúde, nem mesmo um vestígio de debate público.

Deixara a reunião sem saber se ainda tinha um emprego, sem saber se ainda queria aquele emprego. Entrou na sua picape e estava a meio caminho de casa quando recebeu a ligação da expedição dizendo que outra pessoa queria falar com ele.

Ele tocou a campainha. Enquanto esperava a porta abrir, olhou rua acima e viu que todas as casas estavam às escuras, todas as cortinas fechadas contra aquela noite gelada e sombria.

A porta se abriu, e a juíza Iris Keating disse:

— Obrigada por vir, Lincoln.

Ele entrou na casa. Parecia abafada, sufocante.

— A senhora disse que era urgente.

— Já se reuniu com a junta?

— Agora há pouco.

— E eles não vão considerar a possibilidade de fechar o lago, estou certa?

Ele sorriu, resignado.

— Havia alguma dúvida?

— Conheço esta cidade bem demais. Sei como pensam as pessoas e do que têm medo. Quão longe iriam para se proteger.

— Então sabe com o que estou lidando.

Ela gesticulou para a biblioteca.

— Vamos sentar, Lincoln. Tenho algo a lhe dizer.

O fogo morria por trás da grelha, apenas algumas poucas chamas emergindo do monte de cinzas. Ainda assim, a sala parecia quente e, quando Lincoln afundou em uma cadeira excessivamente acolchoada, perguntou-se se conseguiria reunir energias para se manter desperto, para se levantar outra vez e voltar para o frio. Iris se sentou diante dele, com o rosto iluminado apenas pelo brilho do fogo. A luz suave foi gentil com suas feições, aprofundando os seus olhos, amaciando em sombras aveludadas as rugas de seus 66 anos. Apenas as mãos magras e nodosas pela artrite traíam sua idade.

— Eu devia ter dito algo na reunião de hoje à noite, mas não tive coragem — confessou.

— Coragem para dizer o quê?

— Quando Claire Elliot falou sobre o lago, sobre a noite que viu a água brilhar, eu deveria ter endossado o que ela dizia.

Lincoln inclinou-se para a frente, o significado das palavras da juíza finalmente vencendo sua fadiga.

— A senhora também viu.

— Sim.

— Quando?

Ela olhou para as próprias mãos, que agarravam o apoio da cadeira.

— Foi no fim do verão. Eu tinha 14 anos, e tínhamos uma casa junto aos Penedos. Não existe mais hoje em dia, foi derrubada há muitos anos. — Seu olhar voltou-se para o fogo e ali ficou, concentrado nas chamas. Ela se recostou, o cabelo como um halo de prata contra o tecido escuro do estofo da cadeira. — Eu me lembro daquela noite, chovia forte. Eu despertei e ouvi um trovão. Fui até a janela e havia algo na água. Uma luz. Um brilho. Ficou ali apenas alguns minutos, e então... — Ela fez uma pausa. — Quando acordei meus pais, a lua havia desaparecido e a água estava escura outra vez. — Ela balançou a cabeça. — É claro que não acreditaram em mim.

— A senhora voltou a ver o brilho?

— Só mais uma vez. Algumas semanas depois, também durante uma tempestade. Apenas um breve tremeluzir. Depois nada.

— Na noite em que eu e Claire vimos aquilo também chovia forte.

Ela voltou o olhar para Lincoln.

— Durante todos esses anos, achei que fossem relâmpagos. Ou uma ilusão de ótica. Mas então, hoje à noite, soube que não fui a única a ter visto aquela luz.

— Por que não falou? A cidade teria ouvido a senhora.

— E as pessoas nos fariam todo tipo de perguntas. Quando a vi, em que ano.

— Em que ano foi, juíza Keating?

Ela desviou o olhar, mas Lincoln percebeu lágrimas nos olhos dela.

— Foi em 1946 — sussurrou. — Foi no verão de 1946.

No ano em que os pais de Iris Keating foram assassinados por seu irmão de 15 anos. No ano em que Iris também havia assassinado alguém, embora em legítima defesa. Ela empurrara o próprio irmão pela janela do sótão e o vira cair para a morte.

— Compreende agora por que não falei — disse ela.

— Poderia ter feito a diferença.

— Ninguém quer ouvir falar sobre isso. Eu não quero falar sobre isso.

— Faz tanto tempo, 52 anos...

— Mas 52 anos não são nada! Veja como ainda tratam Warren Emerson. Sou culpada também. Quando crianças, éramos amigos. Cheguei a achar que algum dia nós... — Ela subitamente parou de falar. Seu olhar voltou-se para o fogo, agora nada mais que cinzas incandescentes. — Eu o evitei durante todos esses anos. Fingi que não existia. E agora ouço dizer que pode não ter sido culpa dele, mas sim de uma simples doença. Uma infecção no cérebro. E é tarde demais para eu me desculpar.

— Não é tarde demais. Warren foi operado na semana passada e está bem agora. A senhora pode visitá-lo.

— Não sei o que diria a ele depois de todos esses anos. Não sei se ele quer me ver.

— Deixe Warren tomar essa decisão.

Ela pensou a respeito, os olhos iluminados pela luz mortiça das brasas. Então, levantou-se da cadeira.

— Acho que o fogo apagou — disse ela.

Então se voltou e deixou a sala.

Havia um carro parado diante da casa de Lincoln.

O policial estacionou atrás dele e resmungou. Embora tivesse ficado fora o dia inteiro, as luzes da sala de estar estavam acesas e ele sabia o que o esperava lá dentro. De novo não, pensou. Não hoje à noite.

Subiu os degraus da varanda e viu que a porta da frente estava destrancada. Quando Doreen roubara a chave nova?

Encontrou-a dormindo no sofá. O fedor azedo de bebida permeava a sala. Se ele a despertasse agora, haveria outro escândalo de bêbado, choradeira e gritaria, acordando os vizinhos. Melhor deixá-la dormir e lidar com aquilo pela manhã, quando Doreen estivesse sóbria e ele não estivesse tão exausto. Lincoln olhou para ela, avaliando, triste e confuso, a mulher com quem se casara. O cabelo ruivo estava coberto de fios grisalhos. Dormia de boca aberta. Seu sono tinha um ritmo barulhento de assobios e roncos. Contudo, não sentia aversão ao olhar para ela. Na verdade, sentia pena, e não acreditava que a havia amado algum dia.

Havia uma asfixiante e interminável sensação de responsabilidade pelo bem-estar dela.

Doreen precisaria de um cobertor. Foi até o armário do corredor e ouviu o telefone tocar. Lincoln atendeu rapidamente, com medo que a mulher despertasse e deflagrasse a cena que ele tanto temia.

Era Pete Sparks.

— Desculpe ligar tão tarde — começou o homem —, mas a Dra. Elliot insistiu. Ela ligaria ela mesma caso eu não o fizesse.

— É sobre os pneus rasgados? Mark já me falou.

— Não, é outra coisa.

— O que houve?

— Estou no consultório dela. Alguém quebrou todas as janelas.

16

Vidros por toda parte, estilhaços brilhantes espalhados sobre o tapete, a mesa de revistas e o sofá da sala de espera. Através das janelas quebradas, agora abertas para o ar noturno, entravam flocos de neve que se acomodavam como renda fina sobre os móveis.

Atônita e em silêncio, Claire foi da sala de espera até a sala de exames. A janela acima da mesa de Vera também fora quebrada, e cacos de vidro e pendentes de gelo brilhavam sobre o teclado do computador. O vento soprara folhas de papel e neve através da sala, uma camada de branco que logo derreteria sobre o tapete.

Ela ouviu as botas de Lincoln rangerem sobre o vidro.

— Plywood está a caminho, Claire. Há previsão de mais neve, portanto vão vedar as janelas com ripas de madeira.

Ela continuou a olhar para a neve sobre o tapete.

— Foi por causa do que eu disse na reunião hoje à noite, não foi?

— Este não é o único prédio depredado. Houve vários esta semana.

— Mas esta é a segunda vez que algo acontece comigo esta noite. Primeiro, os pneus. Agora isso. Não ouse me dizer que foi coincidência.

O policial Pete Sparks entrou na sala.

— Não estou tendo muita sorte com os vizinhos, Lincoln. Eles nos chamaram ao ouvirem vidro se quebrando, mas não viram quem fez isso. É como aquele incidente na oficina do Bartlett na semana passada. Quebraram e fugiram.

— Mas Joe Bartlett só teve uma vidraça quebrada — disse Claire. — Eles quebraram todas as minhas janelas. Isso vai me obrigar a fechar o consultório durante semanas.

Sparks tentou consolá-la:

— Só vai demorar alguns dias para substituir as janelas.

— E quanto ao meu computador? O carpete arruinado? A neve está em toda parte. Os dados terão que ser transferidos, terei que reconstruir todos os meus registros contábeis. Não sei se vale a pena. Nem mesmo sei se *quero* recomeçar.

Ela deu as costas e saiu do prédio.

Claire estava encolhida na picape quando Lincoln e Sparks apareceram, pouco tempo depois. Trocaram algumas palavras, então Lincoln atravessou a rua em direção à picape de Claire e sentou-se ao lado dela.

Por um instante, nenhum dos dois disse nada. Claire olhava fixamente para a frente, e sua visão se embaralhou, as luzes do carro patrulha de Sparks se transformando em uma névoa pulsante. Rapidamente, com raiva, passou a mão sobre os olhos.

— Acho que a mensagem foi bem clara. Esta cidade não me quer aqui.

— Não é a cidade toda, Claire. Um vândalo. Uma pessoa...

— Que provavelmente reflete os pensamentos de muitas outras. Eu devia fazer as malas e ir embora hoje à noite. Antes que decidam queimar a minha casa.

Ele não disse nada.

— É nisso que você está pensando, não é? — perguntou Claire, finalmente voltando-se para Lincoln. — Que perdi qualquer chance de ser bem-sucedida aqui.

— Você jogou contra si mesma hoje à noite. Ao falar em fechar o lago, ameaçou um bocado de gente.

— Eu não devia ter dito nada.

— Não, você precisava dizer, Claire. Você fez o certo, e não sou o único a pensar assim.

— Ninguém veio me cumprimentar.

— Acredite, há outras pessoas preocupadas com o lago.

— Mas não vão interditá-lo, certo? Não podem arriscar. Portanto, eles lançam a proibição sobre mim, ao fazerem isso. Estão tentando me expulsar da cidade. — Ela olhou para o consultório. — E vai funcionar, para ser sincera.

— Você está aqui há menos de um ano. Essas coisas demoram...

— Quanto tempo demora para alguém ser aceito nesta cidade? Cinco anos? Dez? Uma vida inteira?

Ela acionou a ignição e sentiu o sopro de ar frio inicial que saiu do aquecedor.

— Seu consultório pode ser consertado.

— Sim, prédios são fáceis de consertar.

— Tudo pode ser substituído. As janelas, o computador.

— E quanto aos meus pacientes? Não acho que continuarão a me procurar depois de hoje à noite.

— Você não sabe. Não deu uma chance para Tranquility.

— Ah, não? — Ela se aprumou e olhou para Lincoln, furiosa. — Dediquei nove meses de minha vida a esta cidade! A cada minuto me preocupava com meu consultório, por que meu livro de consultas ainda estava pela metade. Por que alguém me odeia o bastante para mandar cartas anônimas para meus pacientes? Há gente aqui que quer que eu fracasse, e estão fazendo tudo que podem para me tirar desta cidade. Demorei todo esse tempo para me dar conta de que nunca vai melhorar. Tranquility não me quer, Lincoln. Querem outro Dr. Pomeroy, ou talvez Marcus Welby. Mas não eu.

— Leva tempo, Claire. Você é de fora, e as pessoas precisam se acostumar à sua presença e ter certeza de que você não vai abandoná-las. É aí que Adam DelRay tem uma vantagem. Ele cresceu aqui, e todos acham que ele vai ficar aqui. O último médico de outro estado que veio para cá ficou menos de oito meses. O que veio antes dele ficou menos de um ano. A cidade acha que você também não vai querer ficar. Estão retraídos, esperando para ver se você consegue suportar o inverno. Ou se vai embora da cidade como os outros dois.

— Não é o inverno que está me expulsando. Posso suportar a escuridão e o frio. O que não dá para aguentar é a sensação de não pertencer ao lugar. De que jamais vou pertencer. — Ela inspirou profundamente e sua raiva de repente se dissipou, deixando apenas uma sensação de cansaço. — Não sei por que achei que isso daria certo. Noah não queria vir para cá, mas eu o forcei. Agora vejo a estupidez que cometi...

— Por que você veio, Claire?

Lincoln fez a pergunta em voz tão baixa que ela quase não ouviu em meio ao murmúrio do aquecedor.

Era uma pergunta que ele nunca fizera antes, uma informação fundamental que ela nunca compartilhara. *Por que vim para Tranquility*. Agora, enquanto ele esperava pela resposta, o silêncio pairou entre os dois, aumentando sua relutância em revelar aquilo.

Ele sentiu o desconforto de Claire e voltou o olhar para a rua, dando-lhe alguma privacidade. Quando voltou a falar, foi quase como se as palavras não fossem dirigidas a ela, como se não estivesse falando com ninguém em particular:

— Na maioria das vezes, as pessoas que vêm de outros lugares para cá parecem estar fugindo de alguma coisa. Um trabalho que odeiam, um ex-marido, uma ex-mulher. Alguma tragédia que abalou suas vidas.

Ela se inclinou para o lado e sentiu o vidro gelado contra o rosto. Como ele sabe?, perguntou-se. Quanto já adivinhou?

— Essas pessoas vêm para cá e acham que encontraram o paraíso. Talvez estejam em férias de verão. Talvez estejam apenas passando de carro, e o nome da cidade os atrai. Tranquility. Soa como um lugar seguro, um lugar para onde fugir, onde se esconder. Param em uma imobiliária e olham as fotos na parede. Todas aquelas casas de fazenda à venda, os chalés no lago.

Era a fotografia de uma casa de campo branca, com narcisos oscilando no jardim da frente e um bordo começando a mostrar as flores primaveris. Nunca tive uma casa com um bordo. Nunca morei em uma cidade onde pudesse olhar para o céu à noite e ver estrelas em vez do brilho das luzes da cidade.

— Perguntam-se como seria morar em uma cidade pequena — continuou Lincoln. — Um lugar onde ninguém tranca as portas e os vizinhos lhes dão as boas-vindas com comida caseira. Um lugar que é mais fantasia que realidade, porque a cidade pequena que imaginam não existe. E os problemas que estão tentando deixar para trás apenas os seguem para o novo lar. E para o próximo.

Noah disse que não queria vir. Disse que me odiaria se eu o forçasse a deixar Baltimore e abandonar todos os seus amigos. Mas você não pode deixar um menino de 14 anos mandar na sua vida. Eu sou a mãe. Sou eu quem dá as ordens. Eu sabia o que seria bom para ele, bom para nós dois.

Achei que soubesse.

— Por um tempo, talvez pareça funcionar — disse ele. — Uma nova casa, uma nova cidade. Isso mantém a mente afastada das coisas das quais estão fugindo. Todo mundo espera um novo começo, uma chance de fazer as coisas direito. E pensam: que melhor tempo e lugar do que um verão junto a um lago para começar uma nova vida?

— Ele roubou um carro — soltou Claire.

Lincoln não respondeu. Claire imaginou o que veria nos olhos dele se virasse a cabeça e o encarasse naquele instante.

Certamente não seria uma expressão de surpresa. De algum modo ele já sabia ou intuíra que sua vinda para Tranquility fora um ato de desespero.

— Não foi o único crime que ele cometeu, é claro. Após ser preso, soube de todas as outras coisas que ele havia feito. Roubo de loja. Pichações. A invasão da mercearia da vizinhança. Fizeram aquilo juntos, Noah e os amigos. Três meninos entediados que decidiram acrescentar alguma emoção à própria vida, e à de seus pais. — Ela se recostou, olhando para a rua vazia. A neve começara a cair e os flocos batiam no para-brisa, derretiam e escorriam como lágrimas sobre o vidro. — A pior parte disso tudo é que eu não sabia de nada. Ele não me contava. Estava completamente distante do meu filho.

"Quando a polícia ligou naquela noite e me disse que houvera um acidente, que Noah estava em um carro roubado, respondi que aquilo devia ser um engano. Meu filho jamais faria algo assim, ele estava passando a noite na casa de um amigo. Mas não estava. Na verdade, estava na emergência de um hospital com um ferimento na cabeça. E seu amigo, um dos meninos, estava em coma. Acho que devia me sentir grata pelo fato de Noah nunca esquecer de colocar o cinto de segurança. Mesmo depois de roubar um carro. — Ela balançou a cabeça e suspirou com ironia. — Os outros pais estavam tão surpresos quanto eu. Não conseguiam acreditar que seus filhos fizessem algo assim. Acharam que Noah os convencera a agir. Noah era a má influência. O que esperar de um menino que não tem pai?

"Para eles, não fazia a menor diferença o fato de meu filho ser o mais jovem dos três. Eles o culpavam pela falta do pai. E o fato de eu estar muito ocupada trabalhando como médica, cuidando da família de outras pessoas em vez de prestar atenção na minha."

Lá fora, a neve caía com mais força agora, cobrindo o para-brisa e obliterando a visão da rua.

— A pior parte de tudo isso era que eu concordava com eles. Eu devia estar fazendo algo de errado, negligenciando-o de algum modo. Tudo o que conseguia pensar era: como posso consertar as coisas?

— Fazer as malas e ir embora é uma medida bastante drástica.

— Eu estava querendo um milagre. Uma solução mágica. Chegamos a ponto de nos odiarmos. Eu não podia controlar para onde ele ia ou o que fazia. O pior de tudo era que não podia escolher os amigos dele. Dava para ver aonde aquilo ia dar. Outro carro roubado, outra prisão. Outra rodada de inútil aconselhamento familiar... — Ela inspirou profundamente. Àquela altura, o para-brisa já estava completamente coberto de neve e ela se sentiu enterrada dentro de uma tumba com aquele homem ao seu lado.

— Então, visitamos Tranquility.

— Quando?

— Em um fim de semana no outono. Pouco mais de um ano atrás. A maioria dos turistas havia ido embora e o tempo ainda estava bom. Veranico. Noah e eu alugamos um chalé no lago. Toda as manhãs, quando despertávamos, ouvíamos as aves aquáticas. E nada mais. Apenas as aves e o silêncio. Foi o que mais gostei naquele fim de semana, a sensação de completa paz. Pela primeira vez, não discutimos. Realmente gostamos de estar juntos. Foi quando me dei conta de que queria ir embora de Baltimore... — Ela balançou a cabeça. — Acho que você me classificou corretamente, Lincoln. Sou como toda pessoa de fora que se muda para esta cidade: sempre fugindo de outra vida, outros problemas. Não tinha certeza de para onde estava indo. Só sabia que não podia ficar onde estava.

— E agora?

— Também não posso ficar aqui — disse ela, arrasada.

— É muito cedo para você tomar essa decisão, Claire. Você não esteve aqui tempo o bastante para criar uma clientela.

— Tive nove meses. Durante todo o verão e o outono fiquei no meu consultório esperando pelos pacientes. A maioria dos que apareceram eram turistas. Veranistas que chegavam com um tornozelo torcido ou um desconforto no estômago. Quando o verão acabou, todos voltaram para casa. Subitamente me dei conta de quão poucos pacientes eu tinha nesta cidade. Achei que podia conseguir, que as pessoas aprenderiam a confiar em mim. Aconteceria em mais um ou dois anos. Mas, depois de hoje à noite, não tenho a menor chance. Falei o que precisava dizer naquela reunião e a cidade não gostou. Agora, minha melhor opção é fazer as malas e partir. E esperar que não seja tarde demais para voltar a Baltimore.

— Está desistindo assim tão fácil?

Foi uma frase provocativa. Furiosa, ela se voltou para ele.

— "Assim tão fácil"? Então quer dizer que ainda vai piorar?

— Não são todos na cidade que estão contra você. Apenas alguns indivíduos perturbados. Você tem mais apoio do que imagina.

— E onde está esse apoio? Por que ninguém mais me apoiou naquela reunião? Você foi o único.

— Alguns estão confusos. Ou com medo de falar.

— Não me admiro. Podem ter os pneus rasgados também — disse Claire com sarcasmo.

— Esta é uma cidade muito pequena, Claire. As pessoas aqui pensam que conhecem umas às outras, mas, no fundo, não é verdade. Preservamos nossos segredos particulares. Protegemos nosso território e não deixamos ninguém entrar. Falar em uma reunião municipal é abrir-se para o público. A maioria prefere não dizer nada, mesmo que concordem com você.

— Todo esse apoio silencioso não vai me ajudar a ganhar a vida.

— Não, não vai.

— Não tenho a menor garantia de que algum paciente virá me procurar agora.

— Seria um risco, sim.

— Então por que devo insistir? Por que devo ficar nesta cidade?

— Porque não quero que vá embora.

Essa não era a resposta que ela esperava. Claire olhou para Lincoln tentando ler sua expressão em meio à penumbra.

— Esta cidade precisa de alguém como você — continuou ele. — Alguém que movimente um pouco as coisas. Que nos obrigue a questionar coisas em que nunca ousamos pensar. Seria uma pena se você nos deixasse, Claire. Uma pena para todos nós.

— Então, está falando em nome da cidade?

— Sim.

Ele fez uma pausa e acrescentou em voz baixa:

— E em meu nome também.

— Não sei o que isso quer dizer.

— Eu também não. Nem mesmo sei por que estou dizendo isso. Não é bom para nenhum de nós.

Abruptamente, Lincoln segurou a maçaneta e estava a ponto de abrir a porta quando ela estendeu a mão e tocou-lhe o braço. Imediatamente ele se deteve, sua mão agarrada à porta, o corpo pronto para sair para o frio.

— Eu achava que você não gostava de mim — disse ela.

Lincoln a olhou, surpreso.

— Dei tal impressão?

— Não foi nada que você tenha dito.

— O que foi, então?

— Você nunca me falou de nada pessoal, como se não quisesse que eu soubesse nada sobre você. Não me incomodava. Dei-me conta de que as coisas por aqui eram assim. As pessoas se fecham, como você fez. Mas, depois de um tempo, após nos conhecermos, quando esse muro invisível parecia ainda estar entre nós, pensei: talvez não seja apenas o fato de eu ser uma forasteira. Talvez seja pessoal. Algo que ele não gosta em mim.

— É por sua causa, Claire.

Ela fez uma pausa.

— Compreendo.

— Sabia o que aconteceria caso não mantivesse essa distância entre nós. — Seus ombros se arquearam, como se carregassem o peso de sua infelicidade. — As pessoas se acostumam com tudo, até mesmo com a própria tristeza, caso isso dure tempo suficiente. Estive casado com Doreen durante tanto tempo que acho que acabei aceitando que assim deveriam ser as coisas. Fiz uma escolha errada, assumi a responsabilidade, e fiz o melhor que podia.

— Um erro não deveria arruinar toda a sua vida.

— Quando há outra pessoa que pode se ferir, não é fácil ser egoísta, pensar somente em si mesmo. É mais simples não fazer nada e deixar as coisas acontecerem. Proteger ainda mais seus sentimentos.

Uma rajada de vento varreu o para-brisa, deixando fios de neve derretida escorrendo sobre o vidro. Neve fresca voltou a cair, cobrindo aquele breve relance da noite.

— Se parecia que eu não gostava de você, Claire, foi porque fiz muito esforço para isso não acontecer — disse ele.

Mais uma vez, Lincoln fez menção de abrir a porta.

Mais uma vez, Claire o deteve com um toque, a mão pousada sobre o braço dele.

Ele se voltou para ela. Desta vez, seus olhares se mantiveram, nenhum dos dois recuando, nenhum dos dois desistindo.

Lincoln segurou o rosto de Claire e a beijou. Antes que ele pudesse recuar para lamentar o impulso, ela se inclinou em sua direção, retribuindo-lhe o beijo.

Seus lábios, o gosto de sua boca eram novos e pouco familiares para ela. O beijo de um estranho. Um homem cujo desejo por ela, tão longamente oculto, agora queimava como uma febre. Ela também sentia o mesmo calor corar seu rosto, todo o seu corpo, quando ele a puxou em sua direção. Lincoln disse o nome dela uma, duas vezes, um murmúrio de admiração por ser ela quem estava em seus braços.

O brilho de faróis subitamente penetrou o para-brisa coberto de neve. Eles se afastaram e ficaram sentados em um silêncio culpado, ouvindo o som de passos se aproximando da picape. Alguém bateu na janela no lado do passageiro. Os flocos de neve caíram quando Lincoln baixou o vidro.

O policial Mark Dolan olhou para dentro da picape. Ele olhou para Lincoln e Claire e tudo o que disse foi "Ah". Uma sílaba, repleta de significado.

— Eu, hum, vi o motor do carro da doutora ligado e me perguntei se estava tudo bem — explicou Dolan. — Você sabe, envenenamento por monóxido de carbono...

— Está tudo bem — disse Lincoln.

— É. Certo. — Dolan se afastou da janela. — Boa-noite, Lincoln.

— Boa-noite.

Depois que Dolan se afastou, Claire e Lincoln ficaram sentados em silêncio durante algum tempo. Então Lincoln disse:

— Amanhã, todos na cidade vão estar comentando.

— Com certeza. Lamento.

— Eu não.

Quando saiu da picape, ele soltou uma gargalhada.

— A verdade, Claire, é que estou pouco me importando. Tudo que deu errado em minha vida é de domínio público nesta cidade. Agora, pela primeira vez, algo deu certo para mim, e também virá ao conhecimento do público.

Ela ligou os limpadores de para-brisa. Através do vidro, viu Lincoln acenar boa-noite e caminhar até seu carro. O policial Dolan ainda estava estacionado ali perto, e Lincoln parou para falar com ele.

Quando ele se afastou, Claire subitamente se lembrou do que Mitchell Groome lhe dissera mais cedo naquela noite sobre a fonte de Damaris Horne na polícia.

Cabelo escuro, estatura mediana. Trabalha no turno da noite.

Mark Dolan, pensou.

Na manhã seguinte, Lincoln foi de carro rumo ao sul, até Orono. Ele não dormira bem, ficara deitado horas a fio pensando nos acontecimentos da noite. A reunião municipal. Sua conversa com Iris Keating. O dano no consultório de Claire. E a própria Claire.

Mais que tudo, pensou nela.

Às 7 horas, despertou ainda cansado e desceu as escadas, levando um susto ao ver que Doreen ainda dormia no sofá da sala de estar. Estava deitada com um braço esticado para o lado, o cabelo ruivo engordurado, a boca entreaberta. Olhou-a um momento, pensando em como convencê-la a ir embora com um mínimo de gritaria e choradeira da parte dela, mas estava cansado demais para lidar com o problema naquele momento. Preocupar-se com ela já tinha esgotado muito de sua energia vital. Apenas olhar para ela parecia fazer seus membros ficarem mais pesados, como se Doreen e a força da gravidade estivessem intimamente ligadas.

— Desculpe, querida — disse ele baixinho. — Mas vou seguir com a minha vida.

Fez uma ligação, deixou Doreen dormindo no sofá e saiu de casa. Ao se afastar, sentiu os primeiros sintomas da depressão o deixarem como a pele morta de um ferimento. As estradas haviam sido limpas e o asfalto recebera uma camada de areia. Lincoln pisou no acelerador e, ao ganhar velocidade, sentiu estar deixando para trás mais e mais camadas de sua antiga tristeza.

Sentiu que, se dirigisse rapidamente para bem longe, o verdadeiro Lincoln, o homem que ele costumava ser, finalmente emergiria, aperfeiçoado, limpo e renascido. Atravessava campos onde a neve recém-caída erguia-se em nuvens de pó branco ao ser soprada pela brisa mais amena. *Continue a dirigir, não pare, não olhe para trás.* Ele tinha um destino em mente e um propósito para aquela viagem mas, no momento, o que experimentava era uma agradável pressa para fugir.

Ao chegar ao campus da Universidade do Maine, uma hora depois, sentiu-se renovado e refrescado, como se tivesse desfrutado de uma longa noite de sono em uma cama confortável. Ele estacionou o carro e caminhou pelo campus. O ar frio e a manhã cristalina o revigoraram.

Lucy Overlock estava no seu escritório no departamento de antropologia física. Com seu 1,82m, usando jeans e a camisa de flanela de sempre, parecia mais um madeireiro do que uma professora universitária.

Ela o saudou com mãos ásperas e um sóbrio menear de cabeça antes de se sentar atrás da escrivaninha. Mesmo sentada, era uma mulher imponente, de grandes proporções.

— Você disse ao telefone que tinha perguntas em relação aos despojos do lago Locust.

— Quero saber sobre a família Gow. Como morreram. Quem os matou.

Ela ergueu uma sobrancelha.

— Está um século atrasado, se pretende prender alguém por esse crime.

— Estou interessado nas circunstâncias de suas mortes. Alguma vez localizou matérias de jornal sobre os assassinatos?

— Vince localizou. É meu doutorando. Está usando o caso Gow em sua tese. Trata-se da reconstituição de um antigo assassinato, baseado apenas nos restos mortais. Levou semanas para descobrir algum relato. Você sabe, nem todo jornal antigo foi guardado, e aquela área em particular era tão pouco povoada na época que não havia muita cobertura da imprensa.

— Então, como a família Gow morreu?

Ela balançou a cabeça.

— A mesma história de sempre. Infelizmente, violência familiar não é um fenômeno moderno.

— Foi o pai?

— Não. O filho de 17 anos. O corpo dele foi encontrado semanas depois, pendurado em uma árvore. Aparentemente se suicidou.

— E quanto aos porquês? O menino era perturbado?

Lucy recostou-se na cadeira, o rosto bronzeado recebendo a luz da janela. Anos de trabalho ao ar livre haviam marcado sua compleição, e a luz invernal iluminava cada sarda, cada ruga mais profunda.

— Não sabemos. Aparentemente a família vivia em relativo isolamento. De acordo com mapas de loteamentos do período, a propriedade dos Gow englobava todo o sul do lago. Não havia vizinhos ao redor que conhecessem o rapaz muito bem.

— Então a família era rica?

— Não diria rica financeiramente. Mas podiam ser considerados ricos em terras. Vince disse que a propriedade passou para a família Gow no fim do século XVIII, e ficou com eles até esse... evento. Posteriormente, foi vendida, lote por lote. A área foi urbanizada.

— Vince é aquele rapaz despenteado com rabo de cavalo?

Ela riu.

— Todos os meus alunos são despenteados. É quase um pré-requisito.

— E onde posso encontrá-lo agora?

— Às 9 horas ele deve estar no escritório. No porão do museu. Vou ligar e dizer que você está a caminho.

Lincoln já estivera ali antes. A ampla mesa de madeira não estava coberta de restos humanos desta vez e, sim, de cacos de cerâmica. As janelas do porão estavam cobertas de neve. A falta de luz natural e os úmidos degraus de pedra fizeram Lincoln sentir como se tivesse descido a uma vasta caverna subterrânea. Caminhou entre o labirinto de prateleiras e enormes pilhas de caixas de artefatos, rótulos cobertos de mofo. "Mandíbula humana (masculina)" foi tudo o que conseguiu ler em uma delas. Uma caixa de madeira, pensou ele, é um lugar de repouso tristemente anônimo para o que outrora fora o maxilar de um homem. Ele avançou mais profundamente no labirinto, sua garganta já ardendo por causa da poeira, do mofo e de um odor suave de fumaça que aumentava à medida que ele avançava em meio às sombras, em direção à outra extremidade do porão. Maconha.

— Sr. Brentano? — chamou.

— Estou aqui atrás, chefe Kelly — respondeu uma voz. — Vire à esquerda ao passar pela coruja empalhada.

Lincoln caminhou mais alguns passos, até que encontrou uma grande coruja dentro de um gabinete de vidro, então dobrou à esquerda.

O "escritório" de Vince Brentano era pouco mais que uma mesa e gabinetes de arquivos espremidos entre prateleiras de artefatos. Embora não houvesse cinzeiros à vista, o forte aroma de maconha pairava no ar e o jovem, evidentemente ansioso com a presença de um policial, assumira uma postura defensiva, protegido atrás da mesa, os braços cruzados à sua frente. Olhando o jovem diretamente nos olhos, Lincoln estendeu-lhe a mão.

Após alguma hesitação, Vince o cumprimentou. Ambos compreenderam o significado daquele gesto: havia agora um trato entre eles.

— Sente-se — convidou Vince. — Pode pôr aquela caixa no chão, mas cuidado com a cadeira: está um pouco bamba. Tudo aqui está bambo. Como pode ver, fiquei com a suíte de luxo.

Lincoln removeu a caixa de cima da cadeira e sentou. O conteúdo chacoalhou.

— Ossos — disse Vince.

— Humanos?

— Gorila das planícies. Uso isso em aulas de antropologia comparada. Entrego os ossos aos alunos e peço um diagnóstico, mas não digo que os ossos não são humanos. Precisa ver as respostas malucas que recebo. De acromegalia a sífilis.

— É uma pegadinha.

— Ei, a vida é uma pegadinha. — Vince recostou-se, avaliando Lincoln. — Suponho que esta visita também seja uma. Um policial geralmente não perde tempo com assassinatos de mais de um século.

— A família Gow me interessa por outros motivos.

— Quais?

— Acredito que suas mortes podem estar relacionadas a nossos problemas atuais em Tranquility.

Vince pareceu confuso.

— Está se referindo àqueles assassinatos recentes?

— Foram cometidos por jovens até então normais. Adolescentes que subitamente perderam o controle sobre si mesmos. Tivemos psicólogos analisando cada jovem da cidade, mas não puderam explicar as causas. Então, comecei a pensar no que aconteceu com os Gow. Os paralelos.

— Refere-se aos assassinos adolescentes? — Vince deu de ombros. — A garotada não aguenta tanto abuso. Quando a autoridade se impõe com muita força, os jovens se rebelam. Isso vive acontecendo.

— Não se trata de uma rebelião. São jovens enlouquecendo, matando amigos e familiares. — Ele fez uma pausa. — A mesma coisa aconteceu há 52 anos.

— O quê?

— Em 1946, em Tranquility. Sete homicídios cometidos durante o mês de novembro.

— *Sete?* — Os olhos de Vince se arregalaram atrás dos óculos de aro de metal. — Em uma cidade com quantas pessoas?

— Em 1946, havia setecentas pessoas vivendo aqui em Tranquility. Agora, estamos enfrentando a mesma crise outra vez.

Vince soltou uma sonora gargalhada.

— Cara, você certamente tem alguns problemas sociológicos graves nesta cidade. Mas não culpe os jovens. Olhe para os adultos. Quando as crianças crescem em meio à violência, aprendem a resolver os problemas da mesma forma. Papai idolatra a todopoderosa espingarda e, por esporte, sai de casa e faz picadinho de um veado. Júnior entende a mensagem: matar é divertido.

— Essa é uma explicação óbvia demais.

— Nossa sociedade glorifica a violência! Então, colocamos armas nas mãos de adolescentes. Pergunte a qualquer sociólogo.

— Não creio que a sociologia possa explicar isso.

— Muito bem. Qual a sua explicação, chefe Kelly?

— Temporais.

Houve um longo silêncio.

— Perdão?

— Em 1946, e outra vez este ano, tivemos padrões climáticos idênticos. Começou em abril, com chuvas torrenciais. A ponte local caiu, o gado se afogou...

Vince girou os olhos para o céu.

— Uma inundação de proporções bíblicas?

— Veja, não sou religioso...

— Eu também não, chefe Kelly. Sou um cientista.

— Então está sempre procurando padrões na natureza, certo? Correlações. Bem, eis o padrão que encontrei, tanto este ano quanto em 1946: em abril e maio, nossa cidade teve temporais recordes. O lago Locust inundou, e houve grande dano às propriedades ao longo da margem. Então, a chuva parou e, em julho e agosto, não choveu nem uma gota. Na verdade, ficou estranhamente quente, com temperaturas recordes. — Ele suspirou lentamente. — Finalmente, em novembro, começou a acontecer.

— O quê?

— As mortes.

Vince nada disse, manteve a expressão fechada.

— Sei que parece loucura — disse Lincoln.

— Você não faz ideia do quanto parece.

— Mas a correlação existe. A Dra. Elliot acredita que pode ser um fenômeno natural. Uma bactéria ou alga no lago causando mudanças de personalidade nas pessoas. Li a respeito de algo parecido que aconteceu em rios do sul. Um microrganismo que andou matando milhões de peixes. Produzia uma toxina que também afetava os seres humanos. Alterava sua capacidade de concentração e, às vezes, provocava ataques de fúria.

— Deve estar falando do dinoflagelado *Pfiesteria*.

— Isso. Pode estar acontecendo algo parecido por aqui. É isso que quero saber a respeito dos Gow. Especificamente, se houve chuvas intensas no ano em que morreram. Os registros de inundações do governo não vão tão longe, preciso de relatos históricos.

Vince finalmente compreendeu.

— Você quer ver os meus recortes de jornal.

— Podem conter a informação que procuro.

— Uma inundação. — Vince recostou-se, o cenho franzido, como se tivesse acabado de se lembrar de algo. — Isso é estranho. Lembro-me de algo a respeito de uma inundação... — Ele se voltou para o arquivo, abriu uma gaveta e remexeu entre as pastas. — Onde vi isso? Onde, onde...

Ele tirou um arquivo com a etiqueta: "Novembro de 1887, *Two Hills Herald*". Continha uma pilha de matérias de jornal fotocopiadas.

— As chuvas teriam ocorrido na primavera — disse Lincoln. — Não vai encontrar nos recortes de novembro...

— Não, tem a ver com o caso Gow. Lembro-me de ter anotado. — Ele folheou as fotocópias, então fez uma pausa, olhando para a página amarrotada. — Muito bem, aqui está a matéria, datada de 23 de novembro. Manchete: JOVEM DE 17 ANOS MATA A PRÓPRIA FAMÍLIA. CINCO MORTOS. Em seguida, os nomes das vítimas: Sr. e Sra. Theodore Gow, seus filhos, Jennie e Joseph, e a mãe da Sra. Gow, Althea Frick. — Ele pôs a página de lado. — Agora me lembro. Foi nos obituários.

— O quê?

Vince pegou uma fotocópia.

— O da mãe da Sra. Gow. "Althea Frick, 62 anos, assassinada no início da semana passada, foi enterrada em 13 de novembro no funeral coletivo da família de Theodore Gow. Nascida em Two Hills, era filha de Petras e Maria Gosse, esposa dedicada e mãe de dois filhos. Esteve casada por 41 anos com Donat Frick, que se afogou na primavera passada..." — A voz de Vince subitamente esmoreceu, e ele olhou assustado para Lincoln. — "... na inundação do lago Locust."

Eles se entreolharam, ambos atônitos com a confirmação da suspeita. Aos pés de Vince, havia um aquecedor ligado, seu filamento brilhando com um laranja claro, mas nada podia penetrar o frio que Lincoln sentiu naquele momento. Perguntou-se se voltaria a se sentir vivo outra vez.

— Há algumas semanas, você mencionou os índios penobscot — disse Lincoln. — Falou que eles se recusavam a se estabelecer perto do lago Locust.

— Sim. Era tabu, assim como a parte inferior de Beech Hill, onde corre o regato Meegawki. Eles o consideravam um lugar doente.

— Sabe por que era considerado doente?

— Não.

Lincoln pensou um instante.

— O nome Meegawki... suponho ser uma palavra do idioma penobscot, não?

— Sim. É uma simplificação de *Sankade'lak Migah'ke*, o nome que davam à área. *Sankade'lak*, em tradução livre, quer dizer regato.

— E a outra palavra, o que significa?

— Deixe-me verificar. — Vince deu meia-volta e pegou da prateleira um exemplar surrado do livro *Idioma penobscot*. Rapidamente foi até a página que procurava. — Muito bem. Estou certo quanto a *Sankade'lak*. É a palavra penobscot para "rio" ou "regato".

— E a outra?

— *Migah'ke* quer dizer "lutar" ou... — Vince fez uma pausa e olhou para Lincoln — ..."carnificina".

Eles se entreolharam.

— Isso explicaria o tabu — murmurou Lincoln.

Vince engoliu em seco.

— Sim. É o regato da morte.

17

— Bundão — sussurrou J. D. Reid na sessão de trombones. — Barry é um bundão!

Noah ergueu os olhos da partitura e deu uma olhada para o parceiro, Barry Knowlton. O coitado agarrava o saxofone com força, tentando se concentrar no ritmo da música, mas seu rosto ficara vermelho e ele voltara a suar, que era o que Barry fazia sempre que estava nervoso. Barry Knowlton suava na educação física. Suava ao conjugar verbos na aula de francês. Suava sempre que uma menina simplesmente falava com ele. Primeiro, corava. Então, pequenas gotículas tomavam sua testa e suas têmporas e, de repente, Barry se desmanchava como uma casquinha de sorvete em uma onda de calor.

— Poxa, esse moleque tem uma bunda tão grande que dava para lançá-la ao espaço e criar uma nova *lua*.

Uma gota de suor escorreu pelo rosto de Barry e caiu sobre o saxofone. Ele agarrava o instrumento com tanta força que seus dedos pareciam ossos descarnados.

Noah voltou-se e disse:

— Pare, J. D.

— Ah! Agora o bundinha está com ciúmes. Que vista tenho daqui. Bundão e Bundinha, lado a lado.

— Eu mandei parar!

O resto da banda parou de tocar subitamente, e o *parar* de Noah ecoou como um tiro em meio ao silêncio abrupto.

— Noah, o que está acontecendo aí atrás?

O garoto voltou-se e viu o Sr. Sanborn olhando feio para ele. O Sr. Sanborn era um sujeito legal, um dos professores favoritos de Noah, mas o homem não percebia absolutamente nada do que acontecia em sua sala de aula.

— Noah está tentando puxar briga, senhor — disse J. D.

— *O quê?* É você quem está tentando puxar briga! — protestou Noah.

— *Eu acho* que não — debochou J. D.

— Ele não para! Fica fazendo comentários idiotas!

Cansado, o Sr. Sanborn cruzou os braços.

— Quais comentários, posso perguntar?

— Ele disse… disse… — Noah parou e olhou para Barry, que estava tenso como uma bomba a ponto de explodir. — Insultos.

Para a surpresa de todos, Barry subitamente chutou a estante de partituras, que caiu ruidosamente no chão, espalhando folhas por toda parte.

— Ele me chamou de bundão! Foi disso que ele me chamou!

— Ei, não é um insulto se for verdade, é? — disse J. D.

As risadas tomaram a sala de música.

— Parem! — gritou Barry. — Parem de rir de mim!

— Barry, por favor, se acalme.

Barry voltou-se contra o Sr. Sanborn.

— O senhor nunca faz nada! Ninguém faz! Deixam que ele me sacaneie à vontade, e ninguém se importa!

— Barry, você deve se acalmar. Por favor, vá até o corredor esfriar a cabeça. — O garoto bateu com o saxofone sobre a cadeira.

— Obrigado por *nada*, Sr. Sanborn — respondeu, e saiu da sala.

— Ah! A lua cheia está minguando! — sussurrou J. D.

Noah finalmente estourou.

— Cala a boca! — gritou. — Por que não cala a boca?!

— Noah! — disse o Sr. Sanborn, batendo com a batuta sobre a estante.

— A culpa é dele, não de Barry! J. D. nunca para de fazer isso! Ninguém para! — Ele olhou para os colegas de classe. — Todos vocês, estão sempre debochando de Barry!

O Sr. Sanborn batia a batuta furiosamente.

— São todos uns babacas! — desabafou Noah.

J. D. riu.

— Olha quem está falando.

Noah levantou-se, os músculos tensos, e avançou contra J. D. *Eu vou matar esse garoto!*

Alguém segurou Noah pelo ombro.

— Já chega! — gritou o Sr. Sanborn, puxando Noah para trás. — Noah, deixe que cuido de J. D.! Vá esfriar a cabeça no corredor.

Noah se desvencilhou. A raiva ainda corria perigosamente por seu corpo, mas conseguiu controlá-la. Lançou um último olhar para J. D., que parecia dizer *Da próxima vez você está ferrado*, e saiu.

Encontrou Barry perto dos armários, suando e fungando, lutando com a combinação da fechadura. Frustrado, Barry socou o armário, então se voltou e encostou-se na porta, o peso ameaçando afundar o metal.

— Eu vou matar aquele cara — disse ele.

— Eu também — disse Noah.

— Estou falando sério. — Barry olhou para ele, e Noah subitamente se deu conta: *Ele está falando sério.*

O sinal tocou, assinalando o fim da aula. Uma enxurrada de jovens saiu das salas, fluindo pelos corredores. Noah ficou onde estava, olhando Barry se afastar, como um balão suado engolido pela multidão. Ele não percebeu que Amelia estava ali até ela tocar seu braço.

Noah se assustou e olhou para ela.

— Soube do que aconteceu entre você e J. D. — comentou Amelia.

— Então ouviu dizer que fui eu quem foi tirado de aula.

— J. D. é um babaca. Ninguém nunca o enfrenta.

— É, infelizmente eu fiz isso. — Ele girou a combinação e abriu o armário. A porta se abriu com um estrondo. — Não devia ter aberto a boca.

— Devia sim. Quem dera todos fossem tão corajosos.

Ela baixou a cabeça, o cabelo dourado escorregando pelo seu rosto. Ela deu-lhe as costas.

— Amelia?

Ela voltou-se. Tantas vezes Noah lhe lançara olhares furtivos, apenas pelo prazer de ver seu rosto. Tantas vezes antes fantasiara sobre como seria tocar o rosto e o cabelo dela. Beijá-la. Tivera oportunidades, mas nunca reunira coragem para realmente fazê-lo. Agora, ela o olhava com tal intensidade, que ele não pôde se conter. A porta do armário ficou aberta, ocultando-os de quem vinha pelo corredor. Noah pegou a mão dela e gentilmente a puxou em sua direção.

Amelia veio de boa vontade, os olhos bem abertos e o rosto enrubescido. Seus lábios se roçaram tão levemente que foi quase como se não tivesse acontecido. Eles se olharam em uma muda confirmação de que não fora o bastante. Que ambos queriam tentar outra vez.

Voltaram a se beijar. Com mais firmeza, mais intensidade, um tirando coragem dos lábios do outro. Abraçou-a, e ela era suave como ele imaginava, como seda lustrosa e cheirosa. Amelia o abraçava também, a mão dela segurando-lhe a nuca, chamando-o para si.

A porta do armário se movimentou e subitamente havia outra pessoa ali.

— Que cena comovente — debochou J. D.

Amelia pulou para trás, olhando para o irmão.

— Sua putinha — disse J. D., empurrando-a.

Amelia o empurrou de volta.

— Não encoste em mim!

— Ah, prefere que Noah Elliot encoste em você?

— Chega! — disse Noah.

E avançou contra J. D., com os punhos já fechados. Então, parou. O Sr. Sanborn havia acabado de sair da sala de música e estava no corredor, observando os dois.

— Lá fora — murmurou J. D., os olhos brilhando. — No estacionamento. *Agora.*

Fern Cornwallis saiu correndo do prédio com a neve à altura do tornozelo em direção ao estacionamento dos professores. Quando alcançou os brigões, seus sapatos de couro novinhos estavam encharcados e os dedos dos pés, dormentes. Ela não estava disposta a ser tolerante. Abriu caminho em meio ao círculo de espectadores e agarrou um dos jovens pelo casaco. *É Noah Elliot outra vez*, pensou, furiosa, enquanto o afastava de J. D. Reid. J. D. bufou como um touro louco e deu um encontrão no peito de Noah, fazendo com que Noah e Fern caíssem no chão.

Fern caiu de costas sobre o calçamento, varrendo terra e areia com seu terno de lã. Ela se levantou e acabou rasgando as meias de náilon. Furiosa, voltou à briga, desta vez segurando o colarinho de J. D. A diretora o puxou para trás com tanta força que o rosto do rapaz ficou roxo e ele emitiu ruídos engasgados, mas continuou a sacudir os braços na direção de Noah.

Dois professores correram para ajudar Fern, cada um agarrando um braço de J. D., e o arrastaram dali.

— Fique longe de minha irmã, Elliot!

— Nunca toquei em sua irmã! — gritou Noah em resposta.

— Não foi o que vi!

— Então você é cego *e* idiota!

— Se voltar a vê-los juntos outra vez, vou quebrar a cara dos dois!

— Parem! Vocês dois! — gritou Amelia, avançando e colocando-se entre os dois jovens. — Você é um fracassado, J. D.!

— Melhor ser fracassado do que ser a puta da escola.

O rosto de Amelia enrubesceu.

— Cala a boca.

— Puta — disse J. D. — Puta, *puta*.

Noah livrou-se de quem o segurara e acertou um soco na boca de J. D. O ruído de ossos se chocando contra carne soou alto como um tiro no ar gelado.

O sangue escorreu sobre a neve.

— Algo precisa ser feito — disse a Sra. Lubec, professora de história do ensino médio. — Não podemos continuar a apagar pequenos incêndios, Fern, enquanto a floresta inteira queima ao nosso redor.

Fern se encolheu dentro do moletom emprestado e tomou um gole de chá. Sabia que todos sentados à mesa de reunião a olhavam esperando alguma decisão, mas podiam muito bem esperar um pouco mais. Ela precisava se aquecer primeiro, recuperar o tato no pé descalço queimado de frio, que agora estava enrolado em uma toalha sob a mesa. O moletom cheirava a suor e a perfume vencido. Cheirava como sua dona, a gorducha Sra. Boodles, professora de ginástica, e estava deformado e frouxo ao redor dos quadris. Fern suprimiu um tremor e concentrou-se nas cinco pessoas sentadas à mesa de reunião. Dali a duas horas teria uma reunião com o superintendente escolar do distrito, e precisaria apresentar um novo plano de ação. Para isso, precisava da orientação de seu pessoal.

Ali estava a vice-diretora, duas professoras, a orientadora escolar e o psicólogo do distrito, Dr. Lieberman. Ele era o único homem na sala, e assumia aquela atitude superior que os homens geralmente adotam quando são o único galo entre as galinhas.

A professora de inglês do primeiro ano disse:

— Acho que é hora de sermos mais rígidos. De sermos draconianos. Se for necessário plantar guardas armados nos corredores e expulsar permanentemente os criadores de caso, será isso que faremos.

— Esta não é a abordagem que eu adotaria — disse o Dr. Lieberman, acrescentando com notável falta de humildade: — ... em minha humilde opinião.

— Tentamos aconselhamento intensivo — disse Fern. — Tentamos aulas de solução de conflitos. Tentamos suspensão, detenção e advertência. Chegamos a tirar as sobremesas do cardápio para cortar o açúcar da dieta deles. Esses jovens estão fora de controle e não sei de quem é a culpa. O que sei é que meu pessoal está exausto e estou pronta para chamar a cavalaria. — Ela olhou para a vice-diretora. — Onde está o chefe Kelly? Ele não vai se juntar a nós?

— Deixei uma mensagem com o despachante. O chefe Kelly está atrasado esta manhã.

— Deve ser por causa dessas inspeções de veículos tarde da noite — ironizou a Sra. Lubec.

Fern não compreendeu e lançou-lhe um olhar confuso.

— O quê?

— Ouvi dizer no Monaghan's. Os Dinossauros não falam de outra coisa.

— Falam sobre o quê? — A pergunta de Fern saiu mais contundente do que ela pretendia. Lutou para recuperar a compostura e evitar ficar ruborizada.

— Ah, o chefe Kelly e aquela Dra. Elliot estavam embaçando os vidros do carro ontem à noite. Não quero dizer que o pobre não mereça um descanso após todos esses anos...

A Sra. Lubec se calou ao ver a expressão furiosa de Fern.

— Por favor, podemos voltar a falar do assunto em pauta? — interrompeu Lieberman.

— Sim, com certeza — sussurrou Fern. *É só fofoca. Lincoln defende a mulher em público, e logo a cidade inteira pensa que estão tendo um caso.* Havia apenas alguns meses, a própria Fern era a suposta mulher na vida dele. Mais fofocas inverídicas, baseadas nas longas horas que trabalharam juntos no projeto estudantil OUSE. Ela afastou o assunto "Claire Elliot" de sua mente e concentrou sua irritação em Lieberman, que tentava tomar controle da reunião.

— O autoritarismo não funciona bem com essa faixa etária — dizia ele. — Estamos falando de um estágio do desenvolvimento em que a autoridade é exatamente contra o que se rebelam. Recrudescer com esses jovens, afirmando o poder dos adultos, não lhes transmitirá a mensagem correta.

— Já não estou me preocupando com a mensagem que darei para esses adolescentes — disse Fern. — A minha responsabilidade é evitar que matem uns aos outros.

— Então, ameace-os com a perda de algo que importe para eles. Esportes, excursões em grupo. Que tal o baile? É um grande evento social para eles, não é mesmo?

— Já cancelamos o baile da colheita duas vezes — disse Fern. — Na primeira vez por causa da Sra. Horatio; na segunda, por causa dessas brigas.

— Mas a senhora não compreende? Isso é algo positivo que podemos oferecer para eles. Uma cenoura em troca de bom comportamento. Eu não cancelaria. Quais outros incentivos eles têm?

— Que tal uma ameaça de morte? — murmurou a professora de inglês.

— Estímulo positivo — disse Lieberman. — Esse é o mantra que devemos ter em mente. Positivo. Positivo.

— O baile pode ser um desastre — disse Fern. — Duzentos jovens em um ginásio lotado. Basta uma briguinha, e acabaremos com um uma multidão de desordeiros.

— Então, elimine os criadores de caso antes que isso aconteça. Isso é o que chamo de estímulo positivo. Qualquer jovem que sair da linha não irá ao baile. — Ele fez uma pausa. — Esses jovens de hoje... os que estavam brigando.

— Noah Elliot e J.D. Reid.

— Comece usando-os como exemplo.

— Eu os suspendi pelo resto da semana — disse Fern. — Os pais estão vindo buscá-los.

— Se eu fosse a senhora, deixaria claro para toda a escola que esses jovens não participarão do baile, assim como nenhum outro criador de caso. Use-os como exemplos do que os outros não devem fazer.

No longo silêncio que se seguiu, todos olharam para Fern esperando uma decisão. Ela estava cansada de ser a responsável, aquela que sempre levava a culpa quando as coisas davam errado. Agora, lá estava aquele Ph.D., o Dr. Lieberman, dizendo o que fazer, e ela quase dava as boas-vindas à oportunidade de acatar a opinião dele. De passar a responsabilidade para outra pessoa.

— Tudo bem. O baile está novamente confirmado — concordou.

Ouviram alguém bater à porta. O pulso de Fern acelerou quando Lincoln Kelly entrou na sala. Estava sem uniforme, vestindo jeans e seu velho casaco de caçador, e trazia com ele o aroma do inverno, o brilho dos flocos de neve no cabelo. Parecia cansado, mas a fadiga apenas enfatizava seu poder de atração sobre Fern. Aquilo a fez pensar, como já o fizera anteriormente: *Você precisa de uma mulher para cuidar de você.*

— Desculpem o atraso — disse ele. — Acabei de voltar à cidade alguns minutos atrás.

— Estávamos terminando a reunião — disse Fern. — Mas você e eu precisamos conversar se tiver tempo agora. — Ela se levantou e imediatamente sentiu-se embaraçada quando o viu olhar para a roupa que vestia. — Tive que separar outra briga e acabei atirada ao chão — explicou, segurando a camisa. — Mudança de roupa de emergência. Não é exatamente a minha cor preferida.

— Você se machucou?

— Não, embora seja doloroso arruinar um bom par de sapatos italianos.

Ele sorriu, uma afirmação de que, apesar de sua aparência desmazelada, ela ainda podia ser charmosa e espirituosa, coisas que aquele homem apreciava.

— Vou esperá-la no gabinete — disse ele, e saiu.

Ela não podia simplesmente sair da sala e se juntar a ele. Primeiramente, tinha de sair com elegância. Quando finalmente conseguiu se livrar dos demais, cinco minutos depois, Lincoln já não estava mais sozinho no gabinete.

Claire Elliot estava com ele.

Os dois não pareceram notar quando Fern saiu da sala de reunião. A atenção de ambos estava completamente voltada um para o outro. Não se tocavam, mas Fern viu no rosto de Lincoln uma vibrante intensidade que ela jamais percebera anteriormente. Era como se ele tivesse subitamente despertado de uma longa hibernação para se juntar aos vivos.

A dor que sentiu naquele instante foi quase física. Ela deu um passo em direção ao casal, mas nada tinha a dizer. *O que ele viu nela que nunca viu em mim?*, perguntou-se, olhando para Claire. Durante todos aqueles anos ela observara o casamento de Lincoln deteriorar, achando que, no fim, o tempo seria seu aliado. Doreen sairia de cena e Fern ocuparia o vazio. Em vez disso, lá estava uma mulher de fora, de aspecto tão comum, usando botas de neve e camisa de gola rulê marrom, assumindo o primeiro lugar na fila. *Você não tem lugar aqui*, pensou Fern com rancor quando Claire voltou-se para ela. *Nunca terá.*

— Mary Delahanty me ligou — disse Claire. — Soube que Noah se meteu em outra briga.

— Seu filho foi suspenso — disse Fern, sem meias palavras. Queria magoar aquela mulher e ficou feliz ao ver que Claire fez uma careta de dor.

— O que houve?

— Brigou por causa de uma menina. Aparentemente, Noah a estava bolinando e o irmão interveio para proteger a garota.

— Acho difícil acreditar nisso. Meu filho nunca mencionou nenhuma menina...

— Hoje em dia, os jovens não se comunicam facilmente com os pais, que estão muito ocupados com o trabalho.

Fern queria ferir Claire Elliot e obviamente conseguiu, porque Claire enrubesceu, sentindo-se culpada. A diretora sabia exatamente onde atacar, o ponto fraco de qualquer pai, em que a culpa e a imensa responsabilidade já os deixavam vulneráveis.

— Fern — disse Lincoln.

Ela sentiu a desaprovação na voz dele e se voltou de repente, sentindo-se profundamente envergonhada. Ela perdera o controle e liberara sua raiva, mostrando seu pior lado, enquanto a Claire cabia naquele momento o papel da inocente.

— Seu filho a está esperando na sala de detenção — disse Fern em tom mais ameno. — Pode levá-lo para casa agora.

— Quando ele poderá voltar à escola?

— Ainda não decidi. Vou me reunir com os outros professores para deliberarmos. A punição terá que ser severa o bastante para fazê-lo pensar duas vezes antes de se meter em confusão novamente. — Ela olhou para Claire como se soubesse de alguma coisa. — Ele já esteve envolvido em confusões antes, não é?

— Houve apenas aquele incidente com o skate...

— Não, refiro-me a algo antes disso. Em Baltimore.

Claire olhou-a, chocada. Então era verdade, pensou Fern, satisfeita. O menino sempre fora problemático.

— Meu filho não é um criador de casos — reiterou Claire calmamente.

— Mas, ainda assim, tem antecedentes criminais.

— Como a senhora sabe disso?

— Recebi alguns recortes de um jornal de Baltimore.

— Quem os enviou?

— Não sei. Isso não é relevante.

— É extremamente relevante! Alguém está tentando arruinar a minha reputação, me expulsar dessa cidade. Agora estão atrás de meu filho.

— Mas as notícias são verdadeiras, certo? Ele roubou um carro.

— Aconteceu pouco depois da morte do pai dele. Tem alguma ideia de como é ter 12 anos e ver seu pai morrer? Quão profundamente isso pode magoar um jovem? Noah nunca se recuperou. Sim, ele ainda está furioso. Ainda lamenta a morte do pai. Mas eu o conheço, e estou lhe dizendo que *meu filho não é mau*.

Fern se conteve. Não havia por que discutir com uma mãe enfurecida. Era óbvio para ela que a Dra. Elliot estava cega, incapaz de ver além de seu amor.

— Quem era o outro menino? — perguntou Lincoln.

— Isso importa? — perguntou Fern retoricamente. — Noah terá que enfrentar as consequências de seu comportamento.

— Você disse que o outro menino começou a briga.

— Sim, para proteger a irmã.

— Você falou com a menina? Confirmou se ela precisava ser protegida?

— Não preciso confirmar coisa alguma. Vi dois jovens brigando. Corri para separá-los e fui atirada ao chão. O que aconteceu lá fora foi terrível. Brutal. Não consigo acreditar que você possa defender um jovem que me atacou...

— Atacou?

— Houve contato físico. Eu caí.

— Quer dar queixa?

Ela abriu a boca para dizer que sim, mas deteve-se no último instante. Dar queixa significava depor em juízo. E o que diria sob juramento? Ela vira ódio no rosto de Noah, sabia que ele queria atacá-la. O fato de ele não ter erguido a mão contra ela era apenas um detalhe técnico. O que importava era a intenção, a violência nos olhos dele. Mas alguém mais vira o mesmo?

— Não, não quero dar queixa — disse ela. E acrescentou, magnânima: — Vou lhe dar outra chance.

— Estou certo de que Noah vai lhe agradecer por isso, Fern — disse ele.

Ela pensou com amargura: *Não quero a aprovação do rapaz. Quero a sua.*

— Quer conversar a respeito? — perguntou Claire.

A resposta de Noah foi se encolher como uma ameba, espremendo-se no seu lado do carro.

— Teremos que falar sobre isso em algum momento, filho.

— Por quê?

— Porque você foi suspenso. Não sabemos quando ou mesmo se vai voltar para a escola.

— Então, não vou voltar para a escola. E daí? Não estava aprendendo nada mesmo.

Noah se voltou para a janela, dando-lhe as costas.

Claire dirigiu por quase 1 quilômetro sem dizer nada, o olhar fixo na estrada mas sem realmente vê-la. Em vez disso, lembrou-se do filho aos 5 anos, encolhido e mudo no sofá, aborrecido demais para falar sobre as provocações que sofrera na escola naquele dia. Ele nunca fora muito conversador, pensou. Estava sempre fechado, em silêncio, e agora o silêncio aumentara, tornando-o ainda mais impenetrável.

— Estive pensando no que fazer, Noah — disse Claire. — Preciso que me diga o que quer. Se eu estou agindo certo. Você sabe que meu consultório não vai bem. E agora, com aquelas janelas quebradas e o dano nos carpetes, vai demorar semanas até eu poder voltar a atender os meus pacientes. Se é que vão querer ser atendidos... — Ela suspirou. — Tudo o que eu estava tentando fazer era encontrar um lugar onde você se encaixasse, onde ambos nos encaixássemos. Agora parece que estraguei tudo. — Claire entrou na garagem e desligou o motor. Ficaram sentados em silêncio um instante, até que a mãe se voltou para o filho. — Você não precisa me dizer agora. Mas precisamos conversar sobre isso logo. Precisamos decidir.

— Decidir o quê?

— Se devemos voltar para Baltimore.

— O quê? — Ele ergueu o queixo, e seu olhar finalmente estava voltado para ela. — Quer dizer *ir embora*?

— É o que você tem me pedido há meses, para voltar para a cidade. Liguei para a vovó Elliot esta manhã. Ela disse que você poderia ir antes e ficar com ela. Vou encontrá-lo depois de empacotar tudo e pôr a casa à venda.

— Você está fazendo a mesma coisa outra vez. Tomando decisões a respeito da *minha* vida.

— Não, estou pedindo para você me ajudar a decidir.

— Você não está pedindo. Você já decidiu.

— Isso não é verdade. Já cometi esse erro antes e não quero repeti-lo.

— Você quer ir embora, não é? Durante todos esses meses eu quis voltar para Baltimore e você não me ouviu. Agora *você* decide que é hora e de repente pergunta: *O que você quer, Noah?*

— Estou perguntando porque é importante para mim! O que você deseja sempre importou.

— E se eu dissesse que quero ficar? E se dissesse que tenho uma amiga de quem realmente gosto e que ela está aqui?

— Nos últimos nove meses você só falou que detesta este lugar.

— E você não deu a mínima.

— O que você quer? O que posso fazer para alegrá-lo? Há algo que eu possa fazer para que você fique feliz?

— Você está gritando comigo.

— Eu me esforço tanto e nada o satisfaz!

— Pare de gritar comigo!

— Você acha que ultimamente tenho gostado de ser sua mãe? Acha que seria mais feliz com outra mãe?

Ele bateu com o punho no painel do carro repetidas vezes e gritou:

— *Pare... de gritar... comigo!*

Claire ficou chocada com a intensidade da fúria de Noah. E com a gota de sangue que subitamente escorreu da narina do menino e caiu na parte da frente de seu casaco.

— Você está sangrando...

Automaticamente, ele tocou o lábio superior e olhou para o sangue nos dedos. Outra gota escorregou de sua narina e caiu sobre o casaco.

Noah abriu a porta do carro e correu para dentro de casa. Ao segui-lo, Claire encontrou-o trancado no banheiro.

— Noah, deixe-me entrar.

— Me deixe em paz.

— Quero estancar o sangramento.

— Já parou.

— Posso ver? Você está bem?

— Meu Deus — gritou Noah, e ela ouviu algo cair no chão e se quebrar. — Pode simplesmente ir embora?

Claire olhou para a porta, silenciosamente pedindo que se abrisse, mas sabendo que isso não aconteceria. Havia muitas portas fechadas entre eles e aquela era apenas mais uma que ela não conseguia transpor.

O telefone tocou. Enquanto corria até a cozinha para atender, pensou, exausta: *Para quantas direções posso ser puxada ao mesmo tempo?*

Ao telefone, uma voz familiar gritou, em pânico:

— Doutora, a senhora tem que vir até aqui! Ela precisa ser examinada!

— Elwyn? — disse Claire. — É Elwyn Clyde?

— Sim, senhora. Estou na casa de Rachel. Ela não quer ir para o hospital, então achei melhor ligar para a senhora.

— O que houve?

— Não sei ao certo. Mas é melhor vir logo porque ela está sangrando muito aqui na cozinha.

18

A noite já caíra quando Claire chegou à casa de Rachel Sorkin. Encontrou Elwyn Clyde na varanda, observando os cães que corriam no jardim da frente.

— Está feia a coisa — murmurou ele, soturno, enquanto Claire subia os degraus.

— Como ela está?

— Ah, muito rebelde. Mandou que eu saísse quando só estava tentando ajudar. Eu só queria ajudar, mas ela disse: "Saia, Elwyn, você está empestando a minha cozinha." — Ele baixou o rosto. — Ela foi boa comigo quando machuquei o pé. Só estava tentando retribuir o favor.

— Você já retribuiu — disse Claire, e deu-lhe um tapinha no ombro. Sentiu como se tocasse um feixe de gravetos através do casaco esfarrapado. — Vou entrar e ver como ela está.

Claire entrou na cozinha e imediatamente olhou para a parede. *Sangue* foi seu primeiro pensamento ao ver as manchas. Então percebeu as palavras, pintadas com spray de tinta vermelha nas portas dos armários:

PUTA DE SATÃ

— Eu sabia que isso aconteceria — murmurou Rachel. Estava sentada à mesa da cozinha, apertando um saco de gelo contra a cabeça. O sangue secara em seu rosto e manchara algumas mechas de seu cabelo. Havia vidro quebrado aos seus pés. — Era apenas uma questão de tempo.

Claire puxou uma cadeira para perto de Rachel.

— Deixe-me ver a sua cabeça.

— As pessoas são inacreditavelmente ignorantes. Basta um idiota começar e a coisa se transforma em... — ela riu, chocada — ... uma caça às bruxas.

Gentilmente, Claire ergueu o saco de gelo da cabeça de Rachel. Embora o corte não fosse profundo, sangrara muito e seriam necessários pelo menos seis pontos.

— Foram os estilhaços de vidro?

Rachel assentiu balançando a cabeça, e em seguida fez uma careta, como se aquele pequeno movimento tivesse deflagrado novas pontadas de dor.

— Não vi a pedra. Estava muito furiosa por causa da tinta e da bagunça que deixaram por aqui. Não me dei conta de que estavam do lado de fora, me esperando entrar em casa. Eu estava ali, olhando os armários, quando atiraram a pedra. — Ela apontou para a janela quebrada, agora coberta por tábuas de madeira. — Elwyn pregou as tábuas.

— Como ele apareceu?

— Ah, aquele maluco do Elwyn está sempre pisoteando meu jardim com aqueles cachorros. Viu a janela quebrada e veio ver se eu estava bem.

— Foi gentil da parte dele. Você podia ter um vizinho pior.

Rachel respondeu, de mau humor:

— Creio que sim. Ele tem um bom coração.

Claire abriu a maleta, retirou o kit de sutura e começou a passar antibactericida no ferimento de Rachel.

— Você perdeu a consciência?

— Não me lembro.

— Não tem certeza?

— Acho que eu estava um tanto atordoada. Quando dei por mim, estava no chão, mas não lembro como fui parar ali.

— Você deve ficar sob observação hoje à noite. Se houver algum sangramento no interior do crânio...

— Não posso ir para o hospital. Não tenho plano de saúde.

— Você não pode ficar sozinha em casa. Posso conseguir uma internação.

— Mas não tenho dinheiro, Dra. Elliot. Não posso pagar o hospital.

Claire olhou para a paciente um momento, perguntando-se quanto devia insistir no assunto.

— Tudo bem. Mas se for ficar em casa, alguém vai ter que passar esta noite com você.

— Não tenho ninguém.

— Uma amiga? Um vizinho?

— Não consigo pensar em ninguém.

Ouviram baterem à porta com força.

— Ei! — gritou Elwyn do lado de fora. — Posso entrar para usar o banheiro?

— Tem certeza? — perguntou Claire.

Rachel fechou os olhos e suspirou.

Um carro de polícia acabara de estacionar na escuridão quando Claire voltou à varanda de Rachel. Ela e Elwyn viram o policial saltar do carro e atravessar o jardim em sua direção. Ao chegar mais perto, Claire reconheceu Mark Dolan. Estava surpresa ao vê-lo, porque ele normalmente trabalhava no turno da madrugada. Ela nunca gostara de Dolan e também não estava disposta a falar com ele depois do que Mitchell Groome lhe dissera.

— Algum problema por aqui? — perguntou ele.

— Eu o chamei há uma hora — disse Elwyn, mal-humorado.

— É, bem, estamos até o pescoço de chamadas. Vandalismo não é prioridade. Então, o que houve? Alguém quebrou uma vidraça?

— Isso é mais do que simples vandalismo — disse Claire. — Isso é um crime de discriminação. Atiraram uma pedra pela janela e Rachel Sorkin foi atingida na cabeça. Poderia ter se ferido seriamente.

— Por que é um crime de discriminação?

— Eles a atacaram por suas convicções religiosas.

— Qual religião?

Elwyn desabafou:

— Ela é uma bruxa, seu imbecil dos infernos! Todos sabem disso!

Dolan sorriu, condescendente.

— Elwyn, não devia chamá-la assim.

— Não há nada de errado chamá-la de bruxa se é isso o que ela é! Se ela está feliz assim, droga, para mim tudo bem também. Acho melhor ser bruxa do que vegetariana. Não tenho nada contra.

— Eu não chamaria as crenças dela de religião.

— Não importa como você chamaria. Só porque uma mulher acredita em fadas isso não quer dizer que podem atirar pedras nela!

— Este *é* um crime de discriminação — insistiu Claire. — Não encare como simples vandalismo.

O sorriso de Dolan tornou-se debochado.

— Isso receberá a atenção que merece — disse ele antes de subir os degraus da varanda e entrar na casa.

Claire e Elwyn ficaram juntos em silêncio.

— Ela merece ser mais bem tratada — disse ele. — É uma mulher boa e merece ser mais bem tratada do que esta cidade a trata.

Claire olhou para ele.

— E você é um homem bom, Elwyn. Obrigada por ficar com ela esta noite.

— É, bem, isso se tornou uma grande operação agora, não é mesmo? — murmurou enquanto descia os degraus. — Primeiro vou levar estes cachorros para casa, eles a irritam. Vou resolver aquela bobagem também, porque prometi para ela.

— Que bobagem?

— Tomar banho — resmungou ele antes de entrar com os cães na floresta.

Era tarde da noite e Noah estava dormindo quando Lincoln finalmente ligou para ela.

— Peguei o telefone diversas vezes para ligar para você, mas sempre surgia algo — desculpou-se ele. — Estamos fazendo turnos dobrados para atender às chamadas.

— Ouviu falar no ataque a Rachel Sorkin?

— Mark mencionou isso por alto.

— Ele também disse que foi um tremendo babaca?

— O que ele fez?

— O que ele não fez, na verdade. Não levou o ataque a sério. Encarou como um simples ato de vandalismo.

— Ele me disse que foi apenas uma janela quebrada.

— Os vândalos pintaram uma mensagem com tinta spray na cozinha dela. Dizia "Puta de Satã".

Houve um silêncio. Quando ele voltou a falar, Claire identificou raiva mal disfarçada em sua voz:

— Esses boatos já foram muito longe. Vou ter que falar com Damaris Horne antes que ela comece a escrever sobre as maldições dos índios penobscot.

— Você não contou a ela sobre sua conversa com Vince, contou?

— Claro que não. Estou tentando evitá-la.

— Se falar com Damaris Horne, devia perguntar sobre o amiguinho dela, o policial Dolan.

— Isso significa o que acho que significa?

— Ouvi da boca de um dos repórteres, Mitchell Groome. Ele viu os dois juntos.

— Já perguntei a Mark se eles conversaram. Ele nega veementemente. Não posso tomar uma atitude sem provas.

— Você acredita no que ele diz?

Uma pausa. Um suspiro.

— Sinceramente não sei, Claire. Ultimamente tenho descoberto coisas sobre os meus vizinhos, meus amigos, que nunca soube antes. Coisas que não queria saber. — A raiva se esvaiu de sua voz. — Não liguei para falar sobre Mark Dolan.

— Por que ligou, então?

— Para falar sobre o que aconteceu ontem à noite. Entre nós dois.

Ela fechou os olhos, com medo de ouvir palavras de arrependimento. Parte dela queria ser deixada, se libertar. Desse modo poderia abandonar aquela cidade sem olhar para trás, sem dúvidas quanto à decisão certa.

Mas outra parte dela, uma parte maior, o desejava.

— Pensou no que eu disse? — perguntou Lincoln. — Você vai ficar?

— Ainda quer que eu fique?

— Sim — respondeu ele sem hesitação.

Lincoln não a estava dispensando e ela se sentiu feliz e apreensiva ao mesmo tempo.

— Não sei, Lincoln. Fico pensando nas razões que tenho para deixar esta cidade.

— E quanto às razões para ficar?

— Além de você, que outras razões eu tenho?

— Podemos falar a respeito. Posso passar aí agora.

Ela queria que ele viesse, mas tinha medo do que aconteceria em seguida. Medo de tomar uma decisão prematura. Lincoln era o único motivo para ela ficar em Tranquility. Tudo o mais a estava impelindo a partir. Bastava olhar pela janela, ver a escuridão impenetrável de uma noite de novembro e saber que aquela noite era fria o bastante para matar...

— Posso chegar em dez minutos.

Ela engoliu em seco e encarou a sala vazia.

— Tudo bem.

No instante em que desligou, foi tomada pelo pânico. Estaria apresentável? Seu cabelo estava penteado, a casa arrumada? Reconheceu tais pensamentos pelo que de fato eram: a vontade feminina de impressionar um homem. E ficou surpresa por estar experimentando tais sentimentos àquela altura da vida. A meia-idade, pensou com um sorriso contrito, não concede dignidade automaticamente.

Ela evitou se olhar no espelho e desceu até a sala de estar, onde se forçou a ocupar os momentos seguintes acendendo fogo na lareira. Se Lincoln insistia em visitá-la tão tarde, teria de se contentar com o que ia encontrar. Uma mulher com as mãos sujas de fuligem e o cabelo cheirando a madeira queimada. A verdadeira Claire Elliot, aborrecida e nada glamourosa. Deixe que me veja assim, pensou com rebeldia, e vejamos se ele ainda me quer.

Ela ajeitou as achas de madeira. Então acendeu um fósforo e levou a chama até os jornais amassados. A lareira estava bem arrumada e queimaria sem precisar de maior atenção, mas, ainda assim, Claire permaneceu junto à lareira, observando o fogo com satisfação primitiva. A madeira estava bem seca e queimaria com força e rapidez. Sentia-se como aquela madeira. Fora deixada seca e intocada durante muito tempo, e mal se lembrava de como era queimar.

Ela o ouviu tocar a campainha, e imediatamente sentiu-se muito nervosa. Bateu as mãos cheias de fuligem e esfregou-as contra os quadris, mas só conseguiu transferir a fuligem para a calça.

Deixe que ele conheça a Claire de verdade. Deixe que decida se é isso o que quer.

Ela foi até o vestíbulo, fez uma pausa para recuperar o fôlego e abriu a porta.

— Entre.

— Olá, Claire — respondeu Lincoln, na falta do que dizer. Eles se entreolharam um segundo, então interromperam o contato visual e os olhares se voltaram para outro território mais seguro. Lincoln entrou e ela viu que o casaco dele estava salpicado pela neve fina que rodopiava na escuridão lá fora.

Ela fechou a porta.

— A lareira está acesa na sala. Posso pendurar o seu agasalho?

Enquanto pendurava o casaco em um cabide, Claire sentiu o calor do corpo de Lincoln no tecido. Haviam se encontrado e conversado em tantas oportunidades e, no entanto, aquela era a primeira vez que a percepção que tinha dele se estendia a todos os seus sentidos, ao calor de seu corpo que permanecia no casaco, ao seu cheiro de madeira queimada e neve derretida. À certeza de saber, mesmo de costas, que ele estava olhando para ela.

Claire guiou-o até a sala.

Agora, o fogo estava no auge, abrindo um amplo círculo de luz em meio à penumbra. Claire sentou-se no sofá e apagou a luz ao seu lado. O fogo fornecia iluminação suficiente. Era nas sombras que ela buscava refúgio. Lincoln sentou-se ao lado dela, a uma distância confortável. Era como uma declaração de neutralidade que não fazia distinção entre amiga, namorada ou mera conhecida.

— Como está Noah? — perguntou ele afinal, mantendo a imparcialidade na conversa.

— Foi dormir furioso. De certo modo, quer ser a vítima, quer sentir como se o mundo estivesse contra ele. Não há nada que eu possa fazer para que ele mude de ideia. — Ela suspirou e baixou a cabeça sobre a mão. — Durante nove meses fui a vilã por tê-lo obrigado a se mudar para cá. Esta tarde, quando falei que estava pensando em voltar para Baltimore, ele explodiu. Disse que eu não pensava nas necessidades dele, no que ele queria. Não importa o que eu faça, não acerto. Nunca consigo agradá-lo.

— Então só lhe resta agradar a si mesma.

— Soa egoísta.

— É mesmo?

— Parece que eu não estou sendo uma boa mãe.

— Vejo você se esforçando tanto, Claire. Tanto quanto possível. — Ele fez uma pausa e também suspirou. — E agora eu imagino que esteja criando mais uma complicação em sua vida no momento que você menos precisa. Mas, Claire, não me restava escolha. Eu precisava dizer isso antes que você se decidisse. Antes que fosse embora de Tranquility. Antes que fosse tarde demais para dizer qualquer coisa — acrescentou em voz baixa.

Finalmente Claire voltou-se para ele. Lincoln olhava para baixo, com a cabeça apoiada na mão.

— Não a culpo por querer ir embora — continuou. — Esta cidade demora a aceitar pessoas de fora, demora a confiar nelas. Um punhado delas é simplesmente má, mas a maioria é de pessoas comuns. Algumas são inacreditavelmente generosas. As melhores pessoas que você poderia encontrar...

Ele parou de falar, como se não tivesse mais o que dizer. Houve um momento de silêncio.

— Está falando novamente em nome de toda a cidade, Lincoln? Ou em seu nome?

Ele balançou a cabeça.

— Não estou conseguindo me expressar direito. Vim dizer algo e aqui estou, andando em círculos. Penso muito em você, Claire. O fato é que penso em você todo o tempo. Não sei o que fazer em relação a isso, porque é uma experiência nova para mim. Andar com a cabeça nas nuvens.

Ela sorriu. Durante muito tempo pensara nele como um ianque estoico, direto e prático. Um homem cujas botas estavam firmemente plantadas na terra e que jamais andaria com a cabeça nas nuvens.

Lincoln se levantou do sofá e parou, inseguro, junto ao fogo.

— Foi isso o que vim lhe dizer. Sei que há complicações. Doreen, principalmente. E sei que não tenho experiência como pai. Mas tenho toda a paciência do mundo com as coisas que realmente me importam. — Ele pigarreou. — Vou embora.

Ele já estava diante da porta do armário pegando o casaco quando ela o alcançou no vestíbulo. Claire apoiou a mão no ombro de Lincoln e ele se voltou para ela. O casaco escorregou do cabide e caiu no chão, sem que notassem.

— Venha e sente-se comigo.

Aquele pedido sussurrado, o sorriso nos olhos dela, eram todo o convite de que ele precisava. Lincoln tocou-a no rosto, acariciou-lhe a face. Ela havia esquecido como era o toque de uma mão masculina sobre a sua pele. Aquilo lhe despertou uma ânsia tão profunda, inesperada e poderosa que Claire suspirou e fechou os olhos. Deu outro suspiro quando ele a beijou e seus corpos se uniram.

Beijaram-se a caminho da sala de estar e ainda se beijavam ao afundarem no sofá. Na lareira, uma acha de lenha tombou, levantando uma espiral de chamas e fagulhas. *Madeira seca produz o fogo mais intenso.* O calor de sua própria chama a consumia agora, reduzindo toda resistência a cinzas. Eles se deitaram no sofá, corpos unidos, mãos explorando, descobrindo. Ela afrouxou-lhe a camisa e escorregou a mão pelas suas costas. A pele dele estava muito fria, como se o calor que possuía estivesse irradiando através dos beijos que lhe dava na boca. Desabotoou-lhe a camisa, inalando o seu perfume. Os breves aromas que sentira emanar daquele corpo ao longo das semanas ficaram de algum modo gravados em sua memória e agora o cheiro dele era ao mesmo tempo familiar e inebriante.

— Se vamos parar, seria melhor pararmos agora — murmurou Lincoln.

— Eu não quero parar.

— Não estou pronto... Quero dizer, não vim preparado.

— Está tudo bem. Está tudo bem — pegou-se dizendo, sem saber ou se incomodar se *de fato* estava tudo bem, tão ansiosa estava pelo seu toque.

— Noah — interrompeu ele. — E se Noah acordar...

Ao ouvir isso, Claire abriu os olhos e viu-se frente a frente com ele. Era uma visão que nunca tivera antes, a do rosto de Lincoln iluminado pelo brilho do fogo na lareira, o olhar tomado pelo desejo.

— Lá em cima — disse ela. — No meu quarto.

Ele sorriu.

— Tem tranca na porta?

Fizeram amor três vezes naquela noite. A primeira foi uma colisão inconsciente de corpos, membros entrelaçados, culminando com uma profunda explosão interior. A segunda vez foi o encontro mais lento de amantes, olhares voltados um para o outro, o tato e o aroma do parceiro já familiares.

Na terceira vez, foi para se despedirem.

Haviam despertado pouco antes do nascer do sol e procuraram um ao outro na escuridão. Não disseram uma palavra, seus corpos se unindo de comum acordo, duas metades se juntando em um todo. Quando, em silêncio, ele se esvaziou dentro dela, era como se vertesse lágrimas de felicidade e tristeza. A felicidade de tê-la encontrado. A tristeza daquilo que teriam de enfrentar. A fúria de Doreen. A resistência de Noah. Uma cidade que talvez nunca a aceitasse.

Ele não queria que Noah os encontrasse juntos na cama pela manhã. Nenhum dos dois estava pronto para lidar com a repercussão de seus atos. Ainda estava escuro quando Lincoln se vestiu e saiu da casa.

Da janela de seu quarto ela viu a picape se afastar. Ouviu a neve estalar sob as rodas e percebeu que a noite ficara ainda mais fria, que naquela manhã até mesmo respirar seria doloroso. Durante um longo tempo após as luzes traseiras desaparecerem a distância Claire permaneceu à janela, olhando para os pendentes de gelo iluminados pela lua. Ela já sentia falta dele. E sentia algo mais, tão inesperado quanto perturbador: culpa ao se sentir uma mãe egoísta por estar buscando as próprias necessidades e paixões.

Ela atravessou o corredor até a porta de Noah. Silêncio. Sabendo quão profundamente ele dormia, estava certa de que não ouvira nada do que se passara no quarto ao lado naquela noite. Claire entrou e atravessou a escuridão para se ajoelhar junto à cama do filho.

Quando Noah ainda era pequeno, Claire frequentemente se detinha diante do filho adormecido, acariciando-lhe o cabelo, inalando o seu cheiro de sabonete e dos lençóis aquecidos. Agora, ele permitia tão pouco contato que ela quase havia se esquecido de como era tocá-lo sem que ele automaticamente a afastasse. *Se ao menos eu pudesse tê-lo de volta.* Ela se inclinou e beijou-lhe uma sobrancelha. Noah gemeu e virou de costas. Mesmo dormindo, pensou Claire, ele se afasta de mim.

Estava a ponto de se levantar quando subitamente congelou, olhando fixamente para a faixa fosforescente que se estendia sobre o travesseiro do filho.

Incrédula, ela tocou a mancha e sentiu umidade no local, como se fossem lágrimas ainda quentes. Olhou para a ponta dos dedos.

Brilhavam como uma luz espectral na escuridão.

19

— Preciso saber o que está crescendo naquele lago, Max, e preciso saber hoje.

Max acenou para que ela entrasse no chalé e fechou a porta para se proteger do vento cortante.

— Como está Noah esta manhã?

— Eu o examinei dos pés à cabeça, e ele me pareceu perfeitamente sadio com a exceção de um nariz entupido. Eu o deixei na cama com suco e descongestionantes.

— E a fosforescência? Fez uma cultura daquilo?

— Sim. Mandei um pedaço do tecido imediatamente para ser analisado.

Ela tirou o casaco. Max finalmente aprendera a acender o fogo no fogão a lenha, e o chalé estava muito quente e abafado. Ela quase preferia o frio congelante que imperava lá fora. Ali, cercada pelas tralhas de Max, o ar turvo de fumaça, achou que iria sufocar.

— Acabei de fazer café — disse ele. — Sente-se... caso encontre uma cadeira vazia.

Ela olhou ao redor da sala claustrofóbica e, em vez de se sentar, seguiu-o até a cozinha.

— Então, fale-me sobre os resultados das culturas da água. As que recolheu antes de o lago congelar.

— O resultado chegou esta manhã.

— Por que não me ligou imediatamente?

— Porque não havia muito a dizer. — Ele mexeu em uma pilha de papel sobre a bancada da cozinha e entregou-lhe uma folha impressa por computador. — Aqui está. O resultado final do laboratório.

Ela olhou para a longa lista de microrganismos.

— Não reconheço a maioria — disse ela.

— Isso porque não são patogênicos. Não causam doenças em seres humanos. Nesta lista estão as típicas bactérias e algas que se encontram em toda lagoa do norte do país. A contagem de coliformes está perto do limite, o que pode indicar que o esgoto de alguém esteja vazando na margem, ou vindo de um dos afluentes. Mas, no todo, é um espectro de bactérias muito comum.

— Nenhuma *Vibrio* fosforescente?

— Não. Se havia *Vibrio* naquele lago, então não sobreviveu muito tempo, o que a torna uma fonte improvável de doença. É possível que a *Vibrio* não seja um patógeno, sim, uma bactéria incidental. Inofensiva, como todas as outras que temos no corpo.

Claire suspirou.

— Foi o que o Departamento de Saúde me disse.

— Você ligou para eles?

— De manhã cedo. Eu estava em pânico por causa de Noah.

Max entregou uma xícara de café para Claire. Ela tomou um gole e baixou a xícara, perguntando-se se Max usara água mineral para preparar a bebida ou se pegara água da torneira.

Do lago.

Seu olhar voltou-se para a janela, para a superfície impertur-bavelmente branca do lago Locust. De muitas maneiras, aquela ampla extensão de água definia o curso de suas vidas. No verão, nadavam e se banhavam em suas águas, pescavam em suas profundezas. No inverno, deslizavam com patins sobre a sua superfície e isolavam as casas contra os ventos inclementes que sopravam sobre o gelo. Sem o lago, a cidade de Tranquility não existiria, e aquele seria apenas outro vale no meio da floresta.

Seu pager tocou. No mostrador digital havia um número de Bangor.

Ela ligou do telefone de Max e uma enfermeira do Centro Médico de Eastern Maine atendeu.

— O Dr. Rothstein pediu que ligássemos para a senhora, Dra. Elliot. É sobre aquele paciente para craniotomia que nos encaminhou na semana passada, o Sr. Emerson.

— Como Warren tem passado desde a cirurgia?

— Bem, o psiquiatra e a assistente social o viram diversas vezes, mas nada parece estar adiantando. É por isso que estamos ligando. Pensamos que, uma vez que é seu paciente, a senhora devia saber como lidar com essa situação.

— Qual é a situação?

— O Sr. Emerson se recusa a tomar os remédios. Pior, parou de comer. Só bebe água.

— Ele disse o motivo?

— Sim. Disse que é hora de morrer.

Warren Emerson parecia ter encolhido desde a última vez que ela o vira, como se a própria vida estivesse lentamente se esvaindo de seu corpo, da mesma maneira que o ar de um balão. Estava sentado em uma cadeira junto à janela, seu olhar voltado para o estacionamento lá embaixo, onde carros cobertos de neve alinhavam-se como pães frescos. Ele não se voltou quando ela entrou no quarto, apenas continuou olhando pela janela: um homem cansado iluminado pela luz de um dia nublado. Claire se perguntou se ele havia notado a presença dela.

Então o senhor disse:

— Não adianta. Podiam muito bem me deixar em paz. Quando sua hora chega, não há o que fazer.

— Mas a sua hora ainda não chegou, Sr. Emerson — disse Claire.

Finalmente, o homem se voltou. E, se ficou surpreso ao vê-la, não o demonstrou. Claire teve a impressão de que ele estava além de qualquer surpresa. Além do prazer ou da dor. Warren a olhou com indiferença quando ela caminhou em sua direção.

— Sua operação foi um sucesso — continuou Claire. — Eles tiraram a massa que você tinha no cérebro e há muita probabilidade de ser benigna. Você tem muitas esperanças de uma recuperação completa. Uma vida normal.

Tais palavras não pareceram ter efeito sobre ele. Warren simplesmente voltou a olhar pela janela.

— Um homem como eu não pode ter uma vida normal.

— Mas podemos controlar os ataques. Talvez até possamos acabar com eles para sempre...

— Todos têm medo de mim.

Tal afirmação, dita com tanta resignação, explicava tudo. Aquele era um mal para o qual não havia cura, do qual ele jamais se recobraria. Ela não podia oferecer uma cirurgia que curasse o medo e a aversão que os vizinhos sentiam por ele.

— Vejo nos olhos deles — disse Warren. — Sempre que passo na rua ou esbarro com alguém na mercearia. É como se tivessem sido queimados com ácido. Ninguém me toca. Ninguém me toca há trinta anos, somente médicos e enfermeiras, gente que não tem escolha. Sou nocivo. Perigoso. Todos se mantêm afastados porque sabem que sou o monstro da cidade.

— Não, Sr. Emerson. Você não é um monstro. Você se culpa pelo que aconteceu há muito tempo, mas não creio que tenha sido sua culpa. Foi uma doença. Você não tinha controle de seus atos.

Warren não olhou para ela, e Claire se perguntou se ele a ouvira.

— Sr. Emerson?

Ele ainda olhava pela janela.

— Foi muito gentil por ter vindo me visitar — murmurou. — Mas não precisa mentir para mim, Dra. Elliot. Eu sei o que fiz. — Ele inspirou profundamente e expirou devagar e, com aquele suspiro, pareceu encolher ainda mais. — Estou tão cansado... Toda noite vou dormir esperando não despertar, desejando não acordar. E toda manhã, quando abro os olhos, fico desapontado. As pessoas acham que é uma luta permanecer vivo. Mas, sabe, esta é a parte fácil. A parte difícil é morrer.

Ela nada podia dizer. Olhou para a bandeja de comida intocada. Um peito de frango imerso em um molho já frio, um pouco de arroz, os grãos brilhando como pequenas pérolas. E pão, o sustento da vida. Uma vida que Warren Emerson não queria experimentar ou sofrer. Não posso fazê-lo querer continuar vivo, pensou Claire. Posso forçá-lo a ingerir alimentos líquidos, introduzir um tubo em sua narina até o estômago, mas não posso injetar a felicidade em seus pulmões.

— Dra. Elliot?

Voltando-se, Claire viu uma enfermeira à porta.

— O Dr. Clevenger, da patologia, está ao telefone. Quer falar com a senhora. Está na linha 3.

Claire deixou o quarto de Warren Emerson e pegou a extensão no posto de enfermagem.

— Aqui é Claire Elliot.

— Fico feliz por encontrá-la — disse Clevenger. — O Dr. Rothstein me disse que viria aqui hoje à tarde e achei que gostaria de passar na patologia para ver os slides. Rothstein está vindo para cá agora.

— Quais slides?

— Da massa cerebral de seu paciente da craniotomia. Demorou uma semana para fixarmos os tecidos completamente. Acabei de receber os slides.

— É um meningioma?

— Longe disso.

— Então o que é?

Ela sentiu excitação velada na voz dele.

— Vai ter que ver para crer.

Fern Cornwallis olhou a faixa pendurada nas vigas do ginásio e suspirou.

ESCOLA KNOX — VOCÊS SAUM DEMAIS!!!

Era no mínimo irônico os estudantes terem tido tanto trabalho para preparar a faixa e subido em escadas altíssimas para pendurá-la nas vigas sem, entretanto, revisarem a ortografia. Aquilo pegava mal para a escola, para os professores e para a própria Fern, mas agora seria muito complicado baixar a faixa e corrigi-la. Ninguém notaria aquilo quando as luzes fossem atenuadas, a música estivesse tocando e o ar se tornasse uma névoa vaporosa de hormônios adolescentes.

— Há previsão de neve para hoje à noite — disse Lincoln. — Tem certeza de que não quer cancelar esse evento?

Por falar em hormônios...

Fern se voltou e sentiu um frio no estômago como sempre sentia quando olhava para ele. Era incrível que ele não visse a ansiedade em seus olhos... Os homens são tão cegos.

— Já adiamos esse baile duas vezes — respondeu ela. — As crianças precisam de algum tipo de recompensa por terem suportado este mês horrível.

— Estão prevendo de 10 a 15 centímetros de precipitação, a maior parte para cerca de meia-noite.

— O baile já terá acabado a essa altura. Estarão todos em casa.

Lincoln assentiu, mas estava evidentemente ansioso ao olhar ao redor do ginásio, decorado com faixas de crepe azul e branco e balões prateados. As cores frias do inverno. Meia dúzia de meninas — por que eram sempre as meninas que trabalhavam? — preparavam a mesa de comida, trazendo a poncheira, as bandejas de biscoitos, os pratos e guardanapos de papel. No outro extremo do ginásio, um aluno de cabelos desgrenhados ajustava o equipamento de som, extraindo do amplificador guinchos de estourar os ouvidos.

— Por favor, abaixe isso! — gritou Fern, levando as mãos às orelhas. — Esses garotos ainda vão me deixar surda.

— Pode ser uma bênção, considerando a música que ouvem.

— É... rap urbano em uma cidade do interior. Talvez consigam dançar o slam sobre uma pilha de folhas.

— Sabe quantas pessoas estarão presentes esta noite?

— No primeiro baile do ano? Espero casa cheia. Estarão no evento os quatro períodos, menos os 38 bagunceiros que foram suspensos.

— Tantos assim?

— Estou aplicando uma atitude proativa nesse caso, Lincoln. Um movimento em falso, e estão suspensos por uma semana. Nem mesmo podem entrar na escola.

— Isso facilitará o meu trabalho. Escalei Dolan e Pete Sparks para o plantão de hoje à noite, portanto terá ao menos dois de nós aqui para ficarem de olho nas coisas.

Uma bandeja caiu com estardalhaço e ambos se voltaram. Viram biscoitos quebrados espalhados pelo chão. Uma menina loura olhou incrédula para a bagunça e se voltou para uma menina de cabelos pretos que estava ali perto.

— Você esbarrou em mim.

— Não, não esbarrei.

— Você está esbarrando em mim a tarde inteira!

— Olhe, Donna, não me culpe se você não consegue andar sem tropeçar nos próprios pés!

— Chega! — disse Fern. — Limpem essa sujeira ou estão suspensas, as duas!

Dois rostos furiosos se voltaram para ela. Quase simultaneamente, disseram:

— Mas, Srta. Cornwallis, ela...

— Vocês me ouviram.

As meninas trocaram olhares venenosos e Donna saiu intempestivamente do ginásio.

— É assim que estão as coisas — disse Fern em meio a um suspiro. — É com isso que estou lidando. — Ela olhou para cima, para as janelas do ginásio. Para a luz do dia que terminava.

Os primeiros flocos de neve começavam a cair.

O cair da noite era a parte do dia que ela mais temia, pois era com a chegada das trevas que todos os medos de Doreen Kelly pareciam demônios fugindo de suas prisões indevassáveis. À luz do dia, ainda conseguia sentir resquícios de esperança e, embora esta fosse tênue como gaze, Doreen podia fantasiar sobre ser novamente jovem, encantadora e tão irresistível que certamente conseguiria convencer Lincoln a voltar para ela, como já fizera dezenas de vezes. Ficar sóbria era a chave. Ah, como tentava se manter na linha! Conseguira convencer Lincoln diversas vezes de que aquela seria a ocasião em que pararia de beber de verdade. Mas então sentia aquela sede familiar, como uma coceira na garganta, experimentava uma pequena fraqueza na velha força de vontade, o sabor adocicado de licor de café na língua, e logo se via caindo em espiral, incapaz de impedir a queda. No fim, o que mais doía não era a sensação de derrota ou a perda de dignidade. Era perceber o olhar resignado de Lincoln.

Volte para mim. Ainda sou sua mulher. Você prometeu me amar e me respeitar. Volte só mais uma vez.

Lá fora, a luz cinzenta da tarde se esvaía e, com ela, as esperanças que acalentara durante o dia se dissipavam. Esperanças que, em seus momentos mais lúcidos, Doreen sabia serem falsas. Com a noite, vinha a lucidez.

E o desespero.

Sentou-se à mesa da cozinha e serviu-se do primeiro drinque. Assim que o licor de café atingiu seu estômago, pôde sentir o calor correndo por suas veias, trazendo com ele a bem-vinda dormência. Serviu-se de outra dose, sentiu a dormência tomar seus lábios, seu rosto, seus medos.

No quarto drinque, não sentia mais dor e nem desespero. Ao contrário: sentia-se mais segura de si a cada gole. Confiança líquida. Lincoln se apaixonara por ela antes. Podia acontecer outra vez. Ainda era bonita. Ele era homem, certo? Podia ser convencido. Bastava pegá-lo em um momento de fraqueza.

Ela se levantou cambaleante e vestiu o casaco.

Lá fora, começava a nevar, flocos finos e macios caíam do céu negro. A neve era sua amiga. Que melhor adorno para seu cabelo do que alguns flocos de neve brilhante? Ela entraria na casa de Lincoln com o cabelo solto, o rosto rosado de frio. Ele a convidaria para entrar — não teria escapatória — e talvez uma fagulha de luxúria irrompesse entre eles. Sim, sim, é como vejo acontecer, com flocos de neve no meu cabelo.

Mas a casa de Lincoln era muito longe para que pudesse ir a pé. Era hora de conseguir um carro.

Subia a rua até o mercado, que fecharia em uma hora; o rush da noite estava no auge, pessoas pegando mais uma caixa de leite ou um saco de açúcar de emergência antes de voltar para casa.

Como Doreen esperava, havia diversos carros estacionados em frente à loja, alguns com os motores e os aquecedores ligados. Não há nada mais frustrante em uma noite fria do que entrar no carro e descobrir que o motor não quer pegar.

Doreen desceu a rua de olho nos carros, decidindo qual escolher. Não a picape. Não era veículo para uma dama, nem o VW, porque havia coisas mais importantes a pensar do que lutar contra uma alavanca de marcha.

O sedã verde. Era o carro ideal.

Ela olhou para a loja, viu que ninguém estava saindo e rapidamente entrou no carro. O assento era quente e confortável, e sentia o calor do aquecedor sobre os joelhos. Doreen desengatou o freio de mão, pisou no acelerador e se afastou do meio-fio. Algo no porta-malas bateu com força.

Ela já se afastava da loja quando uma voz na rua gritou:

— Ei! Ei, volte aqui com o meu carro!

Doreen levou alguns quarteirões para descobrir como ligar os faróis e mais um para acionar os limpadores de para-brisa. Finalmente, a visão clareou e ela pôde ver a estrada adiante. Doreen acelerou e o sedã derrapou na neve fresca. Ela ouvia o ruído de objetos rolando no porta-malas, o som de vidro tilintando enquanto fazia as curvas. Foi até a casa de Lincoln e estacionou no acesso de veículos.

A casa estava escura.

Doreen saiu do carro, cambaleou até a varanda e bateu na porta da frente.

— Lincoln! Lincoln, preciso falar com você! Você ainda é o meu marido!

Bateu diversas vezes, mas nenhuma luz se acendeu e a porta estava trancada. Lincoln ficara com a chave dela, o desgraçado, então não podia entrar.

Doreen voltou para o carro e ficou ali sentada por um longo tempo, com o motor e o aquecedor ligados. A neve continuava a cair suavemente sobre o para-brisa. Lincoln geralmente não fazia plantão nas noites de sábado, então onde mais estaria? Pensou em todos os lugares onde ele pudesse estar passando a noite e as possibilidades a corroíam por dentro. Não era burra. Sabia que Fern Cornwallis sempre estivera de olho em Lincoln. Devia haver outras mulheres também, dezenas delas que achariam um policial de uniforme irresistível. Cada vez mais agitada, Doreen começou a gemer e a se balançar para a frente e para trás no banco do carro. *Volte para casa, volte para casa. Volte para mim.*

Nem mesmo o aquecedor era suficiente para afastar o frio que se infiltrava em seus ossos, em sua alma. Queria o calor de um conhaque, o bem-vindo álcool em suas veias. Então, lembrou-se do ruído de vidro no porta-malas. Por favor, que seja algo que valha a pena beber. Algo mais forte que refrigerante.

Cambaleou para fora do carro, deu a volta até a traseira e abriu o capô. Demorou um instante para focalizar a visão e, ainda assim, perguntou-se se não estava tendo uma alucinação. *Tão belo, tão verde. Como vasos de esmeralda brilhando no escuro.* Ela esticou a mão para pegar um deles, mas se voltou ao ouvir o motor de um carro.

Os faróis que se aproximavam a cegaram. Atordoada, ergueu a mão para proteger os olhos.

Alguém saltou do carro.

O Dr. Francis Clevenger parecia um homem em miniatura, pequenino, rosto de pardal, jaleco frouxo sobre os ombros frágeis, como se usasse a capa de chuva de alguém mais encorpado. Isso somado ao rosto absolutamente imberbe, dava-lhe a aparência de ser muito mais jovem do que realmente era. Parecia mais um adolescente pálido do que um patologista diplomado. Com uma rapidez graciosa, ele se levantou da cadeira para cumprimentar Claire e o Dr. Rothstein, neurocirurgião de Warren Emerson.

— Essas placas são tão legais — disse Clevenger. — Era a última coisa que eu esperava ver. Vão em frente, deem uma olhada! — Apontou para um microscópio que podia ser usado por duas pessoas simultaneamente.

Claire e Rothstein sentaram-se em lados opostos do aparelho e se inclinaram para olhar.

— Então, o que veem? — perguntou Clevenger, praticamente dançando ao lado deles de tanta animação.

— Uma mistura de células — disse Rothstein. — Astrócitos, acho. E algo que me parece um entrelaçado de tecido fibroso.

— É um bom começo. Dra. Elliot, vê algo digno de nota?

Claire focou a sua ocular e olhou para o tecido. Pôde identificar a maioria das células, baseada no que se lembrava das aulas de histologia da faculdade de medicina, tantos anos antes. Reconheceu astrócitos em forma de estrela e a presença de macrófagos — a turma da faxina, cuja função é arrumar a casa após uma infecção. Também viu o que Rothstein percebera: havia veios de tecido granulado, ou cicatrizado, possivelmente resultado de uma infecção aguda.

Procurando a alavanca de posicionamento da placa, Claire mudou o campo, procurando novas células. Um padrão incomum apareceu sob seus olhos, um redemoinho de matéria fibrosa com algumas células espessas, formando uma carapaça microscópica de tecido.

— Vejo um encapsulamento aqui — comentou. — Uma camada de tecido fibroso. Será que é um cisto? Algum tipo de processo infeccioso que o sistema imunológico do paciente conseguiu bloquear e envolver?

— Está esquentando. Lembra-se da tomografia?

— Sim. Parecia que ele tinha uma massa cerebral distinta, com calcificações.

— Fizemos uma ressonância após a transferência — disse Rothstein. — Basicamente a mesma coisa apareceu. Uma lesão discreta, encapsulada, com calcificações.

— Certo — disse Clevenger. — E o que a Dra. Elliot acabou de identificar é a parede do cisto. Tecido fibroso formado pelo sistema imunológico do corpo, cercando e isolando a infecção.

— Mas que organismo é responsável por isso? — perguntou Rothstein, erguendo a cabeça para olhar para Clevenger.

— Bem, este é o mistério, não é mesmo?

Lentamente, Claire moveu a placa, mudando de campo outra vez. O que apareceu através de sua ocular era tão espantoso que não conseguia parar de olhar, atônita.

— Que diabos é isso? — exclamou.

Clevenger comemorou, com deleite quase infantil.

— Você encontrou!

— Sim, mas não sei o que é.

Rothstein voltou a pressionar os olhos na ocular do microscópio.

— Meu Deus. Também não sei o que é isso.

— Descreva para nós, Dra. Elliot — disse Clevenger.

Claire ficou em silêncio um instante enquanto ajustava a posição e lentamente examinava aquele campo. O que viu foi uma arquitetura estranhamente retorcida, meio calcificada.

— É algum tipo de tecido degradado. Não imagino o que seja... me parece algum organismo que morreu e petrificou-se em forma de acordeão.

— Bom. Bom! — exclamou Clevenger. — Gosto desta descrição: petrificado. Como um fóssil.

— Sim, mas de quê?

— Diminua o zoom para ter uma visão mais ampla.

Ela fez o que lhe foi sugerido. A imagem assumiu uma forma mais completa, tornou-se uma espiral que se enroscava ao redor de si mesma. Ao se dar conta do que estava vendo, Claire recuou, aprumou, chocada, e olhou para Clevenger.

— É algum tipo de parasita.

— Isso mesmo! Não é bacana?

— O que diabos um parasita fazia no cérebro do meu paciente? — perguntou Rothstein.

— Provavelmente estava ali há anos. Invadiu a matéria cinzenta, causou uma encefalite temporária. O sistema imunológico do hospedeiro gerou uma resposta inflamatória: glóbulos brancos, eosinas, tudo o que conseguiu reunir para contra-atacar. No fim, o hospedeiro venceu, isolando a criatura, envolvendo-a em tecido fibroso, formando um tipo de cisto. O parasita morreu. Parte dele calcificou, ou petrificou, se preferir. Anos depois, foi isso o que sobrou. — Ele apontou para o microscópio. — Um parasita morto, preso em uma cápsula de tecido fibroso. Talvez esta seja a causa dos ataques: o efeito da massa daquele pequeno bolsão de tecido fibroso envolvendo um parasita morto.

— De que parasita estamos falando? — perguntou Claire. — O único que conheço capaz de invadir o cérebro é o cisticerco.

— Exatamente. Não consigo identificar este espécime precisamente. Está muito degradado. Mas é quase certo que a doença é a cisticercose, causada pela larva da *Taenia solium*. O verme do porco.

Rothstein parecia incrédulo.

— Eu pensava que a *Taenia solium* só fosse encontrada em países subdesenvolvidos.

— Na maior parte dos casos, sim. Você vai encontrar a doença no México, na América do Sul, às vezes na África ou na Ásia. Foi por isso que fiquei tão empolgado quando vi a placa. Encontrar um caso de cisticercose aqui, no norte do Maine, é inacreditável.

Definitivamente vale um artigo no *The New England Journal of Medicine*. O que precisamos descobrir é quando e onde o paciente foi exposto a ovos do verme do porco.

— Não há nada no histórico a respeito de viagens para o exterior — argumentou Claire. — Ele me disse que viveu toda a vida neste estado.

— O que torna este um caso verdadeiramente incomum. Farei testes de anticorpos para confirmar se diagnosticamos de forma correta. Se for uma *Taenia solium*, o exame ELISA do sangue e do fluido cérebro-espinhal dará positivo. Há algum histórico de resposta inflamatória inicial? Sintomas que nos digam quando ele foi infectado pela primeira vez?

— Quais sintomas, especificamente? — perguntou Rothstein.

— Poderia ser um quadro clínico tão dramático quanto meningite ou encefalite avançada. Ou início de epilepsia.

— O primeiro ataque epilético ocorreu antes dos 18 anos.

— Esta é uma pista.

— Quais outros sintomas poderiam aparecer?

— Sinais mais sutis, possivelmente. Esta doença pode apresentar sintomas de tumor cerebral e causar uma série de alterações psiquiátricas.

Subitamente, os cabelos da nuca de Claire se eriçaram.

— Comportamento violento? — perguntou.

— Possivelmente — respondeu Clevenger. — Isso não é mencionado em minhas referências, mas pode ser um sinal de doença aguda.

— Quando Warren Emerson tinha 14 anos, ele assassinou os pais — revelou Claire.

Os dois médicos olharam para ela.

— Não sabia disso — disse Rothstein. — A senhora não mencionou.

— Não era relevante à sua condição médica. Ao menos, achei que não fosse. — Ela olhou para o microscópio, a imagem do parasita ainda vívida em sua mente. *Inicialmente uma infecção por ovos de parasitas, seguida de sintomas de encefalite. Irritabilidade. Até mesmo violência.*

— Faz muito tempo que terminei a faculdade — continuou Claire. — Não me lembro de muita coisa sobre a *Taenia solium*. Qual o ciclo de vida desse organismo?

— A *Taenia solium* é um cestoide — explicou Clevenger. — Um verme que geralmente habita o trato intestinal de seu hospedeiro. As pessoas o adquirem ao comerem carne de porco malpassada infectada pela larva. A larva tem ventosas que se agarram à parede do intestino delgado dos seres humanos e ali se estabelecem, absorvendo nutrientes. Os vermes podem viver ali durante décadas sem causar sintomas e chegar 3 metros de comprimento! Às vezes, os vermes são expelidos. Vocês podem imaginar como seria acordar de manhã e encontrar uma dessas criaturas deitada ao seu lado.

Rothstein e Claire trocaram olhares ligeiramente nauseados.

— Bons sonhos — murmurou Rothstein.

— Então, como a larva chega ao cérebro? — perguntou Claire.

— Acontece durante uma etapa diferente do ciclo de vida do verme. Depois que chega à fase adulta, no intestino humano, começa a produzir ovos. Quando esses ovos são expelidos, contaminam o solo e fontes de alimento. As pessoas os ingerem, os ovos eclodem, penetram a parede intestinal e o organismo e são transportados pela corrente sanguínea para diversos outros órgãos, incluindo o cérebro. Lá, após alguns meses, se transformam em larva. Mas é um beco sem saída, porque não podem crescer naquele espaço confinado, sem nutrientes. Assim, ficam ali até morrer, formando pequenas bolsas em forma de cistos no cérebro, que são a causa dos ataques desse paciente.

— Você disse que os ovos contaminam o solo — disse Claire.

— Quanto tempo os ovos se mantêm vivos fora de um hospedeiro?

— Algumas semanas.

— E quanto à água? Poderiam viver em um lago, por exemplo?

— Não há menção a isso em nenhum de meus livros de referência, mas suponho ser possível.

— O teste ELISA pode detectar uma infecção por *Taenia solium*? Nesse caso, precisamos pedi-lo para outro paciente. Um jovem que está no Centro Juvenil do Maine.

— Você acha que há outro caso neste estado?

— Talvez existam diversos em Tranquility. Isso explicaria por que tantos de nossos jovens começaram a demonstrar comportamento violento de uma hora para outra.

— Uma epidemia de cisticercose no Maine? — Rothstein parecia incrédulo.

A excitação de Claire aumentou.

— Os dois jovens que internei têm uma contagem de glóbulos brancos incomum, com uma alta porcentagem de eosinófilos. Na época, achei que aquilo se devia à asma ou a alergias. Agora me dou conta de que era causada por outra coisa.

— Uma infecção parasitária — disse Rothstein. — Isso aumenta a contagem de eosinas.

— Exato. E Warren Emerson pode ser a fonte da infecção. Se ele abriga um verme de 3 metros no intestino, então vem produzindo ovos do parasita há anos. Um vazamento de sua fossa contaminaria a água na superfície e no lençol freático. Os ovos chegariam ao lago, expondo qualquer pessoa que nadasse ali. Qualquer um que, acidentalmente, engolisse um pouco d'água.

— São muitas teorias — disse Clevenger. — Você está construindo um castelo de cartas.

— Até mesmo a época do ano coincide! Os jovens devem ter sido infectados no verão, quando nadavam no lago. Você disse que os ovos demoram várias semanas para se transformarem em larvas. Agora estamos no outono e os sintomas estão começando a aparecer. Uma síndrome de novembro. — Claire fez uma pausa, subitamente franzindo as sobrancelhas. — A única coisa que não consigo explicar é a razão de as tomografias terem resultados negativos.

— Talvez ainda estejam no início da infecção — respondeu Clevenger. — Durante a fase sintomática mais aguda, a larva ainda é muito pequena para ser detectada. E ainda não haveria formação de cistos.

— Bem, há um exame simples para o parasita — acrescentou Rothstein. — O ELISA.

Claire assentiu.

— Se alguém mais apresentar anticorpos de *Taenia solium*, então essa teoria é mais do que um castelo de cartas.

— Podemos começar com Warren Emerson — disse Rothstein. — E aquele jovem do Centro Juvenil. Se ambos derem negativo, isso derruba a teoria. Mas, se for positivo...

Clevenger, sempre o cientista, esfregou as mãos, ansioso com a possibilidade.

— Então vamos pegar agulhas e torniquetes, pessoal — falou. — Porque vamos furar muitos braços.

20

J. D. gritava do outro lado da porta do quarto, chamando-a de prostituta, vagabunda, piranha. Amelia sentou-se na cama tapando os ouvidos com as mãos, tentando abafar a voz do irmão, sabendo que, caso respondesse, as coisas ficariam ainda piores. J. D. estava furioso com todo mundo ultimamente, parecendo disposto a brigar com qualquer um que estivesse ao seu alcance.

Na véspera, quando ele fora suspenso da escola, Amelia cometera o erro de chamá-lo de cretino. O tapa que recebera foi tão forte que seus ouvidos ficaram zumbindo durante horas. Amelia correu, aos prantos, para a mãe, mas é claro que não recebeu qualquer apoio de Grace.

— Você sabe como ele é — disse Grace com seu tom de tenho-meus-próprios-problemas. — Apenas fique longe dele.

Durante todo o dia, Amelia guardara distância, trancando-se no seu quarto e tentando se concentrar no dever de casa, mas era impossível pensar agora. Mais cedo naquele dia, ela ouvira J. D. fazer um pandemônio lá embaixo, empurrando Eddie, gritando com a mãe e até mesmo com Jack. Um dia, os dois acabariam se matando. Tal pai, tal filho. Não choraria por nenhum dos dois.

Agora, porém, J. D. estava no corredor, insultando-a do outro lado da porta.

— Você gosta de pinto pequeno? É por isso que está transando com aquele fracassado do Noah Elliot? Vou te mostrar um pau — grande! Vou te mostrar como se faz! Ou quer o pintinho do Noah? Ele riu e começou a cantarolar: — Pinto pequeno! Pinto pequeno!

Até mesmo Jack já estava cansado daquilo e gritou escada acima:

— Cale a boca, J. D.! Estou tentando assistir TV!

Nesse momento, o garoto desceu a escada correndo para brigar com Jack. Amelia ouviu-os na sala de estar, as vozes aumentando de volume até se transformarem em gritos. Uma grande família feliz. Agora, coisas estavam sendo jogadas no chão. Ela ouviu mobília caindo, vidro quebrando. Meu Deus, seria possível que fosse piorar? Sua mãe fazia parte do caos agora, chorando por seu precioso abajur ter sido quebrado. Amelia olhou para os livros da escola abertos sobre a cama, para a lista de deveres que precisava fazer até segunda-feira e viu que não conseguiria terminá-los a tempo. *Devia ter ido ao baile*, pensou. *Se não posso fazer o dever de casa, ao menos podia me divertir hoje à noite.*

Por outro lado, o baile também não seria divertido; afinal, Noah Elliot não estaria lá.

Amelia ouviu outro abajur se espatifar no chão, e então sua mãe gritou:

— Por que não faz alguma coisa, Jack? Por que você nunca faz nada? — Ouviu-se um tapa forte e, então, o choro de Grace.

Enojada, Amelia enfiou os livros na mochila, pegou o casaco e saiu do quarto sorrateiramente. Não a ouviram descer a escada. Ela olhou para a sala, vendo o chão repleto de vidro quebrado, J. D. com o rosto vermelho e bufando como um touro selvagem, encarando o pai e a madrasta.

Amelia saiu pela porta da frente em meio à neve noturna.

Começou a andar em direção à Toddy Point Road, sem se importar para onde ia, apenas querendo se afastar *deles*. Quando passou pela rampa para barcos, o frio começava a penetrar as suas roupas e a neve derretida escorria pelo seu rosto. Ela precisava ir para algum lugar. Caminhar sem destino em uma noite como aquela era estúpido e perigoso. Mas havia apenas um local para onde ela realmente queria ir, um lar onde sabia que seria bem-vinda.

Só de pensar naquilo, sentiu o coração mais leve. Acelerou o passo.

Desde quando as estudantes saíam em público usando lingeries chiques?, perguntou-se Lincoln enquanto observava os alunos na pista de dança. Lembrou-se dos bailes de sua juventude, das meninas com cabelos brilhosos, vestidos em cores pastel e minissaias de cetim. Naquela noite, as garotas pareciam um grupo de vampiras prostitutas usando rendas pretas e alças finas. Algumas delas também pintaram os lábios de preto e, com seus rostos pálidos de inverno, faziam Lincoln imaginar cadáveres vagando pelo ginásio à meia-luz. Quanto aos meninos, bem, esses usavam tantos brincos quanto as meninas.

De pé ao seu lado, Pete Sparks disse:

— Não sei como não pegam pneumonia nessas noitadas. Não acredito que as mães deixem que saiam de casa assim.

— Aposto que as mães não fazem ideia — respondeu Lincoln. Ele vira muitas das meninas chegarem com roupas bem simples, se enfiarem no banheiro e emergirem dali vestidas com trajes minúsculos.

Subitamente, as caixas de som começaram a irradiar uma batida vigorosa. Depois de apenas alguns minutos daquele barulho, Lincoln já estava desesperado para fugir dali.

Ele atravessou as portas duplas do ginásio buscando a relativa paz da noite fria.

Nevava pouco, apenas um tremular prateado iluminado pelos postes de luz. Debaixo da sacada do edifício, ele ergueu o colarinho do casaco e inspirou com prazer ar frio e límpido.

Atrás dele, a porta se abriu e se fechou, quando ouviu Fern dizer:

— Também não aguentou?

— Tive que sair para respirar.

Ela parou ao lado de Lincoln. Vestira o casaco, o que significava que saíra com a intenção de ficar algum tempo do lado de fora.

— Às vezes você não tem a sensação de que é responsabilidade demais, Lincoln? Nunca teve vontade de largar tudo e ir embora?

Ele riu com amargura.

— Ao menos duas vezes por dia.

— Ainda assim, continua aqui.

Lincoln olhou para Fern.

— Você também.

— Não faço isso porque quero, mas porque não tenho alternativa. — Ela olhou para a neve que caía e murmurou: — Doreen não merece você. Nunca mereceu.

— Não se trata de merecimento, Fern.

— Ainda assim, você merecia coisa melhor. Durante todos esses anos, vi como ela o deixou triste. Eu só conseguia pensar que aquilo não era justo. Ela foi muito egoísta. A vida não precisa ser injusta. Podemos escolher a felicidade. — Ela fez uma pausa, reunindo coragem para o que tinha a dizer. Lincoln sabia o que era; sempre soubera e sempre evitara ouvir aquilo em voz alta, porque sabia que o resultado seria humilhante para Fern e doloroso para ele. — Ainda não é tarde demais para nós.

Ele suspirou profundamente.

— Fern...

— Podemos continuar de onde paramos. Antes de Doreen.

Lincoln balançou a cabeça.

— Não podemos.

— Por que não?

O policial percebeu a carência e o desespero na voz de Fern, e teve de se esforçar para olhar para ela.

— Gosto de outra pessoa.

Fern deu um passo atrás, ocultando-se nas sombras, mas não conseguiu impedi-lo de ver as lágrimas em seus olhos.

— Acho que já sabia disso.

— Sinto muito.

— Não. Não há por que se sentir mal. — Ela balançou a cabeça e riu. — Isso sempre acontece comigo. Estou acostumada.

Ele a viu caminhar de volta ao edifício. Fern fez uma pausa para ajeitar os ombros e recuperar o orgulho. *Por que eu não podia ser a escolhida?*, pensou. Se Lincoln tivesse se apaixonado e se casado com ela, teria sido uma união razoavelmente feliz. Fern era atraente, inteligente. Contudo, sempre faltara algo entre os dois. A magia.

Triste, Lincoln observou-a abrir a porta do ginásio. Nesse instante, sons de gritos e de gente correndo vazaram pela porta aberta.

— O que está acontecendo agora? — disse Fern, e correu para o interior do prédio, com Lincoln logo atrás.

Lá dentro, encontraram um caos. O ponche entornara e uma piscina de líquido avermelhado se espalhava pelo chão do ginásio. A música ainda tocava, mas metade dos alunos havia recuado se aglomerando contra uma parede alarmada. Outros estavam reunidos em um círculo perto do equipamento de som. Lincoln não conseguia ver o que acontecia no centro, mas ouviu uma caixa de som tombar e, em seguida, Pete Sparks e os inspetores gritaram:

— Parem com isso! Afastem-se, afastem-se!

Quando Lincoln forçou a entrada no círculo, outra caixa de som tombou sobre o rio de ponche. Ouviu-se um guincho ensurdecedor e todos na multidão levaram as mãos aos ouvidos, afastando-se das fagulhas elétricas.

No instante seguinte, a música parou e as luzes do ginásio se apagaram.

A escuridão durou apenas alguns segundos mas, na breve pausa, antes que as luzes de emergência se acendessem, o pânico tomou conta da multidão. Lincoln sentiu jovens desesperados se chocarem contra ele enquanto corriam para a saída. Não via o que batia nele, só podia ouvir o estouro da multidão. Percebeu que alguém caiu perto de seus pés e puxou uma menina pelo vestido, às cegas.

Finalmente, a lâmpada de emergência acendeu, um refletor muito mal localizado, no outro extremo do ginásio. Na penumbra, só conseguia enxergar um caos de pessoas correndo e jovens tentando se levantar.

Então, Lincoln viu algo que o deixou arrepiado. Pete Sparks caíra de joelhos e parecia atordoado demais para perceber o jovem gorducho ao seu lado. O menino se agachou e tirou a arma do coldre de Pete.

Lincoln estava longe demais para desarmar o jovem. Só conseguiu dar dois passos à frente e então parou quando o jovem o encarou, os olhos repletos de ódio. Lincoln o reconheceu; era Barry Knowlton.

— Abaixe isso, filho — disse Lincoln calmamente. — Ponha a arma no chão.

— Não, estou cansado de ser humilhado!

— Podemos conversar sobre isso. Mas, primeiro, abaixe a arma.

— Como se alguém se importasse em conversar comigo! — Barry voltou-se, olhando ao redor. — Vocês, meninas, nunca se importaram. Vocês só riem de mim! O tempo todo é só o que escuto, risadas. — Ele olhou para outra parte do ginásio. — E você, gostosão! Do que me chamou? De bundão? Fale isso agora! Anda, fale isso agora!

— Abaixe a arma — repetiu Lincoln, lentamente levando a mão à pistola. Era seu último recurso, ele não queria atirar no rapaz. Precisava convencê-lo. Negociar. Qualquer coisa para evitar que atirasse. Lincoln ouviu passos na escuridão e viu o cabelo louro de Fern, que guiava um grupo de estudantes para a saída. Mas ainda havia dezenas de pessoas encurraladas na parede oposta, incapazes de fugir.

Ele deu outro passo adiante. Imediatamente o jovem se voltou em sua direção.

— Você já disse o que queria, Barry — continuou Lincoln. — Vamos para a sala ao lado conversar, está bem?

— Ele me chamou de bundão.

A angústia aumentava na voz do rapaz. A desolação de quem não se encaixa no meio em que viver.

— Vamos conversar, só nós dois — disse Lincoln.

— Não. — O jovem se voltou para os alunos encurralados, que se encostavam à parede. — É a minha vez de dar as ordens.

Claire dirigia com o rádio desligado, o silêncio interrompido apenas pelo barulho dos limpadores de para-brisa afastando a neve. Passara o trajeto de Bangor a Tranquility imersa em pensamentos e, quando chegou aos limites da cidade, já tinha tudo resolvido em sua mente. Sua teoria se concentrava em Warren Emerson.

A casa de Emerson localizava-se no sul de Beech Hill, a menos de 2 quilômetros do lago. Era um lugar distante, com esgoto próprio, que era drenado em uma fossa sanitária. Se um parasita amadurecera em seus intestinos, ele seria uma fonte permanente de ovos parasitários. Bastava um vazamento em sua antiquíssima fossa, um ano de inundações, e aqueles ovos podiam ser levados ao riacho Meegawki, ali perto.

Até o lago.

Uma elegante explicação lógica, pensou. Não é uma epidemia de loucura. Nem uma maldição centenária que se abate sobre aquela cidade. É um micro-organismo, uma larva parasitária que se aloja no cérebro humano, provocando devastação enquanto cresce. Tudo o que precisavam para confirmar o diagnóstico era um resultado positivo do exame de sangue ELISA. Mais um dia e teriam certeza.

Uma sirene a alertou da aproximação de um carro de polícia. Claire viu as luzes piscando no retrovisor e identificou um carro patrulha de Two Hills, que passou por ela a toda velocidade em direção a Tranquility. Pouco depois, um segundo carro patrulha passou na mesma direção, seguido de uma ambulância.

Mais adiante, viu que ambos entravam no acesso à escola.

Ela os seguiu.

Foi uma repetição das cenas assustadoras do mês anterior: veículos de emergência estacionados desordenados do lado de fora do ginásio da escola, bandos de adolescentes ao longo da estrada, chorando e se abraçando. Mas, daquela vez, caía neve do céu noturno e as luzes dos veículos estavam atenuadas, como se esmaecidas por uma gaze branca.

Claire pegou a maleta de primeiro socorros e correu em direção ao prédio. Foi parada a meia quadra do ginásio pelo policial Mark Dolan, que usava um colete à prova de balas. O olhar que ele lhe lançou confirmou o que Claire suspeitava havia muito: a antipatia entre os dois era mútua.

— Todos precisam ficar longe — disse ele. — Estamos lidando com uma situação com reféns.

— Alguém está ferido?

— Não, e queremos que continue assim.

— Onde está Lincoln?

— Está tentando convencer o rapaz. Agora a senhora tem que se afastar do prédio, Dra. Elliot.

Claire recuou para onde a multidão se reunira. Viu Dolan se voltar e falar com o chefe de polícia de Two Hills. Os homens de uniforme estavam dando as ordens ali, e Claire era apenas outra civil irritante.

— Lincoln está sozinho — reclamou Fern. — E esses malditos heróis não o estão ajudando em nada.

Claire voltou-se e viu que o cabelo louro de Fern estava despenteado, as mechas soltas encrostadas de neve.

— Eu o deixei lá — murmurou Fern. — Não tive escolha. Precisava tirar as crianças...

— Quem mais está dentro do ginásio?

— Algumas dezenas de garotos, pelo menos. — Ela olhou para o prédio, a neve derretida escorrendo pelo seu rosto. — Lincoln está armado. Por que não usa a arma?

Claire olhou para o ginásio; a situação dentro do prédio era evidente a seus olhos. Um jovem instável. Uma sala com dezenas de reféns. Lincoln não agiria por impulso e nem atiraria em um jovem a sangue-frio se pudesse evitar. O fato de o tiroteio ainda não ter acontecido significava que ainda havia esperanças de se evitar um banho de sangue.

Ela olhou para os policiais aglomerados atrás de suas viaturas, viu a agitação e pressentiu a excitação em suas vozes. Aqueles eram policiais de uma cidade pequena enfrentando uma crise de cidade grande, e estavam ansiosos para entrar em ação; qualquer tipo de ação.

Mark Dolan sinalizou para dois policiais que já estavam em posição ao lado das portas do ginásio. Com o chefe encurralado lá dentro, Dolan assumira a autoridade e estava deixando a testosterona comandar suas ações.

Claire correu até as patrulhas. Dolan e dois policiais de Two Hills olharam surpresos quando ela se ajoelhou ao seu lado.

— A senhora devia ficar afastada! — disse Dolan.

— Não me diga que vai mandar homens armados entrarem!

— O garoto está armado.

— Pessoas vão morrer por sua causa, Dolan!

— Vão morrer se *não* fizermos algo — disse o chefe de Two Hills. E em seguida sinalizou para três policiais agachados junto ao carro ao lado.

Claire observou, alarmada, os policias avançarem para o prédio e se posicionarem junto às portas.

— Não faça isso — disse ela para Dolan. — Você não sabe qual é a situação lá dentro...

— E você sabe?

— Não houve tiroteio. Dê a Lincoln a chance de negociar.

— Lincoln não está no comando, Dra. Elliot. Agora, saia da minha frente ou vou prendê-la!

Claire olhou para as portas do ginásio. A neve caía mais rápido agora, obscurecendo a visão do prédio e, através de uma cortina branca vaporosa, os policiais pareciam figuras fantasmagóricas flutuando em direção à entrada.

Um deles estendeu a mão para abrir a porta.

Lincoln e o rapaz estavam em um impasse. Olharam-se através do ginásio na penumbra, o brilho distante da luz de emergência rasgava a escuridão entre eles. O rapaz ainda segurava a arma, mas até agora tudo o que fizera fora brandi-la no ar, provocando gritos aterrorizados dos alunos aglomerados junto à parede. Ainda não a apontara para ninguém, nem mesmo para Lincoln, que levara a mão à própria arma e estava pronto para sacá-la. Havia duas meninas bem atrás do rapaz, tornando qualquer tiro arriscado. Lincoln estava confiando em seus instintos, e eles lhe diziam que aquele garoto ainda podia ser convencido. Que, embora estivesse enfurecido, havia uma parte dele lutando para manter o controle, precisando apenas de uma voz calma para guiá-lo.

Lentamente, Lincoln baixou a mão do coldre. Encarava o jovem com os braços ao lado do corpo, uma posição neutra. Confiante.

— Não quero feri-lo, filho. E não acho que você queira ferir alguém. Você está acima disso. É melhor do que isso.

O menino vacilou. Começou a se agachar para pôr a arma no chão, mas logo mudou de ideia e voltou a se aprumar. Ele se voltou para olhar para os colegas, que se encolhiam nas sombras.

— Não sou como vocês. Não sou como *nenhum* de vocês.

— Então prove, filho — argumentou Lincoln. — Abaixe a arma.

O menino voltou-se para encará-lo. Naquele momento, as chamas de sua fúria pareciam tremular, diminuir. Oscilava entre o ódio e a razão. E procurava desesperadamente apoio nos olhos de Lincoln.

O policial caminhou em direção a Barry e estendeu a mão.

— Vou ficar com isso agora — murmurou.

O menino assentiu. Olhando nos olhos de Lincoln com firmeza, estendeu a mão para entregar a arma.

A porta se abriu com um estrondo, e pôde-se ouvir as pessoas correndo. Lincoln viu uma confusão de movimentos quando os homens irromperam na sala, vindos de todas as direções. Os alunos gritaram e correram em busca de abrigo. Sob o brilho da luz de emergência, via-se um Barry Knowlton confuso, seu braço ainda estendido, com a arma na mão. Naquela fração de segundo, Lincoln viu com clareza doentia o que estava a ponto de acontecer. Viu o rapaz se voltar para os policiais, ainda segurando a arma. Viu os homens, inebriados pela adrenalina, com suas armas erguidas.

Lincoln gritou:

— *Não atirem!*

Sua voz se perdeu em meio aos estampidos ensurdecedores.

Por um momento, o estrondo do tiroteio paralisou a multidão na rua. Um segundo depois, todos reagiram ao mesmo tempo: os espectadores histéricos berravam e os policiais corriam em direção ao edifício.

Um professor saiu do ginásio rapidamente e gritou:

— Precisamos de uma ambulância!

Ao tentar entrar no prédio, Claire teve de lutar contra a enxurrada de jovens aterrorizados que saía pela porta. A princípio, tudo o que viu foi uma confusão de silhuetas, homens com coletes à prova de balas, enfeites de papel fantasmagóricos pendurados em meio às sombras perto do teto. A escuridão cheirava a suor e medo.

E sangue. Claire quase pisou em uma poça ao abrir caminho entre os policias. No centro, estava Lincoln, ajoelhado no chão, com um corpo flácido em seus braços.

— Quem deu a ordem? — perguntou com a voz rouca de ódio.

— O policial Dolan achou que...

— Mark? — Lincoln olhou para Dolan.

— Foi uma decisão coletiva — disse Dolan. — O chefe Orbison e eu... nós sabíamos que o rapaz estava armado...

— Ele estava quase se rendendo!

— Não sabíamos disso!

— Saia daqui — disse Lincoln. — Ande, *saia* daqui!

Dolan voltou-se e esbarrou em Claire antes de sair pela porta. Ela se ajoelhou ao lado de Lincoln.

— A ambulância está lá fora.

— É tarde demais — respondeu ele.

— Deixe-me ver se posso ajudá-lo!

— Não há nada que você possa fazer.

Lincoln olhou para ela com olhos marejados de lágrimas.

Claire pegou o braço de Barry e não encontrou pulso. Então, Lincoln abriu os braços e ela viu a cabeça do menino. Ou o que restara dela.

21

Naquela noite ele precisava de Claire. Depois que o corpo de Barry Knowlton foi removido, após a penosa experiência de encarar os pais arrasados, Lincoln foi encurralado pelos flashes brilhantes dos repórteres. Por duas vezes ele não conseguira segurar o choro diante das câmaras de TV. Não tinha vergonha de suas lágrimas, nem foi comedido em sua fúria ao condenar o modo como a crise fora resolvida. Sabia que estava preparando o terreno para um processo por morte desnecessária contra seu próprio empregador, a cidade de Tranquility. Lincoln não se importava. Tudo o que sabia era que o menino fora abatido como um veado em novembro, e que alguém pagaria por aquilo.

Dirigindo em meio a uma nevasca, deu-se conta de que não aguentaria voltar para casa e passar aquela noite, como tantas outras, sozinho.

Em vez disso, dirigiu-se à casa de Claire.

Ao descer do carro e andar com neve à altura das panturrilhas, sentiu-se como um peregrino miserável lutando para chegar a um santuário. Subiu a escada da varanda e bateu diversas vezes à porta. Não obtendo resposta, foi subitamente tomado de desespero ao considerar a hipótese de Claire não estar em casa, de a casa estar vazia e ele precisar enfrentar o resto da noite sozinho.

Então, lá em cima, uma luz se acendeu, seu halo de calor filtrado pela neve que caía. Um momento depois, a porta se abriu e lá estava Claire.

Lincoln entrou; nenhum dos dois disse uma palavra. Ela simplesmente abriu os braços, aceitando-o. Ele estava coberto de neve, que derreteu com o calor do corpo de Claire, escorrendo em fios gelados que molharam a flanela de sua camisola. Ela apenas o abraçou, mesmo quando a neve derretida começou a empoçar no chão ao redor de seus pés descalços.

— Estava esperando por você.

— Não conseguia aceitar a ideia de voltar para casa.

— Então fique aqui. Fique comigo.

Lá em cima, se despiram e se protegeram sob as cobertas ainda aquecidas pelo corpo dela. Lincoln não fora até ali para fazer amor — buscava apenas consolo. Ela lhe deu ambas as coisas, garantindo-lhe um cansaço bem-vindo que o fez adormecer.

Ao despertar, Lincoln viu pela janela um céu tão azul que chegou a machucar seus olhos. Claire estava adormecida, enrodilhada ao seu lado, o cabelo emaranhado sobre o travesseiro. Ele podia ver mechas grisalhas misturadas ao castanho, e aquele primeiro pratear da idade nos seus cabelos era tão inesperadamente comovente que Lincoln se viu contendo as lágrimas. *Metade da vida sem conhecê-la*, pensou. Metade da vida desperdiçada, até agora.

Beijou a cabeça de Claire carinhosamente, mas ela não acordou.

Lincoln se vestiu olhando pela janela, para um mundo transformado pela nevasca noturna. Um manto fofo de neve cobrira o seu carro, tornando-o um indistinto volume branco. Os galhos das árvores, cobertos de neve, chegavam a envergar sob aquele manto pesado e, onde antes havia um jardim, agora parecia haver um campo de diamantes brilhando com intensidade à luz do sol.

Uma picape subiu a rua e entrou na propriedade de Claire. Havia uma escavadora de neve à frente e, a princípio, Lincoln supôs ser alguém que Claire contratara para limpar seu acesso de veículos. Então, o motorista saiu de dentro da picape e Lincoln viu que usava o uniforme do departamento de polícia de Tranquility. Era Floyd Spear.

Floyd caminhou até o monte que se tornara o carro de Lincoln e limpou a neve da placa. Então ergueu a cabeça, curioso, em direção à casa. *Agora a cidade inteira vai saber onde passei a noite.*

Lincoln desceu e abriu a porta da frente no exato momento em que Floyd erguia a mão enluvada para bater.

— Bom-dia — disse Lincoln.

— Hum... bom-dia.

— Está me procurando?

— É, eu... fui à sua casa, mas você não estava.

— Meu pager estava ligado.

— Eu sei. Mas... bem, não queria lhe dar a notícia por telefone.

— Que notícia?

Floyd olhou para as botas cobertas de neve.

— São más notícias, Lincoln. Lamento muito. É sobre Doreen.

Lincoln ficou calado. Estranhamente, não sentia nada, como se o ar frio que respirava de algum modo tivesse anestesiado seu coração e seu cérebro. A voz de Floyd parecia estar vindo de uma grande distância, as palavras falhando.

— ... encontraram o corpo na Slocum Road. Não sabemos como ela chegou até lá. Achamos que deve ter acontecido no começo da noite, mais ou menos na mesma hora do incidente na escola. Mas cabe ao legista determinar.

Lincoln mal conseguia falar.

— Como... como aconteceu?

Floyd hesitou e olhou para o chão.

— Parece que foi um atropelamento e o motorista não a socorreu. A polícia estadual está a caminho da cena do crime.

Pelo prolongado silêncio de Floyd, Lincoln compreendeu que havia mais a dizer. Quando Floyd finalmente ergueu a cabeça, suas palavras saíram com dolorosa relutância:

— Ontem à noite, por volta das 21 horas, a delegacia recebeu uma queixa de que havia alguém embriagado ao volante na Slocum Road. No mesmo lugar onde encontramos Doreen. A chamada veio quando estávamos todos no ginásio, de modo que ninguém pôde atender...

— A testemunha anotou a placa?

Floyd assentiu. E acrescentou, infeliz:

— O veículo estava registrado em nome da Dra. Elliot.

Lincoln sentiu o sangue se esvair de seu rosto. *O carro de Claire?*

— De acordo com o registro, é uma picape marrom da Chevrolet.

— Mas Claire não estava com a picape! Eu a vi ontem à noite na escola. Ela estava usando o Subaru.

— Tudo o que estou dizendo, Lincoln, é que a testemunha deu o número da placa da Dra. Elliot. Então, talvez... talvez eu deva dar uma olhada na picape.

Lincoln saiu em mangas de camisa, mas quase não sentiu frio ao caminhar até a garagem. Enfiou a mão na neve até o cotovelo, encontrou o puxador e ergueu a porta.

Lá dentro, ambos os carros de Claire estavam estacionados lado a lado, a picape à direita. A primeira coisa que Lincoln percebeu foi a neve derretida sob os dois veículos. Ambos haviam sido usados nos últimos dois dias, pois as poças ainda não tinham evaporado.

A dormência que sentia cedia lugar a uma sensação de enjoo e medo. Ele deu a volta e foi até a frente da picape. Ao olhar para o para-choque manchado de sangue, ficou completamente sem chão.

Sem dizer uma palavra, deu as costas e saiu do local.

Parado com neve à altura das panturrilhas, olhou para a casa onde Claire e o filho dormiam. Lincoln não conseguia pensar em uma maneira de evitar os momentos difíceis que teria pela frente, nenhum meio de poupá-la da dor que ele mesmo teria de infligir. Não havia escolha. Certamente ela compreenderia. Talvez algum dia até mesmo o perdoasse.

Mas hoje... hoje Claire o odiaria.

— Você sabe que vai ter que se afastar — murmurou Floyd. — Droga, ficar a quilômetros de distância dela. Doreen era sua mulher. E você acabou de passar a noite com... — Ele parou de falar. — É um caso para a polícia estadual, Lincoln. Vão querer falar com você. Com vocês dois.

Lincoln inspirou profundamente e acolheu a dor causada pelo ar frio em seus pulmões. Acolheu a dor física.

— Então, chame-os pelo rádio — respondeu. E começou a andar, relutante, em direção à casa. — Preciso falar com Noah.

Claire não entendia como aquilo podia estar acontecendo. Despertara em um universo paralelo, onde pessoas que ela conhecia, que amava, estavam se comportando de um modo que ela não compreendia. Lá estava Noah, largado na cadeira da mesa da cozinha, emanando tanta fúria que o ar ao redor dele parecia vibrar. Lá estava Lincoln, soturno e distante, enquanto fazia uma série de perguntas. Nenhum dos dois olhava para Claire. Evidentemente preferiam que não estivesse ali, mas não pediram que saísse. E ela não sairia em hipótese alguma. Percebeu o rumo que as perguntas de Lincoln estavam tomando e compreendeu a perigosa natureza do drama que se desenrolava em sua cozinha.

— Você precisa ser honesto comigo, meu filho — disse Lincoln. — Não estou tentando enganá-lo. Não estou tentando encurralá-lo. Só preciso saber aonde você foi com a picape ontem à noite. E o que aconteceu.

— Quem disse que fui de carro a algum lugar?

— A picape obviamente esteve fora da garagem. Há neve derretida embaixo do veículo.

— Minha mãe...

— Sua mãe estava dirigindo o Subaru na noite passada, Noah. Ela confirma isso.

O olhar do garoto voltou-se para Claire, e ela viu acusação nos olhos do filho. *Você está do lado dele.*

— E qual o problema de sair de carro? — perguntou Noah. — Eu o devolvi inteiro, não foi?

— É, é verdade.

— Então, eu dirigi sem ter habilitação. Me mande para a cadeira elétrica.

— Para onde você foi, Noah?

— Por aí.

— Onde?

— Por aí, está bem?

— Por que está fazendo essas perguntas a ele? — interrompeu Claire. — O que está tentando fazê-lo dizer?

Lincoln não respondeu. Sua atenção permaneceu voltada para o rapaz. Como ele está distante de mim, pensou Claire. Como conheço pouco este homem. É hora de enfrentar a manhã seguinte, a dura luz do arrependimento.

— Não se trata apenas de uma escapada de carro, certo? — insistiu Claire.

Finalmente, Lincoln olhou para Claire.

— Houve um acidente, um atropelamento, e o motorista fugiu, ontem à noite. A sua picape pode estar envolvida.

— Como sabe disso?

— Uma testemunha viu a sua picape meio fora de controle e ligou. Foi na mesma estrada onde o corpo foi encontrado.

Ela se recostou na cadeira como se alguém a tivesse empurrado. *Um corpo. Alguém foi morto.*

— Para onde foi com a picape na noite passada, Noah? — perguntou Lincoln.

Subitamente, Noah pareceu aterrorizado.

— Para o lago — murmurou ele, quase inaudível.

— Aonde mais?

— Apenas ao lago. Pela Toddy Point Road. Estacionei durante algum tempo na rampa para barcos. Então, começou a nevar forte, não queríamos ficar presos ali e eu... eu voltei para casa. Já estava aqui quando minha mãe voltou.

— Nós? Você disse *nós* não queríamos ficar presos ali.

Noah pareceu confuso.

— Quis dizer *eu*.

— Quem estava com você na picape?

— Ninguém.

— Diga a verdade, Noah. Quem estava com você quando atropelou Doreen?

— Quem?

— Doreen Kelly.

A esposa de Lincoln? Claire levantou-se tão abruptamente que a cadeira caiu para trás.

— Pare com isso. Pare de interrogá-lo!

— Encontraram o corpo dela esta manhã, Noah — prosseguiu Lincoln, como se Claire não tivesse dito nada. Seu tom de voz monótono e tranquilo mal disfarçava sua dor. — O corpo dela estava caído no acostamento da Slocum Road. Não muito longe de onde a testemunha o viu dirigindo ontem à noite. Você podia ter parado para ajudá-la. Podia ter chamado alguém, qualquer um.

Ela não merecia morrer assim, Noah. Sozinha, no frio. — Claire reconheceu mais do que dor na voz de Lincoln; reconheceu culpa. Seu casamento podia ter acabado, mas Lincoln nunca perdera o senso de responsabilidade em relação a Doreen. Com a morte dela, assumia um novo fardo: o da culpa.

— Noah não a deixaria lá — disse Claire. — Sei que não deixaria.

— Você pode achar que o conhece.

— Lincoln, compreendo a sua dor. Compreendo que esteja chocado. Mas agora você está tentando empurrar a culpa para o alvo mais próximo.

Lincoln olhou para Noah.

— Você já se meteu em confusões antes, não é mesmo? Você já roubou carros.

As mãos de Noah se fecharam em punhos.

— Como sabe disso?

— Sim, eu sei. O policial Spear ligou para o seu inspetor no centro juvenil em Baltimore.

— Então por que perde tempo me fazendo perguntas? Já decidiu que sou culpado!

— Quero ouvir o seu lado da história.

— Já contei o meu lado da história!

— Você disse que deu a volta no lago. Também esteve na Slocum Road, não foi? Você se deu conta de que a atropelou? Você nem se importou em sair e dar uma *olhada*?

— Pare com isso — pediu Claire.

— Preciso saber!

— Não permitirei que um policial interrogue o meu filho sem aconselhamento legal!

— Não estou perguntando isso como policial.

— Você *é* um policial! E não vai fazer mais perguntas! — Ela se posicionou atrás do filho, as mãos nos ombros do menino enquanto olhava diretamente para Lincoln. — Noah não tem mais nada a dizer.

— Ele vai ter que falar, Claire. A polícia estadual vai lhe fazer todas essas perguntas. E muitas mais.

— Noah não vai falar com eles também. Não sem um advogado.

— Claire — chamou ele, a voz angustiada. — Ela era minha esposa. Preciso saber.

— Está prendendo o meu filho?

— Não é uma decisão minha...

As mãos de Claire apertaram os ombros de Noah.

— Se não vai prendê-lo e não tem um mandado de busca, então quero que saia da minha casa. Quero você e o policial Spear fora de minha propriedade.

— Há provas físicas. Se Noah se abrir comigo e admitir...

— Provas físicas?

— Sangue. Na sua picape.

Claire olhou chocada para Lincoln e sentiu como se um torno estivesse esmigalhando seu peito.

— Alguém dirigiu sua picape recentemente. O sangue no para-choque dianteiro...

— Você não tinha o direito — interrompeu Claire. — Você não tinha um mandado de busca.

— Não precisei de um.

A implicação das palavras de Lincoln tornou-se evidente para ela. *Ele foi meu convidado ontem à noite. Dei-lhe permissão implícita para estar aqui. Para vasculhar a minha propriedade. Eu o admiti em minha casa como um amante e ele se voltou contra mim.*

— Quero que vá embora — disse Claire.

— Claire, por favor...

— *Saia da minha casa!*

Lentamente, ele se levantou. Não havia raiva em sua expressão, apenas uma tristeza profunda.

— Eles virão falar com ele — disse Lincoln. — Sugiro que chame logo um advogado. Não sei se vai conseguir falar com alguém em um domingo... — Olhou para a mesa e, então, voltou a olhar para ela. — Desculpe. Se houvesse um modo de mudar as coisas... qualquer modo de consertar isso...

— Preciso pensar no meu filho — interrompeu Claire. — No momento, ele deve ser a minha única preocupação.

Lincoln voltou-se para Noah.

— Se fez algo de errado, vão descobrir e você será punido. Eu não terei pena de você, nem um pouco. Só fico triste porque isso vai partir o coração de sua mãe.

Os homens não foram embora. Claire ficou de pé na sala, vendo Lincoln e Floyd pela janela, esperando na saída da garagem. Não vão embora sem deixar alguém de guarda, pensou. Não querem que Noah fuja.

Lincoln voltou-se para a casa e Claire se afastou da janela, sem querer que ele a visse, sem permitir o mais breve contato visual. Não podia haver mais nada entre eles agora. A morte de Doreen mudara tudo.

Claire voltou à cozinha onde Noah estava sentado e afundou na cadeira diante dele.

— Diga o que aconteceu, Noah. Me conte tudo.

— Eu já disse.

— Você pegou a picape ontem à noite. Por quê?

Ele deu de ombros.

— Já fez isso antes?

— Não.

— Diga a verdade, Noah.

O garoto ergueu a cabeça, furioso.

— Está me chamando de mentiroso, que nem ele.

— Estou tentando obter uma resposta direta.

— Eu já lhe dei uma resposta direta e você não acreditou! Tudo bem, está certo, acredite no que quiser. Toda noite saio por aí com a picape. Ando milhares de quilômetros, você nunca notou? E por que notaria? Você nunca está em casa mesmo!

Claire ficou atônita com o ódio na voz do filho. *Será assim que ele realmente me vê?*, perguntou-se. A mãe que nunca está por perto, nunca está em casa com o filho? Ela engoliu a dor, forçando-se a se concentrar nos eventos da noite anterior.

— Tudo bem, aceito a sua palavra de que foi a única vez que pegou a picape. Ainda não me disse por que fez isso.

O olhar de Noah voltou-se para a mesa, uma clara indicação de que estava sendo evasivo.

— Me deu vontade.

— Você foi até a rampa para barcos e apenas estacionou ali?

— É.

— Você viu Doreen Kelly?

— Nem sei como ela é!

— Viu alguém?

Uma pausa.

— Não vi nenhuma senhora chamada Doreen. Nome idiota.

— Ela não era apenas um nome. Era uma pessoa, e está morta. Se souber de alguma coisa...

— Não sei de nada.

— Lincoln parece achar que sabe.

Outra vez, o olhar furioso voltou-se para Claire.

— E você acredita *nele*, não é? — Noah afastou a cadeira e se levantou.

— Sente-se.

— Você não me quer por perto. Prefere o Sr. Policial. — Ela percebeu lágrimas nos olhos do filho quando ele se virou para a porta da cozinha.

— Aonde vai?

— Que diferença isso faz? — Ele saiu batendo a porta.

Claire saiu logo atrás e viu que Noah caminhava em direção à floresta. Não estava de casaco, vestia apenas aquele jeans esfarrapado e uma camisa de algodão de manga comprida. Mas não parecia se importar com o frio. Sua raiva e sua mágoa o estavam fazendo avançar imprudentemente pela neve.

— Noah! — gritou Claire.

Ele chegou à beira do lago e dobrou à esquerda, seguindo a curva da margem e entrando no bosque da propriedade vizinha.

— Noah!

Claire avançou em meio à neve atrás dele. Noah já estava bem à frente e com cada passo furioso aumentava a distância entre os dois. *Ele não vai voltar.* Ela começou a correr, gritando o nome do filho.

Agora, duas figuras à sua esquerda chamaram-lhe a atenção. Lincoln e Floyd haviam ouvido seus gritos e se juntaram à perseguição. Eles estavam quase o alcançando quando o rapaz olhou para trás e os viu.

Noah começou a correr em direção ao lago.

Claire gritou:

— Não o machuquem!

Floyd o alcançou pouco antes de chegarem ao gelo e o puxou para trás. Ambos caíram na neve profunda. Noah levantou-se primeiro e avançou contra Floyd, brandindo os punhos em uma fúria descontrolada. O rapaz se debateu, gritando, quando Lincoln o agarrou por trás e o jogou no chão.

Floyd se levantou e sacou a arma.

— Não! — gritou Claire, e o terror a fez correr em meio à neve.

Alcançou o filho no momento em que Lincoln algemava suas mãos às costas.

— Não reaja, Noah! — implorou. — Pare de resistir!

Noah voltou-se para olhar para ela, o rosto tão contorcido de ódio que Claire não o reconheceu. *Quem é esse menino?*, pensou ela, horrorizada. *Eu não o conheço.*

— *Me deixem... em... paz!* — gritou Noah.

Uma gota de sangue escorreu de seu nariz e caiu sobre a neve.

Claire olhou chocada para a mancha vermelha e, em seguida, olhou para o filho, ofegante como um animal exaurido, exalando vapor pelas narinas. Uma fina linha de sangue brilhava sobre seu lábio superior.

Outras vozes os chamaram a distância. Claire voltou-se e viu homens avançando em sua direção. Ao se aproximarem, reconheceu os uniformes.

Era a polícia estadual.

22

O barulho a estava enlouquecendo. Amelia Reid inclinou-se sobre a escrivaninha e segurou a cabeça, desejando poder abafar os sons que vinham de diferentes partes da casa. Do quarto ao lado vinha o barulho da música horrorosa que J. D. escutava, uma batida diabólica que vibrava através da parede. Da sala de estar vinha o barulho da TV, com o volume ao máximo. Ela suportava a música porque era apenas barulho, e a incomodava apenas de forma superficial. A TV, entretanto, penetrava mais profundamente em sua mente; a incomodavam as vozes de pessoas falando, as palavras distraindo-a do livro que tentava ler.

Frustrada, fechou o livro e desceu as escadas. Encontrou Jack em sua posição habitual de todas as noites, escarrapachado no sofá quadriculado, segurando uma cerveja. Sua Alteza Real peidando no trono. Que terrível desespero levara a mãe a se casar com aquele homem? Amelia não conseguia nem sequer imaginar-se escolhendo tal opção, não conseguia imaginar um futuro com um homem como aquele sob o mesmo teto, arrotando à mesa, descartando meias imundas pelo chão da sala.

E, à noite, deitar na cama com ele, sentir as mãos dele sobre sua pele...

Emitiu um involuntário gemido de nojo, tirando a atenção de Jack do noticiário. Ele olhou para Amelia, e sua expressão de indiferença mudou para outra, de interesse, talvez até de especulação. Ela sabia o motivo daquilo e quase sentiu necessidade de cruzar os braços sobre o peito.

— Pode diminuir o volume? — disse ela. — Não consigo estudar.

— Então, feche a porta.

— Já fechei. Mas a TV está muito alta.

— Esta casa é minha, sabia? Tem sorte por eu deixá-la morar aqui. Trabalho o dia inteiro. Mereço relaxar em meu próprio lar.

— Não consigo me concentrar. Não consigo fazer o dever de casa.

Jack emitiu um som que era parte arroto, parte risada.

— Uma menina como você não precisa queimar nem um circuito do cérebro. Nem precisa de um cérebro.

— O que quer dizer com isso?

— Encontre um sujeito rico, balance essa sua linda cabeleira e terá um vale-refeição pelo resto da vida.

Ela se conteve para não responder. Jack a estava provocando. Amelia podia ver seu sorriso maldoso, o bigode fino erguido em um dos cantos dos lábios. Ele gostava de enfurecê-la, gostava de vê-la com raiva. Jack não conseguia sua atenção de outro modo, e Amelia sabia que o padrasto estava ansioso para que demonstrasse qualquer emoção, mesmo que fosse raiva.

Com um dar de ombros, ela se concentrou na televisão. Recuar com frieza era o único modo de lidar com Jack. Não demonstre raiva, nenhum sentimento, e o deixará furioso. Fazia-o ver exatamente o que era: irrelevante. Um nada para ela. Olhando para a tela, sentiu que recuperava o controle sobre o padrasto. Ele que se danasse. Não podia alcançá-la e nem tocá-la, porque ela não permitiria.

Demorou alguns segundos até seu cérebro registrar as imagens que via na tela. Amelia viu uma picape marrom sendo levada pelo reboque da polícia; viu a figura de um jovem, o rosto coberto, sendo escoltado para a delegacia de Tranquility. Quando finalmente compreendeu para o que estava olhando, esqueceu-se de Jack inteiramente.

— ... o menino de 14 anos está detido para interrogatório. O corpo de Doreen Kelly, 43 anos, foi encontrado esta manhã em uma área remota da Slocum Road, a leste de Tranquility. De acordo com uma testemunha anônima, a picape do suspeito foi vista vagando naquela mesma estrada por volta das 21 horas da noite passada. Provas físicas não especificadas levaram a polícia a manter o jovem sob custódia. A vítima, mulher do chefe de polícia de Tranquility, Lincoln Kelly, tinha um longo e turbulento histórico de alcoolismo, de acordo com diversos moradores da cidade...

Um novo rosto surgiu na tela, uma mulher que Amelia reconheceu como a caixa do mercado local.

— Doreen era o personagem trágico da cidade. Ela nunca, nunca machucou ninguém, e não consigo acreditar que alguém tenha feito isso com ela. Apenas um monstro a deixaria ali para morrer.

A TV mostrou uma maca com um corpo coberto por um plástico preto sendo colocado em uma ambulância.

— Em uma comunidade já abalada pela tragédia ocorrida no ginásio da escola, na noite passada, a morte mais recente é apenas mais um golpe para uma cidade ironicamente chamada Tranquility...

Amelia perguntou:

— Do que estão falando? O que houve?

— Ouvi falar sobre isso hoje na cidade — disse Jack, os olhos entediados subitamente divertidos. — O filho da doutora está ferrado.

Noah? Certamente ele não estava falando de Noah.

— Atropelou a mulher do chefe de polícia na Slocum Road na noite passada. É o que diz uma testemunha.

— Quem disse isso?

A expressão de prazer de Jack se espalhou pelo resto de seu rosto, fazendo seus lábios se erguerem em um sorriso horroroso.

— Bem, esta é a questão, não é mesmo? Quem foi que viu acontecer? — Ele ergueu a sobrancelha fingindo surpresa. — Ah! Quase ia me esquecendo. Esse é o menino de quem você gosta, não é mesmo? O que você acha que tem algo de especial. Bem, acho que está certa. — Jack voltou a olhar para a TV e sorriu. — Ele vai ser *realmente* especial na cadeia.

— Vai se foder — disse Amelia. Em seguida, saiu correndo da sala e subiu a escada.

— Ei! Ei, volte aqui e peça desculpas! — gritou Jack. — Mostre pelo menos algum respeito por mim!

Ignorando a exigência do padrasto, foi direto para o quarto da mãe e fechou a porta. *Se ele me deixar em paz durante cinco minutos. Se me deixar fazer esta ligação...*

Amelia pegou o telefone e ligou para a casa de Noah Elliot.

Para sua frustração, o aparelho tocou quatro vezes e a secretária eletrônica atendeu com uma gravação da mãe de Noah: "Aqui é a Dra. Elliot. Não posso atender agora. Por favor deixe sua mensagem. Se for uma emergência, deixe recado com a telefonista do hospital Knox, que responderei assim que possível."

Ao ouvir o bipe, Amelia desabafou:

— Dra. Elliot, aqui é Amelia Reid. Noah não atropelou aquela mulher! Ele não pode ter feito isso porque ele estava...

A porta do quarto se abriu.

— O que diabos está fazendo no meu quarto, sua putinha? — rugiu Jack.

Amelia bateu o telefone e voltou-se para enfrentá-lo.

— Peça desculpas — disse Jack.

— Pelo quê?

— Por ter me xingado, porcaria.

— Por ter dito *vai se foder*?

O tapa fez a cabeça dela girar para o lado. Ela levou a mão ao rosto dolorido, então voltou a olhar para ele. Amelia o encarou por um instante e algo dentro dela, algum núcleo de ferro derretido, finalmente pareceu se solidificar. Quando Jack ergueu a mão para bater outra vez, ela nem piscou. Apenas o fitou, seus olhos dizendo que, caso desse mais um tapa, ficaria muito, muito arrependido.

Lentamente, Jack baixou a mão. Ele não tentou segui-la quando Amelia foi para o quarto. Permaneceu no mesmo lugar, em pé e imóvel, enquanto a porta se fechava atrás dela.

Claire e Max Tutwiler estavam em frente à mesa de Lincoln, recusando-se a ir embora. Haviam entrado juntos na delegacia, e agora Max abria a pasta e, enquanto Lincoln observava, confuso, Max desenrolava um mapa topográfico sobre a escrivaninha.

— O que devo ver aí? — perguntou Lincoln.

— É a explicação para a doença de meu filho. Para o que está acontecendo nesta cidade — disse Claire com urgência. — Noah precisa ser hospitalizado. Você *tem* que soltá-lo.

Relutante, Lincoln olhou para ela. Apenas 12 horas antes, eram amantes. Agora, ele mal conseguia encará-la.

— Ele não me pareceu doente, Claire. Na verdade, o garoto quase nos venceu na corrida esta manhã.

— A doença está no cérebro dele. É um parasita chamado *Taenia solium* e, durante a infecção inicial, pode causar mudanças de personalidade. Se Noah está infectado, precisa ser tratado. Os cistos da *Taenia solium* causam inchaço no cérebro e sintomas de meningite. É o que tenho visto nele ultimamente. A irritabilidade, a raiva. Se não for levado a um hospital, se ele desenvolver um cisto e esse cisto se romper... — Claire parou de falar, lutando para conter as lágrimas. — Por favor — murmurou. — Não quero perder o meu filho.

— Isso significa — disse Max — que ele não é responsável por seus atos. Nem os outros jovens.

— Mas como as crianças foram contaminadas? — perguntou Lincoln.

— Por Warren Emerson — respondeu Claire. — Um patologista no Centro Médico de Eastern Maine tem quase certeza de que a lesão cerebral dele foi causada por *Taenia solium*, o verme do porco. Provavelmente, Emerson está infectado há anos. O que significa que também é um portador dessa doença.

— Foi assim que os jovens pegaram esse verme de Emerson — disse Max, apontando para o mapa topográfico sobre a escrivaninha de Lincoln. — A teoria é de Claire. Aqui vemos a parte baixa do córrego Meegawki. As elevações, os padrões de enchente, até mesmo as seções subterrâneas desse curso d'água.

— O que eu deveria ver aqui?

— Aqui. — Max apontou no mapa. — Esta é a localização aproximada da fazenda de Warren Emerson, a menos de 2 quilômetros do lago. Elevação de 60 metros. O regato Meegawki atravessa a propriedade, perto do lugar onde fica a fossa sanitária de Warren Emerson. Provavelmente é um sistema de saneamento muito antigo. — Max olhou para Lincoln. — Compreende o significado da localização da fazenda?

— Contaminação do regato?

— Exato. Na primavera passada, tivemos muitas chuvas, e o riacho inundou a fossa de Emerson. Isso pode ter levado ovos do parasita até o pequeno córrego, que por sua vez os levou ao lago.

— Como esses ovos entraram na fossa?

— Por meio do próprio Warren Emerson — disse Claire. — Provavelmente ele foi infectado há anos, ao comer carne de porco malpassada contendo larvas do verme. As larvas crescem e vivem no intestino humano, às vezes durante décadas, produzindo ovos.

— Se Emerson abriga um verme em seu trato digestivo — continuou Max —, então está despejando ovos do parasita em sua fossa sanitária. Um vazamento no tanque, uma inundação, poderiam levá-los ao curso d'água. E, finalmente, até o lago. Atingiriam concentração máxima bem aqui, onde o regato Meegawki desemboca. — Max apontou para os Penedos. — Precisamente no lugar onde os adolescentes nadam, não é verdade?

Lincoln subitamente ergueu a cabeça, tendo sua atenção atraída por um tumulto em algum lugar do prédio. Todos se voltaram quando Floyd Spear enfiou a cabeça pelo vão da porta e gritou, em pânico:

— O rapaz está tendo um ataque! Acabamos de chamar a ambulância.

Claire lançou um olhar aterrorizado para Lincoln e saiu correndo do escritório. Um dos policiais estaduais tentou contê-la, mas Lincoln gritou:

— Ela é médica! Deixem-na passar! — Claire atravessou o corredor que levava às três celas da cadeia.

A porta da primeira cela estava aberta. Lá dentro, dois policiais estavam agachados. Tudo o que ela podia ver eram as pernas do filho, que se debatiam em espasmos nervosos. Então percebeu sangue no chão, junto à cabeça do rapaz, que tinha metade do rosto manchado de sangue.

— O que fizeram com ele? — gritou Claire.

— Nada! Nós o encontramos assim. Deve ter batido com a cabeça no chão...

— Afastem-se. Saiam do caminho!

Os policiais se afastaram, e Claire se ajoelhou ao lado de Noah. O pânico quase a paralisava. Ela precisou se obrigar a pensar, afastar o fato aterrorizante de que aquele era seu filho, seu único filho, e que ele podia estar morrendo na sua frente. *Ataque epilético. Respiração irregular.* Ela ouviu o gorgolejar de líquido na garganta dele, e o peito de Noah foi tomado por espasmos violentos enquanto se esforçava para respirar.

Deite-o de lado. Não o deixe inspirar!

Claire agarrou os ombros do filho. Outro par de mãos apareceu para ajudá-la. Voltando a cabeça, viu Lincoln ajoelhado perto dela. Juntos, viraram Noah de lado. Ele ainda estava tendo convulsões e batendo com a cabeça no chão.

— Preciso de algo para proteger a cabeça dele! — gritou Claire.

Max, que também entrara na cela, arrancou o cobertor do catre e atirou-o em sua direção. Cuidadosamente, ela ergueu a cabeça de Noah e introduziu a manta sob ela. Diversas vezes, quando ele era criança, Claire o encontrava dormindo no sofá e colocava um travesseiro sob a cabeça do filho. Mas aquela não era a cabeça de um menino adormecido. A cada novo espasmo, seu pescoço enrijecia, os músculos tensos. E o sangue... de onde vinha aquele sangue?

Outra vez ela ouviu o gorgolejar e viu o peito de Noah se erguer enquanto um novo fio de sangue escapava de sua narina. Então ele não havia se ferido. Era o sangramento nasal outra vez. Seria sangue o que ela ouvia gorgolejar em sua garganta? Claire virou o rosto dele para baixo, na esperança de retirar o sangue que estivesse retido em sua boca, mas apenas um fio saiu, misturado com saliva. O ataque estava diminuindo agora, os membros não se debatiam tão violentamente, mas o som de asfixia aumentava.

Preciso fazer a manobra de Heimlich. Antes que ele sufoque.

Ela o deixou deitado de lado, pousou uma das mãos na parte superior de seu abdome e forçou a outra mão contra as costas do filho. Apertou a barriga dele com força, direcionando a pressão para a caixa torácica.

O ar escapou pela boca de Noah. Não era uma obstrução total, pensou aliviada. Seus pulmões ainda estavam recebendo ar.

Ela repetiu a manobra. Novamente, posicionou a mão contra a barriga do filho e empurrou com força. Ouviu o ar sair dos pulmões e percebeu que a asfixia terminava quando o motivo da obstrução foi subitamente expelido de sua garganta, saindo parcialmente por uma narina. Quando ela viu o que era, recuou ofegando horrorizada.

— Meu Deus! — gritou o policial estadual. — Que diabos é *isso*?

O verme se movia, debatendo-se para a frente e para trás em meio a uma espuma rosada de sangue e muco. Outra parte do bicho escorregava para fora do nariz de Noah, contorcendo-se em volteios brilhantes enquanto tentava sair. Claire estava tão chocada que nada mais fez senão olhar enquanto aquilo escapava do nariz do filho e escorregava para o chão. Ali se enrodilhou, uma de suas extremidades erguida como a cabeça de uma cobra que estivesse verificando o local a sua volta.

No momento seguinte, o verme deslizou e se escondeu sob o catre ali perto.

— Onde está? Peguem-no! — gritou Claire.

Max já estava de quatro, tentando olhar sob o catre.

— Não consigo ver...

— Precisamos identificar o que é!

— Ali, estou vendo — disse Lincoln, que se ajoelhara ao lado de Max. — Ainda está se movendo...

O som da sirene de uma ambulância atraiu a atenção de Claire. Então, ouviu vozes e o ruído metálico de uma maca que se aproximava. Noah respirava com mais facilidade agora, o peito se erguendo e baixando sem espasmos, o pulso constante embora acelerado.

Os paramédicos entraram na cela. Claire se afastou para que pudessem trabalhar, colocando o menino no soro e administrando oxigênio.

— Claire — disse Lincoln. — Devia dar uma olhada nisso.

Ela foi para o lado dele e se ajoelhou, olhando para o vão sob o catre. A cela era mal iluminada e era difícil ver qualquer detalhe sob o colchão. Até onde chegava a luz, Claire pôde discernir bolas de poeira e um tecido amarrotado. Além disso, no fundo, viu uma linha verde e brilhante se movendo, formando arabescos alucinógenos na escuridão.

— Está brilhando, Claire — exclamou Lincoln. — Foi o que vimos aquela noite, no lago.

— Bioluminescência — disse Max. — Alguns vermes têm esta capacidade.

Claire ouviu a fivela de uma amarra de contenção ser fechada. Ao se voltar, viu que os paramédicos haviam atado Noah à maca e estavam levando-o para fora da cela.

— Ele parece estável — disse o paramédico. — Vamos levá-lo à emergência do hospital Knox.

— Estarei bem atrás de vocês — respondeu ela. Então, olhou para Max. — Preciso deste espécime.

— Vá com Noah — tranquilizou-a Max. — Vou levar o verme para a patologia.

Ela assentiu e acompanhou o filho para fora do prédio.

Claire estava no setor de raios X, franzindo as sobrancelhas para os filmes fixados na caixa de luz.

— O que acha? — perguntou.

— A tomografia parece normal — disse o Dr. Chapman, o radiologista. — Todos os cortes parecem simétricos. Não vejo massas nem cistos. Nenhuma evidência de sangramento no cérebro. — Ela olhou para o Dr. Thayer, o neurologista a quem Claire pedira para ser o médico de Noah, que acabara de entrar na sala. — Estamos analisando a tomografia. Não vejo qualquer anormalidade.

Thayer colocou os óculos e olhou para os filmes.

— Concordo — falou. — E quanto a você, Claire?

Claire confiava nos dois, mas estavam falando de seu filho e ela não conseguia recuperar completamente o controle. Eles compreenderam aquilo e foram cuidadosos ao compartilharem com ela os resultados de cada exame de sangue, de cada radiografia. Agora também compartilhavam de sua confusão. Ela podia ver aquilo no rosto de Chapman enquanto ele olhava atentamente para as imagens. A caixa de luz exibia o reflexo das radiografias em seus óculos, obscurecendo-lhe os olhos, mas o franzir de suas sobrancelhas indicava que ele não tinha uma resposta.

— Não vejo nada que explique as convulsões — disse ele.

— E nada que contraindique uma amostra de fluido cérebro-espinhal — disse Thayer. — Dado o quadro clínico, diria que seria o certo a fazer.

— Não compreendo. Eu tinha quase certeza do diagnóstico — disse Claire. — Não vê qualquer sinal de cisticercose?

— Não — disse Chapman. — Nenhum cisto larval. Como disse, o cérebro dele me parece normal.

— Assim como os exames de sangue — completou Thayer. — Só há uma contagem de glóbulos brancos um pouco elevada. Pode ser devido ao estresse.

— A contagem de eosinófilos não estava normal — destacou Claire. — Ele tinha uma alta contagem de eosinófilos, o que é compatível com uma infecção parasitária. Os outros rapazes também apresentaram os mesmos resultados. Na época, não prestei atenção. Agora, acho que deixei passar uma pista vital. — Ela olhou para a tomografia. — Eu *vi* aquele parasita com os meus próprios olhos. Vi aquilo sair da narina do meu filho. Tudo de que precisamos é da identificação da espécie.

— Pode não ter nada a ver com as convulsões, Claire. Esse parasita pode ser uma doença não relacionada. Muito provavelmente é apenas uma infecção por *Ascaris* comum. Pode acontecer em qualquer parte do mundo. Vi uma criança no México tossir e expelir um desses vermes pelo nariz. *Ascaris* não causariam sintomas neurológicos.

— Mas a *Taenia solium* sim.

— Já identificaram o parasita de Warren Emerson? — perguntou Chapman. — É *Taenia solium*?

— O exame ELISA será feito amanhã. Se ele tiver anticorpos de *Taenia*, saberemos que esse é o parasita com o qual estamos lidando.

Thayer, ainda olhando para a radiografia, balançou a cabeça.

— Esta tomografia não mostra evidência de cistos nem de larvas. É verdade, ainda pode ser muito cedo para visualizá-los. Mas, nesse meio-tempo, precisamos eliminar outras possibilidades. Encefalite. Meningite. — Ele desligou a caixa de luz. — É hora de uma punção lombar.

Um assistente enfiou a cabeça para dentro da sala.

— Dr. Thayer, a Patologia está na linha.

Thayer pegou o telefone. Um momento depois ele desligou e voltou-se para Claire.

— Bem, temos notícias sobre o verme. O que seu filho expeliu.

— Foi identificado?

— Enviaram fotografias e seções microscópicas para Bangor por e-mail. Um parasitólogo no Centro Médico de Eastern Maine acaba de confirmar. Não é uma *Taenia*.

— Então é uma *Ascaris*?

— Não, é do filo *Annelida*. — Ele balançou a cabeça, atônito. — Com certeza é um engano. Obviamente identificaram errado.

Claire franziu as sobrancelhas.

— Não conheço bem os anelídeos. O que é?

— Apenas uma minhoca comum.

23

Claire estava no hospital, sentada no quarto de Noah, no escuro, ouvindo o filho se debater de um lado para o outro na cama. Desde a punção lombar no começo da noite, ele lutava contra as amarras que o prendiam à cama e já perdera duas vias intravenosas. Mayer finalmente cedeu ao pedido da enfermeira e permitiu que administrassem um sedativo. Mesmo sedado, mesmo com as luzes desligadas, ele não dormiu. Em vez disso, continuou a se debater para a frente e para trás na cama, xingando. Ela estava exausta só de ouvir aquela luta incessante.

Pouco depois da meia-noite, Lincoln entrou no quarto. Claire viu a porta se abrir, a luz do corredor invadir o ambiente, e reconheceu a silhueta dele quando hesitou à porta. Ele entrou, sentou-se na cadeira diante dela e disse:

— Falei com a enfermeira. Ela me falou que ele está estável.

Estável. Claire balançou a cabeça ao ouvir a palavra. *Sem alterações* era tudo o que aquilo significava, um estado de constância, bom ou mau. *Desespero* poderia ser considerado uma condição estável.

— Ele parece mais tranquilo — disse Lincoln.

— Encheram-no de sedativos. Tiveram que fazê-lo, para a punção lombar.

— Os resultados saíram?

— Não é meningite. Nem encefalite. Nada no fluido cérebro-espinhal que explique o que aconteceu com ele. A teoria do parasita também caiu por terra. — Ela se recostou na cadeira, sentiu o corpo pesado de fadiga e riu, confusa. — Ninguém consegue me explicar como ele conseguiu inalar aquela minhoca. Não faz sentido, Lincoln. Minhocas não brilham. Não usam humanos como hospedeiros. Há algo errado...

— Você precisa voltar para casa e dormir — disse ele.

— Não, preciso de respostas. Preciso do meu filho. Preciso dele de volta do modo como era antes da morte do pai, antes de todos esses problemas, quando ele ainda me amava.

— Noah a ama, Claire.

— Não acredito. Não tenho sentido mais isso. Não desde que nos mudamos para este lugar. — Ela continuou a olhar para Noah, lembrando-se de todas as vezes durante a infância dele em que o observou dormindo. Quando seu amor por ele era quase uma obsessão. Até mesmo desespero.

— Você não sabe como ele era antes — disse Claire. — Você só viu a pior parte dele. A mais feia. Suspeito de um crime. Não pode imaginar como era carinhoso quando criança. Noah era meu melhor amigo... — Ela ergueu a mão e limpou as lágrimas, grata pela escuridão. — Só quero aquele menino de volta.

Lincoln levantou-se e foi até ela.

— Sei que o considera o seu melhor amigo, Claire. Mas ele não é o seu único amigo.

Ela o deixou abraçá-la, beijá-la na testa, mas mesmo assim pensou: *Não posso mais confiar em você nem depender de você.*

Não tenho mais ninguém além de mim mesma. E de meu filho.

Lincoln pareceu sentir a barreira que ela erguera entre eles e lentamente se afastou. Em silêncio, saiu do quarto.

Claire permaneceu a noite inteira ao lado da cama do filho, cochilando na cadeira, acordando sempre que a enfermeira vinha checar os sinais vitais.

Quando abriu os olhos e viu uma manhã especialmente iluminada, descobriu que seus pensamentos haviam clareado de algum modo. Noah finalmente dormia em paz. Embora ela também tenha conseguido dormir, seu cérebro não parara de pensar. Em verdade, trabalhara toda a noite, tentando explicar o enigma da minhoca, e como o animal entrara no corpo do filho. Agora, enquanto estava diante da janela olhando para a neve, perguntou-se como deixara passar uma explicação tão óbvia.

Do posto de enfermagem, ligou para o Centro Médico de Eastern Maine e pediu para falar com o Dr. Clevenger, da Patologia.

— Tentei ligar para você na noite passada — disse ele. — Deixei uma mensagem em sua secretária eletrônica.

— É sobre o exame ELISA de Warren Emerson? Porque é por isso que estou ligando para você.

— Sim, temos os resultados. Detesto desapontá-la, mas deu negativo para *Taenia solium.*

Ela fez uma pausa.

— Entendo.

— Você não parece tão surpresa. Eu estou.

— O teste pode estar errado?

— É possível, mas improvável. Apenas para nos certificarmos, também fizemos o exame ELISA naquele menino, Taylor Darnell.

— E também deu negativo.

— Ah, então você já sabia.

— Não, não sabia. Foi um palpite.

— Bem, aquele castelo de cartas a que nos referimos outro dia acabou de ruir. Nenhum dos pacientes tem anticorpos para verme de porco. Não posso explicar por que esses jovens estão enlouquecendo. Sei que não é cisticercose. Também não posso explicar como o Sr. Emerson arranjou aquele cisto no cérebro.

— Mas acha que foi uma larva de algum tipo?

— Ou isso ou uma mancha muito estranha provocada pelo contraste.

— Poderia ser outro parasita... não uma *Taenia*?

— Que tipo de parasita?

— Algum que invada o hospedeiro pelas vias nasais. Poderia se enrodilhar em um dos seios da face e se esconder ali indefinidamente. Até ser expelido ou morrer. Alguma toxina biológica produzida por ela poderia ser absorvida pela membrana dos seios da face e entrar na corrente sanguínea.

— Não seria visível na tomografia?

— Não. Não seria visível na tomografia porque pareceria completamente inócuo. Nada mais que um cisto mucoide.

Como na tomografia de Scotty Braxton.

— Se estava enrodilhado em um dos seios da face, como penetrou no cérebro de Warren Emerson?

— Pense na anatomia. Há apenas uma fina camada de osso separando o cérebro do seio frontal. O parasita pode tê-la atravessado.

— Sabe, é uma teoria maravilhosa. Mas não há parasita que se ajuste a esse quadro clínico. Não encontrei nada nos livros de referência.

— E se for algo que não está nos livros de referência?

— Refere-se a um novo parasita? — Clevenger riu. — Quem dera! Seria acertar na loteria científica. Teria o meu nome imortalizado por tê-lo descoberto. *Taenia clevengeria*. Soa bem, não acha? Mas tudo o que tenho é uma larva degradada e não identificável no microscópio. E nenhum espécime vivo para mostrar.

Apenas uma minhoca.

No caminho de volta a Tranquility, ela se deu conta de que ainda faltavam algumas peças de seu quebra-cabeça, e Max Tutwiler teria de supri-las. Claire lhe daria a oportunidade de explicar aquilo. Max fora seu amigo e devia a ele o benefício da dúvida. Ela fora casada com um cientista e sabia a febre que às vezes os consumia, a intensa excitação que sentiam quando farejavam uma descoberta. Sim, Claire entendia *por que* Max teria se calado sobre o espécime e o mantido em segredo até poder confirmar que era uma nova espécie. O que ela não entendia, e não podia perdoar, era o fato de ele ter escondido a informação dela e do médico de Noah. Informação essa que poderia ser vital para a saúde do filho dela.

Claire estava ficando cada vez mais furiosa.

Fale com ele primeiro, disse para si mesma. *Você pode estar errada. Isso pode não ter nada a ver com Max.*

Quando chegou aos limites de Tranquility, estava agitada demais para adiar o encontro. Queria acertar aquilo com ele imediatamente.

Claire foi direto ao chalé de Max.

O carro dele não estava lá. Estacionou no acesso de veículos e estava caminhando em direção à varanda quando percebeu pegadas à sua direita, afastando-se da casa. Ela as seguiu até a floresta. Paravam em um trecho de neve e terra revolvida. Claire se agachou e escavou a neve com a mão enluvada. A cerca de 20 centímetros de profundidade encontrou uma camada de terra solta e folhas mortas. Erguendo a mão cheia de terra, viu algo brilhante movendo-se em sua palma. Uma minhoca. Ela a enterrou e voltou em direção à casa.

Na varanda, procurou uma pá, sabendo que devia haver uma por ali. Encontrou-a junto a uma picareta, encostada em uma pilha de madeira, com terra congelada ainda encostada na lâmina.

A porta estava destrancada. Claire entrou no chalé e imediatamente viu por que Max não se dera ao trabalho de trancar o lugar. Quase todos os seus bens pessoais haviam sido tirados dali. O que ficara — os móveis e os apetrechos de cozinha — provavelmente eram da casa alugada. Passou pelos quartos e pela cozinha, e só encontrou algumas coisas deixadas para trás: uma caixa de livros, um cesto de roupa suja e alguma comida na geladeira. E, pregado na parede, o mapa topográfico do regato Meegawki. Ele vai voltar para buscar essas coisas, pensou. E eu vou esperar por ele.

Seu olhar se voltou para a caixa de livros. Para o rótulo da empresa ainda afixado na aba de papelão: ANSON BIOLOGICALS.

Era o nome do laboratório de referência que analisara o sangue de Scotty e de Taylor e que devolvera resultados negativos em ambos exames toxicológicos. Falsos negativos?, ela se perguntou. E, nesse caso, o que estariam tentando esconder? Era o mesmo laboratório que recentemente fizera uma doação ao Grupo Pediátrico de Two Hills para recolher amostras de sangue dos adolescentes da região. Qual o interesse do laboratório nos jovens de Tranquility?

Ela pegou o celular e ligou para Anthony no laboratório do hospital Knox.

— O que você sabe sobre o Anson Biologicals? — perguntou. — Como conseguiu o contrato de nosso hospital?

— Bem, foi uma coisa engraçada. Costumávamos enviar todos as nossas cromatografias gasosas, espectrometrias de massa e exames de imunoensaio radiológico para o BloodTek, em Portland. Então, há cerca de dois meses, subitamente mudamos para o Anson.

— Quem tomou a decisão?

— Nosso chefe da Patologia. A mudança fazia sentido uma vez que o Anson cobra mais barato. O hospital não pôde resistir. Provavelmente estamos economizando dezenas de milhares de dólares.

— Poderia descobrir mais sobre eles? Preciso de informação o quanto antes. Pode se comunicar comigo pelo meu pager.

— O que exatamente quer saber?

— Tudo. Se o Anson é mais do que um simples laboratório de análises clínicas. E que outros laços tem com a cidade de Tranquility.

— Vou ver o que consigo descobrir.

Claire desligou. Mesmo com o aquecedor elétrico ligado, a sala estava fria. Ela acendeu o fogão a lenha e preparou um desjejum com a pouca reserva de comida de Max. Café, torradas com manteiga e uma maçã ligeiramente murcha. Quando acabou de comer, irradiava tanto calor do fogão que começou a se sentir sonolenta. Ela voltou a ligar para o hospital para saber como estava Noah, então se sentou junto à janela para esperar.

Ele não poderia evitá-la para sempre.

Quando despertou na cadeira, com o pescoço dolorido pelo cochilo desconfortável, Claire sentiu como se tivesse acabado de adormecer. Mas já eram 15 horas, e a luz matinal já se transformara nos raios oblíquos da tarde.

Ela se levantou e massageou o pescoço enquanto caminhava inquieta pelo chalé. Foi até o quarto, voltou para a cozinha. Onde estava Max? Certamente voltaria para buscar a roupa suja.

Claire parou na sala de estar e seu olhar se voltou para o mapa topográfico pregado na parede. Ela se aproximou e olhou para a área de Beech Hill, elevação 300 metros. O que Lois Cuthbert dissera no encontro municipal? Tinha a ver com luzes que as pessoas viram brilhando na colina, e rumores de que praticantes de cultos satânicos se reuniam nas florestas à noite.

Lois explicara as luzes. *É apenas aquele biólogo, o Dr. Tutwiler, coletando salamandras à noite. Quase o atropelei no escuro há algumas semanas, quando ele descia de lá.*

Claire tinha apenas mais uma hora de luz do dia, da qual precisaria para encontrar o que buscava. Mas já sabia por onde começar.

Ela saiu do chalé e voltou ao carro.

A neve facilitaria a busca. Claire pegou a estrada que levava ao topo de Beech Hill. Ao se aproximar da propriedade de Emerson, desacelerou e observou que o acesso de veículos da casa estava tomado pela neve. Nevara desde sua última visita para alimentar a gata e não havia novas marcas de pneu. Ela continuou a dirigir. Não havia nenhuma casa além da dele, e a estrada se transformara em um caminho de terra batida. Décadas antes, era uma estrada de madeireiros. Agora, era usada apenas por caçadores ou excursionistas a caminho do mirante. A estrada não fora limpa após as últimas nevascas, e era quase impossível passar com o seu Subaru. Outro veículo subira aquela estrada antes dela; as marcas de pneus eram visíveis.

A algumas centenas de metros da casa de Emerson, os sinais saíam da estrada e terminavam abruptamente junto a um bosque de pinheiros. Não havia nenhum veículo estacionado ali. Quem quer que tivesse estado ali já havia ido embora. Mas deixara sobre a neve marcas da profundidade de um tornozelo.

Ela saiu do carro para analisar as pegadas. Foram feitas por botas grandes e masculinas. Iam e vinham da floresta em diversas viagens.

Claire sempre ouvira dizer que a neve era o melhor amigo de um caçador. Ela era uma caçadora agora, seguindo uma trilha de pegadas na neve pela floresta. Não tinha medo de se perder. Tinha uma lanterna pequena para o caso de cair a noite, o celular estava no seu bolso e havia as pegadas para guiá-la de volta ao carro. À sua direita, ouvia água corrente e deu-se conta de que o regato estava por perto. As pegadas corriam paralelas ao curso d'água, subindo ligeiramente em direção a um aglomerado de pedras tombadas.

Parou e olhou para cima, admirada. A neve derretida escorrera e voltara a congelar em uma escultura azul em forma de cachoeira. De pé na base daquele antigo desmoronamento, ficou confusa ao dar-se conta do abrupto desaparecimento das pegadas. Teria Max escalado aquelas pedras? O vento endurecera o gelo escorregadio. Seria uma escalada difícil e traiçoeira.

O som do regato voltou a atrair sua atenção. Ela olhou para baixo, onde a água corrente dissolvera a neve, e viu vestígios de um calcanhar sobre a lama. Se ele atravessara o regato, por que as pegadas não reapareciam na margem oposta?

Mais um passo e ela entrou no regato. A água gelada entrou pelos buracos do cadarço de sua bota. Deu outro passo e a água chegou ao topo de suas botas e começou a molhar a bainha de suas calças. Somente então viu a abertura na pedra.

A fenda estava parcialmente escondida por um arbusto que devia ser repleto de folhagem no verão. Para chegar à abertura, teve de subir o córrego com água na altura das panturrilhas. Escalou um ressalto de pedra, então entrou pela estreita abertura até uma câmara mais larga no interior.

Era grande o bastante para ela erguer a cabeça. Embora pouca luz penetrasse pela pequena abertura às suas costas, percebeu que conseguia ver detalhes vagos das cercanias. Ouviu o pingar contínuo da umidade e viu fios de água brilhando nas paredes. A luz do sol devia estar entrando de outro modo. Haveria uma abertura mais acima? Mais além do perfil sombrio de uma arcada, parecia brilhar uma luz tênue. Outra câmara.

Ao se espremer por baixo do arco, Claire tropeçou na borda. Ela rolou ladeira abaixo e se chocou contra a pedra molhada, a dor ressoando como um sino em seu crânio. Ficou deitada um instante, entontecida, esperando a mente clarear e as luzes pararem de brilhar em seus olhos. Algo tremulou mais acima e ela ouviu o farfalhar de asas frenéticas. *Morcegos.*

Lentamente, o pulsar em sua cabeça diminuiu e se tornou uma dor aguda, mas as luzes ainda brilhavam em faixas de um verde psicodélico. Sintomas de um deslocamento de retina, pensou, alarmada. Cegueira iminente.

Lentamente, Claire se ergueu, apoiando-se nas paredes da caverna para se equilibrar. Em vez de pedra, sua mão tocou em algo mole e gosmento. Ela gritou e se afastou, e mais asas ruflaram na caverna.

Senti se mover. A parede se moveu.

O que ela sentira na parede era frio, não a pelagem de um morcego nervoso. Ainda podia sentir a umidade nos dedos. Tremendo, começou a limpar a mão nas calças quando percebeu o brilho. Grudava-se à pele, destacando o formato de sua mão no escuro. Atônita, ela olhou para o teto da caverna e viu diversas luzes, como pequenas estrelas verdes no céu noturno. A diferença era que essas estrelas se moviam, oscilando para a frente e para trás em ondas suaves.

Claire avançou, pisando em poças d'água, para ficar de pé no centro da câmara, e precisou fechar os olhos um instante. O oscilar daquelas estrelas sobre sua cabeça fazia o chão parecer se mover sob os seus pés.

A fonte, pensou, admirada. Max encontrara a fonte do parasita. Aquela caverna provavelmente abrigava a espécie havia milênios. Calor gerado por decomposição orgânica, pelos corpos quentes de centenas de morcegos, manteria este mundo constante, mesmo quando as estações mudavam na superfície.

Ela pegou a lanterna de bolso e focou um aglomerado de estrelas verdes na parede. Naquele círculo de luz, as estrelas se extinguiram, e o que ela viu no lugar foi um aglomerado de minhocas, como uma medusa de muitos tentáculos, oscilando suavemente na pedra molhada. Ela desligou a lanterna. Na escuridão, as estrelas reapareceram, refazendo a vasta galáxia verde.

Bioluminescência. As minhocas usavam a bactéria *Vibrio fischeri* como fonte de luz. Sempre que a caverna inundava, larvas de minhocas de *Vibrio* eram levadas até o regato. E depois ao lago Locust. *Somos apenas hospedeiros acidentais*, pensou. Um mergulho no verão, uma involuntária inalação de água, e a larva entrava pelas vias nasais de um hospedeiro humano. Ali, abrigada em um dos seios da face, a larva liberava um hormônio durante seu ciclo de vida. Aquilo explicaria o pico na cromatografia do sangue de Taylor Darnell e Scotty: um hormônio secretado pelo parasita.

Tutwiler, e talvez o laboratório Anson, sabia desse hormônio e desses vermes, mas ainda assim não disseram nada a Claire. Fizera ela e o filho passarem pelo inferno.

Furiosa, ela se agachou, pegou uma pedra e atirou-a contra as estrelas verdes. A pedra ricocheteou no teto da caverna e bateu no chão com um estranho clangor metálico. Uma nova leva de morcegos deixou a câmara.

Claire permaneceu imóvel um instante, tentando processar o que acabara de ouvir. Movendo-se cuidadosamente em meio à penumbra, foi até o outro extremo da câmara, de onde viera o ruído. Não havia tantos vermes ali e, sem seu brilho, a escuridão parecia aumentar e quase se solidificar à medida que avançava.

Mais uma vez, ligou a lanterna e apontou-a para o chão. Algo refletiu de volta em sua direção. Ela se curvou para ver mais de perto e viu que era uma cafeteira de acampamento.

Ao lado da cafeteira pôde ver a ponta de uma bota masculina.

Ela recuou, ofegante. O facho de luz ziguezagueou aleatoriamente enquanto o erguia, em pânico, para iluminar os olhos mortos de Max Tutwiler. Estava sentado no chão, com as costas apoiadas na parede da caverna. Suas pernas estavam abertas à sua frente. Havia saliva que escorrera de sua boca sobre o casaco. Ali, se unia a uma mancha escura de sangue, que escorrera do ferimento a bala em sua garganta.

Ela tropeçou para trás, voltou-se, caiu de joelhos em uma poça d'água.

Corra. Corra.

Rapidamente, voltou a se erguer e subiu em pânico a passagem em aclive que levava à câmara ao lado. Os morcegos voavam sobre sua cabeça. Ela se agachou sob o arco e rolou para dentro da câmara de entrada. O som de seu ofegar ecoava pelas paredes. Avançou em direção à saída engatinhando como um inseto em pânico.

A fenda ficava cada vez mais clara, mais próxima.

Finalmente, sua cabeça emergiu à luz do dia. Desesperada, inspirou e olhou para cima no exato momento em que recebeu um golpe na cabeça.

24

— Não vimos a Dra. Elliot o dia inteiro, chefe Kelly — disse a enfermeira. — E, francamente, estamos começando a ficar um pouco preocupados.

— Quando falou com ela pela última vez?

— De acordo com o pessoal do turno do dia, ela ligou por volta das 12 horas para saber de Noah. Mas desde então não deu mais notícias, e estamos tentando contatá-la há horas. Ligamos para o telefone fixo, mas só conseguimos falar com a secretária eletrônica. Ela devia estar aqui. O menino tem perguntado por ela.

Há algo errado, pensou Lincoln enquanto subia o corredor em direção ao quarto de Noah. Claire não passaria tanto tempo sem visitar o filho ou, pelo menos, ligar para saber dele. Lincoln passara pela casa dela mais cedo naquela noite e o carro não estava lá, por isso achou que estaria no hospital.

Mas ela não fora ao hospital nenhuma vez naquele dia.

Ele cumprimentou o policial estadual que guardava a porta e entrou no quarto de Noah.

A lâmpada da mesa de cabeceira estava acesa e, sob sua luz, o rosto do rapaz parecia pálido, exausto. Ao ouvir a porta se fechar,

Noah olhou para Lincoln, e o desapontamento transpareceu em seus olhos. A fúria se foi, Lincoln se deu conta, e a diferença era impressionante. Havia 36 horas, Noah estava fora de si, possuído por tal força e fúria que foram precisos dois homens para dominá-lo. Agora parecia apenas um menino cansado. E assustado.

Sua pergunta foi quase um sussurro:

— Cadê a minha mãe?

— Eu não sei, filho.

— Ligue para ela. Por favor, poderia ligar para ela?

— Estamos tentando encontrá-la.

O rapaz piscou, confuso, e olhou para o teto.

— Quero pedir desculpas a ela. Quero contar... — Ele voltou a piscar, e então desviou o olhar, a voz quase abafada contra o travesseiro. — Quero contar a verdade.

— Sobre o quê?

— Sobre o que aconteceu. Naquela noite...

Lincoln permaneceu em silêncio. A confissão não poderia ser forçada. Precisaria acontecer por livre e espontânea vontade.

— Peguei a picape porque tive que levar uma amiga em casa. Ela veio me ver a pé e estávamos esperando minha mãe voltar para levá-la de volta. Mas aí ficou muito tarde, e mamãe não voltava. Depois, começou a nevar forte...

— Então você mesmo levou a menina.

— Eram apenas 3 quilômetros. Eu sei dirigir.

— E o que aconteceu, Noah? No trajeto?

— Nada. Foi uma viagem rápida, só fui e voltei. Juro.

— Você passou pela Slocum Road?

— Não, senhor. Permaneci na Toddy Point Road todo o tempo. Deixei minha amiga na entrada da garagem, para que o pai dela não me visse. Então, voltei direto para casa.

— A que horas foi isso?

— Não sei. Umas 10, acho.

Uma hora depois que a testemunha anônima viu a picape de Claire na Slocum Road.

— Isso não bate com os fatos, filho. Não explica o sangue no para-choque.

— Não sei como o sangue foi parar lá.

— Você não está contando toda a verdade.

— Estou!

O rapaz voltou-se para ele, sua frustração se transformando em raiva. Mas, desta vez, a raiva era muito diferente. Desta vez, estava apoiada na razão.

— Se está dizendo a verdade — disse Lincoln —, então a menina vai confirmar a sua história. Quem é?

Noah evitou o olhar de Lincoln e voltou-se para o teto.

— Não posso dizer.

— Por que não?

— O pai dela vai matá-la. É essa a razão .

— Ela poderia dar um depoimento e esclarecer essa história.

— Ela tem medo dele. Não posso envolvê-la em confusão.

— É você quem está metido em confusão, Noah.

— Preciso falar com ela primeiro. Preciso lhe dar a chance de...

— De quê? De fazer a história dela combinar com a sua?

Eles se olharam em silêncio, Lincoln esperando uma resposta, o rapaz se recusando a fornecer a informação.

Através da porta fechada, Lincoln ouviu ao longe o alto-falante do hospital anunciar:

— Dra. Elliot, extensão 7133. Dra. Elliot...

Lincoln saiu do quarto de Noah e foi até o posto de enferma-gem para atender a chamada. Discou 7133.

Era Anthony, do laboratório.

— Dra. Elliot?

— Aqui é o chefe Kelly. Há quanto tempo está tentando falar com a Dra. Elliot?

— A tarde inteira. Tentei bipá-la, mas o aparelho deve estar desligado. Ninguém responde em casa, então tentei encontrá-la no hospital. Apenas para o caso de estar no prédio.

— Se Claire retornar, poderia dizer que estou tentando falar com ela também?

— Claro. Estou um tanto surpreso por ela não ter ligado de volta.

Lincoln fez uma pausa.

— Como assim, ligado de volta? Falou com ela mais cedo?

— Sim, senhor. Ela me pediu para obter algumas informações.

— Quando foi isso?

— Ela ligou por volta do meio-dia. Parecia ansiosa para obter a resposta, então achei que teria me procurado a essa altura.

— Que informações ela queria?

— Sobre uma empresa chamada Anson Biologicals.

— O que é isso?

— Descobri que é apenas o ramo de pesquisa e desenvolvimento da Sloan-Routhier. Sabe, aquela grande empresa farmacêutica. Mas não faço ideia de por que ela queria essa informação.

— Sabe onde ela estava quando ligou?

— Sinto muito, chefe Kelly, mas não faço a menor ideia.

Lincoln desligou. Ninguém falava com Claire desde o meio-dia, nove horas antes.

Ele foi até o estacionamento do hospital. Fora um dia claro, sem nevascas, e os carros estavam apenas ligeiramente cobertos de gelo. Dirigindo o carro patrulha devagar, ele procurou o Subaru de Claire em cada fileira do estacionamento. O carro dela não estava lá.

Ela deixou o hospital, e então? Para onde pode ter ido?

Lincoln pegou a estrada de volta a Tranquility, sua apreensão aumentando. Embora o caminho estivesse limpo e o asfalto sem gelo, dirigiu lentamente, observando os acostamentos nevados em busca de sinais de que algum carro tivesse derrapado. Ele parou na casa de Claire apenas tempo o suficiente para confirmar que ela não estava lá.

Agora sua apreensão estava se transformando em medo.

De casa, fez outros telefonemas: para o hospital, para o chalé de Max Tutwiler, para a expedição da delegacia. Claire não estava em parte alguma.

Ele se sentou na sala, olhando para o telefone, a sensação de medo aumentava cada vez mais, consumindo-o. A quem teria recorrido? Claire não confiava mais nele, e isso era o que mais doía. Lincoln baixou a cabeça entre as mãos, tentando entender o desaparecimento dela.

Claire estava muito agitada por causa de Noah. Faria qualquer coisa pelo filho.

Noah. Aquilo tinha algo a ver com Noah.

Ele voltou a pegar o telefone e ligou para Fern Cornwallis.

Fern atendeu, e ele perguntou, sem rodeios:

— Quem foi o pivô da briga de Noah Elliot?

— Lincoln, é você? Que horas são?

— Apenas o nome, Fern. Preciso saber o nome da menina.

Fern suspirou com cansaço.

— Foi Amelia Reid.

— A filha de Jack Reid?

— Sim. Ele é padrasto dela.

Havia sangue na neve.

Quando Lincoln entrou no jardim da casa dos Reid, seus faróis iluminaram uma sinistra mancha escura sobre o branco imaculado da neve. Ele freou e fixou o olhar na mancha, o medo subitamente pesando como uma serpente em seu estômago. A picape de Jack Reid estava estacionada na garagem, mas a casa estava às escuras. Será que a família estava dormindo?

Lentamente, ele saiu da picape e apontou o facho da lanterna para o chão. A princípio viu apenas uma mancha vermelha, uma borboleta de Rorschach feita de sangue. Então, viu outras manchas, que levavam à lateral da casa, acompanhadas de pegadas, humanas e caninas. Ele olhou para as pegadas e se perguntou onde estavam os cachorros. Jack Reid tinha dois, um par de pit bulls problemáticos que tinham o mau hábito de destroçar os gatos que encontravam pelo caminho. Aquelas manchas de sangue pertenceriam a alguma criatura infeliz que entrara no jardim errado?

Lincoln se ajoelhou para olhar de perto e viu que, misturado à neve revolvida, havia uma massa compacta de pelos escuros e carne ensanguentada. Apenas um animal morto — um gato ou um quati, pensou, a tensão diminuindo, embora não inteiramente esquecida. Aqueles pit bulls ainda podiam estar à solta no jardim e podiam até estar observando-o agora.

A sensação de estar sendo observado ficou subitamente tão forte que Lincoln rapidamente se aprumou e girou a lanterna em um círculo amplo através da escuridão. Quando o facho passou pelo tronco do bordo, viu uma segunda massa de pelos, maior; o animal ainda estava reconhecível. Ele caminhou naquela direção e seu medo subitamente voltou com toda força, a tensão tomando conta de cada nervo, ao avistar os pinos de metal da coleira e o brilho dos dentes brancos e afiados em uma mandíbula aberta e inerte. *Um dos pit bulls. Metade dele, pelo menos.* A coleira ainda estava presa à corrente. O animal não pôde escapar, não pôde evitar ser trucidado.

Lincoln não se lembrava de ter sacado a arma; sabia apenas que ela subitamente apareceu em sua mão, e que o medo era tão intenso que parecia embotar sua garganta. Ele moveu a lanterna em um círculo mais amplo pelo jardim e encontrou a outra metade do cão, seus intestinos caídos junto aos degraus da varanda. Foi até a massa ensanguentada e obrigou-se a tocar as entranhas com o dedo. Estavam frias, mas ainda não haviam congelado. Fora morto havia menos de uma hora. Fosse o que fosse que despedaçara aquele pobre animal, ainda podia estar à espreita.

Uma explosão abafada de vidro quebrando fez Lincoln se voltar, o coração disparado dentro do peito. O som viera de dentro da casa. O policial olhou para as janelas às escuras. Havia cinco pessoas morando ali, uma delas uma menina de 14 anos. O que acontecera com aquela gente?

Ele subiu os degraus da varanda e chegou à porta da frente. Estava destrancada — outro detalhe perturbador. Lincoln girou a maçaneta e abriu a porta. Uma rápida varredura com a lanterna revelou um tapete gasto e diversos pares de sapato amontoados no saguão. Nada alarmante. Ele acionou o interruptor, mas nada aconteceu. Teriam cortado a eletricidade?

Por um momento, ele hesitou perto da porta da frente, perguntando-se se seria boa ideia anunciar sua presença. Ele sabia que Jack Reid tinha uma espingarda e que não hesitaria em usá-la caso achasse que havia um intruso em sua casa. Lincoln inspirou, preparando-se para gritar "Polícia!", quando seu olhar se fixou em algo que o fez se calar imediatamente.

Havia uma mancha de sangue no formato de mão na parede.

A arma que levava em punho subitamente parecia escorregadia. Ele foi até a mancha. Uma olhada mais de perto revelou que de fato era sangue, e que havia mais manchas na parede, em direção à cozinha.

Cinco pessoas moram nesta casa. Onde estão elas?

Ao entrar na cozinha, encontrou o primeiro membro da família. Jack Reid estava caído no chão, a garganta cortada de um lado ao outro. O jato de sangue arterial manchara todas as quatro paredes do cômodo. Ele ainda segurava a espingarda.

Ouviu um barulho de algo caindo e rolando pelo chão. Imediatamente, Lincoln ergueu a arma, a pressão estourando em seus ouvidos. O som viera de baixo. Do porão.

Seus pulmões pareciam acordeões, o ar entrava e saía com rapidez. Lincoln foi até a porta do porão, contou até três, sentindo o coração acelerado, os dedos suados fechados como um tornilho ao redor do cabo da arma. Ele inspirou e chutou a porta com força.

A porta se abriu, batendo contra a parede.

Os degraus desapareciam na escuridão. Havia alguém lá embaixo. A escuridão parecia carregada de uma energia estranha. Ele quase podia farejar outra presença espreitando no fundo da escada. Lincoln apontou a lanterna para baixo, o facho varrendo o porão rapidamente. Viu apenas um relance de movimento, uma sombra procurando abrigo sob a escada.

— Polícia! — gritou Lincoln. — Venha para onde eu possa vê-lo! — Ele manteve o facho parado, a arma apontada para o fundo da escada. — Vamos, vamos. Venha *agora*!

Lentamente, a escuridão revelou uma forma sólida. Um braço, materializando-se sob o círculo de luz. Então, apareceu um rosto, olhando-o com olhos aterrorizados. Um menino.

— Minha mãe — choramingou Eddie Reid. — Por favor, me ajude a tirar minha mãe daqui.

Então, a voz de uma mulher murmurou sob a escada:

— Socorro. Deus do céu, nos ajude!

Lincoln desceu a escada e voltou a lanterna para a mulher. Grace Reid olhou para ele: seu rosto estava branco como um cadáver, a expressão de terror quase catatônica.

— Não acenda a luz — implorou. — Apague as luzes ou ele vai nos encontrar!

Grace se afastou. Mais atrás, a caixa de luz estava aberta. Grace desligara todos os interruptores, cortando a energia da casa.

Eddie puxou a mãe em direção à escada.

— Mamãe, está tudo bem agora. Precisamos sair daqui. Por favor, por favor, venha.

Grace balançou violentamente a cabeça em protesto.

— Não, ele está esperando por nós. — Ela se afastou, recusando-se a se mover. — J. D. está lá em cima.

Mais uma vez, Eddie agarrou o braço da mãe e a puxou em direção aos degraus.

— Agora, mamãe!

— Espere — interrompeu Lincoln. — Onde está Amelia? Sra. Reid, onde está Amelia?

Grace olhou para ele com olhos arregalados.

— Amelia? — murmurou, como se subitamente se lembrasse da filha. — Está no quarto.

— Vamos tirar sua mãe daqui — ordenou Lincoln para Eddie. — Meu carro está estacionado na frente da casa.

— Mas e quanto a...

— Vou encontrar a sua irmã. Primeiro, vou pôr vocês dois no carro, em segurança, e vou pedir ajuda pelo rádio. Agora, vamos. Fiquem bem atrás de mim. — Lincoln se voltou e começou a subir a escada lentamente. Podia ouvir Grace e Eddie seguindo-o, a respiração de Grace saindo em meio a gemidos frenéticos, o menino murmurando palavras de encorajamento.

J. D. Ambos estavam aterrorizados por causa de J. D.

Lincoln chegou ao topo da escada. Não havia como contornar. Ele teria de guiá-los pela cozinha manchada de sangue, bem perto do corpo de Jack Reid. Se Grace fosse perder a cabeça em algum instante, seria ali.

Ainda bem que Eddie abraçou a madrasta, apertando o rosto dela contra o peito.

— Vá na frente, chefe Kelly — murmurou o menino com urgência. — Por favor, nos tire daqui.

Lincoln guiou-os pela cozinha até o corredor. Ali ele parou, cada nervo subitamente emitindo alarmes de pânico. Pelo brilho de sua lanterna, viu a porta da frente aberta. *Eu a fechei quando entrei na casa?*

— Esperem aqui — sussurrou, enquanto avançava até a porta. Olhando para o lado de fora, viu a neve iluminada pela lua. O carro patrulha estava estacionado a cerca de 10 metros dali. Tudo estava silencioso, tão silencioso quanto o ar preso em uma redoma.

Há algo errado. Estamos sendo observados. Há alguém à espreita.

Ele se voltou para Eddie e Grace e murmurou:

— Corram para o carro. *Agora!*

Mas Grace não correu. Em vez disso, recuou e, ao passar por uma janela iluminada pela lua, Lincoln viu o rosto da mulher voltar-se para cima. Em direção às estrelas.

Lincoln se virou no momento exato em que a sombra caiu sobre ele. Foi empurrado para trás com tanta força que o ar saiu de seus pulmões como um foguete. A dor tomou conta de seu rosto. Ele desviou para o lado no exato momento em que a lâmina voltou a golpear, cravando-se profundamente na parede perto de sua cabeça. Sua pistola caiu, arrancada de sua mão no primeiro ataque. Agora, ele apalpava o chão freneticamente, tentando localizar a arma no escuro.

Ele ouviu o ranger da faca sendo arrancada da madeira e voltou-se na hora que a sombra avançava contra ele. Ergueu o braço esquerdo no momento em que a faca voltava a baixar em sua direção. A lâmina penetrou em seu braço e atingiu um osso e ele ouviu seu próprio ofegar de dor como um som distante, alheio.

De algum modo, ele conseguiu agarrar o pulso direito e desarmar o agressor. A faca caiu no chão. O rapaz se afastou, tropeçando para trás.

Lincoln abaixou-se e pegou o instrumento. Mas a sensação de triunfo durou apenas um instante.

O rapaz também havia se levantado, a silhueta emoldurada pela janela, segurando a arma de Lincoln. Ele se voltou e apontou-a diretamente para o policial.

A explosão foi tão alta que o vidro da janela se espatifou em uma chuva de estilhaços sobre a varanda.

Sem dor. Por que ele não sentia dor?

Paralisado, Lincoln observou quando J. D. Reid, iluminado por trás pelo luar que atravessava a janela quebrada, lentamente caiu no chão. Ouviram-se passos atrás dele, e então a voz trêmula de Eddie perguntou:

— Eu o matei?

— Precisamos de luz — respondeu Lincoln.

Ele ouviu Eddie cambalear em meio à escuridão, entrar na cozinha e descer a escada do porão. Segundos depois, o menino acionou os interruptores e todas as luzes se acenderam.

Bastou olhar uma vez para ver que J. D. estava morto.

Eddie saiu da cozinha, ainda empunhando a espingarda de Jack Reid. Ele diminuiu o passo e parou ao lado da madrasta. Nenhum dos dois conseguia tirar os olhos do cadáver do rapaz, incapazes de dizer qualquer coisa, enquanto a terrível visão de J. D. Reid, caído em uma poça de sangue, ficava para sempre gravada em suas mentes.

— Amelia — lembrou-se Lincoln, e olhou escada acima, em direção ao segundo andar. — Qual é o quarto dela?

Eddie o encarou com olhos atônitos.

— O segundo da direita...

Lincoln subiu a escada correndo. Ao olhar para a porta do quarto de Amelia, viu que o pior já havia acontecido. A porta fora arrombada, e lascas de madeira cobriam o chão do corredor. A menina devia ter tentado se trancar, mas alguns golpes de machado quebraram a madeira. Já temendo a cena que imaginava encontrar lá dentro, entrou no quarto da menina.

Viu o machado cravado em uma cadeira, quase a partindo em duas. Viu o espelho quebrado, os vestidos rasgados, a porta do armário pendurada por somente uma dobradiça. Então, olhou para a cama da jovem.

Estava vazia.

Mitchell Groome dirigia o Subaru de Claire Elliot enquanto descia Beech Hill. Ele esperara dar meia-noite, uma hora em que nenhuma testemunha estaria acordada, mas infelizmente o céu estava limpo e a luz da lua cheia brilhava sobre a neve. Aquilo o fazia se sentir exposto e vulnerável. Lua cheia ou não, tudo teria de terminar naquela noite. Muita coisa já dera errado, e ele fora obrigado a tomar medidas mais drásticas do que planejara.

Seu trabalho começara como uma missão simples: ficar de olho no trabalho do Dr. Tutwiler e, se fazendo passar por um jornalista curioso, calma e discretamente, avaliar o curso natural da infecção parasítica nos jovens de Tranquility. Inesperadamente, seu trabalho se tornou mais complicado por conta de Claire Elliot, cujas suspeitas se aproximaram perigosamente da verdade. Então, Doreen Kelly acrescentara uma complicação ainda maior.

Definitivamente teria de se explicar quando voltasse a Boston.

Mitchell certamente daria uma explicação razoável para o desaparecimento de Max Tutwiler. Não podia dizer aos seus superiores na Anson Biologicals o que realmente acontecera: que Max quisera desistir ao saber da morte de Doreen Kelly. *Fui contratado para encontrar os vermes para você*, protestara Max. *O laboratório me disse que isso não passaria de uma caçada a um tesouro biológico. Ninguém disse nada sobre assassinato. E para quê? Manter essa espécie um segredo da empresa?*

O que Max se recusava a entender era que o desenvolvimento de uma nova droga era como garimpar ouro. A discrição era fundamental. Não se pode deixar a concorrência saber que achou um novo veio.

O tesouro, neste caso, era um hormônio produzido por um invertebrado único, um hormônio que causava o aumento da agressividade. Uma pequena dose era o que bastava para estimular um soldado em uma batalha. Era uma poção mortal, com aplicações militares óbvias.

Apenas dois meses antes, a Anson Biologicals e a empresa-proprietária, a Sloan-Routhier Pharmaceuticals, souberam da existência das minhocas quando os filhos adolescentes de um casal da Virgínia foram admitidos na ala psiquiátrica de um hospital militar. Um dos rapazes expelira um verme — uma espécie bioluminescente que nenhum dos patologistas do exército conseguira identificar.

A família passara o mês de julho em um chalé à beira de um lago no Maine.

Groome entrou na Toddy Point Road. No banco ao seu lado, Claire gemeu e mexeu a cabeça. Ele esperava, para o próprio bem dela, que não recuperasse inteiramente a consciência, porque o fim que a esperava não seria piedoso. Era outra necessidade desagradável. A morte de uma mulher desprezível como Doreen Kelly não chamara muita atenção na cidade. Mas uma médica local não podia simplesmente desaparecer sem gerar suspeitas. Era importante que as autoridades encontrassem o corpo e concluíssem que sua morte fora acidental.

A estrada agora era de aclives e declives suaves, um trajeto solitário àquela hora da noite. Os faróis iluminavam o asfalto deserto encrostado de gelo e areia, os fachos iluminando um arco grande o bastante para que visse as árvores em ambos os lados da estrada, um túnel escuro cuja única abertura era um cinturão de estrelas mais acima.

Ele se aproximou de outra curva, onde a estrada desviava abruptamente para a esquerda e terminava em uma rampa para barcos.

Claire voltou a gemer quando ele a arrastou do banco do carona e a posicionou atrás do volante atada pelo cinto de segurança. Então, com o motor ligado, ele engatou uma marcha, soltou o freio de mão e fechou a porta.

O carro começou a andar, descendo a suave inclinação da rampa.

Groome ficou na beira da estrada, observando o carro atingir o lago e continuar em frente. Havia neve sobre o gelo, e os pneus lentamente avançaram sobre ela, os faróis iluminando a extensão desolada. Dez metros. Vinte. Quanto tempo levaria até que o carro atingisse o gelo fino? Era apenas a primeira semana de dezembro, e o lago ainda não estaria congelado o bastante para suportar o peso de um carro.

Trinta metros. Foi quando Groome ouviu um *craque*, tão alto quanto um tiro de arma de fogo. A frente do carro afundou, os faróis foram engolidos pela neve e pelo gelo quebrado. Outro *craque*, e o carro se inclinou abruptamente para a frente, o brilho vermelho das lanternas apontando para o céu. O gelo sob as rodas traseiras estalou, desintegrando-se. Os faróis entraram em curto e se apagaram.

O fim se desenrolou sob o brilho da lua, em uma paisagem prateada pela luminosa brancura da neve. O carro oscilou um instante, o motor inundando, a água entrando, tomando-o para si. Agora, o som de água espadanada, o redemoinho à medida que o carro começava afundar devido à flutuabilidade dos pneus. Mergulhou de cabeça para baixo, o teto acomodando-se na lama, e ele imaginou o redemoinho de sedimentos escurecendo o luar que se filtrava pela superfície.

Amanhã, pensou Groome, descobrirão o gelo quebrado e juntarão dois mais dois. A pobre e cansada Dra. Elliot, voltando para casa no escuro, não viu a curva na estrada e entrou na rampa para barcos. Que tragédia.

Ele ouviu uma sirene de polícia ao longe e voltou-se, com o coração disparado. Apenas quando a sirene passou e sumiu ao longe Groome se permitiu respirar livremente. A polícia fora chamada para outro lugar. Ninguém testemunhara seu crime.

Groome deu meia-volta e começou a caminhar rapidamente estrada acima, em direção à escuridão de Beech Hill. Era um trajeto de quase 5 quilômetros de volta à caverna, e ele ainda tinha trabalho a fazer.

25

Ela se sentiu cercada pela escuridão, o abraço chocante da água gelada envolvendo o seu corpo, e despertou para uma realidade muito mais aterrorizante do que qualquer pesadelo.

Estava presa na escuridão, em um espaço confinado, e tão desorientada que não tinha noção do que era alto ou baixo. Tudo o que sabia era que a água a cercava em uma inundação entorpecente, chegando à sua cintura, ao seu peito. Claire se debateu em pânico, instintivamente esticando o pescoço para manter a cabeça à tona, mas descobriu que estava presa ao assento. Tentou afastar as amarras, mas não conseguia se livrar delas. A água já estava alcançando seu pescoço. Sua respiração tornou-se um ofegar frenético e pequenos soluços de pânico.

Então, tudo virou de cabeça para baixo.

Ela teve tempo de inspirar profundamente antes de se sentir rolar de lado, antes que a água cobrisse sua cabeça e inundasse suas narinas.

A escuridão que a engoliu era total, um mundo de trevas em estado líquido. Ela se debateu, presa de cabeça para baixo sob a água. Seus pulmões doíam, lutando para conter o ar.

Mais uma vez agarrou a amarra atravessada sobre seu peito, mas esta não cedia, não a libertava. *Ar. Preciso de ar!* Seu coração pulsava nos ouvidos e feixes de luz explodiam em seu cérebro, o alarme luminoso da falta de oxigênio. Ela já perdia as forças nos membros, seus esforços para se livrar das amarras se tornavam cada vez mais tênues. Em meio ao torpor, ela se deu conta de que estava segurando algo rígido em uma das mãos, algo que ela reconheceu pelo tato. Uma fivela de cinto de segurança. Ela estava em seu carro. Presa em seu carro.

Claire abrira aquele cinto milhares de vezes antes, e agora seus dedos encontravam automaticamente o botão. O cinto se soltou do seu peito.

Ela chutou, membros se debatendo contra o interior do carro. Cega pela água, desorientada na escuridão, ela não conseguia saber onde estava. Seus dedos desesperados tocaram o volante, o painel.

Preciso de AR!

Sentiu os pulmões se rebelarem e começou a inalar uma golfada fatal de água quando subitamente se voltou, e seu rosto emergiu em um bolsão de ar. Inspirou uma vez, depois outra e mais outra. Havia apenas alguns centímetros de ar, que inundavam rapidamente. Se respirasse um pouco mais, não sobraria nada para respirar.

Com a nova leva de oxigênio, seu cérebro voltou a funcionar. Claire lutou contra o pânico, forçou-se a pensar. O carro estava de cabeça para baixo. Precisava encontrar a maçaneta. Precisava abrir a porta.

Ela prendeu a respiração e afundou na água. Rapidamente localizou a maçaneta e a empurrou. Escutou o trinco abrir, mas a porta não cedia. O teto do veículo afundara muito na lama, obstruindo a abertura da porta.

Sem ar!

Claire voltou ao bolsão de ar e viu que estava reduzido a meros 15 centímetros. Ao inalar o restante do oxigênio, tentou desesperadamente se reorientar em um mundo de cabeça para baixo. *A janela. Abra a janela.*

Última respiração, última chance.

Ela voltou a afundar, procurando freneticamente a maçaneta da janela. Seus dedos estavam tão adormecidos pelo frio que ela mal sentia a maçaneta, mesmo quando finalmente conseguiu agarrá-la. Cada volta parecia levar uma eternidade, mas conseguia sentir o vidro se abrir, o espaço aumentar. Quando finalmente terminou de baixar o vidro, a falta de ar era desesperadora. Ela enfiou a cabeça e os ombros através da abertura, mas subitamente não conseguia avançar.

O casaco! Estava preso!

Ela se debateu, tentando passar, mas seu corpo estava preso, uma metade dentro, a outra fora do carro. Levou a mão ao zíper, afrouxando o casaco.

Claire se livrou e começou a subir à superfície, em direção ao brilho tênue que vinha de cima.

Ela chegou à superfície; a água se espalhava como milhões de diamantes à luz da lua. Se agarrou à borda de gelo mais próxima. Ficou ali um instante, tremendo e ofegando na noite gelada. Já não sentia mais as pernas, e suas mãos estavam tão dormentes que mal conseguia segurar a borda.

Tentou sair, conseguiu erguer os ombros alguns centímetros, mas imediatamente voltou a cair na água. Não havia nada para se apoiar, nada para segurar, apenas gelo escorregadio coberto de neve. Tentando se agarrar inutilmente ao gelo, não encontrou apoio.

Mais uma vez tentou sair dali, mais uma vez escorregou de volta e afundou. Claire voltou à superfície, cuspindo, tossindo, suas pernas estavam quase paralisadas.

Não conseguia sair dali.

Tentou mais uma meia dúzia de vezes, mas suas roupas estavam encharcadas, puxando-a para baixo, e tremia tanto que não conseguia segurar-se ao gelo. Uma profunda letargia estava tomando conta de seus membros, endurecendo-os. Morte. Sentiu-se voltar a afundar, a escuridão sugando-a para baixo, dando-lhe as boas-vindas em um sono gelado. Ela gastara toda a sua energia. Nada mais lhe restava.

Claire afundou ainda mais profundamente, a exaustão requeria seu corpo. Ao erguer a cabeça, viu com estranho distanciamento o brilho da lua no céu e sentiu a escuridão puxá-la para seu abraço. Não sentia mais frio. Apenas uma exaustiva sensação de inevitabilidade.

Noah.

No círculo de luz tremeluzente mais acima, ela imaginou ter visto o rosto do filho quando criança. Chamando por ela, estendendo-lhe os braços carentes. O círculo de luz pareceu se fraturar em fragmentos de prata.

Noah. Pense em Noah.

Embora não tivesse mais forças, tentou segurar aquela mão fantasmagórica. Dissolveu-se como líquido ao tocá-la. *Você está muito longe. Não consigo alcançá-lo.*

Sentiu-se escorregando para baixo outra vez, submergindo até aquele mundo nebuloso. Os braços de Noah se afastaram, mas sua voz continuava a chamá-la. Ela voltou a estender os braços e viu o círculo de luz brilhando com mais intensidade, percebia um halo prateado ao seu alcance. *Se puder tocá-lo*, pensou, *irei para o céu. Alcançarei o meu bebê.*

Ela fez força para alcançá-lo, seus membros se debatiam contra a atração da escuridão, cada músculo se esforçava em direção à luz.

Seu braço aflorou à superfície, depois a cabeça, ansiosa por respirar. Ela olhou para a lua, tão bela e brilhante que lhe feriu os olhos, e sentiu-se afundar uma última vez, seus braços ainda estendidos para o céu.

Uma mão a agarrou. Uma mão de verdade, que a segurava firmemente pelo pulso. *Noah*, pensou. *Encontrei o meu filho.*

Agora, a mão a puxava para cima, para fora da escuridão. Ela olhou maravilhada, à medida que a luz ficava cada vez mais clara. Então, sua cabeça aflorou à superfície, e Claire viu alguém olhando para ela. Não era o rosto de Noah, mas o de uma menina. Uma menina com cabelos longos, brilhantes como prata ao luar.

Mitchell Groome derramou uma lata de gasolina sobre o corpo de Max Tutwiler. Não que destruir o corpo fosse realmente importante. Aquela caverna permanecera intocada durante milhares de anos; os restos mortais de Max não seriam encontrados tão cedo. Ainda assim, uma vez que destruiria a colônia de vermes, podia também se livrar de um cadáver.

Usando uma máscara contra os gases do combustível e uma lanterna para iluminar a caverna, demorou-se esvaziando o conteúdo de três latas de gasolina. Não tinha por que correr. O carro da médica só seria encontrado no dia seguinte e, mesmo que fosse encontrado antes, ninguém ligaria Groome à sua morte. Se desconfiassem de alguém seria de Max, cujo súbito desaparecimento apenas reforçaria tais suspeitas. Groome não gostava de ser forçado a improvisar. Ele não planejara aquilo, nem planejara matar ninguém. Mas também não contava que Doreen Kelly fosse roubar seu carro.

Um assassinato às vezes pede outro.

Ele terminou de espalhar a gasolina nas paredes e jogou a última lata vazia na rasa piscina de gasolina no centro da caverna.

Ficava bem embaixo da maior colônia de vermes. Eles já pareciam sentir a proximidade do desastre, pois se retorciam freneticamente por causa dos gases. Os morcegos haviam fugido muito antes, abandonando seus colegas invertebrados às chamas. Groome deu uma última olhada para a caverna, certificando-se de que não esquecera nenhum detalhe. A última caixa de espécimes, assim como os diários científicos de Max, estavam no porta-malas do seu carro, estacionado no começo da trilha. Quando riscasse o fósforo, tudo naquela caverna seria consumido pelas chamas.

Seria a extinção instantânea da espécie, com exceção dos exemplares sobreviventes, que agora estavam sendo alimentados nos laboratórios da Anson Biologicals. O hormônio que aqueles vermes expeliam valeria uma fortuna em contratos com o Departamento de Defesa, mas apenas se ficassem fora do alcance dos concorrentes da Anson.

Com a destruição daquela caverna, apenas a Anson possuiria aquela espécie. Para o resto do mundo, o motivo dessa epidemia de violência, e de todas as anteriores, permaneceria um mistério.

Groome se esgueirou pela passagem que levava à saída, deixando atrás de si uma fina linha de gasolina enquanto recuava até a abertura. Agachando-se na câmara de entrada, acendeu um fósforo e levou a chama ao chão. Uma linha de fogo percorreu o túnel. Então a caverna lá embaixo explodiu em chamas. Groome sentiu um forte deslocamento de ar quando o oxigênio foi sugado para alimentar a explosão. Ele desligou a lanterna e, por um momento, observou o fogo, imaginando os vermes queimando, suas carcaças carbonizadas caindo do teto. E pensou no cadáver de Max, reduzido a ossos e cinzas não identificáveis.

Ele saiu da caverna, os pés afundando no regato gelado e afastou os galhos sobre a abertura. Depois daquela densa vegetação, o brilho do fogo seria invisível. Atravessou o riacho e atingiu a terra.

Seus olhos ainda estavam ofuscados pelo brilho do fogo e ainda não haviam se ajustado à escuridão. Groome ligou a lanterna para iluminar o caminho de volta ao carro.

Somente então viu os policiais entre as árvores, armas em punho.

Esperando por ele.

Warren Emerson abriu os olhos e pensou: *Finalmente morri. Mas por que estou no paraíso?* Esta foi uma descoberta que muito o surpreendeu porque sempre acreditara que, caso houvesse vida após a morte, ele se encontraria em um lugar escuro e terrível. Uma pós-vida que era apenas uma extensão de sua desesperadora existência na terra.

Ali havia flores. Vasos e mais vasos de flores.

Viu rosas vermelhas. Orquídeas como borboletas brancas oscilando do outro lado da janela. E lírios, a fragrância mais doce que qualquer perfume que já tivesse inalado. Warren observou, atônito, pois nunca vira nada mais belo.

Então, ouviu uma cadeira ranger ao lado de sua cama e voltou-se para ver uma mulher sorrindo para ele. Uma mulher que não via há anos.

O cabelo dela estava mais grisalho que negro e a idade deixara rugas profundas em seu rosto. Mas Warren não via nada disso. Olhando para os olhos dela, só via uma menina sorridente de 14 anos. A menina que sempre amara.

— Olá, Warren — sussurrou Iris Keating. E segurou a mão dele.

— Estou vivo — falou.

Ela concordou com um sorriso.

— Sim. Você com toda a certeza está vivo.

Warren olhou para a mão de Iris. Lembrou-se de como os seus dedos se entrelaçavam quando ambos eram jovens e sentavam-se à beira do lago. Tantas mudanças em nossas mãos, pensou ele. As minhas agora estão ásperas e cheias de cicatrizes. As dela, nodosas pela artrite. Mas aqui estamos, de mãos dadas novamente, e ela ainda é a minha Iris.

Em meio às lágrimas, trocaram um olhar. E Warren decidiu que, afinal de contas, não estava pronto para morrer.

Lincoln sabia onde encontrá-la e lá estava ela, sentada em uma cadeira ao lado da cama do filho. Em algum momento da noite, Claire saíra de sua cama, atravessara o longo corredor do hospital somente de roupão e chinelos e fora até o quarto de Noah. Agora estava sentada com um cobertor sobre os ombros, parecendo muito cansada e pálida sob a luz do sol vespertino. Coitado daquele que ousar se interpor entre uma mãe ursa e seu filhote, pensou Lincoln.

Ele se sentou numa cadeira diante de Claire, e seus olhares se encontraram sobre o corpo adormecido de Noah. Doía-lhe ver que ela ainda estava ressentida, ainda não confiava nele, mas Lincoln compreendia seus motivos. Havia apenas um dia, ele ameaçara tomar-lhe aquilo que ela mais amava neste mundo. Agora ela o encarava com uma expressão tanto furiosa quanto amedrontada.

— Meu filho não fez aquilo — falou. — Ele me disse isso esta manhã. Ele jurou, e sei que está falando a verdade.

Ele assentiu.

— Falei com Amelia Reid. Estavam juntos naquela noite, até depois das 22 horas. Então ele a levou para casa.

Àquela altura, Doreen já estava morta.

Claire suspirou, sentia a tensão se esvaindo de seu corpo. Ela se recostou na cadeira e pousou uma mão protetora sobre a cabeça de Noah. Ao sentir o toque dos dedos acariciando-lhe o cabelo, seus olhos se abriram, e ele olhou para Claire. Nem mãe nem filho falaram. Seus sorrisos tranquilos expressavam tudo o que era necessário.

Eu poderia tê-los poupado desta provação, pensou Lincoln. Se ao menos soubesse a verdade. Se Noah tivesse confessado ter passado a noite com Amelia. Mas o menino a estava protegendo da fúria do padrasto. Lincoln conhecia o temperamento de Jack Reid e compreendia por que Amelia tinha medo dele.

Amedrontada ou não, a jovem dispôs-se a compartilhar a verdade com Claire. Na noite anterior, pouco antes de a fúria de J. D. ter se transformado em homicídio, Amelia saíra de casa e atravessara a noite fria e clara em direção à casa de Claire. Para isso, precisava atravessar a Toddy Point Road.

Precisava passar pela rampa para barcos.

Tal viagem salvara a vida de Claire. E, por acaso, Amelia salvara a própria vida também.

Noah voltara a dormir.

Claire olhou para Lincoln.

— A palavra de Amelia será o bastante? Vão acreditar em uma menina de 14 anos?

— Eu acredito nela.

— Ontem você falou que tinha uma prova física. O sangue...

— Também encontramos sangue no porta-malas do carro de Mitchell Groome.

Claire fez uma pausa até entender a importância do fato.

— Sangue de Doreen? — perguntou.

Lincoln assentiu.

— Acho que Groome queria culpá-la, não a Noah, quando manchou sua picape de sangue. Ele não sabia qual carro você estava usando.

Ambos se calaram por um instante, e ele se perguntou se seria assim que as coisas acabariam entre os dois, com silêncio da parte dela e saudades da dele. Ainda queria dizer muita coisa a respeito de Mitchell Groome. Sobre os itens que encontraram no porta-malas do carro dele: os frascos de espécimes e os diários manuscritos do biólogo. Tanto a Anson Biologicals quanto a Sloan-Routhier negaram qualquer ligação com os dois homens, e agora Groome, furioso com aquela negação, ameaçava derrubar a gigante farmacêutica junto com ele. Lincoln viera dizer isso e muito mais para Claire, mas preferiu calar-se, a tristeza pesando tanto sobre seus ombros que lhe parecia difícil até mesmo respirar.

Esperançoso, chamou:

— Claire?

Ela ergueu os olhos para ele e, desta vez, não desviou o olhar.

— Não posso voltar o tempo — disse Lincoln. — Não posso apagar a dor que lhe causei. Só posso dizer que estou arrependido. Desejaria que houvesse algum modo de voltarmos a... — Ele balançou a cabeça. — A sermos como éramos antes.

— Não sei o que quer dizer com "como éramos antes", Lincoln.

Ele pensou a respeito.

— Bem, para começo de conversa, éramos amigos.

— Sim, é verdade — Claire admitiu.

— Bons amigos. Não é mesmo?

Ela esboçou um tênue sorriso.

— Com certeza, bons o bastante para dormirmos juntos.

Lincoln corou.

— Não é disso que estou falando! Não se trata apenas de dormir juntos. É... — Olhou-a com dolorosa honestidade. — É saber que há uma *possibilidade* para nós. A possibilidade de vê-la toda manhã ao acordar. Posso esperar, Claire. Posso viver com a incerteza. Não é fácil, mas posso suportar isso, desde que haja uma chance de ficarmos juntos. Isso é tudo que estou pedindo.

Algo brilhou nos olhos dela. *Lágrimas de perdão?*, perguntou-se. Claire estendeu a mão e acariciou-lhe o rosto. A suave carícia de uma amante. Melhor, era o toque de uma amiga.

— Tudo é possível, Lincoln — murmurou. Então, sorriu.

Ele saiu do hospital assobiando. E por que não? O céu estava azul, o sol brilhava, e os galhos dos salgueiros encrostados de gelo rangiam e brilhavam como pingentes de cristal. Em duas semanas viria a noite mais longa do ano. Então, os dias ficariam mais longos, a terra voltaria a ficar luminosa e quente. E repleta de esperança.

Tudo é possível.

Lincoln Kelly era um homem paciente e podia esperar.

Este livro foi composto na tipologia Minion Pro, em
corpo 11/15, e impresso em papel off-white 70g/m^2
no Sistema Sistema Digital Instant Duplex da
Divisão Gráfica da Distribuidora Record.